N'oublier jamais

jamais

［法］米歇尔·普西————著　章文————译

Michel Bussi

永远不要忘记

湖南文艺出版社
HUNAN LITERATURE AND ART PUBLISHING HOUSE

博集天卷
CS-BOOKY

献给明天将要度过 18 岁生日的阿蒂尔

目录

Contents

你在悬崖边上

见到了一位美丽的姑娘?

千万不要向她伸出援手!

别人可能会以为是你把她推下去的。

———————————————————

寄信人：贝特朗·多纳迪厄中尉
滨海塞纳省埃特雷塔市及周边地区警署行动队
2014 年 7 月 13 日

收信人：热拉尔·卡尔梅特先生
国家警察总署犯罪学研究中心（IRCGN）
灾难受害者身份认定部门主任

卡尔梅特先生：

　　2014 年 7 月 12 日凌晨 2 点 45 分左右，距伊波尔市约 3 千米处，埃蒂格悬谷上游的悬崖发生了坍塌，坍塌土石总量多达 4500 立方米。在我们所处的辖区，此类坍塌并不罕见。救援队一小时后到达现场展开了搜救，很快就确认事故并未造成人员伤亡。

　　虽然这场事故并未导致行人的死亡，但搜救队还是有了令人意外的发现，这也正是我给您写这封信的原因。在那些散落在海滩上的坍塌的土块中，我们发现了三具被包裹于其中的尸体。

　　警察立即赶到了现场，但在骸骨附近没有任何残存的衣物，更没有可供辨明身份的个人物品。我们只好做出假设：这一带多是喀斯特地貌，常有户外爱好者进入悬崖内部的洞穴探险，可能是被困在了洞穴里。但是，最近并没有类似的失踪案件上报给我们，甚至近几年内也未听过类似的事情。或许这几个人的死亡时间还要更久远，然而我们用仪器检验之后，发现事情并非如此。

　　我想向您进一步描述现场的场景。土方散落时，那三具尸体就坠落在沙滩上，第一具同最后一具大概间隔了有40米的距离。布勒丹上尉随即命令本地司法鉴定部门的同事来此对骸骨进行了分部位提取。初步的检验结果证实了我们之前的推断：各具骸骨的腐烂程度完全不同，也就是说，受害人应当是在不同的日期死亡的，甚至可能间隔有几年之久。但直至目前，我们尚不清楚他们的死因——初步的尸表检查并未能发现任何致死原因。

　　调查至此陷入了困局，我们无法获得任何引导调查方向的线索，无从对受害人进行生前或死后的查访。这三个受害人是谁？他们是何时死亡的？死因又是什么？诸多疑问都无从解答。

　　此外还有件事值得一提：上述骸骨的发现及相关调查已经引起了当地居民的兴趣。事实上，几个月之前，同一地区还发生了一件与命案有关的让人颇为毛骨悚然的新闻，但后者似乎与此次的发现没有直接关系。

　　这就是为什么，尊敬的卡尔梅特先生，尽管我完全知晓您事务繁忙，且有很多受害者家庭都在焦急地等待贵处所出具的检验结果，但还是希望您能将这项事务列为优先处理的事件之一，尽快查清上述三具骸骨的身份。

　　最后，请您接受我最诚挚的致意。

贝特朗·多纳迪厄中尉

埃特雷塔市及周边地区警署行动队

五个月以前，

2014 年 2 月 19 日

"小心一点，贾迈勒，悬崖边的草地会很滑。"

下一秒，安德烈·杰兹维亚克就开始后悔自己为什么要说出这种话了。作为美人鱼客栈的老板，他保持了沉默，默默穿上一件外衣，打开了自家旅馆的大门。门口旁边有一个写着菜单的牌子，上方温度计的指针刚刚超过了标示 0 摄氏度的蓝线。今天没有风。客栈外面竖着一个铁制的、做成船帆形状的风向标，一动不动地矗立在那里，好像是被寒冷的夜晚冻住了。

安德烈看着对面海滩处渐渐露出的天光、赌场门口停泊的车子上的那一层薄冰，还有旁边铺满地面的鹅卵石：石头堆在一起，就像是某种大型食肉猛禽留下的卵。太阳似乎还没睡醒，只是懒洋洋地在海面上露了个头，隔着海望过去，还能看见对面皮卡第光秃秃的悬崖。

贾迈勒小步跑离了客栈。安德烈看着他经过赌场门前，跑上了让 - 艾利路那边的小斜坡。客栈主人往手中间哈了一口气，想要暖一暖冻僵的关节。得做早饭了，尽管客栈也没几个客人——可不是所有的人都愿意来拉芒什海峡这边度寒假的。刚开始的时候，安德烈也是挺奇怪的，不明白这个残疾的阿拉伯人为什么每天早上都要去远足步道跑步，毕竟他只有一条满是肌肉的好腿，另一条则是碳纤维做的假肢——虽然也穿着篮球鞋。现在，他对这个小伙子却有了点温柔的同情。他自己在这个年龄上，也就是还不到 30 岁的时候，每个周日早上也是要骑上自行车，进行 100 千米的训练的，从伊波尔骑到伊夫托，然后再骑回来，中间没有任何人能打扰他的心绪。所以，看到这个来自巴黎的小伙子戴着他那条疯狂的腿每天去山上跑一跑，他内心深处也是能理解的。

贾迈勒的背影又出现在了登山的阶梯上，随后消失在了赌场那些大垃圾桶的后面。安德烈向前走了一步，点燃了一支云斯顿香烟。不过他可不是唯一起床拥抱寒冷的伊波尔人，远处雾气氤氲的海滩上还有两个看不真切的人影：一个似乎是个老年妇人，手里牵着一只小到可笑的狗，那只狗看起来简直像是靠电池提供能量的遥控玩具，却着实凶得很，连驻足的海鸥都要挑衅；距离这一人一狗 200 米处，还有个身材相对高大的男人，他两只手都插在兜里，穿着一件半新不旧的棕色夹克衫，面向大海站着，一直看着海上的波浪，目光深邃得就好像要远航去大海对面进行什么复仇计划。

安德烈吐出了口中的烟蒂，回到了客栈里面。他可不希望这样子的自己被乡邻碰见——胡子没刮，衣衫不整，头发乱得像个鸟窝，就像是刚从洞穴中走出的原始人。不，恐怕这样子的男人，连克鲁马努妇人也是要退避三舍的吧。

贾迈勒·萨拉维用节拍器一般匀速的步伐跑上了欧洲最高的悬崖。这座悬崖海拔高度足有 120 米。他穿过了最后一片别墅区，道路也变成了专供户外爱好者远足的小路。从这里能望见 10 千米之外的埃特雷塔。贾迈勒也看到了海滩上的两个身影，一个是牵着狗的老妇人，一个是面向海峡的男人。憩息在悬崖上的几只海鸥也被狗吠声惊动了，慌张地飞了起来，几乎打断了贾迈勒前进的步伐，然后又消失在了数十米以外的天空中。

经过了海滨露营地的指示牌，贾迈勒看到的第一个东西就是一条红色的围巾。围巾卡在露营地后门的栅栏处，好像是为了提示某种未知的危险。对的，危险，这是他的第一反应。

危险。

似乎是要提示一场泥石流、一场洪水的发生，或者某个动物的死亡。

但很快这种荒唐的念头就消失了。这只不过是条围巾，碰巧钩在了栅栏的铁丝上，或许是个散步的人丢下的，又被海峡的风吹到这里。

贾迈勒犹豫着要不要打乱自己的步伐，是不是要转一下脖子去看那块挂着的红布——他几乎就要目不斜视地经过了。假如真是这样，一切就都不一样了，所有的东西都会向相反的方向发展。

但他还是放缓了步伐，最终停了下来。

围巾好像是新的，闪着一种夺目的红色。贾迈勒把它取了下来，看了一眼商标。

是羊绒的，还是条博柏利……这么小一条围巾可是值不少钱呢！贾迈勒立即想到要把它带回美人鱼客栈，安德烈·杰兹维亚克认识小城里的每一个人，他肯定能找到失主。要是找不到的话，贾迈勒也可以自己留着。他一边继续跑，一边感受着羊绒柔软的质感——等他回到巴黎那个鬼地方，可不一定还能再戴着这条围巾跑步了。一条价值500欧元的羊绒围巾，光是别人的眼光就能杀死他了。但是他肯定能在附近找到一位可爱的、愿意把它围上脖颈的小姐。

跑到瞭望塔附近，在他的右边，有一小群羊转过头来看着他。它们正等待草上的薄霜化去，好填饱肚子，那麻木的眼神就像午休时盯着微波炉的上班族。

一经过瞭望塔，贾迈勒就看到了那个女孩。

他本能地估测了一下她与悬崖间的距离。不到1米！女孩站在一个100多米高的悬崖边上！他的大脑都紧张起来。更多的信息涌到了他的意识里：陡峭的斜坡、草地上的薄霜，这个女孩太冒险了！她站在这里，甚至比站在一座30层建筑物的最高处还要危险！

"小姐，您还好吗？"

贾迈勒的这几个字消逝在了晨间的寒风中。没有人回答。

气温很低，但她只穿着一条宽松的红色裙子，裙子被撕成了两片，一片从她的肚脐处垂到大腿，一片从脖子那里盖住了胸部，海风阵阵，隐约能看到裙子下的紫红色文胸。

她在抽泣。

她很美丽。但是在那一刻，贾迈勒丝毫没有从眼前的景象中感觉到色情的因素。这场景很令人惊讶、触动甚至疑惑，但没有任何一点会撩拨人的情欲。后来，当他再想起这一幕的时候，他唯一能想到的比喻就是一件被损坏的艺术品。一次对圣物的亵渎，一个针对美丽犯下的、无可饶恕的罪过。

"小姐，您还好吗？"他重复了一遍。

女孩转过视线，贾迈勒向那边走了几步。

悬崖边上的杂草约有膝盖那么高，他想女孩可能没有看到自己的义肢。他已经站在她的面前了。还有10米。但女孩又往悬崖边靠了靠，背向着身后的高度。

她应该哭了很久，但泪水仿佛已经流干了。她的眼妆完全花了，然后也干在了脸上。贾迈勒简直无法处理自己脑袋里那些纷乱的信号。

危险。

紧急。

还有情绪。他整个人都沉浸在了无法言喻的情绪里。他从来没见过这么美的女孩，他的记忆已经将她那完美的鹅蛋脸永久地储存了下来。两侧黑色的头发，就像瀑布一样流过她的双颊；她的肌肤像雪一样白，上面点缀着两颗漆黑的眸子；她的眉毛和嘴唇都精致完美，就好像是用手指蘸着炭屑和鲜血画出来的。后来，贾迈勒也想过是否是当时那种令人震惊的场景影响了他的判断，但并未能得到一个明确的答案。

"小姐……"

贾迈勒伸出了手。

"别过来。"女孩说道。

与其说这句话是一个命令，不如说是一个哀求。她黑色的瞳仁看起来更像已熄灭的炭火。

"好的，"贾迈勒嗫嚅道，"好的。您别动，别着急。"

他的视线滑到残破的红裙上。他开始猜想女孩是不是从赌场跑出来的，毕竟赌场就在悬崖下方 100 米处。晚上的时候，那间海景演出厅就会被改成酒吧。

一场情况有变的夜晚寻欢？这个女孩高挑、精致、性感，很可能会成为心怀不轨者的觊觎对象。酒吧里总是有很多这样的男人，就是为了"征服"女性来的。

贾迈勒用上了他所能想到的最镇定的语气。

"我可以慢慢走过去，只把手递给您。"

女孩第一次垂下了眼，看到了贾迈勒的假肢。她不由自主地露出了吃惊的表情，但很快就克制住了。

"您只要上前一步，我就跳下去。"

"好的，好的，我不动……"

贾迈勒停了下来，甚至还屏住了呼吸。只有他的眼神在游走，一会儿看着这个不知从何处而来的女孩，一会儿看着天边橙色的朝阳。

那些脑满肠肥的男人总是贪婪地望着舞池里最美的女孩子，观察着她的一举一动。贾迈勒想道，说不定里面就有一个或几个变态，故意尾随这个女孩，控制住了她，并且强暴了她。

"有人……有人伤害了您吗？"

那两簇熄灭的炭火又变成了两汪泪湖。

"您是不会明白的。继续赶您的路吧，走吧，快走！"

突然有了一个想法……

贾迈勒的手摸上了他脖颈处的围巾。他的动作很缓慢，但这似乎还不够，女孩还是后退了一步，有一只脚险些踏空。

贾迈勒停住了。这个女孩就像一只吓坏了的麻雀，只能用手心慢慢地捧住。她从鸟巢里掉了出来，已经失去了飞行的能力。

"小姐，我不会动的。我只是要把围巾扔给您。我拿住一端，您只要抓住另一头就好。到底要不要放手您可以自己决定。"

女孩再次露出了吃惊的表情，显然是犹豫了。贾迈勒抓住这一空当，把围巾扔了出去。他和这个试图自杀的女孩之间只有2米的距离。

围巾落到了她的脚下。

女孩小心地弯下腰，仔细地用一片撕裂的裙子裹住了自己几乎赤裸的胸部，然后直起身子，拿住了贾迈勒给她的围巾。

"慢慢来，"贾迈勒说，"我会拉住围巾，把一头缠在我的手腕上。您只要被我拉着就可以了，2米就够了，我们就离开悬崖2米。"

女孩更用力地抓住了围巾。

贾迈勒明白自己赢了，他做出了正确的选择。他就像一名水手一样，向溺水的人扔出了一根缆绳，缓缓地把她带到水面之上，1厘米1厘米地缓缓上升，用最大的细心来保证绳子不会被扯断。

"慢慢来，"他重复道，"慢慢到我这边来。"

有一瞬间，他意识到自己看到了今生见过的最美的女人。他还救了她的命。

突然，女孩用力地扯了一下围巾。贾迈勒想过她可能有的全部反应，却独独没有想到这一点。她的动作干脆而又生硬。

围巾从他手里滑了出去。

接下来的事情只用了不到一秒。

女孩的视线固定在他的身上，就像一个坐在列车里即将远行的游子。那是一种宿命的眼神。

"不！"贾迈勒叫了出来。

他最后看到的场景就是红色的围巾在女孩的手里飞舞了起来。然后，女孩就掉到了悬崖下面。

和她一起坠落的还有贾迈勒的人生，可是当时，他还没有意识到这一点。

N oublier jamais

————

/

预审

1

贾迈勒·萨拉维的日记

很久以来，我从没交过好运。

幸运女神每次都只眷顾同一个阵营，但那显然不是我的阵营。所以在我眼里，生命一度就像一场巨大的阴谋，所有的人都站在我的对立面，他们交换盟约，誓要置我于死地。在它的脑海里，恐怕有一个热爱虐待学生的老师，时刻想着要修理班上最差的学生。而其他同学只是得意于命运的打击没有落到自己头上，心甘情愿地扮演刑讯者的角色。当然，他们都站得远远的，唯恐受到牵连，仿佛霉运也会传染。

不过随着时间的推移，我终于明白了。

这只是一种幻觉。

在你的生命里，你不会遇到充满恶意的神，也不会碰到把你当作替罪羊的老师。

无论是神还是老师，他们都并不在意你的存在。于他们而言，你是不存在的。

你只是一个人。

要是你希望有一天能为幸运女神所眷顾，就要更努力地去玩这场游戏，而且要能经受得住游戏重启。

坚持。

这只是一种概率事件。或者说，最终拼的是运气。

我叫贾迈勒。

贾迈勒·萨拉维。

看上去就不是那种能带来好运的名字。

虽然……

您可能会注意到，我的名字是贾迈勒，和贾迈勒·马利克，也就是《贫民窟的百万富翁》的男主人公同名。这并不是我们之间唯一的共同之处。我们都是穆斯林，却生活在一个伊斯兰教不是主流信仰的国家里。他在孟买著名的贫民窟达拉维长大，我成长的地方则是巴黎郊区的拉库尔讷沃，就在"四千人城"那座名为"巴尔扎克楼"的廉租房里。我不知道是不是可以拿我们俩来做个比较，也不知道我们在外表上有没有什么相似的地方。他不是很好看，长着一对招风耳和一双游移的眼睛。我也是。我甚至更惨，因为我只有一条腿，或者说是一条半，其中半条只长到膝盖处就没有继续，而是接上了一条浅色的义肢。改天我会跟你讲讲这条腿的故事的。

终于有一次，我交了好运。

其实我和马利克最大的共同之处在这里：他最宝贝的东西，并不是几百万卢比，而是他的爱人拉蒂卡，她像白昼一样美丽，尤其是在影片的最后，她戴着黄色的面纱出现在孟买火车站前面的时候，更是美到不可思议。她才是马利克赢得的最大的彩头。

我的情况也是一样。

我站在一个令人无比渴望的女孩面前，她刚刚换上一件蓝郁金香色的裙子，裙领开得很低，她的胸脯就在丝绸的裙子之下跳动着，我可以把视线埋在那里，想埋多久都可以。我要怎么说你才能懂呢？她在我心中是理想女性的化身，在数以千计的夜里，她一直都在梦中引诱着我。但突然有一天，她真实地出现在了我的面前。

我同她共进了晚餐。

在她家里。

壁炉里温柔的火光落在她白皙的脸上，就像情人缱绻的抚摸。桌上还有香槟，2005 年的白雪香槟。再过几小时，我们还要做爱，甚至在晚饭结束前就会开始。

我们会一起度过一个销魂的夜晚。

甚至会是好几个夜晚。

甚至是我余生的每一个夜晚。就像是一个不会随着白昼一起醒来的梦，它伴随着我一起暴露在淋浴喷头之下，跟着我一起走进"四千人城"最后一台没有报废的电梯，跟着我一起到了巴黎大区快线 B 线的库尔讷夫 – 欧贝维利耶站。

她对我展露了一个微笑。她把香槟杯缓缓举到了唇齿处，我想象着那些气泡没入她的身体，在她的体内发出"毕毕剥剥"的声音。我把自己的嘴唇放在了她柔软的唇瓣上。白雪香槟就像是一种引人沸腾的糖果。

她没有选择海边奢侈的餐厅，而是把约会的地点定在了更有私密性的个人住所。可能她内心深处还是耻于和我一起出现，毕竟她是附近最漂亮的女孩，而我只是一个瘸腿的阿拉伯人。我能明白她的想法，虽然我并不会把别人嫉妒的眼光当回事。我比任何人都有权利享受这迷人的一刻。我把一切都押上了，我每次都看到硬币翻到了不幸的一面，但我拒绝相信这是命运的安排。

这次我赢了。

六天之前，我第一次见到了她，在一个几乎没有可能遇到仙女的地方——伊波尔。

在这六天的时间里，我好几次都差点死去。

我活下来了。

在这六天的时间里，我被指控谋杀，还是连环杀人案，最肮脏的系列谋杀案件。连我自己几乎都相信了。

我是无辜的。

我被抓住了，审判了，判刑了。

但我现在自由了。

你会看到，也许你也不会相信我这个残疾的阿拉伯人嘴里的胡言乱语。你会拒绝承认这个奇迹的发生，可能警察给出的官方版本还要好接受一点。你会看到，你会一直怀疑，一直怀疑，直到最后一刻。

然后你会回头看我写的这些话，重读里面的每一个句子，把我当成一个彻头彻尾的疯子。我特意给你挖了一个陷阱，我编造了全部的事实。

但其实一切都是真的。我不是疯子，没有陷阱。对你我只有一个要求：相信我，直到最后一刻。

你会看到，一切都会好的。

今天是 2014 年 2 月 24 日。一切都开始在十天前，一个周五的晚上，也就是 2 月 14 日——那时，圣安托万治疗中心的孩子们正准备回家。

2

相信我，直到最后一刻？

冷冷的雨毫无预兆地落了下来，落在巴涅奥莱市圣安托万治疗中心的那三座红砖楼上，落在它足有三公顷的花园里，也落在那些完工于上两个世纪的雕像上。那些白色的雕像代表的是中心的捐赠者，他们慷慨解囊，却又在历史的长河中被人遗忘。接着就突然出现了一些人影，就好像是雕像突然活过来了似的。那是中心的医生、护士或者是抬担架的人。他们穿着白大褂，忙着避雨，就好像是幽灵害怕淋湿了自己的白袍。

他们中有些人躲在了门廊下，有些则跳上了那些沿路停着的汽车、大巴车或中巴车。车门都还没关上，里面坐满了孩子。

就像每个周五的晚上一样，中心里还有自主行为能力的孩子会被送回自己家，同家人过一个周末。如果说这个周末与以往相比有什么特殊之处的话，那就是之后还有两周的冬假。

我跟着其他人，一同搀着格雷戈里爬上了那辆雷诺"风景"旅行车的后座，却把他的轮椅丢在了这场突如其来的阵雨里。我往车后看了一眼，看着那辆开着雨刷器的救护车，想要从中发现奥菲莉的身影。然后我就回了治疗人员的办公室。

刚从大雨里脱身，办公室里蔓延着一种刚刚滑雪归来的氛围。圣安托万中心的同事们大部分都是女性：女护士、女训导员、女心理咨询师，她们手里端着一杯咖啡或茶，想暖和一下冻僵的手指。很多人都没将目光转到我的身上，还有些人只是扫了我一眼，其中最年轻的两个训导员，萨拉和范妮，却冲我笑了一下。心理咨询部门的负责人妮科尔还是像往常一样，眼神在我的腿上停留了一阵。中心的大部分同事都还挺喜欢我的，虽然她们喜欢我的程度按照年纪、可供支配的情感份额和职业道德而稍有不同。一般来说年长的"特蕾莎修女"要比年轻的"玛丽莲"更喜欢我。

中心的负责人，那个叫杰罗姆·皮内利的混蛋在我之后走了进来。他先看了看在场的同事，然后又用警察看小偷的目光把我打量了一遍。

"他们把奥菲莉带走了，你是不是很为自己而骄傲？"

其实并没有。

我想象过会在救护车上发生的一切。奥菲莉肯定会大喊大叫，让别人离她远一点。在几秒的时间里，我甚至还试着说出几句解释或道歉的话，好让皮内利放过我。我的目光在房间里徒劳地巡视了几遍，却找不到任何一个能替我出头的人。没有人能帮我。所有的女同事都低下了头。

"我们假期之后再算账。"皮内利做出了总结。

在那些日常拷问我的人里，除了充满恶意的神和热衷于折磨人的老师，还应该再加上一个——杰罗姆·皮内利，他总管中心的人事。在不到六个月的时间里，他作为始作俑者，制造了一次混乱的男女关系，主导了两场情绪失控的现场和三次人员解雇。

他站到了办公室里那幅勃朗峰的大海报前面。那是我挂上去的，有

1米宽、2米高，上面能看到阿尔卑斯山所有的山峰，有勃朗峰、莫迪峰、南针峰、巨人齿、绿针峰……

"哼，"皮内利说，"我是绝不会想念这些蠢不拉唧的青少年的。总之……再有不到十小时，我就到库尔舍韦勒了……"

他缓缓地转了一圈，似乎想要引起在场女性听众的艳羡，然后坐到了我的面前，死死盯住了我的假肢。

"你呢？你也要去滑雪吗，萨拉维？这是项不错的运动，不是吗？多亏了这条假腿，你只要租一个雪橇就够了！"

他发出了一阵尖厉的笑声，女性听众们迟疑着是否要跟着笑。"玛丽莲"们干笑了两下，"特蕾莎修女"们则用安静表达着愤慨。

皮内利还没来得及再补上句什么，《我有种预感》的前几个和弦就从他的口袋里传了出来。他拿出手机，骂了句"该死的"，然后就不紧不慢地走出了办公室，临走前还深深地看了我一眼。

"等假期之后，我们就得算笔总账了，萨拉维。她还是个未成年人，我不可能总是护着你。"

混蛋！

伊布就在这时走了进来，把门摔在了皮内利的鼻尖上。

在整个中心，伊布是我唯一的盟友。他是中心的担架工，但每次有被看护的孩子要打架的时候，也是他给他们套上束缚用的紧身衣，或者把他们捆在床上。他还能修缮供暖系统、搬家具、给山地车换轮子。用我的话说，他就是一个"用猴面包树打成的带镜子的衣柜"，跟奥马·希一个类型的。这个家伙能把"特蕾莎修女"和"玛丽莲"们团结起来，长得帅、很酷，而且幽默，更是一位运动上的好手。

嗯，运动上的好手……女同事们甚至都不知道虽然伊布每周四都要跟我在蒙莫朗西的森林里跑上15千米，可每次我都能在到达终点时领先他一半的路程。

他拍了拍我的手。

"我听到那个混蛋说的关于雪橇的话了。你别往心里去，贾姆，你要去度假吗？"

他转过身去看那张阿尔卑斯山的海报。当看到阿尔卑斯山峰顶那些终年不化的雪时，他的眼睛也亮了一下。

"去伊波尔。这还是多亏了你！"

"伊波尔？很不错啊！那儿有雪道吗？"

"伙计，那是个诺曼底的小镇，离埃特雷塔不远。没有雪更没有雪道……"

伊布吹了个口哨，什么都没说，然后转向了在场的女士们。

"贾迈勒肯定从来没跟你们说过，他是个高水平运动员！他倔得像头骡子，拒绝去参加残奥会的比赛，不然肯定能给圣安托万中心赢得荣誉、掌声和奖牌的。他就只有一个目标——成为完成环勃朗峰越野跑的第一个独腿运动员。"

我能感觉到，女士们看我的眼光立刻就变了。伊布真是个贴心的好朋友，他进一步解释道：

"这是世界上最艰难的比赛。贾迈勒真是无所畏惧，不是吗？"

女士们的眼神开始在我和墙上的勃朗峰之间游移。我的眼神也迷失在了海拔 3000 多米的高处。冰川之海、瓦洛西讷、南针峰的悬空索道……环勃朗峰越野跑，那可是 168 千米的路程，累计 9600 米的海拔高度落差，至少要跑四十六小时，但我只有一条腿……我真的能完成这样一个壮举吗？我真的能够战胜自己，从而让自己忘记所有的苦痛吗？女护士们显然已经同情心泛滥了，眼里都带上了泪光。我的脸开始发烧，就像一个初经人事的处男。我的眼神开始逃避，注意上了一些平时不会注意的细节：白色墙壁上的脏污、天花板上潮湿和剥落的痕迹……

"贾姆还是个单身汉呢，"伊布继续说道，"没有女孩子要和他一起去吗？那可是伊波尔啊，肯定很赞！"

　　他朝我使了个眼色，我立刻做好了准备。

　　"女孩们，踊跃一点啊……"他再加了一把力，"只需要一位女性志愿者。陪伴一位奥运冠军度过梦幻的一周，还能拿着他的脚……"

　　谢谢你了伊布。我像在训练时一样迅速反应了过来。

　　"女士们，不开玩笑了。这次我的脚还是自己留着吧。"

3

直至忘却所有的苦痛？

尸体就躺在我脚边，睡在一片鹅卵石上。

血液自头颅下方缓缓流出，就像有只看不见的手织了一方红色的丝质毯子，形成了一片红潮，缓缓地向大海流去。

即使是在死亡的状态下，这个不知名的女孩仍然美得令人心悸。黑色的头发盖住了她冰冷而又白皙的面庞，就像是曾无数次被海浪击打的礁石上垂挂的海藻。她就像是从悬崖上掉落的一块石头，海洋要将她雕成永恒的艺术品。

我的视线短暂地离开了她的躯体，望向了面前这座悬崖。后者耸立在我的面前。我三天前就到了伊波尔，却是头一次感觉到这些石灰岩构成的墙壁是如此地令人印象深刻。岩壁上还有泥土，里面生长着阜皮，还有被风和海浪侵蚀的痕迹。我觉得自己面对的好像是神创设来禁闭人类的狱墙。若是想越狱，就只能从上面跳下，那也就意味着失去生命。

我看了下手表。

8 点 28 分。

距离我离开美人鱼客栈进行日常训练才只有不到一刻钟。我又想起了出门前安德烈的嘱咐。

小心一点，贾迈勒，悬崖边的草地会很滑。

然后就是挂在栅栏上的围巾、羊群、瞭望塔……无数场景涌到我的脑子里，挥之不去。我又看到了悬崖边的女孩，她被撕裂的裙子，她最后留在世上的话："别过来。您是不会明白的。"在跳下虚空的一瞬间，她的眼神里还有溢满的哀愁，手里攥着我递给她的博柏利围巾。

胸膛里，我的心脏还在疯狂地跳动。我刚刚跑得太快了，就好像是我相信只要我能及时赶到，就能比女孩更早抵达悬崖下方，用手臂接住她。救下她。

真是可笑。

"我看到她掉下来了。"背后传来一个低沉的声音。

是那个穿棕色夹克衫的男人。他拖着脚，慢慢地靠近尸体，就好像是这个事故严重地惊扰了他。

"我听到您喊叫了，"他的嗓音仍然疲惫，"我就转过了身，然后就看到这个女孩像块石头一样跳了下来。"

随后他面上的五官就扭曲了一下，应该是看到了坠崖后的尸体。他说得对，女孩跳下之后我对着面前的天空徒劳地喊了一声。整个伊波尔应当都听到了。

"她不是掉下来的，"我觉得有必要解释一下，"她自己跳了下来。"

男人没有再说什么。他能明白我语意中的区别吗？

"可怜的孩子！"那个老妇人在我的右边说道。

她是悲剧的第三个目击者。稍后我才知道她的名字是丹尼丝。丹尼丝·儒班。和那个穿皮夹克的男人一样，她也一直在海滩上，但距离落点还要远上 100 米。由于我刚刚跑动得过于疯狂，所以甚至比他们还要提前几秒赶到尸体旁边。丹尼丝穿着黄色的长筒袜，袜子甚至比她的雨靴还要长出一截，上缘已经没入了她的米色布裙和灰色大衣里。她抱着一只狗，是一条小小的西施犬，狗身上还穿着一件带红色条纹的米色毛衣，这让我想起了连环画《查理在哪儿？》里面的人物。

"好了，阿诺德，"她附在狗的耳边说了一句，然后才看向我，"一个这么漂亮的女孩，您确定她是自己跳下来的？"

丹尼丝的反应让我觉得很可笑。

女孩当然是自己跳下来的。

但之后我就意识到自己是这场自杀的唯一目击者。其余两个人都只是在海滩上散步，面对着大海，是听到尖叫才转头的。

丹尼丝在暗示什么？她认为这是场事故？

女孩天使般的面庞上所停驻的绝望，她跳下一瞬间的神情，再次扰乱了我。

"当然！"我回答道，"我在悬崖上还跟她交谈过，就在瞭望塔旁边。我试过劝她……"

丹尼丝却只是给了我一个审视的眼神，就好像我的肤色、我的口音和我的残疾一连给了她三个怀疑的理由。

她在想什么？是不是这不是一场事故？她觉得是有人把女孩推下来的？

我呆滞地仰着脖子看了悬崖一眼，然后我又张开了口，似乎是想要分辩什么。

"一切都发生得太快了。我已经尽量接近她了，我试着用手抓住她，想要拽给她……"

接下来的词句却凝结在了我的嗓子里。

我刚刚注意到尸体上的一个细节，一个超现实主义的细节……

这不可能！

在我脑海中快速滑过关于这场事故的画面。

美丽的自杀者绝望的眼神。

她手中挥舞的博柏利围巾。

空无一物的天际。

见鬼！我忽略掉了什么东西。

我的眼神在红色的围巾和自己的脚尖之间来回游移。

肯定有合理的解释的……

肯定有……

"我们得干点什么！"

我转过身，是丹尼丝在说话。一瞬间，我在反应她到底是在跟我说话还是跟她怀里的狗窃窃私语。

"她说得对，"皮夹克男人也接口道，"得通知警察……"

他的嗓子里有烟民特殊的味道。除了身上那件略显陈旧的夹克，他头上还有一顶酒瓶绿的毛线帽，禁锢着为数不多的头发，两只耳朵却露在外面，已经被冻到发红。近乎本能的，我感到这个人是个单身离异的男人，恐怕还失了业。至少他的境况应当不怎么好，要不然也不会有心情在这儿管这些闲事，而且现在已经这个点儿了，似乎也没有家人关心他要做些什么。他立刻让我想到了拉诺埃尔，我在让·维拉尔中学念初二时那个全身散发着令人沮丧的气质的数学老师。才带了三级学生，他就获得了一个绰号，"阿塔拉克斯"，也就是一种安眠镇定药。就这样，我在心里已经给这个海滩上的男人取了名字。阿塔拉克斯。其实，我很快就知道他真名叫作克里斯蒂安·勒梅代夫……当时我还不知道，第二天我就会在海滩上与他重逢，他会告诉我一些令人吃惊的信息，然后将我们两个人都扯进同样的妄想症里。

阿诺德在主人怀里吠叫了两声。

通知警察？

我的右手手心突然感觉到一阵战栗，就像是那条博柏利围巾再次从我手中脱手，仿佛一条阴险的毒蛇爬过了手心。我的眼睛不再听我自己的使唤，而是不由自主地看向那条红色围巾。我的脸色应该不怎么好，丹尼丝和阿塔拉克斯都莫名其妙地看着我。

或者他们是在等我先做些什么……

通知警察？

我终于明白他们两个人应该都没有手机。我拿出自己的苹果手机，打通了报警电话。

"费康警署。"几秒之后电话那头传来了一个男人的声音。

我解释了报警的原因。自杀。地点，对了，女孩肯定已经身亡，这一点确凿无疑，她是从 120 米的高空落在了鹅卵石地上。一个目击证人看到了她自杀，另外两个人看到了她坠地。

电话那边已经把所有的信息都记了下来。似乎已经有人准备出警了。我又被要求把所有的信息重复了一遍，然后电话就挂断了。

我冲丹尼丝和阿塔拉克斯微笑了一下。

"警察很快就到……十分钟之后。"

他们只是点了点头。很长一段时间里，只有海浪击打鹅卵石的声音冲击着无边的静默。几乎每次有海浪涌来，阿塔拉克斯就要看一眼他的手表。要是仔细观察的话，就会发现他对脚边死去的女孩似乎没有什么怜悯之情，只是有些烦躁，就像你看到了眼前有三车连环追尾，导致了整条路大堵车，但你也会惊讶地发现，你对受害人的同情远没有对迟到时间越来越长的焦虑来得强烈。但阿塔拉克斯不应当有事要忙啊，毕竟他从早上 8 点开始就在沙滩上晃悠……

突然，丹尼丝把阿诺德从怀中放了下来。西施犬立刻躲到了主人的靴子后面，它的主人则抓住了我的胳膊。

"警察还没有来！孩子，把你的外套给我。"

我没能在第一时间明白她要干什么。她要我脱掉衣服？温度可是连5摄氏度都不到……丹尼丝这次的声音里带上了强迫：

"把你的跑步外套给我！"

跑步外套？她就是这么称呼我的"北面"牌"风墙"系列户外风衣的？

我未及多想，就把外套递给了她。丹尼丝俯下身，用外套盖住了女孩的头面和上半身。

这是因为她信奉某种宗教，还是出于迷信？或者是避免阿诺德遭遇心理阴影？

不重要了，我内心深处甚至对她的举动还有点感激。

在丹尼丝盖上风衣之前，我最后看了一眼那条红围巾。脑海里有个声音叫喊说：

这怎么可能？

很长一段时间里，我只有这一个念头。我重新梳理了一遍今天早晨发生的事情，每一秒、每一个动作……可是我仍然无法找到合理的解释。

那条博柏利围巾就系在躺在鹅卵石地上、已无生机的女孩的脖子上。

4

这怎么可能?

清冷的空气侵蚀着我赤裸的手臂。太阳只是在费康的山崖后短暂地露个面，然后就继续到云层后面休息了。为了让自己暖和起来，我一直在原地跺着脚。气温应当又下降至接近0摄氏度了，但我无法要求躺在地上的女孩把我的"风墙"风衣还给我。不管怎样，警察不会拖延太久的，距离我拨出那个电话已经有十分钟了。三个人都陷入了诡异的沉默里，头顶上还有几只海鸥在盘旋鸣叫。

阿诺德被一根细细的皮链拉扯着，最终坐了下来，呆呆地看着海鸥飞走，似乎正被一种恐惧与惊愕混合的情感所支配。

恐惧与惊愕。

我看起来应该同这只狗一样蠢。

躺在鹅卵石地面上的、已无生机的女孩脖子上系着那条博柏利的红围巾！

我在脑子里翻来覆去地想所有可能的线索，却无法找到任何合理的解释。但有一件事情我是确定的：女孩从我手中扯出了那条围巾，下一秒就跳下了悬崖。

我看了一眼空无一人的堤坝、毫无动静的赌场停车场和冬季无人问津的沙滩度假小屋。视野内没有任何警察。

是谁把围巾缠到了尸体的脖子上？我可是第一个到达悬崖下检查尸体的人。附近没有任何其他人的踪迹，只有阿塔拉克斯和丹尼丝，但他们离坠落点至少都有100米远。他们也不可能脸不红气不喘地来给尸体戴上围巾，然后跑开，最后再悠闲地回到这里。而且假如真是他们，那动机是什么？

这说不通！

那还可能是谁？

谁都不可能！不管是谁靠近了这具尸体，在这片空旷的沙滩上，都必然会为丹尼丝或阿塔拉克斯所察觉。他们看到女孩从山崖上掉下来，然后就看着尸体走了过来……

我手臂上的寒毛都竖了起来。寒冷。惊惧。恐慌。推理过程中，只要摒除掉所有不可能的版本，剩下的就是真相：那个女孩在坠落的过程中把围巾绕在了自己的脖子上。

简直是胡言乱语……

但是再也没有其他的答案了。我估测了一下悬崖的高度，想象着身体由此坠落而下需要花费多长时间。几秒。大概是三秒或四秒。围个围巾约莫是够了。

技术上是可行的。

但仅仅是技术上……

在令人眩晕的掉落的过程中，手臂还在空中挥舞，冷风还吹着面部……

我看到一只正在挑战重力的海鸥，它正在天空与沙滩间飞舞。

若真想要做到这一点，至少要在很久以前就制订一个计划，拿出无可企及的决心来，重复做上上千次一样的动作，以便排除情绪的影响。

必须专注于这样一个目标，即于摔死在鹅卵石上之前的四秒内，把围巾系在脖子上……

这根本说不通！

重复了上千次的动作？围巾压根就不是女孩的！是我在路上捡到的，临时起意才把它抛给自杀的女孩，也就是说，直到那一秒，我才有了这个念头。那个悬崖边的天使根本不可能知道她在坠落的瞬间手里会攥着一条围巾。

我将目光移向了丹尼丝和阿塔拉克斯。后者点燃了一根香烟，前者则拉住了阿诺德的绳子，以防它一直待在那个不停呼吸二手烟的位置。

仔细推理，把所有不可能的假设都排除掉，我再次告诉自己。还有什么可能？即使假定女孩有足够的时间，即使她凭借最后的条件反射，把围巾系在了脖子上，而不是像普通的跳崖者一样如石头一般掉落下去，并绝望得像海鸥似的挥舞着双臂，那也无法解释：

为什么要完成这个疯狂的动作？

突然，太阳又出现了，将光辉播洒在悬崖上，岩壁上的黏土和植被都被映出了金银色的光彩。

下一分钟，警察们赶到了。他们把标致"宝克斯"面包车停在了赌场的停车场上。

一共来了两个人，他们向我们走了过来。年轻的那个并不是走得最快的。他看起来在 40 岁上下，脑壳的形状就像一粒鹅卵石，每当靴子因鹅卵石上的海藻打滑时，他都要低低地咒骂一声。他看起来就是那种典型的警察，还没来得及喝杯咖啡面对崭新的一天就要到自杀现场来收拾烂摊子。

另一名警察则稳稳地踩着鹅卵石，就好像它们只不过是些粗糙的沙砾。这就是经验……他像那种已至退休边缘的警察，仿佛是刚从奥利维埃·马夏尔的电影里走出来。挺起的啤酒肚，宽阔的肩膀，外衣的扣子没有扣上，看起来就像个不容易招惹的硬茬。半长的灰色头发，发质看着很硬，被统一向后梳到了脑后，莫名令人想到马龙·白兰度。

等他再走近几步，我的感觉再一次得到了确认。

马龙·白兰度。连嘴角都挂着傲慢。

当白兰度走到我们身边，在尸体旁站定的时候，另一名警察还落在他身后十步远。

"皮鲁上尉，"他的语调是漫不经心的，"我们这儿已经很久没有自杀的人了！自从建成了通往诺曼底的跨海大桥之后，大家都流行从上面往海湾里跳。"

他把两只手都放在了自己的额头上，就好像是要抚平上面的褶子，然后问道：

"你们认识她吗？"

三个人都摇头否认。

"你们到底看到了什么？"

阿塔拉克斯第一个回答了。他看到女孩从 120 米的空中掉下，然后摔在鹅卵石上。丹尼丝确认了他的话，而我只轻轻地点了下头。

"你们当时都在这里吗？有人看到上面发生了什么事吗？"

皮鲁盯着我，似乎是已经闻到了我的恐慌。我大概是回答得太快了一点：

"我看到了。我在悬崖那儿的步道上跑步，每天早上都是这样。她就站在悬崖旁边，靠近瞭望塔那里。我跟她说了话，试着阻止她，但是……"

皮鲁垂下眼睛，看了看我的假肢，似乎是质疑我是如何在残疾的情况下每天坚持锻炼的。我又嗫嚅地补了两句：

"我每天都训练，我是高水平运动员，可以参加残奥会的。您……

您看。"

我也不知道他到底看到没有，反正他的脸上没有任何表示。他只是做了一个白兰度的标志性动作，抬了抬眉毛，然后就俯身检查地上的尸体。我的"北面"风衣被放在一旁的鹅卵石上。

没有奇迹，那条该死的围巾还是绕在女孩的脖子上。

我的视野几乎全被这条围巾占据了，但皮鲁没有对它表现出一丝一毫的兴趣。他仔细检查着女孩身上被撕成布条状碎块的红裙子，然后看了看面前的悬崖，好像是想找到能剐烂衣服的树枝。最后，他转头看向我们。

"这裙子不可能是下落过程中被撕毁的。"

我肯定了他的说法，打断了他接下来要说的话。

"我在悬崖上碰到她的时候，裙子就已经成这样了。她的妆也花了。整个人好像被吓坏了。"

丹尼丝和阿塔拉克斯奇怪地看着我，不知道是不是要责怪我没有预先将这些细节透露给他们。皮鲁再次把手放在了额前的皱纹上，仿佛这样能帮助他把线索汇集到脑子里。另一名警察也走了过来，还是一脸事不关己的表情。他看着别处，盯着那些海浪、海滩上刚刷过漆的度假小屋，费康上空的发电风车，还有丹尼丝的阿诺德。

皮鲁似乎已经习惯了。难道他们来的时候在车上发生了争吵？

"自杀？"他从牙缝里挤出了几个音节，"跳崖总得有个说得过去的原因……"

皮鲁仔细检查了裙子上的褶皱。

当我事后想起这些的时候，我常常懊悔自己没有抓住这个机会把一切都告诉警察。我该告诉他们这条围巾原先是在我手里的，告诉他们在瞭望塔附近到底发生了什么，那个女孩从我手里抢走了围巾，虽然这一切听上去全都难以置信……

"见鬼。"皮鲁说道。

我靠近了一点，阿塔拉克斯和丹尼丝也是一样。

女孩的裙子下面什么都没穿。

没有紫红色蕾丝边的内裤，也没有丁字裤。

她的大腿上有很多被强迫留下的伤痕，腹股沟处还有平行的四道抓痕，就在她已经做过脱毛的私处左侧。

丹尼丝合上双眼，把阿诺德更紧地搂在怀里。阿塔拉克斯的脸上呈现出了和他早上吃过的药片一样的颜色：苍白凝滞。我的假肢卡到了鹅卵石里，一时难以保持平衡。

皮鲁把裙子重新盖到了女孩的腿上，就像为舞台表演落下了帷幕。

"老天，这个女孩被人强奸了……应该就在几小时以前。"他抿了抿嘴唇，"这恐怕是个不错的跳崖理由。"

他站起身，再次看了看面前视野内的岩壁，然后将目光落在了那条红围巾上。

他用指尖轻缓地将那抹红色解了下来。

我的眼神都闪烁起来。皮鲁说到了强奸。我的指纹却留在了这条布上，可能还有汗液渗进了纤维里。这可是 DNA 证据。

太晚了。还能说些什么？还有谁会相信我？

皮鲁把手指伸进了围巾和女孩脖子之间的缝隙里，他的动作很慢，就像是医生在检查咽喉处有疾患的病人。他的眉头蹙了起来，整个额头都变成了波浪形。

"她可不只是被强奸了……她还被人掐过脖子。"

一道电流击中了我。我未经思考就说出了下面的话：

"我在上面还跟她说过话。她……她当时还活着，是自愿跳下来的……她……"

皮鲁打断了我。

"那就是被人掐过脖子，但未因窒息而死。您当时跑到那边，可能是吓跑了本来想要掐死她的强奸犯。您救了她的命。哦，应该是您差点救了她的命……"

您差点救了她的命？

我觉得这个说法很奇怪。皮鲁给出的版本也有很多不自然的地方。当然，当我到现场的时候，强奸犯完全可以在听到我的脚步声之后藏到瞭望塔的后面，但其余的部分呢？为什么那个女孩什么都没有告诉我？为什么当我向她伸出手的时候，我没有看到任何掐颈留下的痕迹？是因为我没有留意到？是因为我光注意她的面容了？还是因为我一直盯着她的裙子看？

"您在干什么？"

提出问题的是丹尼丝。皮鲁整个人都趴在了鹅卵石上，用鼻子闻着地上的尸体。阿诺德奇怪地看着他。皮鲁抬起头，露出了一个满足的笑容，就好像一只终于嗅到猎物踪迹的猎犬。

"她的皮肤上有盐的味道。"

我感觉自己正在出演一出超现实主义喜剧，对手演员们却完全不按剧本来，举手投足都是在现场发挥。第二名警察站在远处，听着同事的推理，没有发表任何意见。或许他们之间一向都是这样相处的，每个人都有自己的分工：一个人负责让演出顺利进行，另一个人则默默观察我们的反应。

"盐的味道？"阿塔拉克斯惊讶地问道。

"是的……但是关于这一点，有个很简单的解释。"皮鲁故意过了很久才开口，"她可能洗了个海水澡。"

我们三个人齐齐地将头转向大海。

海水澡？2月19日的时候？深夜里？在不到10摄氏度的海水里？

"光着身子洗的，她的衣服是干的。"皮鲁补充道。

丹尼丝走向我，她好像已经站不住了。我未及思考，就伸手扶住了她。

"一场赤裸的海水澡，"皮鲁继续说道，"不管怎么样，事情的经过都更明朗了。这个女孩很漂亮，可能是这个举动引来了强奸犯。"

他用手指梳理着自己的头发。

"好了，可以封锁现场了。让法医们和整个技术团队都过来吧。抱歉，我需要你们把身份、住址、电话号码还有其他一系列的信息留给我。我会请你们来警署做个笔录，如果可能的话大概就在今天下午，在这之前我们得多了解点信息，至少要知道这个女孩是谁。"

丹尼丝整个身体的重量都压在了我的身上。现在我整个人都在打寒战了。皮鲁注意到了这一点，认真地看了看我，把风衣还了过来。

"给您，我想这应该是您的。快穿上吧，别着凉，我之后还需要您的帮助。"

5

谁会相信我？

埃特雷塔的山峰已经近在眼前。它就像是从悬崖上掉落下来的拼图中的一块，所有的一切就像个巨大的机括，在这扇庞大的门的背后，根本不知道藏着怎样隐秘的洞穴。

在海滩上离开那些警察之后，我跑了不到一小时，比惯常的训练要少一点，还不到 12 千米。也就是从埃蒂格和沃科特悬谷由伊波尔到埃特雷塔的距离。

但这段路程也够了，足以让我清空自己的思绪，去思考、去理解。

温度应该还不到 3 摄氏度，但我已经大汗淋漓。草地上的冷霜还未完全化去，从草叶上滴下些冷冷的水雾，好似瀑布扬起的雾气。但是这种似乎亘古不变的景象只不过是种幻觉。山崖正在遭受四面八方的侵蚀：水、冰凌、雨、大海；它抗争着、屈服着，随后又归于死亡，所有来到此地的游客都是它命运的见证者，但他们无法从表象中看出任何区别。

完美的犯罪。

我现在在发抖。

已经一小时了，自我从沙滩上离开，一直都在翻来覆去地想所有可能的解释。皮鲁的推断似乎是将整起事件的发展脉络都梳理清楚了。那个不知名的女孩将裙子脱在伊波尔的沙滩上，当时天色尚早，或许太阳还没有出来。她赤裸着身子下了海，强奸犯突袭了她，在她穿衣服的时候跟了上来。他一直尾随女孩，在她后面经由小路上了山顶。在这一过程中，他丢掉了自己的围巾，在瞭望塔附近控制住了受害者，强暴了她，并试图将她掐死。但恰在那个时候，他听到了我的脚步声，就躲到了瞭望塔的后面。随后，一切就太迟了。

绝望的女孩跳了下去。

海湾另一边的沙滩上，有蚂蚁大小的人正在山道上小心前行，那条路是去往当地景点三姑岩的。我看了眼手表。

11 点 03 分。该返程了。

我用了不到四十五分钟的时间，就穿过悬谷回到了伊波尔。途中未见到任何人，只在沃科特的悬谷里与一个自行车骑士擦肩而过，还在日出小道上见到了一头驴子，我每天都从那里经过，它似乎都能认出我了。我沿着海岸线又转过了一个弯，到达了瓦莱特的平原处。风似乎也忘记出来肆虐了。远处，费康的风车都在原地静止不动，就像忙里偷闲的巨人。我已望见了伊波尔的广播塔、瞭望塔，还有那群散乱的羊。

我被一股浓重的焦虑感扼住了喉咙。

如果皮鲁说的是对的，那强奸犯就一定看到我了。他一直在瞭望塔背后窥伺着我。我是唯一的目击者……

远足步道缓缓向山下延伸。我尽力发掘自己义肢的潜力，加快了步伐。

唯一的目击者？

我已经越过了河滨的宿营地，整个伊波尔的海湾都在晨间太阳的照耀下亮了起来。海平面渐渐落下，像是一个虚幻的背景。但不少海藻留在了岸边的石头上，好似点缀在沙漠里的绿洲。

我在意识里又提出了另外一种可能性。

如果是皮鲁弄错了呢？

有没有可能强奸犯在犯案之后就把女孩留在了沙滩上？然后女孩已经丧失了神志，自己跑上了悬崖，把围巾丢在了路上？她受到了很大的刺激，虽然我赶到了现场，但也没能阻止她跳下去。

我的假肢弹在通往赌场的石质台阶上，发出了有规律的声音。

强暴一事究竟是在海滩上还是在悬崖上发生的，于女孩而言并没有丝毫分别，但对我来说不然。在这两种可能性之间，一个问题呼之欲出。皮鲁对我进行询问之前，我最好想清楚这个问题。

我到底有没有和强奸犯碰过面？

还有三级台阶。我绕过赌场的垃圾桶，走到混凝土的堤坝上去。我已经在美人鱼客栈的门口了。

我有没有和强奸犯碰过面？

这个问题持续困扰着我，我立即意识到这个问题的背后还有一个更可怕的症结，皮鲁一定不会放过的症结。

那条该死的围巾是怎么到了女孩的脖子上？围巾上可能留下了我的DNA 痕迹。

就像每个早晨一样，我把客栈平台上的木栅栏当成了压腿的工具。我没有惊扰任何人，平台上也没有餐桌，没有椅子，更没有客人。一块板子上写着菜单，今天的套餐包括烹制海螺、特制贻贝和杧果雪泥，标价 12.9 欧元，而安德烈正在旁边空白的地方写着今天的天气。

阴天

海拔 400 米以上可能会有降雪

气温可低至零下 15 摄氏度

哇哦！

安德烈走向我。他已经不再像那个给我准备早餐的野蛮人了。他应该是刮了胡子，梳了头发，还喷了点香水。穿着白色的衬衫，衣着一丝不苟，显然已经做好了捕捉误入此地的巴黎游客的打算。安德烈并非诺曼底本地人，在落户伊波尔之前，他在布赖迪讷开过客栈，那是靠近比利时边境的最后一片属于法国的海滩。安德烈喜欢同人讲述自己的故事，说自己当年专门去南部追寻过阳光。为了说服那些怀疑的人，他每天都得登上一则天气预报：法兰西最恶劣的气候！每天他都要在网上找一找哪里起了大浪，哪里有大风暴，或者哪里的温度计指针最低。今天早上，在这个天气预报的下面，他用小字写上了所属地的名字：肖诺伊，坐落在穆特地区，汝拉山脉的腹地。

我的第一反应就是同他聊聊海滩上的尸体。他开这家客栈也有十五年了，认识伊波尔的每一个人。一个这么漂亮的女孩子，要是真住在伊波尔的话，他肯定能知道是谁……

我还没来得及张开口，他就走到了我的面前，拿着一个厚厚的、卡其色的牛皮纸信封。

"孩子，你有一封信！"

我坐在房间的床上。7 号房间，客栈最高层。从窗户看出去，在一片鳞次栉比的屋檐之后，就是壮观的海景。当时我预订美人鱼客栈的时候，一度还以为自己订到了一家媚俗的客栈……

完全是偏见！

房间很干净，也颇有品位。装修显然是新近才翻修过的，主色调是天蓝色，间或以贝壳点缀，连窗帘绳都用了船上的缆绳。站在窗前，我能看到整个海岸线，视线一直蔓延到费康的灯塔。哪怕坐在床上，我也能看到悬崖的顶部。

打开信封的时候，我的手指一直在发抖。

谁能把信寄到这里？除了伊布、奥菲莉和中心的几个女孩之外，没人知道我来了伊波尔。而且……他们也只知道我的目的地，并不知道我的旅馆名字。

信封上没有留下寄信人的姓名。只有地址，是手写上去的，笔画近似圆弧形，显然是女性的手迹：

贾迈勒·萨拉维

美人鱼客栈

亚历山大·杜蒙大道 7 号

76111 伊波尔

邮戳显示是从费康发出的。

倒是离这里很近……

一些赭黄色的纸片从里面掉了出来。

信封里装着大约二十张纸，其中第一张就吸引了我的注意。那是一份报纸的复印件，名为《科舒瓦信报》，编辑部就在费康。一行粗体字占据了整个头版。

19 岁。尸体在伊波尔的悬崖下被发现。

那就是窗外的这些悬崖。

我的手指紧紧地掐住了这份复印件。事情刚刚发生，这家地方性报纸怎么能立即就写出报道呢？女孩三小时前才跳下悬崖，警察恐怕还在海滩上进行现场勘验呢。

我试着让自己疯狂跳动的心脏慢下来。内心渐渐趋于平静，我开始仔细阅读这张纸上包含的信息。突然我的呼吸又恢复了——我手中的这份只不过是张旧报纸。

很旧的报纸了，接近十年。是 2004 年 6 月 10 日的报纸。

见鬼！

为什么要给我寄一份这么老的报纸，就为了给我看一个十年前的社会杂闻？

我颤抖的手指又翻阅了其他的纸张，所有都是关于同一件事情的：一个 19 岁的年轻女孩，尸体落在了伊波尔的悬崖下面。信封里都是剪报，有全国性报刊也有地方性报纸，还有些更加私密的文件，比如警局问讯的笔录、当地警署调查的档案，还有审理此案的法官同负责调查的上尉衔警察之间的通信。

随着阅读的深入，我很快就把对寄信人身份的疑问扔到了脑后。

寄信人虽然身份未明，她发来的材料却显得颇为真实。但是，这场犯罪的每个细节都让我难以接受。

已经十年了。

6

我有没有和嫌疑人碰过面？

莫甘娜·阿夫里尔案——2004 年 6 月 6 日（周日）

实习生马克西姆·巴龙是第一次见到尸体。一群孩子过来扯住了他的袖子，他终究没能逃过去。

"警察先生、警察先生，海滩上有一个死人。"

马克西姆还没有来得及跟他们解释自己只不过是个实习的学生，不是费康警署的正式职员，他只不过是碰巧来到了伊波尔的让－保尔·劳伦斯广场，现在也不是他的执勤时间……还有，格里马上尉就在那边，等着赛马开盘好买彩票，最好还是等上尉一起过来……

他只好跟着孩子们走了过去。

沙滩上的女孩整个脑壳都碎掉了。

毫无疑问，应该是从悬崖上掉下来的。头先着了地。她可爱的脸蛋都被脑浆弄脏了。

首先，马克西姆就顶着孩子们惊异的目光，把早餐吐在了旁边的鹅卵石地上；然后，他用袖口擦了擦嘴，给自己的长官打了电话。

"菲尔，有个死人，就在海滩上，美人鱼客栈和赌场的下面。"

马克西姆抬起眼睛。

赌场的墙壁上有一幅巨大的海报，足有 2 米宽、3 米高。

悬崖金属音乐节

晚 19 点—早 4 点

悬崖前面还吊着一把银色的吉他，下面的墙上写着 15 支当地摇滚乐团的名字，混凝土的堤坝上散落着很多易拉罐和酒瓶。

伊波尔打着哈欠醒来了。

菲利普·格里马不到一分钟就赶到了现场，但就是这一小会儿，也足够马克西姆再吐上一次了。海滩上聚集了不少围观的人。其实马克西姆也不确定，他的长官面对尸体是不是有比他更多的经验。这位上级也只不过比他年长 5 岁，刚刚从蒙吕松的警察学校毕业。昨天他们还在费康的撞球俱乐部厮混了许久，又去海边的一个酒吧聊了两小时的足球、自行车和女人，之后格里马才回了家。他已经结婚了，还有了孩子。

年长 5 岁……就已经是个很大的差距了。

证据就是格里马上尉没有呕吐，他像一名镇定的指挥官，与实习生巴龙之间的默契全然消失了。他既没有去拍拍后者的背以示安抚，甚至也没有给个慰藉的眼神。他只是干巴巴地下达命令，马克西姆就会不遗余力地去执行。马克西姆也没有任何嫉妒的感觉，更多的是骄傲！多好的一个榜样，五年后的他也会这样吧！

格里马上尉下达的第一个指令就是让实习生巴龙擦干净自己的嘴角，并让围观者尽量后撤。然后他从口袋里掏出了手机，给现场拍了不下 30 张照片。最后，他转向旁边的那些人，其中主要是孩子。

"有人认识这个女孩吗？"

里面有个穿着红色制服的家伙，连纽扣都是金色的。看起来不太像沙滩上的游人，更像是要去开电梯。他的胸口处有黄色火焰状的伊波尔赌场的标志，上面还有一个金线绣的名字——杰雷米。

"有，我认识，她让人印象深刻。昨天她在海景酒吧待了一晚。"

不到一小时，受害者的身份就确定了。

莫甘娜·阿夫里尔。

19岁。

医科学生，大学一年级。

她住在妈妈那里，她的母亲叫卡门·阿夫里尔，在讷沙泰勒昂布赖那里，就在通往富卡蒙的大陆旁边开了一家"驴背客栈"。

格里马上尉很快就将谋杀之前发生的一系列事情串联了起来。莫甘娜·阿夫里尔前一天晚上来到了伊波尔，参加赌场组织的一个摇滚音乐节，就是那个"悬崖金属音乐节"。和她一起来的还有她的姐姐奥西安娜·阿夫里尔和三个朋友：尼古拉·格拉韦、克拉拉·巴泰勒米和马蒂厄·皮拉尔。尼古拉·格拉韦开着他的雷诺车，带着几个朋友于前一晚大约18点从讷沙泰勒昂布赖出发。莫甘娜的母亲迟疑了很久才允许两个女儿出门，虽然她们已经成年了。

是过度保护，还是担心，抑或是预感？

这是她们第一次去夜店！莫甘娜正在鲁昂的一所大学上学，才刚刚成功通过了医科大学第一年的学习，排名第38名。对卡门来说，根本没有办法把孩子关在家里。

法医一来到沙滩，就立即重建了女孩受害的全过程。莫甘娜·阿夫里尔在早晨5点至6点之间被强奸了，然后被扼颈致死，最后从伊波尔的悬崖上被扔了下来。

她的整张脸都肿胀了，下落的巨大冲力让她的四肢都折断了，裙子被撕成了布条，内衣被扯掉了。直到第二天，警察才在悬崖那里，离瞭望塔几米远的地方找到她的内裤，那是条紫红色的丁字裤。但是，无论是在海滩上、在海景酒吧的更衣室里，还是在悬崖上，都没找到她的手包。一共出动了三名警察，连续搜寻了两天，居然都一无所获。

　　下午4点的时候，也就是发现莫甘娜·阿夫里尔尸体几小时后，格里马上尉已经问讯了23个目击证人，大多数都是前一晚去了海景酒吧的伊波尔本地人：15个男人，8个女人。

　　这场"悬崖金属音乐节"吸引了近千名游客，里面大多数在看过最后一支乐队的表演之后又继续去海景酒吧闹腾了一阵子。令人惊讶的是，所有的目击证人都能准确地描述出莫甘娜·阿夫里尔的外貌。

　　美丽。

　　诱人犯罪。

　　整个人都已经飞到了高空。

　　接下来，格里马上尉又花了几小时的时间整理了一下新获得的笔录。当然，在证人们谈到一个已经死去的人、一个强奸犯的受害者的时候，言语上总是会有些顾忌的。虽然或许昨天晚上，还有一两个证人在夜店里觊觎过她。但是，他们所有人的评价都是一致的，无论是男性还是女性。

　　她点亮了整个夜晚。

　　她身材火辣。

　　她的性感一直蔓延到她的丁字裤上。

　　证人们都说到她昨天围着海景酒吧的钢管即兴跳的脱衣舞，她那条被汗水湿透了的裙子紧紧地贴在她湿淋淋的前胸上，她放在大腿上与裙子一起舞动的双手，她挺拔的身躯，她那滑动、飞舞又开放的双肩。她的目光落在男人的身上，就像是狙击手百发百中的子弹。

　　那个好学生已经完全释放了自己。

但早晨5点钟过后，就再也没有人见过莫甘娜了。甚至没人注意到她是何时离开海景酒吧的，也说不出她是自己走的还是有个伴儿。

晚上6点的时候，格里马上尉接待了受害人的母亲卡门·阿夫里尔。他故意让她多等了一会儿。明面上的理由当然是他还有更紧急的事情要处理，必须先核查那些新浮现的线索，还有搜集在场的人证词。实际上则是他也有点混乱，完全无法理清脑海里重叠的两个影子：一个是躺在沙滩上筋骨尽断的女孩，一个是那个酒吧里诱人犯罪的鲜活躯体……而且他也不知道该怎么去面对一位同自己母亲差不多年纪的母亲。

卡门·阿夫里尔走了进来。一台保险柜，这是格里马上尉对她的第一印象。

一台需要被撬开的保险柜。格里马打量着她：她的身材就像一个木桶，上面紧紧地裹着有铁扣子的牛仔上衣，腿很长，穿着绑带的长靴。她的整个人都像是被锁住的，就连鼻梁上厚厚的眼镜也被链子挂在她的脖子上，她的手包也像是钢铁的盔甲。有这么一瞬间，上尉觉得她的脖子上必然挂着一把开锁的钥匙。

一把能打开她心防的钥匙。

也许这把钥匙已经永远找不到了，格里马又想道。今天早晨已经被她扔到枯井里去了。

陪她来的那个男人看起来就像是一直背负着某种沉重的宿命，命运仿佛将他压得喘不过气来。他的脸又瘦又长，连下巴都是尖削的；两条手臂很长，让人想起有两条可以无限延展的手臂的沙杜耶先生，但是格里马突然觉得在当下，这个类比也不是很恰当。

他们两人看起来不太般配，上尉想道。

他指了指办公桌前的两把椅子。

"阿夫里尔先生、阿夫里尔太太？"

"阿夫里尔太太，"保险柜回答道，"吉贝尔是莫甘娜的舅舅，陪我一起来的。"

"莫甘娜的父亲呢？"

"她没有父亲。"

"她的父亲……"

格里马斟酌了一会儿用词。去世了？失踪了？离开了？

卡门·阿夫里尔先他一步开口。

"莫甘娜从来没有过父亲。"

"您是想说……"

其实格里马也不知道该说些什么。他只是拉长了声调，直至卡门·阿夫里尔再次打断了他。

"我是一个人把她抚养长大的。我经营着一家客栈，驴背客栈，在讷沙泰勒昂布赖，已经有二十五年了，也是我一个人开的。"

她转向自己的兄弟。随着身体的动作，她手包上的链条发出了一声清脆的撞击声。

"是我坚持要吉贝尔陪我来的。习惯上……"

这一次则是格里马打断了莫甘娜的话。

"都是您一个人来面对这些事情的。我明白。"

她不是在撒谎。卡门·阿夫里尔就像是一块无法摧毁的岩石，才说了这么几句话，格里马就已经深有体会。卡门在讷沙泰勒昂布赖可算是个人物，她的客栈等级很高，提供的食物也有口皆碑，她还是布赖地区发展委员会的副主任，主管旅游和文化产业发展；十五年之前，她还当过一任市政议会的顾问。这是一个强势的女人，意志坚定，极有行动力。她的哥哥吉贝尔则是当地一家公司的货运司机，半辈子的时间都耗在从迪耶普到纽黑文的路上，忙着用他那辆冷藏货车往英国运送乳制品。

格里马没有退让，他死死地盯住卡门。她上衣的那些金属纽扣反射着清冷的光泽，就像是杀人的利器。

"关于莫甘娜的父亲，我必须多了解一些情况。"

卡门的神情似乎在说她是被冒犯了，格里马很不喜欢这种表情。

"上尉，我需要再重复一遍吗？莫甘娜没有父亲。"

"阿夫里尔太太，这只是一种说辞。可能没有父亲抚养过她，但是从遗传的角度来说，我想知道……"

"十九年之前我做了一次试管婴儿。"

格里马思考了一会儿。他也了解此项法律，试管婴儿只对已婚夫妇开放，或者申请人至少也得一起生活两年以上的时间。

"您当时也有伴侣吧？"

"在比利时就不需要！"

看在上帝的分儿上，格里马想道，卡门·阿夫里尔竟然自己弄出了两个孩子……要不是看在今天这种场合的分儿上，他几乎要当面斥责她这种行径到底有多么自私。已经四个月了，他天天晚上都要每隔三小时就起床，好给自己的女儿洛拉喂奶，那是个趴在他身上的 5 公斤重的小肉球，每当这种时候，他就会感谢上帝让自己的妻子萨拉不愿意哺乳。

卡门·阿夫里尔取下了眼镜，用纸巾擦了擦镜片。她好像在克制，格里马想道。她几乎就要哭了。不管怎样，卡门·阿夫里尔的私生活还有她抚育子女的方式同本案似乎都没有什么关系。只不过这位母亲的性格会让他调查的时候多遇到一些麻烦，他已经有这种预感了。

"阿夫里尔太太，我得问您一些关于莫甘娜的问题。一些私人问题。"

他还是太嫩了，也不比实习生马克西姆成熟。卡门要比他年长 20多岁，而他的亲子关系也无非就是几个月的蜜月期。

"您请说吧。"

"莫甘娜 19 岁了，这是她第一次去夜店。很多证人都跟我们描述了当天晚上的场景，据说她……"

他假装在寻找合适的措辞，最后找了一个他认为最不会引起反感的。

"很引人注意。"

"引人注意？"

卡门的指关节都发白了，银色的手包就像是一块被锻好的白铁。她的整个身体都仿佛鼓胀了起来，最后一道屏障就是那件牛仔衣服了。那副带着链子的眼镜像是为她的双眼建起了一座玻璃的堤坝。但是在她的瞳孔里能清楚地看到正在滋长的悲伤，她整个人都要被溺毙了。

"上尉，您说的'引人注意'是什么意思？"

格里马没有立即搭腔，他想让话题转个方向，但不知道怎么打方向盘才好。

"引人觊觎，阿夫里尔太太。美丽，吸引男性的目光，可能还不只是目光。她自己也是知道的，您明白我的意思，阿夫里尔太太。"

"上尉，您在暗示些什么？发生在莫甘娜身上的一切都是她自找的？上尉先生，她是被强暴的。强奸，掐死，又从悬崖上扔了下来。然后您来问我她是不是引人注意？"

格里马控制住了自己的情绪。他想起了洛拉，才四个月大，女儿就已经很可爱了。从某种意义上来说，她也算是引人注意。他试着开口：

"阿夫里尔太太，我们是同一阵营的，我们得抓住谋杀您女儿的人，每一分钟都很重要。莫甘娜遭遇了最残忍的凶手，我们都不愿意想象当时的惨痛。但是我需要询问所有的证人才能更清楚地划定凶手的范围。"

"就是那些说我的女儿是自寻死路的证人。"

格里马也不知道是为什么，但他就是不由自主地站了起来。

"阿夫里尔太太……让我把话说明白，只有两种可能性。杀您女儿的凶手要么是个精神病人，他在晚上遇到了莫甘娜，可能是在赌场的停车场里，也可能是在海滩上，趁着灯塔昏暗的光。还有第二种可能：他也去了夜总会，跟您的女儿在同一个舞池跳了舞，甚至还和她搭上了话。他们说不定是一起离开夜总会的，莫甘娜可能还是自愿的。之后事情的发展就失控了，这个家伙是个怪物，莫甘娜只是无辜的受害者。但是阿夫里尔太太，您必须明白，我这么问只是因为第二种可能性能最大限度缩小嫌疑人的范围。"

卡门·阿夫里尔没有给出什么反应。她打开手包，又摸出了一张纸巾，但她似乎没有勇气把它放到自己的眼镜上。格里马又想起了那些不约而同的证词。

莫甘娜围着钢管跳舞、她的内裤、她故意弄乱的裙子、海景酒吧最漂亮的女孩……格里马无法把这些细节告诉她的母亲。至少不能以这样一种方式，不能是现在。他转移了话题。

"阿夫里尔太太，我再跟您细说一下。所有认识莫甘娜的人都告诉我们说，她是个理智、用功、温和的女孩。昨晚她之所以会出来，是为了奖励自己在过去一年里的用功学习。在您看来，莫甘娜会不会赋予这次外出以特别的意义？比如……"他还是停顿了一下，"她准备进行一次期待已久的体验？"

卡门的视线凌厉地射了过来。

"她是不是想要立即摆脱处女的身份，您就是这么想的吧？上尉先生，犯不着这么委婉。她是不是要把童贞奉献给第一个遇到的人，是这样吧？"

格里马连忙摇了摇头，继续说道："她是碰上了坏人……她要是愿意跟着一个陌生人一起出去，我们应该不难查出那个男人的身份。"

牛仔外衣里面几乎有一个愤怒的怪兽要咆哮着冲出来了。上尉觉得一个夸奖可能会缓和一下气氛，而且这完全也出自他的真心。

"您的女儿真的很美，阿夫里尔太太，非常非常美，整个晚上最美的女人。请您试着跟随我的思路，这很重要。莫甘娜只需要从众多人之中选择一个就可以了。她有选择今夜伴侣的自由。如果是她选择了自己的谋杀者，而不是谋杀者选择了她，我们就很容易找到犯人。"

卡门·阿夫里尔从椅子上跳了起来。所有的锁链都被绷断，她的愤怒出笼了。

"选择了自己的谋杀者？上尉，我没有听错吧？选择她的谋杀者！我的女儿不是自愿的，她是被强暴的！您明白吗？强奸，掐死，像绝望的野兽那样被扔了下去。"

菲利普·格里马又想到了他的小洛拉。花十九年的时间养大了一个女儿，结果……

他当然能理解。当然。这也是他想要尽快撬开这台保险柜的原因。

"我只是想找到那个这么做的混蛋！"

长臂先生还是坐着，伸出一只手拉了拉卡门的袖子。卡门上前一步，想要避开吉贝尔的手，居高临下地看着格里马。

"您只是个无能的蠢货！"

第二天，法医对莫甘娜·阿夫里尔进行了尸检。

检查结果同之前的推测完全一致。莫甘娜于清晨5点到6点之间被强奸，然后被扼颈而死，随后被抛下山崖。专家认为她在高坠之前应该就已经死了。法医在她的阴道里发现了残留的精液，按照事件发生的顺序来看，应该是属于强奸犯的。

这对格里马而言是个好消息。接下来要做的就是检查所有参加了音乐节和去过酒吧的男性的DNA，甚至是伊波尔所有的成年男性。很多报纸在报道时，都指出这起事件和1996年的卡罗琳·狄金森一案有很多相似之处，后者是一位在布列塔尼被强奸的女中学生。当时普莱讷富热尔所有的男人都被强迫留下了DNA，随后就是整个布列塔尼大区所有可能的犯罪嫌疑人，有 3500 多人都被当成了性侵的犯罪嫌疑人。八年之后，主审莫甘娜案的法官有没有这个胆量，在诺曼底地区进行同样规模的排查？

尸检还有了其他发现，准确来说主要是两项。它们颇令人惊异，但都无一例外地证实了格里马此前的推断。

首先是莫甘娜在遇害之前曾经洗过海水澡，赤裸着洗的。法医很认真地验证过这一点，她皮肤上碘和盐的痕迹都是最明显的证据。她先下了海，然后重新套上了裙子，之后才遭遇了强暴。格里马一边读着尸检报告，一边将视线转向了费康港。这个细节为他预想的过程又添上了一块拼图，然后还让格里马又想到了一点什么。莫甘娜跟着一个在海景酒吧刚刚搭上的陌生人走了出来，他们两个人应该是深夜泡在海里，赤裸相对，避开了其他人的目光。但是事件随后就往悲剧的方向发展了。莫甘娜穿上衣服，给了陌生人一个吻，然后后者就不知所终了。

第二个细节更加出人意料。强奸犯并非用手掐死了莫甘娜，他的工具是一条围巾，尸检结果进一步说明了这一点。从受害人脖子上提取到的纤维极其少见，是高品质的羊绒纤维，这方面的专家很容易就认出了可能的来源：博柏利羊绒格子围巾，只有这个顶级奢侈品牌才卖这个款式。

围巾价值 425 欧元。

一条红色围巾……

格里马上尉忍不住吹了个口哨。

天罗地网将在凶手的身边撒下。应该很少会有年轻的伊波尔人在脖子上戴这么一个东西。

◆◆◆

我抬起双眼。

我又看了一遍这些打印的文件、收集来的简报、警署的报告，还有格里马上尉通过调查获得的所有细节。

一个被强暴、扼颈、推落悬崖的 19 岁女孩。

事件发生在大约十年之前，也就是 2004 年 6 月。

赤裸着身子洗了个海水澡。

被一条博柏利牌的红色围巾勒住了脖子？

天花板在我的头顶旋转起来。我的笔记本电脑就放在桌上，联着网。

我已经完全失去了意识，只是麻木地在搜索引擎中输入了几个关键词。

莫甘娜·阿夫里尔。强奸。伊波尔。

谷歌只用了不到一秒的时间就给出了搜索结果：几十篇关于莫甘娜·阿夫里尔事件的文章。我看了下摘要，毫无疑问，信里的内容都是真的。

我站了起来。透过窗户，悬崖在审视着我。羊群慢悠悠地经过瞭望塔，仿佛今晨并未发生任何悲剧。事件好像只存在于我的幻想中，它并不是发生在几小时以前，而是在遥远的十年前。

我疯了。

我又一次抓起了信封，手指抚摸着邮戳。

费康

17 点 43 分

2014 年 2 月 18 日
法国

昨天有人从费康给我寄出了这封信！他知道第二天，我就会在悬崖边上遇到这个女孩，他知道这个女孩死亡时的场景会同十年前那件事一模一样……不，还是有一点不同：这个女孩不是死亡之后才被扔下去的，她是活着的时候自愿跳下的。

不，这说不通。

谁能这么料事如神？他是怎么猜到的，又为什么这样做？

我看了看整理得一丝不苟的床褥，床单上甚至连一个褶子都没有，枕头被仔细地靠在房间天蓝色的壁纸上。

不，我没有做梦！恰恰相反。闹钟响了起来，就像给我下了一个命令。

12 点 53 分。

我得去赶 13 点 15 分出发的长途车，好去警署跟皮鲁做个笔录。

7

被一条红色的博柏利羊绒围巾勒死的？

我走上三级台阶，来到了费康警署的门口。前台那里，有一个眼睛跟她的制服一样蓝的女孩给了我一个类似空姐的笑容。

"我和皮鲁上尉有约。"

她的声音宛若美人鱼，能把附近所有迷途的水手引到警察的罗网里。

"右边最后一个门。您不会搞错的，门上有他的名字。"

我走进了一个类似门厅的地方，那边放着好多东西，有打印机，还有好多被文件压弯的金属架子。墙上乱糟糟地贴着好多海报："你也可以成为警察！"紧接着是一条长长的走廊。紧贴着办公室的门口还有长椅。

阿塔拉克斯坐在椅子上，离我还有20米。他还穿着早晨那件皮夹克。我坐到了他的旁边。他对我笑了一下，笑容至少比几小时前要大一点。

"丹尼丝已经进去了。"他告诉我，"还有阿诺德……之后就轮到我了。"

我回报给他一个微笑，然后同他双双陷入了沉默。我试着去想他的真名，就是早上他报给警察的那个。几分钟后我终于想起来了，只为这个名字他就该给自己一个枪子儿，毕竟听起来这个名字的主人就像是体制的牺牲品。勒梅代夫。克里斯蒂安·勒梅代夫。

我们一直在等。现在唯一缺少的就是一张矮桌，然后再来本《费加罗报》或者是《巴黎竞赛画报》。我犹豫着，不知道该不该拿出手机在网上查一查。不知为何，我对莫甘娜·阿夫里尔事件有着极大的好奇心。我还不知道是谁把信给我寄到了美人鱼客栈，但是警察肯定会并案调查的，毕竟两起案子有着太多蹊跷的相似之处。

十年之后，红围巾杀手又回来了。

阿塔拉克斯明显有些不耐烦，一直在看着手表。走廊里到处都是走来走去的警察。在不远处的咖啡机那里，我看到了一个此处尤为少见的女性的身影，一个女孩，虽然我只能看到她的背影。她穿着一条紧身牛仔裤，臀部的曲线分外曼妙，棕色的头发梳成了一个马尾，垂在她的脖颈上。她让我很惊讶。现在还有人会扎马尾辫？我很期待她能转过身来，让我看到她的脸。

失败了！直到皮鲁的办公室门打开，她都只给我留了一个背部。丹尼丝走了出来，怀里还抱着阿诺德。当时在场的证人里，阿诺德是唯一换过装的，改穿了一件优雅的红蓝色相间的毛衣。皮鲁也跟着走了出来，握了握丹尼丝的手。

"勒梅代夫先生，现在到您了。"

两个人走进了办公室，皮鲁随手关上了门。丹尼丝一边抚摸着阿诺德，就像抚慰一个刚出院的脆弱的孩子，一边用她浅色的眼睛盯住了我。

"时间很充裕。他们至少得问上十五分钟，警察什么都想知道，尤其是没人看到的事情。"

丹尼丝苍老的手没进了西施犬长长的毛发里，她的两条腿颤抖着，就好像着急要去小便。

当然也可能是着急要跟我说话。

她俯身到我耳边，眼睛看着警察局的各个角落，对我慢慢地说：

"孩子，你得原谅我。我被迫把真相告诉了他们。"

真相？

我的表情一定很蠢。

"什么真相？"

丹尼丝俯得更低了。

"你还记得吧，今天早上，你告诉警察你看到那个女孩跳下来了，我们三个人都看到了。他们在这点上纠缠了很久，所以我被迫说明了一下。"

一名警察从身边经过，她用这个时间整理了一下阿诺德的毛衣，随后低声说道："我没看到她跳下来，只看到她从悬崖上落下，摔在鹅卵石上。这点我是确定的，我想里面那位先生应该也是这样。但是我真的没看到她跳下来！而且，从我们站的那个位置，也不可能知道悬崖上发生了什么，警察也确认过了。"

她奇怪地看着我，脸上的神情就像是一个完成自身义务的守法公民，就好像我是个被她向盖世太保揭发的犹太人。

"我的孩子，你明白的，我总不能撒谎。"

我立刻变身成一个乖巧的男孩，我想这也是丹尼丝期望看到的。

"当然了，夫人，没有任何问题。不要担心，调查不会持续很久的，这……这是个自杀事件。"

丹尼丝直起身子，更加莫名其妙地看着我，眼神中还有那么一丝不可置信，就像我是这个星球上最天真的人。最后，她把阿诺德放在地上，带着它离开了。西施犬跟在主人的后面，好奇地闻着每个办公室的屋门，就好像是一只参观前辈办公地点的实习警犬。

我把腿伸了出去。所有的一切都在我的脑海中搅成了糨糊。

在我的对面，那个女孩终于在与咖啡机的斗争中取得了胜利。她笑着转过身来，漫不经心地看了我一眼，甚至都没有注意到我膝盖以下的部分。这很奇怪，就像男孩看女孩时很少会不把目光落在她的胸部一样。

她从我的面前走了过去，手里端着咖啡杯，性感的臀部消失在了走廊尽头。她很可爱，脸上还有点小雀斑，属于年轻的玛莲妮·乔伯特的类型。这张脸应该足够把警察耍得团团转了。

"萨拉维先生？"

阿塔拉克斯已经进去了二十分钟了。我们在门口碰见，并没有打招呼，然后我就进了皮鲁的办公室。

"请坐，萨拉维先生。"

我服从了。面前皮鲁的办公桌上放着一个巨大的帆船模型，一个三桅帆船，船体是用桃木做的。

皮鲁清了清嗓子。

"这可是'圣诞之星'号的复刻版！1920年制造的，第二次世界大战前最后几艘起航前往新大陆的帆船之一。这是我曾祖父的船，您看，虽然这样也不会让我显得年轻一点。"

这个模型是皮鲁自己做的？

我应当是又换上了一脸迷茫的神情。我记得有一年的圣诞，当时妈妈还在一家公司的食堂工作，公司给的圣诞礼物就是一个摩托车模型。模型大概有15厘米长，用大拇指和食指捏住它就能在地毯上行驶。真的很酷！当时我已经12岁了，每个周末都会跟我的表哥拉蒂夫去修他的雅马哈摩托。

"花了我三百小时呢！"皮鲁继续说道，"海运博物馆还跟我预订了做另外一个，'太子'号，是费康的最后一艘拖网渔船。整座城市都为这艘船流过泪，但是得等我退休才能开始这项工程了。也就剩不到一年了，他们应该等得起的吧！"

我也不知道该说些什么，就点了点头。皮鲁用手把头发拢到了后面。

"萨拉维，您对我的模型不感兴趣是吧？您肯定是在心里骂我这个老警察，感觉自己就像一个聪明人被邀请去和一群蠢蛋吃饭。您就是这么想的吧？"

我甚至都没有花费力气去搭腔。我在等待。我知道皮鲁不是随便说出这些话的，他应该也没有期待我的回答。办公桌上，就在帆船模型的后面，已经堆上了几份卷宗。最上面的一份封皮上有用绿色标签写的人名，但我无法辨别到底是什么。

皮鲁额头上的皱纹突然舒展开了。

"萨拉维先生，这不是自杀。"

我像是被人当面开了一枪。皮鲁是节奏的掌控者，他拒绝给我喘息的机会。

"我们确定受害人的身份了。"

他打开了一份卷宗，递给我一张身份证上的照片。

"萨拉维，你看一下，反正这也不是什么保密信息。"

我看到了被复印在同一张纸上的一张身份证的正反两面。

玛嘉莉·维农

1995 年 1 月 21 日出生

生于魁北克查尔斯堡

身高 173 厘米

特殊标记：无

我记下了这些信息。

"抱歉，上尉先生，我从来没听说过这个女孩。"

皮鲁好像并不在乎我的意见，只是继续阅读着手里的卷宗。

"她是来做药品调查的，任职于一家大型药品公司，负责勒阿弗尔附近地区。昨天，她见了费康这边的大约十个医生。根据她的工作日程，她应该还需要再见上十个。我们的推测是她住在伊波尔或者附近的城市，但是直到现在还没有发现她在宾馆的入住记录。"

皮鲁又翻了一页，然后看了看我，就好像是要确定我是不是个用功的学生。

"不过事件发生的脉络已经基本上清楚了。玛嘉莉·维农在早上5点钟的时候泡了个海水澡。然后在6点钟之前，她遭遇了强奸，法医证实了这一点。阴道里有残留的精液，肌肉有撕裂的痕迹，裙子被扯破了。但是，我们还没能找到她的内裤，应该是一条能和她的紫红色文胸配套的丁字裤。我们还在找，她的手包也是，还没有踪迹。"

皮鲁的每·个字都在我心里翻起了惊涛骇浪。

肯定的，他一定把这起事件和十年前的莫甘娜·阿夫里尔案联系了起来。每一个细节都若合符节：强奸，性侵犯发生的时间和地点，受害人的年龄，海水浴，消失的内裤。

只有她的死因……

我清了清嗓子，想要说点什么，再把阿夫里尔案翻到明面上来，皮鲁上尉却挥了挥手，示意他还没有说完。

"强奸发生之后，玛嘉莉·维农被掐住了脖子。"他停顿了一会儿，"扼颈的工具就是她脖子上的红围巾，您还记得吗？一条带格纹的红色羊绒围巾，经典的苏格兰格纹样式，我也是今天才知道的。一条博柏利牌的围巾，这可值不少钱！萨拉维，要是我告诉您价格，您一定不会相信的！"

8

您不会相信的？

皮鲁用舌头舔了舔手指，擦去了"圣诞之星"清漆外壳上的一点污渍。

我没有要求他重复。

我没有问他是不是能确定法医说的是真的，是不是玛嘉莉·维农在跳崖之前就已经被围巾勒死了。

我没有说任何会激起他的怀疑的话语。我只是保持着沉默，在自己的眼前播放着今早以来发生的一系列事情。飘舞在步道旁的栅栏上的博柏利围巾，我犹豫的手，最终我取下了它，并用同一只手把围巾抛给了玛嘉莉，玛嘉莉伸手抓住它，从我手里扯了过来，跳了出去。几秒之后，距离步道 120 米的下方，围巾却系在她的脖子上。

跟他谈谈吧！

有人在我的脑海里下达了这么一条命令。

谈谈这条围巾，把所有的一切都告诉警察。围巾上可能有凶手的 DNA 证据，但也有你的。警察肯定会注意到的……

"皮鲁上尉……"

我咽了口口水。

说什么呢?

说玛嘉莉在跳崖的过程中把围巾缠到了自己的脖子上?告诉他我是碰过这块布的最后一个人?那只会让我成为犯罪嫌疑人。被指控强奸、谋杀,令我陷入最险恶的处境里。

"嗯,萨拉维先生?"

皮鲁脑门上的皱纹还是平缓的。他用一种属于医生的冷静在等待着我开口。

"我……"

我犹豫的时间太长了。不,我不能掉入陷阱。有太多的理由让我保持沉默。皮鲁说到了残留的精液,玛嘉莉的身上还有挫伤,警察们一周之内就能锁定犯罪嫌疑人的 DNA 证据,说不定和十年前的莫甘娜·阿夫里尔案是同一个人干的。到时我就能摆脱嫌疑了,可以到那时再跟皮鲁讲述我所见的版本。

我突然之间下定了决心,决定要给话题转个向。必须攻击皮鲁才能转移他的注意力。

"皮鲁上尉,我有个问题要问您。您不觉得这个故事特别像十年前的莫甘娜·阿夫里尔事件吗? 2004 年 6 月在伊波尔发生的。您肯定有印象吧,不是吗?"

皮鲁停住了。他肯定没想到反击会来得这么快,但他还是立即做出了反应。

"萨拉维先生,您记得那件事?"

我想即兴发挥。毕竟现在还不是跟他聊起那封信的时候。

"十年过去了,但当地人还是在谈论那件事!两件事有这么多巧合,很难不让人注意到吧?强奸、海水浴、被撕烂的裙子……"

我迟疑了一下,不知道还要不要再列举更多的细节。

"红色的羊绒围巾，"皮鲁开口补充，"这是两起案件共同的凶器。"他直直地盯着我，"当然，萨拉维先生，我们已经将两案并案调查了。请相信我们，我们会尽力的……但是您也知道，这件事情已经过去十年了……目前，如果您愿意的话，我们还是把重点放在玛嘉莉·维农的谋杀案上。"

皮鲁又翻了一页卷宗，就像要给我留出思考的时间。我尽可能快地开口接上了话茬：

"我在悬崖边上碰到她的时候她还是活着的。我可能惊动了强奸犯，让他没有足够的时间把受害人掐死，至少没有完全掐死……"

上尉一直观察着我的反应。他额头上的皱纹变成了"V"字形，就像一个指着卷宗中尸检报告的箭头。

"萨拉维先生，法医们可不是这么推测的。他们认为玛嘉莉是窒息而死的，随后只不过是被扔到了鹅卵石上……"

皮鲁冷峻的表情中终于出现了一丝笑容：

"但我也承认还是有可商榷之处的。两件事先后也就间隔几分钟的时间。我们一会儿再聊这件事，事情都会清楚的，萨拉维先生，一切都会被搞清楚。我需要您给我描述一下今早见到玛嘉莉·维农时您和她之间发生的所有细节。"

皮鲁询问了所有细节。详细的地点，裙子破裂的形态，玛嘉莉说的那几句话。

> 别过来。
>
> 您只要上前一步，我就跳下去。
>
> 您是不会明白的。继续赶您的路吧。
>
> 走吧！快走！

还有玛嘉莉的眼神，以及她的每一个动作。

皮鲁把一切都记录了下来，这就花去了十几分钟。

"好，很好，萨拉维先生。"

他向前欠了欠身子，用食指指尖在"圣诞之星"的船舷上放了一个约有 5 毫米高的领航员，它侧身的幅度大约是 75 度。

"现在，如果您愿意的话，我们可以聊一聊您本人。"

他拿起了卷宗中一页绿色的纸。我看到了纸上的标志。

圣安托万治疗中心。

婊子养的！

皮鲁扼住了我的脖子。

"萨拉维先生，您是在一家收容所工作吧？"

"不，上尉先生，是一家负责治疗和教育的中心。我们不收留问题少年，只收留那些在心理上遭遇困扰的孩子。"

"您是负责管教的人员吗？"

"不是的，上尉先生。"

"负责治疗的？"

"也不是，我负责中心的后勤养护工作。汽车、门把手、下水道，您明白我说的是什么。中心的建筑方圆有 800 米，还有三倍大的公园，再加上担架什么的。"

皮鲁抬起手中的笔，他对我所说的细节并不感兴趣。

"您在那里已经很久了吧？"

他问的是"您在那里很久了"而并非"您在那里工作很久了"，我能明白其中含沙射影的意味。在愤怒的作用下，我的脚开始敲击办公桌下的地砖。

"上尉，我不妨把话说得明白一点。我的青少年时期不是在治疗中心度过的，我也不是一个到了 18 岁还不知道今后要做什么的问题少年，不是一个待在家里无所事事的人。我有维护大型建筑的职业资质证明，六年以前我就被正式雇用了。"

皮鲁朝帆船的主桅杆吹了一口气，就好像是要吹掉什么灰尘。纸制的帆鼓了起来，但他只看了一眼视线就回到了手里的笔记上。

"很好，2008 年以残疾人的身份被雇用，您的雇主已经把所有的细节都告诉我了。"

这个蠢货在查我。关于我的背景，他显然记住了些什么，文件上也有用荧光笔标记的痕迹，我能猜出他对我的态度。

贾迈勒·萨拉维。

阿拉伯裔。残疾。在疯人院工作。

完美的强奸犯侧写。

在每天拷问我的人的名单上，除了满怀恶意的神、喜欢虐待人的老师和令人恨得牙痒的人以外，又添上了窥探隐私的警察。

皮鲁又补上了一句。

"萨拉维先生，从今天早上开始就发生了很多事情，但我们还是找到了您的直接上司，杰罗姆·皮内利先生。"

"他在度假！"

皮鲁第一次露出了发黄的牙齿，那几乎是个笑容了。

"我打电话的时候他正在库舍维尔，就在拉塔尼亚的登山道上呢，他跟我确认过了。"

婊子养的，他到底确认了什么？

这回轮到我用视线拷问他了。

"您的身份，萨拉维先生，您在圣安托万中心的职位。对您来说倒是有个好消息——您没有犯罪记录。当然，想要从事青少年教育行业，有犯罪记录显然是不可能的。也就是说……"

我突然产生了一种难以抑制的冲动，想要一拳打翻"圣诞之星"号周围放的那些小地精。

"也就是说什么？"

"杰罗姆·皮内利先生提出了一些疑问。"

这个混蛋又编造了什么？

"疑问？"

"他跟我谈到了奥菲莉·帕罗迪。一个 15 岁的小女孩，十八个月之前被送进来的。"

混蛋！他踩着滑雪板，戴着护目镜，用他那张充满污言秽语的大嘴把我陷害到了这种境地。

皮鲁继续说道。他和皮内利应当立即达成了共识。

"他暗示说您和这个小奥菲莉之间有非常密切的关系，要是用治疗中心的心理诊疗师的话来说，就是过于密切了。您还因为这件事被约谈了几次。"

不必打那些小地精了，还是直接照着船的桅杆扇上一巴掌吧，至少那样还能看到皮鲁愤怒到发抖的嘴脸。

给予敌人沉重一击！

但我保持了令人惊讶的冷静，也许是想起了奥菲莉那令人沉静的面容。

"上尉，您在搜寻信息时总要注意来源。上司在谈论下属的时候是很难做到不偏不倚的，我有很多同事都能给您一个完全不同于皮内利先生的版本。但是，我不明白的是，我在治疗中心的工作和玛嘉莉·维农的死亡之间有什么关系。好了，别兜圈子了，我现在是被指控了吗？罪名是什么，把女孩推落悬崖吗？还是在您也在场的情况下把她强暴了？"

皮鲁缓缓用手梳理着头发。这个家伙应该是一直都等着我的这种反应。他又等了一会儿，才合上了手边绿色的文件夹。

"别紧张。萨拉维先生，千万别紧张。到目前为止，您还只不过是一起事件的主要证人。简单来说，您是唯一看到玛嘉莉·维农自愿跳下去的人，是唯一将其认定为自杀的人，这和鉴定专家的结论是有矛盾的……"

"到目前为止？"

"好吧，我们说得直白一点。参照我目前所有的证据，或许警察能采取的最合理的措施就是对您实行监视居住。"

我有点蒙，整个身体都落回了椅子里面。

"虽然您只有一条腿，萨拉维先生，但是材料上也有写，您跑得很快。如果您就是强奸犯我却让您跑了……"

皮鲁明显感觉到自己占了上风，他没有浪费这个机会。

"好了，在您去投诉我侵犯公民隐私之前，萨拉维先生，您还是好好评估一下情况吧，您的情况！我就冒险再让您享受几小时的自由，留出比对 DNA 证据的时间。明天下午 2 点，我们再在这间办公室见面。"

他一下子站了起来，抓起那个绿色的文件夹，绕过办公桌，站到了我的身后。

"萨拉维先生，您遇到了什么事情？"

"什么意思？"

"我是指您的腿。"

我不喜欢他看我的眼神。

在皮鲁的办公桌上，准确地说是在一堆卷宗上面，有一张散落的纸。上面的内容让我有些疑惑，纸上没有任何其他的东西，只有一个写着八个数字的表格：

2/2	3/0
0/3	1/1

是某种令人头疼的数学题吗？皮鲁是要用数独填满他退休前的几个月吗？

"萨拉维先生，您还没有回答我。"

我只好扭过脖子跟他说话。

"上尉，都是因为警方的失误。有名警察开枪打断了我的腿，当时我刚刚洗劫了苏富罗街的巴黎国民银行，就在巴黎第五区。当时我就已经跑得很快了，但还没有现在这么快。现在我还没有犯罪记录是因为没有人认出我。我戴着一个贝蒂娃娃的面具……"

"您是在耍我？"

"我是在配合您的表演啊。"

皮鲁耸了耸肩，走上前去打开了抽屉。

"好吧，既然说到了贝蒂娃娃。"

他拿出了一本陈旧的《花花公子》。

"您去旁边的房间一趟，给我弄一管……"

"精液？"

"对，可不要拿奶油糊弄我。"

皮鲁的要求让我觉得有点超现实。

"这是正常的调查流程吗？"

"萨拉维，您到底要我怎么说呢？让我把您抓起来吗？"

"要是我拒绝呢？"

上尉叹了口气。

"萨拉维，要是你的精液和玛嘉莉·维农阴道里的并不相符，你拒绝又有什么好处呢？那样我还得给你剪指甲和头发好进行取样。"

我把《花花公子》卷到了手里。他说得对，我又没有做错什么。只要他们把我的 DNA 和强奸犯留下的精斑对比一下，事情就清楚了。我会把这一切都甩到皮内利、皮鲁和所有那些心怀不轨的人的脸上……

至少我是这么认为的。

当时我怎么会想到还有其他可能性呢？

我的精子，我的头发，我的指甲……

这些东西里没有任何一样碰过那个女孩。

之后，我经常想到丹尼丝在跟我谈到玛嘉莉·维农自杀时的眼神。她的眼神是震惊的，应该是惊讶于我的天真。

她是对的。

天真……

仅仅无辜是不够的，没有伤害过别人、没有犯下过错也是不够的。

无风不起浪。证据并不重要，真相同样，怀疑仍旧在滋长。

什么都阻挡不了。

　　您也对我有怀疑吧？

相信您也是会好好地考虑一下的，为什么不去相信警察、专家，而是要相信一个在疯人院工作的阿拉伯人呢？

9

无风不起浪？

"它不收 5 分的硬币，如果放 20 分的就会吞掉，我也试过了。只收 1 欧元，而且不找零。"

我放弃了和咖啡机对抗的想法，回过头想看看声音的主人。

"警察都是骗子！"声音的主人又补充道。

是那个棕红头发的女生。年轻版的玛莲妮·乔伯特。她狡黠可爱的脸蛋上正挂着微笑，黑色的眼珠里满是灵动的光彩，小巧的鼻子微微皱着，透过玫瑰色唇瓣间的缝隙，还依稀能看到洁白的牙齿。应该再给她戴上尼龙的假胡子，这样就更能清楚地看到她脸上的雀斑了。

我回报给她一个微笑。

"不能更同意了。"

我听取了她的忠告，放进去 1 欧元，选了一杯不加糖的淡咖啡。她也拿着自己的杯子凑了过来，我们碰了一下。

"他们已经让我等了四十五分钟了，您呢？"

"我已经结束了……至少今天没事了。但是我觉得自己似乎应该办张月卡……"

她用粉红色的舌头舔了舔咖啡杯的边缘，就好像是一只小兽在啃啮。我觉得这个场景很可爱。她让我想起了妈妈原来挂在厨房餐具架上方的邮局送的日历。上面有吸吮牛奶的小猫，钢琴旁边有穿着芭蕾舞裙的女孩。那是我印象中最早看到的可爱的照片。

女孩好奇地看着我。

我迟疑了一秒。

"证人。一个女孩从悬崖上跳了下来，在她跳下来之前我碰巧到了现场，但什么都没能做。"

她咬了咬嘴唇。一对像田鼠一样狡黠的眼睛黯淡了下来。

"不是什么令人开心的故事。知道……知道她为什么要这么做吗？"

"有推论。根据调查，她自杀之前好像被强暴过，罪犯还试着掐死她。"

"我的上帝……"

小老鼠把一只手放在自己的门牙前，好像是被吓到了，但很快就恢复了过来。很明显，她是个爱闹的人。

"至少您不会是强奸犯吧？"

正中红心！我喜欢她巧妙的回答，这也是平时我与伊布间的默契。就像一杯鸡尾酒，混杂着狡黠和黑色幽默。

"不，我不这么认为。很快就知道结果了，我已经把精子留给警察了。"

她看起来若有所思，好像是在想象当时的场景：一个家伙在隔壁办公室的帘子后面自慰。她认真地端详着我，一直到下半身，但并没有对我的残腿做出任何反应。

小姐，你真是棒极了！其实我很确定她是被我的残疾吸引的，这是我的与众不同之处，而她就是那种不愿意循规蹈矩的女孩。女孩一对黑色的瞳仁倒映在我的眼睛里。

"那可真是个好消息。您要是强奸犯的话，和您待上几分钟，以后我就什么都不用怕了。狮子已经坐下了。"

我看了看手表。

"千万别小看我……在警署里性侵别人，是件很酷的事情，不是吗？"

我大笑起来，但是小田鼠并没有像我预想的那样得到安慰。她小小的牙齿还咬着咖啡杯的边缘。在她钻进某个洞之前，我继续说道："您呢？"

"我？"

"警察因为什么让您等了四十五分钟？"

作为回答，她皱了皱眉，从牛仔裤的后兜里掏出一张皱皱巴巴的纸。

"我只需要盖个章，让他们允许我在海滩上捡鹅卵石。"

"什么？"

她大笑起来。

"这次轮到我让您吃惊了！"

她伸出了手。

"莫娜·萨利纳斯。虽然看起来不像，但我其实是个很讨厌很较真的人。我现在在做应用化学的博士后。一家印度美国合资的大型跨国公司，叫潘西电脑科技公司，给我提供了一笔奖学金。这家公司专供电子产品的元件研发……"

"这和鹅卵石有什么关系？"

她把咖啡杯拿在手中转来转去。我觉得她好像有点紧张，可能是因为我提到了强奸案。她挑衅地看了我一眼。

"您猜一猜吧。"

信息技术和鹅卵石之间的关系？完全不知道！

我还是装模作样地想了想。很奇怪，我喜欢那些学习好的女孩，比如班级里的第一名，或者是那些总是埋头苦学的。但是我在拉库尔讷沃的玩伴们大多数都像躲鼠疫一样地躲避着她们，我就不会这样。我的看法和他们完全相反，这些女孩往往才是最风趣幽默的，也是最容易打交道的。而且，一个研究应用化学的博士后，一般这种女孩是不会跟我说话的。

小田鼠有点着急。

"您把您的舌头给猫了吧？"

我点了点头，做出一副遗憾的表情。

"好了，"她终于松了口，"我就长话短说。硅是信息技术中一个不可或缺的原材料，可以用于导电。您难道没有听说过美国的硅谷吗？这地方的名字里就有硅，当然这个硅指的可不是加利福尼亚女人用来隆胸的那种。"

叮咚！我的视线不可避免地移到了她衬衫的纽扣处，她的胸脯很小，应该是经常运动，上面还有褐色的雀斑。但总体来说让人想到牛奶和蜂蜜。

就像是个走钢索的杂技演员，我奇迹般地在这场谈话中保持了平衡。

"我可能是个傻子，但是我实在不知道这和鹅卵石之间有什么关系。"

她觉得我的窘迫很有趣。

"耐心点，我马上就说到了。硅这种元素在自然界中只会以一种稳定的合成形态而存在——石头！拉芒什海峡这边石头的含硅量可是世界上最高的。"

"真的吗？"

"已经被科学证实了。今天的鹅卵石之都就在皮卡第的滨海卡约……但是诺曼底人说他们的鹅卵石才是最纯的……这是世界上最大的含硅矿，不论是在数量上还是质量上。"

我的脑海里立刻出现了那些灰色的石头，在游人漠视的目光中默默地躺在地下。我很难想象它们身上包含着高科技的宝藏。

"搜集石头还需要警察的同意吗？"

"当然了！一个世纪以前我们经常要用上千吨的鹅卵石来修建道路、房屋或教堂。但是从那之后，我们就发现石头保护着悬崖的平衡，还有所有在上面的建筑。所以到了今天，以前那种情况就彻底终止了！所有的开采都是被禁止的，除非有特别许可。"

"就像一家印美合资的公司要在这个地区投资一样，也需要许可。"

"您全明白了，其实我只需要几百颗石头。跟您说个更具体一点的吧，想要在信息技术中使用硅，纯度必须达到 99.9999999%，"她吐出了一连串的 9，就像一只小鱼在吐泡泡，"这是现行的标准，但是我服务的潘西公司还想要更好的原材料！至少要再加上两到三个 9。这就是我的工作，得搞清楚费康、伊波尔和埃特雷塔的石头能不能再多给我们在小数点后加上几位。"

"那您应该带着化学家需要的一系列东西吧？"

"是啊！有一把锤子，几把钳子，一些试管，一台显微镜，还有装了各种复杂软件的电脑……"

我想和她待在一起。我根本不懂她跟我说的这些东西，也许她跟我聊的硅还有这些数字都只不过是在逗我玩，但我很喜欢！即使这真的是编出来的，也是天才的创造了，普通的石头里面装着全世界独一无二的宝库。

我们两个人都沉默地喝完了杯中的咖啡。在这个阶段，要是莫娜对我感兴趣的话，现在该轮到她来问我的名字、来伊波尔做什么了。我已经做好了准备，要跟她展示一下环勃朗峰越野跑的前景，还有我要名留残疾人运动员的历史的愿望。

但安静持续了下去。

我把杯子扔进了垃圾桶。

远投得三分。

她模仿了我的动作。

比分平了。

我明白了莫娜不会再往前走一步了。

"莫娜，很高兴认识您。很快会再见吧？明天您可能还要来盖章，我可能就要手铐加身了……"

她伸出手拍了拍我的肩膀，在我的耳边低声说道：

"我的小雷达告诉我，我们明天之前还会见面的。"

我感受着她手心传来的热量，什么都没有说。这个女孩喜欢出谜语，但我没有答案。

"我的小雷达可是很厉害的。它还告诉我你住在伊波尔。美人鱼客栈，7号房间。"

她说得太多了。她一定是个伪装成小田鼠的巫婆，专门来监视我。她和警察一样好奇，皮鲁是猫，她就是老鼠。

"您怎么知道的？"

她又弯下腰。橙色的指甲放在我的锁骨上，让我觉得有一只小仓鼠从肩上跑过。

"我的小雷达！像我这样的小羚羊必须随时关注你们这一类食肉动物才能活命。"

她突然退后一步，看了眼手表。

"十三分钟！我必须走了。狮子要醒来，陪着您可能不再安全了。"

"我不会在这儿把您吃掉的，毕竟是警察局。"

"在这里当然不会，但是之后呢？"

之后?

莫娜还是没有想要给我解惑的意思。她向走廊那边走了几步，奔向了一张办公桌。

"抱歉，我得先走了，必须找到警察来给我签这份该死的东西！"

"加油。"

我也走向走廊，出了警署的大门。在走进一间办公室之前，莫娜转向我，发出了一个最神秘的邀请：

"今晚见！可不要迟到哦。"

10

今晚见?

长途车又把我送回了伊波尔，停靠在让－保尔·劳伦斯广场，接着又开向了勒阿弗尔赛道。车只开了不到十五分钟，我之前在费康可是等了足足三刻钟。这期间我有足够的时间想皮鲁所做的调查。我几乎是如释重负了。强奸犯的精液，他的指纹，还有和莫甘娜·阿夫里尔案的所有巧合之处，都能证明我跟这件事情没有任何关系。

我没有去想那些仍存疑的部分……

但这些疑影很快就随着海浪散去了。面前的夕阳发射出了最后的光线，给天上的云镀上了一层金边。这不正是印象派擅长的光影！我知道的，虽然我从来没有走进过博物馆，但只为这一幕，伊波尔就值得来一趟！

我朝着大海踏上了归途。我又想起了莫娜。一路上，都是她的笑容陪伴着我，那个美好的微笑仿佛就印在头顶的云上……她没有玛嘉莉·维农那种哀婉的优雅，也没有后者绝望的美丽，这些东西会像长矛一样刺进心里……不，莫娜不是这样的，她是那种我们愿意分享一杯啤酒的异性朋友。当然，分享床也是可以的，绝不会比分享一杯啤酒更麻烦。这或许就是爱。

男人眼中的爱。

至少在我的心中是这样的。

我经过了伊波尔的一家肉铺。玻璃后的老板娘一直盯着我，就好像我用一只脚走路就会把她店门口的地砖踩碎似的。

混蛋！

莫娜的脸很快取代了老板娘的。

她为什么会对我感兴趣？

她为什么要跟我搭讪？

是因为我们是失落在那个角落的仅有的两个同龄人吗？或许是吧。我从来都没能摆脱掉自己内心深处的自卑，甚至是一种负罪感。在我没有制定一系列攻略的情况下，怎么会有女孩对我感兴趣？市场上的男性又不止我一个，比我好的人到处都是……

为了给两个迎面走来的老妇人让路，我走下了人行道。她们手里挂着拐杖，看起来比我还要肢体不便。

现在是 2 月，伊波尔就像一所养老院，一个由海边上千座房子组成的退休活动中心。或许还不只是这样，伊波尔就像一位上了年纪的老妇人。只有天气晴朗，或者是周日、假期的时候，大家才会回家看望她，带来些小孩子让她的住所能热闹一点——一位拥有一个巨大花园的祖母，但花园里常年杂草疯长、秋千蒙锈。

伊波尔让我想起了我的奶奶贾米拉。不是因为她住在海边，事情可不是这样！她住在德朗西，就在外环路外面的西奥多塔楼里，但是她也有一个大花园，虽然是公共的，但是她能从七楼看到它。那时我还不到 8 岁，经常和伙伴们去看她，这个花园于我们而言就是冒险王国。但最后一次我去的时候，看到游乐设施都在那里，不管是木马还是跷跷板，不过只有老年人坐在那里，没有小孩需要他们照看。要是有个小孩来到这里的话，他肯定觉得自己像是一只误入老人国的动物。

我下到了海滩上。风吹在我的脸上。还有 20 米，我就回到美人鱼了。

莫娜让我想起了童年，虽然我也不知道是为什么。

我走进宾馆，安德烈就站在我面前。

脸上都是笑容。

手里有一封信。

我的手却攥在装饰用的缆绳上。我看着信封上的 UPS 邮戳。快递员应该是今天下午来投递的。安德烈开起了玩笑。

"你原来从来没有信的……是不是刚写了一本书，被所有的出版社拒稿了？"

他把信递给了我。我看到了自己的名字，笔迹和早上那封一模一样。信封是天蓝色的。

安德烈继续说道：

"你是交了个女朋友吗？所有的前女友都给你寄来了情书？"

我抓起信，飞快地跑到楼梯上，冲进了房间。

"谢谢你，安德烈。"

他肯定会一直不停地说下去的。

"一些要改的作业？你是申请到教师资格了吗？教师资格考试是不是在优惠促销？"

我转过身，给了他一个他期待已久的回答。

"就是些销售杂志。哦，是医学杂志。主要是树脂制成的左腿的照片。"

楼梯处传来了安德烈的大笑。

"晚上 7 点开饭！"

信封已经被撕开扔在床上了。

和今早那封的内容差不多。简报、格里马上尉的调查报告，还有一些笔录。

莫甘娜·阿夫里尔一案的后续，这个寄信人还真是会吊人胃口……

我把纸取了出来，开始认真地阅读。要是寄信人想要引发我的好奇心的话，我不介意让他满足一次。

莫甘娜·阿夫里尔案——2004 年 9 月

虽然年纪尚轻、资历尚浅，但格里马上尉在调查过程中还是表现出了令人惊叹的效率。在莫甘娜·阿夫里尔遇害后的三天之内，90% 的 15 岁至 65 岁之间的伊波尔男性公民就已经在警署完成了 DNA 留样工作，其中就包括了 70% 曾去过悬崖金属音乐节的男性（准确来说是 323 个精子样本）。当然，其中没有任何一个与强奸犯是相符的。

格里马上尉很快就意识到这样一个广撒网的排查行动其实是近乎荒谬的。它建立在凶手愿意同警察合作的良好意愿之上，也就是说必须由凶手自愿交出能定他的罪的精液。但主理此案的纳多－洛凯法官坚持要继续排查，因为这样不仅能够安抚受害人家属，更能一一排除犯罪嫌疑人，缩小排查范围。

格里马还坚持要亲自进行对每一个证人的讯问工作，其中也包括已经被 DNA 证据排除的证人。刚开始的时候，他每天都要在警察局里待上十二小时，晚上在家里也会熬上通宵，一个膝盖上放着热好的快餐，另一个膝盖上放着小洛拉的脑袋。经常他也会累得睡了过去，有时是在证人面前，有时是抱着四个月的女儿的时候。他的妻子萨拉忍无可忍地剥夺了他回家睡觉的权利。从 2004 年 6 月 21 日到 7 月 12 日，他就在警署的咖啡厅里支了一个行军床，睡了足足三周，每隔几天才会赶回自己的小家，给自己的妻子和女儿带点羊角面包。

他的推测一步步得到了证实。莫甘娜·阿夫里尔那天晚上的活动安排也给他带来了新的佐证。虽然已经 19 岁了，但那天晚上是她第一次去逛夜店。她的妈妈卡门之所以能允许她出去，还是因为有尼古拉·格拉韦在场，这个男孩已经 23 岁了，当时是他在梅尼耶尔昂布赖读森林管理专利专业的最后一年，就是他开着自己的雷诺车把大家带到伊波尔的——为了监控莫甘娜，还有她的另一个女儿奥西安娜。他也交代了另外两个同行的人：克拉拉·巴泰勒米，今年 19 岁，在讷沙泰勒的夏尔·佩罗小学做后勤工作；马蒂厄·皮拉尔，也是医学院的学生，但已经三年级了。

一批人一起出动，人员构成也很合理。

所有人都重述了当天晚上事件的发生顺序。他们晚上 6 点左右从讷沙泰勒昂布赖开车出发，一小时多一点就到了伊波尔。大家来到海滩，面向着赌场，坐在鹅卵石上吃了土耳其烤肉三明治，就像其余几百个来参加音乐节的年轻人一样。海滩上一片节日的氛围。莫甘娜当时就已经兴奋起来了，但还没有做什么引人注意的事情。

在音乐节的最后，压轴出场的是"A 的故事"，本地很有名的一家乐队。当时已经是深夜 1 点了，DJ 们开始上场了。

用证人的话来说，就是在这个时候，莫甘娜开始了"自己的表演"。

脱衣舞，引人注意的动作……

尼古拉和马蒂厄承认他们曾经试着劝说过她，但她喝得太多了，已经灌下了几大杯啤酒。其实情况也没有那么夸张，法医已经检验过她的血液成分，里面的酒精含量还不到 0.9 克。但或许足以让莫甘娜放飞自我。

尼古拉和克拉拉很快又给出了另一个信息：从凌晨 2 点开始，他们就躺到了海景酒吧的一张长沙发上，把漫漫长夜花在了相互爱抚与亲吻上。这次出游只不过是个借口，其他三个同伴也只是他们的"不在场证人"：他们近几周以来一直在约会。直到早上 6 点，整个酒吧都还是恐慌的时候，他们才发现莫甘娜失踪了。当时有一个吓疯了的家伙，跑到酒吧的沙发旁边大声地喊道：

"上帝啊，那边有具尸体！沙滩上有一具尸体！"

马蒂厄与奥西安娜也讲述了他们自己的版本。他们在快凌晨 3 点的时候开始觉得无聊，所以就离开了舞池，在高分贝的环境下断断续续地聊着天，中间还有好几次都睡着了。他们中间也没有人担忧过莫甘娜为什么会失踪，凌晨 3 点 30 分的时候，他们还最后一次在舞池里见过她。马蒂厄·皮拉尔只是说他猜到莫甘娜应该不会是一个人度过了夜晚，但是她失踪也没有什么可大惊小怪的。毕竟整个酒吧，包括它前面的那片海滩，都已经变成了一片巨大的幽会场所……他甚至告诉格里马自己还试着挑逗过奥西安娜，但没能成功，虽然那一晚她喝得要比平时多一点。他从幼儿园开始就和奥西安娜是朋友，但是她并不是那种一晚上就能上手的女生。她是莫甘娜的反面，更似她的母亲卡门。马蒂厄甚至觉得她让人毫无性欲。

最终的结论是，格里马面临的唯一黑洞时段是凌晨 3 点 30 分到 5 点 30 分之间，也就是莫甘娜失踪到尸体被发现的两小时。

准确来说，甚至可能还没有两小时。索尼娅·图劳，一个穿着偏向哥特风的金发女郎，当天正好在酒吧轮值，3 点 40 分的时候曾在酒吧的衣帽间里看见莫甘娜出去吸烟。索尼娅非常确定，因为莫甘娜是当天晚上最引人注目的客人。她美丽的脸上还挂着汗珠，湿透的裙子已经被掀到了大腿上，几乎能看到里面的肌肤，紫红色的内衣若隐若现。

"那个时候她还穿着内裤和文胸。"索尼娅确认道。

"您很有观察力。"格里马赞许地说。

"上尉，您说得也太夸张了。当时我简直想把她胸前那两只小猫咪咬下来。"

索尼娅的坦诚让格里马吃了一惊，问讯的过程中，她还一直用同样有观察力的眼神打量着上尉先生，似乎是没有明确的性取向。下一次，当他发现还需要询问索尼娅的时候，他毫不犹豫地把这个机会让给了另一名临近退休的警察。

"出去吸烟……"

事后，格里马针对这一细节思索了很久。

莫甘娜是不抽烟的。

调查又进了一个死胡同。

格里马很快就有了一种直觉，他应该换个思路来着手该案件。他不该把重点放在讯问证人上，似乎也没有必要复原莫甘娜做的每一件事，而是要把目光转向凶器。

博柏利围巾。

2004 年 7 月 19 日，纳多-洛凯法官专门给他发了一条信息，祝贺他在新的探案方向上所取得的重大收获。

一条围巾。一块价值 400 多欧元的布。

格里马花费了大量时间，比对了所有证人的笔录，参照了所有可能的版本，从中删除了很多明显不符合现实的细节。

最终，只有三个可靠的证人的笔录里提到了这条博柏利围巾。

第二次问讯的时候，索尼娅·图劳说出的话又让负责调查的警察瞠目结舌，但是她最后想起了一个像"纨绔子弟"的客人。针对其外貌，她给出的形容词是"晒过日光浴的"，而不是"晒黑了""北非裔"或者是"混血"等老警察给出的替换词。

"他的嘴里就含着一根钻石棒棒糖，天哪，我根本想象不到他能有多有钱……"

那位"纨绔子弟"把自己的麻制外套和羊绒围巾留在了更衣室里。这样的打扮在一个金属音乐节上是很少见的，也正因如此索尼娅才能记起他。

"是一条红色围巾吗？是博柏利牌的吗？"

索尼娅没有看到商标，但她觉得围巾的样子还挺像博柏利的。她不记得那个人是什么时候离开的，应该是某个同事把衣服还给了他，但是根本没有人记得了。格里马上尉评估着索尼娅编造出这位神秘顾客的可能性。在媒体的笔下，莫甘娜·阿夫里尔案已经快速发酵成了"红围巾杀手事件"。值得注意的是，当索尼娅·图劳不在酒吧打工的时候，她可是正儿八经地在鲁昂的大学修习欧洲比较法的。而且，接下来又有两个证人证实了她的说法。

经过一番努力的回忆，管理衣帽间的酒吧服务员米基想起来，6月5日到6日的晚上，他在凌晨3点到5点之间休了个班，其间一直在海滩上听着浪花的声音，当时他曾经看到有个男人在赌场的垃圾桶后面抽烟，就在悬崖下面，似乎是穿着外套，戴着围巾。但是天色太暗，他没看出来是什么颜色的围巾，也不记得确切是几点的事情。唯一能确定的是在3点之后，因为那是他开始休息的时候。再也没办法更确切了。但肯定是一个人。

"是不是就像在等什么人？"格里马问道。

"可能吧。"

"等一个女孩？"

"嗯……也可能是等朋友吧。我没再管他，就继续在沙滩上散步了。"

米基也没法提供更多的信息了，他见到的只是昏暗路灯下的一个人影。只是这个时间的确和莫甘娜离开酒吧的时间吻合。之后就再没有人见过她了。

第三个证人叫樊尚·卡雷，今年21岁，化学专业学生，傍晚5点的时候到了布雷欧泰火车站，那是巴黎—鲁昂—勒阿弗尔铁路线上的必经之地。他去参加音乐节，是想借此机会去见乒乓球俱乐部的朋友。主办方派出一辆大巴，直接去火车站接参加音乐节的客人。在将近十分钟的时间里，旁边和他一起等车的是一个年纪差不多的男生，穿得很高雅：白衬衫、漆皮鞋子、外套披在肩上，脖子上还围着红围巾。和其他参加音乐节的人相比，这一身实在是太格格不入了。他们还说了几句话：

"你穿得就跟个王子一样。"樊尚评论道。

"女孩喜欢这样的。"

"你是去听音乐的还是看女孩的？"

樊尚·卡雷能记住那个男孩说的每一个字。

"音乐还是女孩，你是认真的吗？伙计，好音乐可是很少见的，你也不可能在伊波尔见到第二个亨德里克斯。女孩嘛……哇哦，那里的女孩子都是很漂亮的。"

大巴车来了。樊尚没有和"王子"坐到一起。他们不是一类人。每个人都拿出MP3听起了音乐。故事就这样结束了。

后来在海景酒吧，樊尚又看到了那个戴围巾的家伙。他在人群里疯狂地舞动着，且经常有意无意地往当晚最漂亮的女孩莫甘娜身上贴。很明显，他是在挑逗她，虽然当时樊尚并不知道女孩叫什么名字。

　　他跳舞的时候并没有戴围巾，但是几十个证人都曾经提到莫甘娜的身边一直有一个男孩。奥西安娜和马蒂厄也提到了这一点。上述所有证人，包括樊尚，都被叫来画了一张模拟画像。出来的是一张蛮帅气的方脸，棕色的眼睛，晒黑的皮肤，可能是北非后裔，也可能不是。负责画像的技师忙活了足足两周，才弄出来这么一幅既模糊又毫无甄别力的画像。但是警察还是把它贴得到处都是，并收到了几百个反馈。不过经过核查之后，以上线索都是毫无意义的。实际上，格里马上尉根本就不相信这张画像。且不论夜店里的灯光会有多么昏暗，就只说悲剧当时还没有发生，证人们也根本没有理由把这张脸刻进脑海里。

　　事件发生的第二天，樊尚·卡雷再次见到了那个戴围巾的男孩。当时伊波尔正处在一片混乱中：莫甘娜的尸体刚刚被发现，警察刚开始紧张地调查。那个家伙在让－保尔·劳伦斯广场上，就在面包店的门口，衣服还披在肩上，仿佛在等什么人。樊尚并没有留意他，而是跑步经过了他的面前。樊尚完全被这场悲剧震惊到了，他昨天2点才睡着，但是一听到消息立刻就起来了。一个女孩在沙滩上死去了，还被强暴了！跟其他的男人一样，他得立即把身份信息告知警察，然后留下自己的DNA……那个时候，他并不知道受害人是谁，更不清楚谋杀是如何发生的。

　　那个家伙向他挥了挥手，他认出了樊尚。要是没有这个动作，樊尚应该压根不会注意到他的存在。奇怪的是，他们并没有谈到被害的女孩，樊尚也不知道是为什么。他唯一能提供的解释，这个男孩看上去对此事并不知情，或者是压根不在乎这件事。

　　"嘿，你觉得音乐会怎么样？"樊尚寒暄道。

　　男孩大声笑了起来。

"你猜呢……"

"那伊波尔的女孩呢？"

"美，非常美。"

"我昨天夜里看见了，你挑的那个长得还真不赖啊。"

"而且还热情如火，你可以相信我。"

樊尚当时的反应是这个男孩是个登徒子。当时他还注意到那条红色的围巾已经不在男孩的脖子上了。

"你的围巾呢？"

"我把围巾留给她做纪念品了。"

"你还会再见她吗？"

"应该不会……"

他又笑了起来。就是因为这个笑声，心理侧写专家强迫樊尚重复了无数次，甚至还要求他模仿，力图表现出其中最细微的情感。

这是个不由自主的笑，还是苦笑？是玩世不恭的，还是出自虐待的快感？

樊尚并不清楚。他只记得这个陌生人对自己提出的最后一个问题的答案。

"你还坐大巴车吗？"樊尚问道。

"不，我回父母家。他们在诺曼底这边有个别墅。"

这是解开整个莫甘娜·阿夫里尔案的钥匙！

当然，警察立即确认了樊尚证词的可靠性。应当没有大的问题，虽然警察也怀疑过他在那段不在场的时间做了什么：樊尚于凌晨2点回宾馆睡觉，留下俱乐部的朋友继续在夜店快活。这好像不太符合他的性格……

格里马直接向他提出了这个问题。樊尚的答案是他实在太疲惫了，之前的一周他的课业很繁重。当警察继续追问的时候，他则完全愤怒了起来，抗议警察不该这样怀疑唯一能让案子的调查看到曙光的证人。他说得对，格里马没有理由对他予以特别的怀疑，而且他的 DNA 与强奸犯也并不相符。

于是，警察开始寻找一个 20 岁上下的男生，后者的父母在诺曼底地区的海边有一栋别墅。但格里马上尉很快就了解到该地区的别墅有大约 3500 栋……准确地找到嫌疑人父母的那一栋简直是项不可能完成的任务。警察们分成了若干行动小组，手里拿着模拟画像，开始挨家上门走访，围绕着一个圆心进行排查：开始是附近地区，比如埃特雷塔，接下来就是圣瓦莱利昂格、翁弗勒尔、多维尔、卡堡、迪耶普……

终归是无用功。

什么都没有发现。

那个戴红围巾的陌生男孩就像在人世间蒸发了。

格里马上尉于 2004 年 8 月 20 日向纳多 - 洛凯法官递交了调查报告。五周以来，案件调查一直在艰难推进。没有任何新的发现，但格里马已经有了基本的推断。那个男人在酒吧的舞池里一直围着莫甘娜·阿夫里尔，后者应该是自愿随他走出酒吧的。后来男人在无人注意的情况下从衣帽间里取走了外套和博柏利围巾，然后在赌场的停车场等莫甘娜来找他。他们可能在某个僻静的角落洗了海水浴。接着事情就往悲剧的方向发展了。

莫甘娜只愿意停留在调情的阶段，坚决不肯再进一步，男人却不愿放弃。最终他完全失控，强奸并控制了莫甘娜，将她掐死，随后又把尸体从悬崖上丢了下去。抛尸行为可能是为了节省时间，也可能是为了营造自杀的假象。

然后他就消失了……

报告中，格里马上尉虽然未能向法官指明犯罪嫌疑人的身份，但以一种乐观的笔调做了结尾。莫甘娜·阿夫里尔案的嫌疑人已经部分浮出水面了。随着时间的推移，他必然会放松警惕，最终一定会有人在诺曼底临海地区，或者是在别的地方认出他。格里马上尉坚信这一点，而且他还下了一个定论。

阿夫里尔案的凶手一定不会再犯案的。

根据侧写，他是一个出身富裕阶层的年轻人，受过良好的教育，这起案件更像是激情杀人。他应该会怀揣这个秘密隐秘地活下去。直到他死。

假如到他死之前都没人能发现的话……

费康警署的这份报告引发了受害人家庭的冲天怒火。

卡门·阿夫里尔及她的整个家族都通过律师之口对格里马的定论表达了质疑。他们不认为一个好人家的男孩会犯下强奸的恶行。在他们看来，嫌疑人就是社会渣滓，一个为乐趣而杀人的肉食性动物。其最主要的论据就是樊尚描述过的悲剧发生的第二天早上他的那个笑容。换言之，格里马上尉眼中的头号嫌疑人在做过这种事情之后，还能愉快且镇定地在广场上等父母来接他，完全无视在伊波尔街上活动的数十名警察，仅凭这份镇定，他就不应该是一个无意间将艳遇转化为凶杀的人。

围绕着樊尚·卡雷转述的那四句话，警察、律师同法官展开了几小时的辩论：

"你的围巾呢？"

"我把围巾留给她做纪念品了。"

"你还会再见她吗？"

"应该不会……"

该怎么解释这四句话？这到底是一个刚刚犯案、感到自己没有明天的男人胡乱给出的即兴答案，还是一个玩世不恭的穷凶极恶之徒在完全镇定的情况下的回答？又或者他根本就是无辜的，只是不幸进入了警察的调查范围？

8月23日，格里马上尉公开在《阿弗尔自由报》表达了他的看法：他不认为嫌疑人是一个以虐杀为乐的心理变态，能在无人注意的情况下靠近并袭击莫甘娜。要真是这样的话，他们为什么要洗海水浴？为什么要送博柏利围巾？

紧接着，就在8月26日，他的定论就变成了空中的碎片。

还有他的公信力。

他此前所有的细致工作，他在外面度过的不眠夜晚，还有他在小洛拉成长过程中缺失的三个月，都变成了一个笑话。

只是青少年的无心之举？他没有主观杀人的恶意？

仅仅一天的时间，博柏利红围巾事件就变成了国家层级的悲剧，它的影响范围也远远出乎了格里马上尉的意料。

这件事已经惊动了司法界和警界的最高层。

其复杂程度也远远超出了格里马上尉的能力范围。

◆◆◆

钟表的报时声让我从阅读中惊醒了过来。

这个声音一直不停，就像是码头上的水手在不停地呼喊，让船只早些靠岸。

安德烈的声音在走廊里响了起来。

"贾迈勒！吃饭了！"

我看了眼桌上的表。

19 点 17 分。

11

你还会再见她吗?

时值 2 月,"美人鱼"更像是一所家庭疗养院而非客栈。晚饭 7 点钟开始,只有当日菜单可选;客人也是寥寥,两个退休的老人今晚在这里歇脚以便明日去往圣米歇尔山,一对从迪耶普来的英国夫妇带着他们长了红雀斑的孩子,还有一个戴着领带的家伙,像是个误闯此地的销售代表。

我走下台阶。

餐厅很大,至少能容纳三十人同时用餐。透过一面大大的落地窗,几乎所有的座位都能享受到无敌的海景。我又向前走了一步,突然看到了今晚的神秘来宾。

"您迟到了,贾迈勒。"

是莫娜!

她一个人坐在桌边,面前是一盆海螺,手里拿着一把不锈钢的叉子。隔着几张桌子,就是那对默默用餐的退休夫妇。餐厅的另一个角落,那两个英国人正在给孩子喂一碗绿色的蔬菜汤。莫娜指了指对面的椅子。

"您是想一个人吃饭还是我给您让个位置？"

这该怎么拒绝？

我坐到了她的对面。这场惊喜恐怕也有安德烈的参与，因为在接下来的几秒里，一整套餐具就出现在了我的面前。他的微笑里带着一丝同谋者的意味，虽然我并不知道这个微笑的对象是我还是莫娜。

"您可真是会故弄玄虚，是今早住进美人鱼的吗？"

莫娜的眼睛眨了眨，似乎很满意自己在警察局营造出的神秘氛围。

"不错。昨天我在沃勒莱罗斯一带工作，今天就要到昂蒂费角和帕吕埃尔①之间的地方忙活啦，那两个地方可是有着丰富的鹅卵石储量。今早你锻炼完回来的时候，我就碰见你了。当时我正在柜台办理入住，不过你没看见我。"

这没什么稀奇的，安德烈就是那个时候给了我一封信。

"您有没有成功地让警察盖章？"

"有！但是我被迫和半个警察局的人都上了床！你呢，又遇到新的自杀者了吗？"

"目前还没有……"

安德烈送来了我的蛋黄酱焗海螺。他肯定听到了"自杀者"这个部分，但他没有任何反应。

"我们点瓶酒吧。"莫娜提议，"我来请！"

我出于礼貌拒绝了一下，但是莫娜坚持。

"我可以报销的，反正资助我的公司也不差这几个钱。潘西信息科技公司去年就有几十亿美金的盈利。总不能好处都让那些住在基比斯坎的退休老人占去了吧。"

她跟安德烈点了一瓶 2009 年的勃艮第霞多丽白葡萄酒，来自武若

---

① 昂蒂费角是一个海边的油站，帕吕埃尔则是一个核电站的名字。——原注

产区的一级干红。

75 欧元！

应当是她本周全部的营业额了。

气氛突然沉默下来，我们互相观察着对方。我压根不想谈起今早的自杀事件，不愿说起博柏利的红围巾，更不想说到莫甘娜·阿夫里尔事件。莫娜的出现就像是一个美丽的暂停，让我临时从漫无边际的迷茫与无从解释的巧合中解脱出来。

我的目光时而打量着餐厅的装饰，时而看着悬崖边上的帆船，船上系了粗粗的缆绳，旁边的牌子上写着"欢迎登船"。我努力注意着任何一个微小的细节，避免自己将视线长久地停留在莫娜的胸前：她衬衣上的扣子脱开了。

是为了引诱我还是为了说服警察？

莫娜首先开口。

"您知道潘西的老板是怎么发家的吗？"

"完全不知道。"

"这是个令人难以置信的故事。不过您会喜欢的，贾迈勒。他的全名是潘西·库马尔·金德，是个印度裔移民。20 世纪 70 年代刚到旧金山的时候，他的兜里可是一个大子儿都没有。晚上，他就去清扫市中心的办公室，白天去听一些管理学课程、'怎么获得人生的第一桶金'。您看，这种学校每年要收上万美元的学费，骗取数以千计试图实现美国梦的外国学生的钱财，让他们上下三代人都因此负债。年中的时候，潘西有一篇论文要交。是一个创业规划，还包括营销计划、融资方案和资产图表。但因为他晚上另有一份打扫的工作，所以没有时间写。他就有了放弃的打算。就这样，在最苦难的境地中，他明白了美国社会的运行规则。上交论文的前一天，他还在打扫泛美金字塔的厕所，扫遍了整整47 层，却没有一点该如何创立公司的想法。更可悲的是，他还要疏通厕所，那些西装革履的人会往里面扔纸巾，甚至在没有厕纸的情况下还有人用 A4 纸……"

莫娜喝了一口霞多丽，又继续讲道："他就有了一个想法……"

"在厕所的隔间里？"

"嗯，这可能是世界上最蠢的想法了。与其在公共厕所里放上和家里一样的 20 米长纸卷，为什么不把它换成更长的纸卷呢？只要放在一个牢固的金属盒子里就可以了。可以是 200 米或者 300 米长。反正他也想不出更好的主意了，就利用晚上剩下的时间写了一份报告。第二天一早，就像平常一样，他要去地铁 L 线的市政中心站上课。但在最后的时刻，他没有下车，而是又坐了五站地，找了一家富国银行，说动了银行家，并注册了专利。"

"这个主意成功了？"

莫娜兴奋起来。

"他用不到一年的时间就成了亿万富翁，建立了世界排名前一百的企业。今天不管您去哪个火车站、哪家宾馆，还是哪个单位，都会看到这种卷纸。您可以想象一下，这个星球的所有人每天使用卫生纸的数量会有多么庞大！"

莫娜喝干了杯中酒。

"这是 21 世纪最赚钱的专利！潘西接下来又投资了高科技产业，在密克罗尼西亚买了一座小岛，他天天都待在岛上，一丝不挂，顶多就是拿棕榈树的叶子遮遮羞……"

"真的吗？"

她大笑起来。

"您觉得呢？"我没有犹豫太久。

"这全是您编出来的？"

"或许吧，我喜欢编故事。"

我简直想要为她鼓掌，热情地拥抱她，然后和她一起跑到堤坝上，在笑声中度过整个夜晚。我从来没有遇到过一个世界观与我如此一致的女孩。一个与现实错位的人，不愿意完全活在真实中。她坐在窗边，下面是车子闪烁的车灯，上面是明亮的星辰。已经是今天第二次了，我又想起了贾米拉。莫娜让我想到祖母，她是德朗西的山鲁佐德，附近的孩子们都叫她"Canal +"电视台。每个周六的晚上，住在西奥多塔楼的孩子都会在3号楼梯上，瞠目结舌地听她讲各种故事，直到有一天，她被送到了勒布朗 - 梅尼尔的病房里，护士们把她那些神奇的故事都当成了老年痴呆症进一步恶化的证据。当时我8岁，我从没有忘记过她讲的任何一个故事。

安德烈利用我出神的时间把餐具撤换了下来，又端上一盘炖好的贻贝。他手头上的动作并不利索，似乎是有话要说，可能是想聊聊那起自杀案。消息应该已经传遍了整个村庄吧！一个女孩跳崖了，她可能之前还差点被掐死！

我能想象到这些渔民在家里是如何讨论这件事的。

十年过去了，博柏利围巾杀手又回来了？

"到你了！"莫娜突然道。

"我？"

"是！该你给我讲个有趣的故事了。"

我摇了摇头，做出一副灵感枯竭的样子，就像把贻贝从汤汁里捞出来就已经用尽了我全部的脑力。莫娜开始坐不住了。

"贾迈勒，别让我失望啊！要不是我觉得您一定能让我大吃一惊，我才不会邀请您坐到对面！好了，来个疯狂的吧！"

我在餐巾上擦了擦手指。隔着三张桌子，那两个退休的老人都拿出了智能手机，面对面地上着网。

"好的，莫娜。您会喜欢的。一个疯狂的故事？您一定不会失望的！听好了，我发明了一个追求女孩的好办法。简直是完美，能让最漂亮的女孩扑上我的床。"

我成功吸引了莫娜的注意力。她坐直身子，睁大眼睛，微微张开嘴唇。奇怪的是，在我想要描述她这种可爱的样子时，我只能想到一个词，一个只有老人才会使用的词。

可爱的小脸蛋。

她的脸上融合了少女、猫和老鼠三种生物的神情，就像一个从拉封丹寓言中走出的人物。

"贾迈勒，我觉得您好像太自信了……"

"您不相信我吗？"

"我拭目以待……"

我从口袋里拿出钱包，掏出一张名片。我把它放在桌上，可还是用手掌盖住了表面，以防莫娜会看到上面的内容。

"这就是我的秘密武器。"

"哦。"莫娜的脸上有掩饰不住的失望。

我又把卡片向前推动了一下，但并没有拿开手。

"已经十年了，我绝对不会不带卡片就出门。我的口袋里总是放着这么几张。我的日常生活，通常是由地铁快线、郊区火车和城市里的人行道组成的……有的时候，我会遇到很对自己胃口的女孩。这时候我就会塞给她一张卡片，但同时脚步不停，这样她就看不清楚我到底长什么样子。"

我拿开手，读着卡片。

小姐：

　　我曾经无聊地数过，每天我要在巴黎的街头遇到几千个女人。所以每一天，我都会给她们中的一个，或者是两个，少数情况下也会是三个，发上一张卡片。

几千位女性中的一个。

今天这个人就是您。

您是如此不同。在人群中，有些东西让您和其他人看起来不一样。

或许有个男人爱着您，您在他的身边也很幸福，但您可能还是会被这张小小的卡片感动。如果您没有感动，那老天对您实在是太不公平了，因为您完全配得上更多美丽的感动，至少比其他人更多。

至少在我眼中。

感谢您给我带来了这个奇妙的瞬间。

jamalsaloui@yahoo.fr

我把纸片丢给了莫娜，她像抓住藏宝图一样抓住了它。

"哇！这有用吗？"

这次轮到我将杯中的霞多丽一饮而尽，仔细地品着杯中酒的滋味。十毫升就值1欧元。

"当然有用！最坏的情况下女孩子也会觉得被恭维到了。最好的情况嘛，她们会很惊讶、激动。我就是要把宝押在惊喜上，押在她们自以为的与众不同上，押在巴黎的冷漠与我从天而降的浪漫举动间的反差上。您看，莫娜，我这是一个完美的折中方案，徘徊在交友网站上的虚拟对话和在街上喋喋不休地同女孩搭讪之间。"

莫娜拿起酒瓶，给我们俩都加了酒。她倒吸了一口凉气。

"几千个女孩中的一个。您是怎么选的？"

"对了莫娜，这就是最关键的问题。怎么跟您解释呢……如果说这世界上有什么我一直没搞清楚的东西的话，那就是一见钟情到底是怎么回事。这张卡片突然从天上掉到了你的手里，就在纷纷攘攘的人群中间。莫娜，几乎所有的女性都是可爱的，几乎每个人都有足够的理由让别人爱上她，让别人毫无遗憾地与他们共度一生。但是，必须承认，她们的魅力不足以让人一见钟情。然后呢，至少三个女性中就有一个，只要她们愿意，就是足够漂亮的；但是在这之外，至少十个女性中才有一个是完美的。每个女孩都有自己的特色，但是很少有人是完美的！好了，莫娜，您应该明白了，不管怎样，很难一眼之间就对别人一见钟情。但是那些能电到我的女孩子，我在每节地铁车厢都能遇到一个，在每个巴黎的广场上都能碰到十个，在夏天的海滩上能见到一百个……"

莫娜在吃贻贝，两腮像猫咪一样咀嚼着，饶有兴味地看着我。

"贾迈勒，您真是一个很难被定义的人。您到底是个糟糕的登徒子，还是后浪漫主义的奠基人？"

她思索了一会儿，就好像是在寻找我这个方法中的漏洞。

"您每天真的只会发出一到三张卡？"

我表现得就像一个做了错事被抓住的小孩。

"您是在开玩笑吧！有的时候我能发出好几百张。"

她笑了起来。

"哈哈！现在是最关键的问题了，有人给您回复吗？"

"说真的？"

"有……"

"回复率接近80%……其中绝大多数在写过三封邮件之后都会在现实中见面。我和巴黎最美丽的女孩子们上过床，就是靠这种路上的方式，比巴黎最大的模特公司的老板还要有艳福。"

"您是在逗我玩呢？"

"也许吧，我喜欢编故事。"

莫娜端起酒杯，和我碰了一下。

"贾迈勒，您很厉害啊。现在比赛平局了。"

她迟疑了一下，然后说道：

"如果您在街上遇到我，会给我发卡片吗？"

我知道自己不应该立即回答，所以先好整以暇地看了看莫娜脸上的皮肤、她苹果肌上的红晕，还有她可爱的眉毛和鼻子。莫娜还特意调整了个姿势，面向大海坐着，让我能欣赏她的侧影、她的脖颈、她线条优美的胸脯。

我终于开口了，在每个字上都加了重音。

"会，而且是当天发出的唯一一张卡。"

莫娜脸红了。这是我头一次感觉到她有些窘迫。

"骗子！"她试图反驳。

她想转移话题，就长长地出了一口气，然后问了一个问题。

"那您……您的腿，是因为一个事故吗？"

内里上，其实她与其他人也没有什么不同：她也无法抑制自己的好奇心。我已经准备好了答案，多年以来就准备好了。

"是的，就在马约门那个地铁站。整个巴黎最美的女孩就在对面的站台上等车，我可不能不给她发张卡……我就跑到铁轨上，结果就在这个时候地铁进站了。"

又是一阵大笑。

"真是傻话！您总有一天会告诉我的吧？"

"说定了！"

"贾迈勒，您真是个有趣的家伙。很好玩，可惜爱骗人。对了，我很确定您是不会把卡片发给我的。我猜您会喜欢那种浪漫的女人，那种致命的美人，让人琢磨不透的那种，而不是我这种直接的类型。在我看来，这应该和您搭讪的方式有关系，您喜欢创造意象，搜集女孩就像搜集卡片一样。但是您不懂得抓住真正适合您的人！"

"谢谢忠告。"

莫娜的眼神几乎要把我吃下去。

"打扰一下。"背后有个声音说。

安德烈站在我身后，手里端着两盘甜点。他小心地放下，最终下定决心开了口。

"贾迈勒，刚刚您说有人自杀了？是……是最近的事情吗？"

显然安德烈不知道这件事，这很奇怪！

我跟他大致说了一下这件事，但没有提到那条我在栅栏上捡到的红围巾，也没有说围巾最后荒谬地围在玛嘉莉·维农的脖子上。我说得越多，安德烈就越惊讶。到我中场休息的时候，安德烈的脸已经白得像桌上的餐巾了，他嗫嚅着说：

"这个故事让我想起了……"

我抢在他前面开口。

"莫甘娜·阿夫里尔强奸案，十年之前的事情。"

安德烈微微点头表示同意。

"当时我也在，"他继续说道，"直接看到了案发现场。准确来说，那个女孩就死在我的窗户底下。悬崖金属音乐节给我带来了一笔意外之财，当时卖出了得有几十升的贻贝、成吨的薯条和土耳其烤肉三明治，整个堤坝都变成了室外用餐的露台。那天晚上天气不错，到处都是来听音乐的年轻人。那是伊波尔第一次举办这么大型的活动，结果也是最后一次。"

"我明白。"

我也不知道还能说些什么。

"我也没什么好抱怨的。"安德烈补充说，"谋杀案发生之后，接下来的六个月客栈里都是满客，有记者、警察、专家、证人还有律师。"

"那看来这是个好消息了。"莫娜接上了话茬，"现在又死了一个女孩，您有生意了！"

我不确定安德烈是否能像我一样欣赏莫娜的幽默感。他什么都没有说，只是沉默了下来。

"我只希望，"他最后还是开了口，"不要再有其他的了。"

"其他的什么？"

"其他的受害者。"

"每十年才有一个，"莫娜又说，"还是有很长的冷却时间的。"

安德烈奇怪地看了她一眼，眼神却很空洞，越过了莫娜，就像她不存在似的，却远远地投向了海面和星星之间。我有种感觉，他的反应并非全是对莫娜拙劣的幽默感的蔑视，而是希望有人能分担他的忧愁。我转向他："安德烈，你怎么了？为什么会有其他的受害者？"

安德烈却好像一夜之间老了 10 岁。他扯过一把椅子，坐在我们旁边。他久久地望着夜晚的天空，语气很是低沉。

"贾迈勒，看来你并不知道全部的故事。你只知道莫甘娜·阿夫里尔？"

我想起之前看的那一份剪报，最后说到格里马上尉的定论在几天之内就被推翻了，这起案件轰动了全国。

"莫甘娜·阿夫里尔死亡四个月之后，"安德烈继续说，"又发生了一起案件。是鲁昂附近伊波夫那儿的一个女孩。就在下诺曼底，海边附近，暑假快要结束的时候。那个女孩管理着一个夏令营。同一个强奸犯，同样的精液，也是被红色的博柏利围巾勒死的。当时整个诺曼底几乎都疯了！大家都很害怕，怕这个连环杀手再次犯案……幸好之后没有事了……两个女孩啊……"

他又沉默了。

"直到今天早上。"

我试着找出一个合理的解释。

"是不是罪犯之前被关起来了？现在他出狱了，所以又开始了？"

"他从来没有被抓起来过。"安德烈的情绪很不好。

他的意识陷入了旧时的回忆里，就像桌上那盘泡在杧果果泥里的冰激凌球。最后，安德烈离开了我们的桌子，去收英国夫妇用过的餐具。那对夫妻已经带着孩子离开了，只留下了一盆绿色的蔬菜汤。

莫娜看着面前的甜点，就好像是在观察一座在全球变暖中不幸殉难的冰山。

"真是个可怕的故事。"

我没有抬眼去看她，而是低着头思考。

两起案件。

一个十年不曾犯案的凶手，今天早上又回来了。

只是这次他没有杀人。

玛嘉莉是自己从悬崖上跳下来的。她自己把围巾绕在了脖子上。

带着我的指纹的围巾。

有人知道这一点。他在耍我，打算把信息一点一点地漏给我。

为什么是我？我在这个故事里扮演着怎样的角色？

莫娜用手指把玩着我的卡片。

"走吧？"她问我。

我没有回答。她似乎很失望这顿饭是这样结束的，不想生硬地回到现实中来。她又念了一下卡片上的话。

"感谢您带给了我这个奇妙的瞬间。"

"贾迈勒，我跟您说句真话吧。要是有一个陌生人在郊区的火车上塞给我一张这样的卡片，我会很开心的。不管对方是谁，我都一定会上钩。"

她看了看外面的海湾，昏暗的灯光下渔民用的小舢板正在浪上漂荡。舢板上没有人，但也可能有鬼魂。她又补充道：

"但要是在一次海景晚餐上收到这张卡片，我觉得也不坏。"

她推开椅子站了起来。我揉了揉眼睛，从今早到现在发生了这么多事情，我几乎有点吃不消了。但我还是给了她一个微笑，莫娜应该会喜欢我这样。

"贾迈勒，我有一个原则。要是有个男生对了我的胃口，我当天晚上就要和他上床。"

12

为什么是我？

莫娜打开了窗户。海浪撞击鹅卵石的声音充斥了整个房间，让它变成了海上漂浮的小船。莫娜站在两扇打开的窗户之间，一丝未挂，海浪冲击着堤坝，掀起许多泡沫，就像她的皮肤一样洁白。

我躺在床上，欣赏着莫娜的胴体。她鼓起的乳房，饱满的臀部，还有那放弃海洋才得来的美人鱼似的双腿。月光给夜晚带来了半明半暗的光线，海浪反射的微光投射在莫娜的身上。赌场的霓虹灯闪烁着红光，海滩上的沙子也有黄色的光彩。

莫娜转过身。我看到了她的正面，她的乳房就像两座洁白的沙丘，上面点缀着两颗红棕色的榛子，脱过毛的私处有几根细细的绒毛。

很美。

之前在床上，莫娜解开了用来绑头发的橡皮筋，她棕红色的头发像瀑布一样落在肩膀上，让她的脸蛋显得更加小巧可爱。但这种庄重的气氛很快就被她的笑声摧毁了。

莫娜是笑着做爱的。

　　她全身都是活力，也很有创造精神。就像一场游戏，和所有她童年时玩过的游戏一样。捉迷藏式地互相抚摸。闭上你的眼睛，把你的手给我，把你的嘴唇张开。

　　就像一个逗趣的游戏。我从来没有过这样的体验。

　　我看了看闹钟。凌晨 3 点 10 分。

　　莫娜又把窗户开大了一点，走到了我的面前，并没有因为赤裸着身体有什么不适感。我想象着她从墙上摘下一个贝壳，用以遮住私处，就像波提切利笔下的维纳斯。

　　"我在沃科特还有个落脚处。"她说，"你知道那儿吗？"

　　我知道。我每天跑步都要经过沃科特的悬谷。那里是整个海岸线上难得的绿地。上面有几座建于 19 世纪的巴洛克风格别墅，将所有的风景与附近的海滩都变成了别墅主人的私产。

　　"我的博士生导师在那边有个别墅，"莫娜补充道，"他给了我一套钥匙，但我还没去过。从照片上来看，是一座破烂的木房子，外表漂亮，可是很阴森，就像希区柯克的《惊魂记》里那样。真是太感谢他了……"

　　"你和他上床了？"

　　她好像很惊讶听到这个问题。

　　"你在开玩笑吧？我在做爱的时候很好笑，可是工作的时候是很认真的。要是我把这两件事弄混了，那就糟糕了……"

　　莫娜跳到了床上。我坐在床边，她的手指在我的背上游走。

　　"你累了？你是不是很早就要去跑步？我妈妈很早就警告过我：'孩子，永远不要和高水平运动员上床！'"

　　我吻上她的嘴唇，用手抚上她左边的乳房。

　　"几分钟就够了。可以吗？"

我没有等她的回答，穿上一条内裤，打开了床对面写字台上的笔记本电脑。和我预料的一样，莫娜的责备随之而来。

"我是遇到了一个怪胎吗？你在干什么？你是要发条推特，向大家宣布你跟这附近最漂亮的女孩上了床，摆脱了处男的身份吗？"

我挤出了一个微笑。

"不，我是想查查安德烈刚才跟我们说过的事情。那两起强奸案……"

"那个十年前的故事，还是你今早遇到的那件事？"

"十年前的。"

"不能等一等吗？"

不能……我需要知道。

"莫娜，给我两秒的时间。之后，我会给你讲一个你这辈子都没有听过的疯狂的故事。"

我决定把一切都告诉莫娜，包括跳崖的美人脖子上的博柏利围巾。

旧电脑用了很长的时间才开机成功。

"你能帮我个忙吗，莫娜？我的钱包在上衣口袋里，里面有'美人鱼'的 Wi-Fi 密码。"

莫娜扭过身子去找东西，被子随着她的举动滑了下来。她高声把密码报给了我。

我胡乱输入了一些词。

连环杀手

下诺曼底

2004

博柏利围巾

谷歌给出了几百个搜索结果，但似乎都差不太多。结果的标题和内容摘要里往往都有以下几个词：

米尔蒂·加缪
2004 年 8 月 26 日
滨海伊西尼活动中心
强奸
谋杀

又有一个词映入了我的眼帘。

滨海伊西尼

我也不知道为什么，我甚至都不知道这个村镇究竟在诺曼底海岸的什么地方。我试着集中注意力，但同一时间莫娜在我身后开了口。

"你可真是个爱故弄玄虚的人。你是警察！"

警察？

莫娜可真是爱胡说！我有点吓到了，立刻转向她。

"你为什么要这么说？"

她手里举着一个警服上的五角星，金色的，但是已经掉漆了。

我的星星！

莫娜不只找出了我的钱包，她还把我所有的口袋都翻了一遍。

"童年的纪念品？"她问道。

"是的，拜托你把它放回去吧。"

我又想起了那个秋天的早晨，街道的教育管理员直接把我带到了妈妈那里，因为他抓到我给哈基姆和他的同伙们望风。妈妈没有骂我，只是拉着我去了外环路对面的商场，到玩具店走了一趟。那个时候，我经常看卡迈勒叔叔囤的那些老掉牙的西部片。妈妈就花了不到 5 法郎给我买了这个警服上的星星，给我戴在衣服上，什么都没有说。接着她又把我拖回家里，随便给我找出了一部牛仔电影。她才不会关心到底是哪一部。她只是想让我知道，应该站在法律的那一边，永远都不能偏移。

"这些字是你写的吗？"

莫娜倔得就像一头骡子，并没有把五角星放回去。恰恰相反，她还仔细研究起了这个物件。

"都是些动词，"她继续说，"五个动词。每个角上都有一个。"

她缓缓地辨认着那些字母，很多都已经模糊不清了，是刻在星星上的。

> 变成
>
> 做
>
> 有
>
> 是
>
> 支付

我叹了口气。

"莫娜，这是我做人的准则，或者说是人生的方向，是指南针。"

"说详细点。"

莫娜的眼睛又在发光了。现在再把星星从她手里抢出来，可能有点太晚了。被子已经滑到了她的臀部，但是我觉得自己比她还要赤裸。我试着拿出一副漠然的样子，继续看谷歌给出的结果。

《贝桑邮报》

滨海伊西尼郊区。傍晚时分。一具尸体在已废弃的石灰炉旁边被发现。

"我不是在说笑，"莫娜继续坚持，"这五个动词到底是什么意思？"

"我跟你说过了，是我人生的指南针。"

我再一次假装没有听到，低头看着电脑屏幕，没看到她翻我的钱包。几秒以后，她得意地拿出一个折了两折的字条：

"我找到了！"

从来没有人这么翻过我的东西，没人知道这五个动词是什么意思，但我并没有阻止她。

她大声读了出来。我有种错觉，仿佛能听到她胸膛里心脏的跳动。

1. 成为……第一个完成环勃朗峰越野跑的残疾运动员。

2. 做……爱，和一个比我更美的女人。

3. 有……一个孩子。

4. 是……被怀念的，在我死的时候有一个女人为我哭泣。

5. 支付……我所有的债务，在我死去之前。

莫娜沉默了，一直盯着我看："贾迈勒，我不太明白……你能给我解释一下吗？"

我点开了另一篇文章。

《法兰西西部报》巴约版

针对犯罪嫌疑人的排查行动正在如火如荼地进行。卡昂警局的莱奥·巴斯蒂纳上校已接手此案。内务部已经派出了一个犯罪心理专家顾问团，不日将抵达下诺曼底。

"你能给我解释一下吗？"莫娜还没有放弃。

我有点无奈地将目光移开了电脑。

"莫娜，你真是个磨人的小妖精。我想你应该已经明白了，这是我的人生道路所要遵循的原则。或者如果你愿意的话，也可以说是我的野心。是我给自己设定的、超越自己的残疾状态的目标。如果可能的话，我希望可以在死之前完成这五件事情。要是我能完成这五件事的话，我就不会介意自己什么时候死，以及死之后骨灰撒到哪里。"

"你是个奇怪的精神病人。"

"这也是我吸引你的原因，不是吗？"

我觉得莫娜应该会安静一阵子了。所以我又打开了一个 PDF 文档。

《法兰西晚报》

一个连环杀手让整个诺曼底地区都陷入了恐慌。从目前获得的线索大概可知犯罪嫌疑人是一个 20 岁左右的年轻人，戴着一顶蓝白相间的阿迪达斯牌鸭舌帽。

"第一个角上，"莫娜评论道，"是去勃朗峰跑步。这个我明白，你每天早上都要为这个目标训练。这个比赛是每年夏末的时候举行的，不是吗？你有充足的时间，所以第一个目标已经达成了！"

我不由自主地笑了出来。她知不知道这场赛事有多么严苛？知不知道我付出了多少努力才能慢慢靠近这个目标？这是世界上难度最大的越野赛事，是我还是一个孩子时就树立的梦想。更不要说在正式参加比赛之前还要通过一系列的资格赛了。

"好了，"莫娜的声音中有一丝揶揄，"我把第二项也划上对钩了，和一个比我更美的女人做爱，这一项在今晚就已经达成了！"

莫娜一脚踢开了被子，光着身子从床上坐了起来，似乎等着我确认她的说法。

"第三项和第四项。一个孩子，一个为你哭泣的寡妇。好了，贾迈勒，你首先得想明白一个重要的问题。你是想让同一个女人帮你完成这三项愿望？也就是第二、三、四个目标。"

我没有再打开新的链接，但还是盯着电脑屏幕。

"怎么说？"莫娜还真是锲而不舍，"情人、母亲与寡妇。一个、两个还是三个女人？"

"不重要。"

"骗子！"

"真的不重要……那个边撒我的骨灰边为我哭泣的女人也可能是我的女儿啊，等我老的时候她已经长大了。"

"这倒是个好主意。再看看第五项。什么意思，什么叫死之前把债还上？你杀过人？"

我坐到床上，用手扶上她的腰。

"我说的是我们所有人都欠的债。生命。我只是想说死之前我要做一个对别人有用的人。救下一个人的命，还上老天给我的生命。"

"看来开端不太好啊！你甚至没能阻止玛嘉莉从悬崖上跳下去。"

我的手随着她的曲线起伏。莫娜是一个可以让人逾越任何禁忌的人。我从来没跟任何人提起过自己人生的五项目标，甚至面对伊布和奥菲莉也没有说过。我又补上了一句：

"或者是阻止一个杀人犯。不让他再杀人。"

"那个博柏利围巾杀手？"

"嗯，比如说这个杀人犯。"

莫娜温柔地牵起了我的手，把她的手放在了我的眼上，引着我的手指去探索她的秘密花园。

"忘了这些吧。"

闹钟绿色的数字显示现在是凌晨 4 点 03 分。我们又做了一次爱，然后我停留在她的双腿之间，向她讲述了一切，连博柏利围巾的事情都没有隐瞒。最后，我提出了一个问题：

"一会儿我还要回警署。你建议我把一切都告诉警察吗？"

"我不知道。其实你能捡到那条围巾也没有什么可奇怪的。那个强奸了玛嘉莉·维农的男人可能听到你的脚步声就慌了，把围巾留在了那里。然后……"

莫娜皱起眉头，努力地思索着。她的小鼻子也皱了起来，突然她坐直了身子。

"我知道了！那个强奸犯一定戴着面具，或者是风帽。嗯，也许玛嘉莉根本没能看清楚他的脸。过了几分钟，你拿着围巾到了现场，她以为强奸犯又回来了，她把你当成他了！"

我把场景在脑子里重演了一遍。我又想起了玛嘉莉跳崖之前说的话：

> 别过来。
>
> 您只要上前一步，我就跳下去。
>
> 您是不会明白的。继续赶您的路吧。走吧！快走！

当时真的是这样吗？我真的这么傻，把她吓到了？是不是在她的眼里，我就像一个抓住兔子的猎人？她一定被吓疯了！她无论如何都不愿再落到那个屠夫的手里，她宁愿去死！

莫娜提出的假设让我的脊背上一阵发凉。

如果我不是拿着围巾靠近的话，玛嘉莉也许不会跳下去。

莫娜却没有注意到我的惊恐。她继续进行着无懈可击的推理。

"贾迈勒，这能解释那个荒谬的细节！她掉落悬崖的时候故意把围巾围在脖子上的。"

她停顿了一下。

"为了指控你！"

为了指控我？

我赤裸的身子就像一块被冻住的猪肉。莫娜怎么能容忍我继续抱着她的？我默默地起身。这次莫娜留意到了我的恐慌，拉住了我的肩膀。

床头柜上，五角星反射着台灯蓝色的光彩。莫娜的手很温柔。

"别担心，贾迈勒，你没有责任。你当时什么都不知道。"

我突然起身，莫娜的手指抓了个空。

"你没有做错任何事，贾迈勒！你是无辜的，你不必害怕警察。你的精子也无法和玛嘉莉强奸犯的 DNA 匹配，和十年前的那两起事件更不可能有关系。"

我透过窗户看着黑色的悬崖。莫娜继续重复道：

"你不必害怕警察，贾迈勒。"

她搞错了。

她犯了个很严重的错误。

我很快就意识到她错得到底有多离谱。

13

落到那个屠夫的手里？

10 点 22 分。信封就放在我身边的长凳上，在鹅卵石地上摆放的小渔船前面。正是落潮的时候，潮间带上挖开了一条小渠，以方便渔船的停靠。两个冲浪的人刚刚把缆绳系到岸边。其中年轻的那个留着金色的大胡子，在海盐的侵蚀下有些褪色，舢板上画着一个维京海盗的面具；另一个看上去有 40 岁左右，在船上涂了两只诺曼底地区的猎豹，背景是红色的。

这是两个真正的冒险者！这项运动需要完美把控很多因素，比如冰冷的海风、灰色的大海、巨大的浪潮，和那些穿着比基尼在火奴鲁鲁或者悉尼的海滩上号称"冲浪"的人是完全不一样的。他们就像勇于参加越野跑的人一样。

我对他们微笑了一下，这是同类人之间的善意。在打开信封之前，我还在等待着什么。我在体味早晨的宁静。今天早上我头一次 7 点 30 分才起床。起来后第一个举动就是去抓床头柜上的五角星，把它别在了莫娜扔在床脚的衬衣上。就在心口处。

"留着她吧，莫娜，"我的声音就像梦中的呓语，"我把它交给你了。"

她灼热的身体贴了过来。

"天哪，好大的责任！"

"是巨大的责任。"

我又睡着了。一小时之后，莫娜已经走了，只给我留了一张字条。

"我去工作了。就在沙滩上的某个地方。"

当我穿着运动服下到"美人鱼"大堂的时候，已经接近9点了。

"看来你的决心已经用尽了？"他看着手表揶揄道，"环勃朗峰越野赛可不会选一个睡懒觉的选手。"

"情有可原吧……毕竟女孩子这么漂亮。"

"哪个女孩子？"安德烈冲我眨了眨眼睛。

鉴于客栈住客的平均年龄，他应该很少有机会能这么开玩笑。

我决定进行一次高强度的快跑，先向正西方跑15千米，去往埃特雷塔方向，然后经由拉芒德斯大道，直到格兰瓦尔悬谷。出发之前，我看了一眼黑板上的天气预报。

有雪崩风险

持续降雪

中午前有大风

零下15℃

05350 圣维朗

上阿尔卑斯地区

出于某种莫名的原因，安德烈的日常玩笑让我颤抖了一下。外面，强烈的光线让人有一种天气温暖的错觉。我小步跑着离开了。到达海边之后，竖立起来的草被我的脚压伏下去。

半程的时候，我到了沃科特附近。我有点气喘吁吁，开始猜测这里哪栋别墅才是属于莫娜的博士生导师的。待我经由石头小道回到伊波尔附近，正好遇到了邮局的卡车。

邮递员看着我，猜测我应该是一个等待女朋友的明信片的男孩。

"一封信？写给贾迈勒·萨拉维的？嗯，今天有一封，但是我已经去美人鱼送过了。孩子，你可以去问安德烈要。"

我已经猜到了，脑海里浮起另一个念头。

"有可能找到信是谁寄出来的吗？比如说通过寄信的方式？信上没有贴邮票，只有邮戳。"

邮差很开心，就像是一位可以多给学生上点课的老师一样。

"理论上可以。但是孩子，如果说到你的那封信，我倒还有印象，毕竟不到十五分钟前我才亲手把它送出去。那封信没有邮票，用的是自动寄送机。这附近所有的小公司和行政部门肯定都有一台。要是你想知道是哪个女孩一直在骚扰你，恐怕得另想个办法了。"

一进美人鱼，安德烈就把信递给了我。

"贾迈勒，你订阅的杂志！到底是《红皮小苹果》①《电视报》还是《花花公子》？"

"是《皮夫连环画》……"

我觉得自己并不想回到房间里。今天的阳光很顽强，照得沙滩上没有一丝阴影。我朝堤坝上的长凳走了几步。虽然还没有开始读信，但是我很清楚里面是什么。

莫甘娜－米尔蒂事件的后续。

① 法国的一种儿童报刊。——译者注

所有能帮助厘清十年前那起事件的材料。

10点29分。两个冲浪的人向英国方向疾驶而去。我想了想，在去见皮鲁之前至少还有四小时，于是我打开了信封，一边翻阅里面的材料，一边用手指紧紧地捏住它们，防止海边的寒风将其卷走。

◆ ◆ ◆

米尔蒂·加缪案——2004年8月26日 周四

维克托·杜伯维尔坐在拖拉机上，载着满满一座玉米山。第一眼看到那个东西的时候，他以为是哪个不小心的游客丢下的袋子，然后才看出来是一条撕裂的裙子，最后他发现那是一具女孩的尸体。

十分钟后，滨海伊西尼警署派出的两名警员就抵达了现场。他们立即发现该案件与三个月前的莫甘娜·阿夫里尔案有着众多的相似之处。出于谨慎，警察们要求现场的两个证人——维克托·杜伯维尔和他15岁的儿子——在一定的时间内保持沉默，随后联系了上级部门，确认了自己的推断。在四十八小时之内，信息被完全对媒体封锁了。警局在这段时间里验证了这两起事件之间的联系。接下来要担心的事情就是事件会产生的影响了：这两件事在诺曼底海滨可能产生的影响肯定比地中海的森林大火更大。

记者们肯定会这么说的。

连环杀手。

二十四小时后，事情清楚了。

米尔蒂·加缪的年纪是20岁零三个月。她在一个青少年活动中心工作，十五天之前，中心的一个夏令营在滨海伊西尼的海滩上扎了营。

人们最后一次见到她是前一天下午 3 点，在出宿营地的路上。她当时是一个人，那天轮到她休假。

尸检得出的每一个结果都切中了调查者最害怕的部分。

米尔蒂·加缪被强奸、扼颈，工具就是一条红格子围巾，很可能是博柏利。

接下来对现场证据的进一步勘验更是驱散了所有疑云，两起案件中精液的 DNA 也来自同一个人。

仅凭这两个证据，就能证明两起案件是同一个嫌疑人犯下的，结案报告又补充了更多的细节。

在被强奸、扼死之前，米尔蒂·加缪洗了个海水浴。应当是赤裸的，因为她没有穿泳衣，而其内衣上也没有海水的痕迹。但是，自她离开滨海伊西尼之后，并没有人在海滩上见过她。米尔蒂·加缪穿着一条海蓝色的长裙，上面点缀着淡紫色的木芙蓉花，非常优雅。只是裙子一侧完全被撕开了。

就像莫甘娜·阿夫里尔一样，米尔蒂·加缪还穿着自己的文胸，是和木芙蓉一样的淡紫色，但她的内裤消失了。直到第二天警察才在维斯海湾的航道上发现了她的内裤，上面有强奸犯留下的精斑。这两起事件间还有最后一个相似之处：米尔蒂的斜挎包不见了。调查人员找了几个月，但徒劳无功。

同样的野蛮行径。同一个强奸犯。同一种凶器。同样的性骚扰。很多只有警察知道的细节也对得上。

同样的操作方式。

他还会再犯案的。

这就是二十四小时的调查后得出的结论。

他不会停手，他还会再杀人。

上级礼貌性地感谢了费康警署格里马上尉三个月以来的辛苦调查，还很体贴地没有再次提到他在结案报告中所下的结论。然后格里马上尉就被剥夺了调查权，两起案件被整体移交给了一个由内务部和司法部联合派出的两人专案小组。

来自卡昂警局的莱奥·巴斯蒂纳上校还有五年就要退休了，业内所有的同事都认为他是一位经验丰富的老刑警。老成持重、组织力强、极有集体意识，还有英国人似的幽默感，巴斯蒂纳是一个少见的综合体，上级及同事都对他赞赏有加。警局上层派他来取代纳多－洛凯，然后还派出了一位驻地在卡瓦多斯的年轻法官、保罗－雨果·拉加德。这是个聪明、有野心、擅长同媒体打交道的年轻人……这两位成员之间是互补的，如果拉加德在媒体面前表现得太过积极，巴斯蒂纳可以让他冷静下来；如果巴斯蒂纳更想维护他在警界几十年来的荣耀，年轻法官则可以在旁边默默地记录下所有的案件细节，说不定将来还能靠这个出一本小说。内务部部长很担心凶手会在开学季进一步展开行动，以便在全国范围内打响自己的名气，所以又给两人专案小组配备了第三名成员，一位犯罪心理学家——埃朗·尼尔森，36岁，手里握有一大堆文凭，是一个内务部官员眼中的"聪明人"。她的职责是同其他两位成员亲密协作，在合适的时间为案件调查提供心理学指导。

三人小组的目标很明确，可以细化为以下三点：

快点着手，拨开事件的迷雾，抓住这个人渣。

所有的外围调查都显示莫甘娜·阿夫里尔同米尔蒂·加缪之间没有任何共同的关系人。

凶手是随机选择受害者的，这真是个不幸的消息。

超过五千人参加了于圣－让·伊波夫教堂举行的米尔蒂的葬礼，也就是说，当地十分之一的居民都赶到了现场。

米尔蒂·加缪成了一个象征。她也配得上这个称号。

所有人都憎恨凶手。

所有人，但米尔蒂的家人似乎是个例外。

夏尔·加缪和路易丝·加缪夫妇是城里的名人。他们也深受市民的爱戴。二十多年以来，夏尔一直是本地最著名的一座博物馆的馆长、一位受人尊敬的博物学家，他的知识范畴从史前塞纳河的考古遗址一直覆盖到19世纪的羊毛纺织机。路易丝是一名舞蹈教师，一直致力于当地马戏剧场的保护，因为这是本市最重要的文化遗产之一。

一对充满人文主义情怀的夫妇。

路易丝和夏尔只有一个孩子，年纪很大才有了她。他们知道这个孩子是他们的珍宝，所以他们才更有意识地不将她锁在保险柜里。

米尔蒂经常去妈妈的舞蹈班，也会去马戏剧场，当然她常出没的地方还包括布肖社区的学校。每年的生日派对上，她在塞纳河边租住的小房子里就会塞满了来自本市各种家庭的朋友：有最富裕的家庭、有工人家庭的孩子，还有来自非洲的二代移民。

这也是路易丝和夏尔乐意看到的结果，并非一种政治选择，而是人生的导向。米尔蒂是独生女，一个被父母深深宠爱的女孩。他们希望米尔蒂是美丽的，不仅仅是在外表上如此，因为她已经是个漂亮姑娘了。他们希望她是全方位美丽的。这个目标显然有些宏大。父母希望女儿能继承他们的价值观，慷慨、分享的精神，宽恕的意识，并且在他们离世之后把这些传承下去。

其实在米尔蒂出生之前，路易丝和夏尔就已经为伊波夫镇上经济条件不好的孩子们建立了一个名为"金被子"的互助组织。那是在1964年，镇上纺织业的破产让一半的劳动人口都失去了工作，虽然雷诺在塞纳河边建了工厂，但也没有让就业情况好转。"金被子"每年夏天都要为无法出去度假的孩子组织夏令营，前三十年里都是夏尔和路易丝亲自带队的。米尔蒂在还不会走路的时候，就已经跟着父母去参加夏令营了，也很快成了夏令营和街头巷尾的孩子们中的吉祥物。直到 1999 年，路易丝和夏尔才把这个组织托付给了弗雷德里克·圣米歇尔，伊波夫少儿文化活动中心的负责人。在后者的带领下，米尔蒂也成为夏令营的一个召集人。

弗雷德里克·圣米歇尔喜欢大家叫他"吉钦"，那是"瑞塔·美津子"乐队的吉他手的姓氏，他们有着共同的名字。圣米歇尔是个很讲究穿着的人，留着长头发、硬胡楂，声音很低沉。他在童子军里工作了十年之久，一直都以工作认真著称，所以夏尔和路易丝很放心地把夏令营交给了他。另外，他在不到 20 岁的时候，还独自一人完成过环球旅行，这很容易获得姑娘们的青睐，尤其是那些年轻女孩。

包括米尔蒂。

即使有很大的年龄差距，但他们还是双双坠入了爱河。当时女方 18 岁，男方 27 岁，但路易丝和夏尔都没有表示反对。

弗雷德里克也是一个美丽的人。

他们的婚期定在 2004 年 10 月 2 日。米尔蒂尸体的无名指上还戴着订婚戒指。

米尔蒂的婚礼上会来很多人吧。

很多人，但没有葬礼上这么多。

专案组的三名成员行动了起来。法官、上校与心理侧写专家。

开始的时候，拉加德法官要做的仅仅是对上校的决定表示赞同，尼尔森则对着长长的 DNA 检查结果打着哈欠。警察找来了维斯海湾的当地居民、度假者和露营者，让他们留下了指纹与 DNA 证据。诺曼底地区男性居民的基因库进一步得到了完善。

没有结果，只是排除掉了所有接受检查的人。

再一次，警察开始广泛散播格里马上尉弄出的模拟画像，寻找那个在伊波尔出现过的戴着博柏利围巾的年轻人，嫌疑人的父母应该在诺曼底地区的海边有一座别墅。

只要没有其他的线索，他就是头号嫌疑人。

一个幽灵般的嫌疑人。

从没有任何人见过他，当然也有可能是画像实在太脱离现实了。

卡门·阿夫里尔开始进一步向警方施压。8月，《当代女性》杂志留出了几乎整整一个版面，刊登了莫甘娜母亲的专访。访谈内容中有一句话被摘选出来，印在了杂志封面上。

"要是他们当时听我的，米尔蒂·加缪应该还活着！"

卡门·阿夫里尔告诉记者，她一直坚信杀害女儿的凶手是个施虐狂，他是随机找上莫甘娜的。当然，米尔蒂·加缪也是偶然变成了受害者。要是他还不停手，之后还会有更多的受害者。如果格里马上尉没有把太多的时间浪费在自己那个荒谬的推论上，米尔蒂肯定还在人世——一个富有的男孩子，在一个夜晚，在激情的推动下不小心紧紧地掐住了女孩的脖子，他一定不会再杀人的……

巴斯蒂纳上校优雅地处理了这起媒体事件，请卡门到警局参与了案件讨论。他还承诺，一定会尽最大的努力来调查这起案件。

他没有撒谎。

拉加德法官与巴斯蒂纳上校在诺曼底地区拉开了一张大网。警察挨家挨户地上门调查，对周围区域进行了地毯式搜寻，搜集所有的目击证词，还辅以信息技术手段。巴斯蒂纳认为，必须做好同这个连环杀手打持久战的准备，在调查的过程中必然会发现一个能让整个案件云开月明的细节，在如山般纷繁复杂的信息中一定有一个能让他们抓住凶手……当时费康的格里马上尉其实也做了同样的工作，只不过规模要小得多而已。

　　埃朗·尼尔森觉得一切都很无聊。和巴斯蒂纳上校不同，她把所有的宝都押在一份证词上。只有这一份证词。

　　莫甘娜·阿夫里尔案与米尔蒂·加缪案之间有一个本质的区别。

　　在案件发生之前，米尔蒂·加缪一直都处在死亡威胁中。

　　她的家人知道是谁在威胁她。

◆◆◆

　　我抬起眼睛。信里的内容基本都读完了，但在距离我 100 米处的沙滩上，出现了一个熟悉的身影，让我走了神。

　　阿塔拉克斯！

　　他还穿着那件棕色的皮夹克，就像他的另一层皮肤一样，衣服又旧又皱，传递着某种绝望的氛围，感觉他比玛嘉莉更想从悬崖上跳下去。他慢慢走向海边，就像是静静地等待海潮里的某个巨物把他拖走。

　　一切都离开了，甚至连海水也退了下去。

　　应该是他想看到的景象。

　　我快速把文件塞回信封里，朝他跑了过去。

　　我们都是玛嘉莉案的目击证人。既然这起案件与十年前的"围巾杀手"案如此相像，阿塔拉克斯或许会对这些相似之处有自己的看法。

14

他还会再犯案的？

"克里斯蒂安？克里斯蒂安·勒梅代夫？"

我以最快的速度走在海边的鹅卵石地上。刚刚下了一场奇迹般的雨，海滩上呈现出了一派类似沙漠的景象。在风和造物主的推动下，沙滩变成了一幅迷你的风景画，有山峰，有山谷，还有洞穴。锋利的线条、闪亮的光泽。我的左脚踩在一座分水岭上，立时毁掉了一条河流。我的内心深处在咒骂自己。要是我连海边的高低不平都应付不了，还怎么对抗勃朗峰终年积雪的山坡呢。

我又叫了一声。

这次，阿塔拉克斯转过头，用疲惫的眼神望着我。

"啊……是您啊。"

很明显他已经不记得我的名字了。我走了过去，同他握了握手。

"贾迈勒，贾迈勒·萨拉维。"

他看着我的风衣。我前一天早上就穿着这件风衣，每天早上都穿着它。

"您是每天都跑步吗？"

"是的。"

我并不想和他讨论自己训练的细节，只是在寻找一个可以插入自杀事件话题的机会。

"一会儿我还要去费康警署见警察，给我定的时间是下午 2 点。您呢？"

他看起来很惊讶。

"我不用去了，昨天我就给笔录签过字了，我就是个单纯的证人。皮鲁说过，要是有需要他会再联系我的……您看，我没有什么官司要打。"

他好像是花了点时间去思考我为什么是特殊的。在悬崖的脚下，有一片无边无际的礁原。这片荒漠里的点缀只有一些黑影以及少数捡拾贝壳的当地人。有几十个人，三三两两地组成一队。

"这是禁止的。"他突然冒出一句话。

"什么？"

"捡贝壳！不可以捡贝壳！在救生站那边就有一个牌子，其实所有人也都知道。不过警察也不会管……我可有点看不惯……"

他提高了声音，可能是想让旁边那些捡贝壳的人也听到他说了什么。

"要么是做一件事情有危险，大家都被迫遵守法律；要么就是根本没有风险，所以就继续允许人们在这儿捡贝壳……不过一边禁止，又一边默许，再也没有比这更虚伪的事情了，您觉得呢？"

"我也不知道……我从来没捡过贝壳。"

"您不觉得警察很虚伪吗？"

"而且还很残忍。"

我做了个鬼脸，想要表现出我的恶心来：这些礁石都被日头晒了大半天了，从上面摘下黏糊糊的贝类，然后再生吃，这似乎不是让人愉快的事情。这让勒梅代夫的皱纹舒展了一点。我突然意识到在我的脑海里，我终于将他称呼为勒梅代夫了，因为他的真名比"阿塔拉克斯"还要有趣。

"那就是说，"他问道，"皮鲁上尉还要再见您？"

"是的……"

"不过还是说得通的……我、丹尼丝，哦，还有阿诺德，毕竟我们什么都没看见。只知道女孩掉下来了。但是您，您当时是站在悬崖上的。"

他的视线又被捡贝壳的人吸引了过去。

"贾迈勒，想想中毒的可能性，他们可能都会死。可能是一个人——一个老人，或者一个孩子。他们吃了一个充满细菌的螃蟹或者海螺，这边有油田，有核电站，我说的这些可不完全是科幻小说。"

我们能断断续续地听到离我们最近的捡贝壳的人的声音，离我们50米处，一个爷爷带着两个孩子。孩子穿着黄色的雨靴，上面还印着凯蒂猫。

不，我不是在幻想。

"这事很奇怪吧？"勒梅代夫又开了口。

我明白了，他又说起了玛嘉莉·维农。

"为什么？"

"我猜皮鲁上尉已经告诉你了，警察觉得这不是起自杀案。那个女孩被强奸了，然后又被掐死了。但您的版本跟他们有点不一样吧，是不是？"

他又接着说了下去，没给我留出回答的时间。

"必须说，您的那个版本还是让我有些吃惊的。您说女孩是自己从悬崖上跳下来的，我就去查了一下，看了看玛嘉莉·维农的情况。"

他靠近我，放低了声音。他的鞋踩进了海滩上的一个水坑里，不过他似乎并不在意。

"我发现了一些事情，一些令人难以置信的事情。我有足够的时间，花上整天的时间去查也可以。"

"怎么会这样？"

"我失业了，还离婚了。我和孩子的母亲轮流监护孩子，不过现在孩子们正在法国的另一头上学。"

见鬼！我想多了解些关于玛嘉莉的事情，他却在这儿跟我讲述他的人生。他又把那把没刮好的胡子靠近了我的肩膀。

"我原来在帕吕埃尔的核电站工作。我可是有从业资格的工程师！工作可不轻松，您知道的，尤其是对我这种有生态保护意识的人。有一天，八年前，我放弃了一切去投资风电。那是人类的未来。我的妻子也是同意的，她也是个生态保护主义者，或者说她原来是。刚开始的时候还不错，我在卡尼开了一家小公司，还雇用了两个工程师、一个销售代表。我们到处拜访当地的农民，去跟他们推销风电……不过可能我就是没有个好名字吧。勒梅代夫。"

他挤出了一个笑，顺便喘了口气，但是我没有。浪花的气息里，其实混着他的古龙水味。他的声音犹豫得有点戏剧化。太刻意了，但是我当时没有意识到这一点。我之后才想起来，很久之后。

"但是突然间，"勒梅代夫气愤地说道，"那些能源巨头突然进入了市场，北极星、威立雅、苏伊士。正好那个时候，政策也规定私人不可以安装风电设施了。而且政府又在没有征询公众意见的情况下，安装了高压线铁塔，还重新规划了市政用地。我可不是在跟您胡说，六个月之内，所有的小作坊都破产了，能源巨头们瓜分了整个蛋糕。我破产了！我的前妻跟取代我位置的核电站的同事搞到了一起。我还要支付孩子的学费，债务都已经埋到我的脖子了。您知道吗，一直到现在我还要定期支付各种账单，但是每年我的孩子们甚至都不会给我寄一张明信片。"

　　勒梅代夫让我想起了"四千人城"里天天坐在长凳上的人。那是些孤独的人，每天都循环播放着自己人生的电影。只要能跟路人讲一讲自己的经历，就好像可以减轻其中的苦楚了。

　　"一年前，"他继续说道，"我成了无家可归的流民。幸好我遇到了一个老人，他想找个人整修一下伊波尔的房子，就把这个度假小屋借给我了。他从来都不到这里来，不过也不想卖出去。可能有什么特殊意义吧。我给他修修补补，修剪草坪、维护小棚子，他就让我免费住。于是我就在这儿等着，看看还有什么好机会。我不想抱怨，在这里等着东山再起也不是什么太艰苦的事。"

　　然后，就像一个暂停呼吸的游泳者一样，他又喘了口气，我看了看手表。他明白了我的暗示。

　　"嗯，说到东山再起，我们还是想想玛嘉莉·维农吧。皮鲁跟您提到她了吗？"

　　"他跟我说她是个医药代表，正在附近走访医生。有可能前一晚她是在伊波尔过的夜，但他们还没查出具体的宾馆名称……"

　　勒梅代夫又将视线转向了孩子们和他们的祖父，脸上满是担忧，就好像他们随时面临着生命威胁。

　　"一样的。他跟我说的一样的话，但是我都不信。在帕吕埃尔核电站的时候，我也跟附近的医院打过交道，当然还有里面的医生。要检测空气质量，还要分发射线计量仪、碘的补充剂，总之就是很多东西。我见过附近的几十个医生。他们所有人都认识维农……那可是个可爱的小女孩。她是为拜耳医药工作的。所有人都说她可爱、有效率，迷人到足以让人在处方上加上她们公司的药。和我相比，您应该更能近距离看到她有多漂亮吧。充满了活力。一个这么漂亮的女孩子，就算是推销毒蘑菇，医生们也会成箱订购的吧。不过必须说，这个女孩身上没有什么故事……至少表面如此。"

勒梅代夫很有天赋，他知道怎么才能让身边听故事的鸽子永远不要飞走。

"什么叫表面上？"

他又朝悬崖走了一步，鞋底下出现了一条湿漉漉的痕迹。

"我吹得脑袋疼！现在我想回去了，您要一起吗？"

我没有动，只是坚持说道：

"您到底发现了关于玛嘉莉·维农的什么东西？她不是没有故事的女生？"

"跟我来，我跟您说。只有走到镇里才更容易明白……"

我没有选择，只有跟了上去。我们朝堤坝那边走，我开始在想是不是勒梅代夫已经在这里住了十几年了。要是这样的话，他肯定会把莫甘娜的案件和玛嘉莉的事情放在一起比较的。红色围巾……我不知道是不是该跟他提起这个细节，但是最后，我还是决定沉默地跟上他的步伐。

一次只能揭开一件事情……

我们经过了"美人鱼"客栈。勒梅代夫走上了艾玛纽埃尔－福瓦路，那是伊波尔的商业街。

"您会看到的，"他对我说，"根本不敢相信！"

他走到报刊栏旁边，用一种同谋者的口气。

"您去看看，那些贴在外面的报纸。"

我看着《巴黎－诺曼底报》《海港报》，还有《诺曼底邮报》的各个标题，并没有看到有什么特别的。我用眼神询问勒梅代夫。

"我……我什么都没看出来。"

"对，就是这样！您还没明白吗？就这一点才是最奇怪的。一个女孩从悬崖上跳了下来，被强奸了，还被人掐死了。但是第二天，任何一家地方性日报都没有提到这个新闻。没有任何人讨论……"

"只是自杀，犯不着上头条……"

　　我给从书店里走出的一个男人让了路，他的手臂下夹着一份《队报》。《诺曼底邮报》讨论着费康城市规模的扩大，《海港报》聚焦杰罗姆港的就业机会减少，《巴黎－诺曼底报》分析附近房价的走高……

　　"犯不着上头条？"勒梅代夫提高了声音，"可别告诉我您没把这件事和之前的一起案件对比过。您肯定跟附近的人聊过了吧？看在上帝的分儿上，您肯定是知道的。那个该死的连环杀手又回来了。一个被强奸的女孩，一条让人窒息的博柏利围巾，这都够上一个月的头条了！这事已经过去十年了，可我总觉得就像是昨天。当时足足六个月，报纸上全部是这件事。但是这儿呢，什么都没有！"

　　"这是刚刚发生的事情，"我接过话头，"昨天早上的事……"

　　"对，是的，所以才更应该是轰动的新闻！记者们怎么可能放过这件事！"

　　我看着那些报纸，希望至少能从中缝处找到一则相关的简讯。勒梅代夫任由我在那儿看，一副胸有成竹的样子。他应该是已经检查过所有的报纸了。

　　我试着给出一个别的解释。

　　"是警察。他们不想披露案情，他们还在等。就像……就像是一个核电站出事了，但是什么都不说，等到危险排除之后再通知大众……"

　　勒梅代夫显然没有被说服。

　　"要是警察真想封锁消息的话，他们会怎么办呢？我们已经有三个证人了。而且我跟所有的朋友都说过这件事了。您应该也和别人聊过了吧，不是吗？丹尼丝肯定也是，她看起来就像这种人……别忘了昨天晚上还有不少人也在海滩上看到警察验尸了……就在伊波尔这个地方，天天风平浪静，老人们无聊到只能以传播流言为乐，难道没有人提出问题吗？"

　　勒梅代夫说得对。总不可能记者们都没有收到消息，也不可能所有人都没有想起十年前的类似事件。不可能除了我们之外所有人都不知道这件事情……

但事实就是这样。

"怎么样?"勒梅代夫没有放弃,"您能找到个合理的解释吗?"

我摇了摇头。

"孩子,我也不行。你得相信我,这件事一定有什么猫腻。"

突然间,勒梅代夫对我的称呼就从"您"换成了"你",就像是面对这场超出我们两个人能力范畴的事情,他必须找一个同伙似的。他转过身,用手指着一座小房子。蓝色的护窗板,红砖砖石的外墙,瓦片铺就的屋顶。对一个曾经无家可归的人来说,这样的居所真的不赖。

"那就是我住的地方,你要来喝杯咖啡吗?"

时间已经所剩无几了。距离和皮鲁的约定只剩下不到三小时了。

"不好意思,我还是不去了。对了,您知道第三个证人,也就是丹尼丝住在哪里吗?"

勒梅代夫的脸上浮现出失望的神色。

"应该是和阿诺德一起,"他自我解嘲地笑了一下,"除此之外完全不知道。昨天之后我也没再见过她。我甚至都不知道她姓什么……你呢?你是住在安德烈的美人鱼客栈吧?"

"嗯,我订了一周的房间。"

"好的,要是有什么新消息的话,我会告诉你的。我得再查查,看看还能找到什么关于这个玛嘉莉·维农的消息。昨天我跟沙里耶医生通了电话,他在杜德维尔开门诊。维农遇害的前一天,还去拜访过这个医生。您看,他也是个知情人!不过他的确不是个会在这种事情上留心的人,您去看看他那些秘书,都是些冷冰冰的混蛋……好吧,总之他曾经拜倒在玛嘉莉的魅力之下,还试着追过她。他跟她聊过,女孩子好像是喜欢跳舞,所以他就请她去夜店,想要表示自己的心意。但是他说后来事情有些出乎意料，因为维农并不会跳迪斯科，她跳东方现代舞，比如说肚皮舞……"

　　肚皮舞……

　　我的脑袋里好像有根弦绷断了。我试着连接了一下神经，但一无所获。

　　勒梅代夫还是在说，他可能是在想象穿着印度纱丽的维农，还有在她旁边献殷勤的医生。

　　我没有去听他说些什么。

　　我冲他挥了挥手，算是告别。

　　"回头见，克里斯蒂安。别忘了告诉我你的调查结果。"

　　他站在街上，吃惊于我的突然告别。

　　"美人鱼"就在不到 100 米的地方。我强行压抑住了奔跑的冲动。

　　肚皮舞。

　　安德烈不在前台。我跑上楼梯，打开房门，冲向笔记本电脑，一边启动一边咒骂着它的龟速。Windows 系统的那个圆圈转得还没有我的脑子快。

　　肚皮舞。

　　我昨天还在棕色的牛皮纸信封里见过这个词。

　　在莫甘娜·阿夫里尔的生平简介上！

　　在电脑启动的过程中，我把所有关于莫甘娜人生的材料都放在了床上。剪报、警察笔录、访谈……

　　最终，鼠标变成了一个箭头，示意我电脑准备好了。

　　我快速地在搜索框里键入了那个名字。

玛嘉莉·维农。

出现了大约十条结果。

脸书。旧友网。推特。领英。每日视频网。

我打开了一个链接，抓起一支笔，在纸上画出了玛嘉莉·维农人生的时间线，旁边还有一条，是给莫甘娜的。我按照时间顺序标记了重要事件。

出生日期和地点、读过的学校、喜好的音乐、平时的爱好、旅行过的国家……

几乎在我毫不知情的情况下，两个表格的对比就浮现在纸上。

每个细节都比上一个更加不可思议。

我还在查找，直到再也查不出任何新信息。

那些单词在我的眼前跳动。超现实的。

真的有这样的巧合吗？

15

一个没有故事的女孩？

"喂，莫娜？你在哪里？"

"贾迈勒？你醒了！我从格兰瓦尔回来了，从海滩上走回来的。马上就到伊波尔。"

"好的，我来找你，我需要跟你聊一聊。马上，立刻。我发现了不可思议的事情。"

"和你说的连环杀手有关吗？"

"应该说和他的杀害对象有关。"

当我到堤坝上的时候，有一个声音叫住了我。

"贾迈勒，我在这里！"

是莫娜。

海滩上有一片专供孩子活动的场所，她就坐在秋千上。那边还有滑梯、一面迷你的攀登墙、一条绳索桥。她慢慢地在秋千上上上下下，好像是想晾干自己的连身裤，领口处的扣子都已经开到胸部了。脚边放着一个双肩包，里面有一些石头，或许就是这些鹅卵石会改变整个IT界。

在我向她走近的过程中，有一个细节让我感到很惊讶。她把我的星星戴到了连身裤上。除了这个女孩之外，我还能告诉谁我这些疯狂的想法呢？

我坐在她的对面，就是儿童戏水池的边缘上，看来只有晴天的时候才会有人用这个池子。池子里有一只铜制的鱼，有的时候可能会喷水——它正瞠目结舌地望向我们。

"嗯？"莫娜问道，"你要告诉我什么？"

我把刚刚涂写过的那张纸递给了她。

"你看！两条时间线，一条是玛嘉莉·维农的，她是昨天早上去世的。另外一条是莫甘娜·阿夫里尔的，十年前有一个变态杀死了她。我查了她们所有的信息……你听我说……莫甘娜·阿夫里尔是70年代的时候一些较前卫的摇滚乐队的粉丝，比如平克·弗洛伊德、Yes 乐队，还有创世记。这些在警察的调查报告里都有说明，当然她也是因为这个爱好才坚持要来参加音乐节的。在脸书上，玛嘉莉·维农也加入了某些乐队的粉丝团。准确地来说是三个：平克·弗洛伊德、Yes 和创世记。"

"这些乐队的粉丝得成千上万吧，不是吗？"

秋千发出了吱吱嘎嘎的声音，像一只小鸟在抱怨。我又看了一眼那张纸。

"好，我继续。莫甘娜在讷沙泰勒学过舞蹈，准确来说是肚皮舞……"

"我知道。就是宝莱坞的那种舞蹈，很流行啊……"

"玛嘉莉也在勒阿弗尔学过肚皮舞。"

"我刚刚才跟你说……"

"嗯，只是个巧合。莫娜，你耐心点听下去，这只是个开头。莫甘娜·阿夫里尔所有的中小学阶段都是在她的家乡讷沙泰勒昂布赖度过的，从 1986 年到 2003 年。我把名字都记下来了：夏尔·贝洛幼儿园、克洛德·莫奈小学、阿尔贝特·施韦泽初中、乔治·布拉桑高中。是一个很典型的求学经历，同城几百名孩子可能都是这样。这应该和玛嘉莉·维农没有什么关系，她住在巴黎郊区的马恩河河谷。读完小学之后，她顺理成章地进入了该地区克雷泰伊市的中学……你猜她的初中叫什么名字？"

秋千又响了三声，仿佛是为了回答我的问题。我几乎把答案喊了出来：

"阿尔贝特·施韦泽！"

莫娜突然停止了有规律的摇晃。我看到了她惊异的眼神，但并没有给出反应。

"嗯，当然可能又是一个巧合！接下来，玛嘉莉的高中同她之前的初中距离有 20 千米，在同一地区的库尔库罗讷。你觉得这所高中叫什么名字？"

"乔治·布拉桑？"莫娜试着给出了一个回答。

"完全正确。我查过，叫乔治·布拉桑的高中全法国一共有十所，其中一所在讷沙泰勒昂布赖，一所在库尔库罗讷。"

"嗯，的确是很奇怪。但是……"

我没让莫娜说完。

"然后，两个女孩都学了医，莫甘娜是在鲁昂，玛嘉莉在埃夫里 – 瓦尔德艾松大学。"

莫娜用脚刹停了秋千。

"她们是不是有亲缘关系？或者单纯就是朋友？"

"不。在所有关于阿夫里尔案件的卷宗里，我从来没有发现过玛嘉莉·维农的痕迹。而且，当时玛嘉莉才 10 岁，她也不住在诺曼底。"

莫娜走下秋千，但在海风的吹拂下，秋千还在微微摆动。风很冷，她把连身裤的扣子一直扣到了脖子下面，胸口处的星星在闪光。

"好吧，"她说，"让我们冷静地思考一下。你有一点说得很对，这不可能只是个巧合。两个女孩之间肯定存在着某种联系……嗯，按照你说的情况，莫甘娜不认识玛嘉莉·维农，玛嘉莉比她小 10 岁，而且住在巴黎周边地区。"

她的脸皱了起来，鼻子也微微翘起，就像是一只没有安全感的兔子在侦察周围的情况。突然，她的眼睛里闪出了智慧的光芒。

"但是贾迈勒，如果反过来就说得通了！玛嘉莉肯定听说过阿夫里尔事件，她也知道这个所谓的围巾杀手。当时她已经 10 岁，这件事可能是她的童年阴影……也许，她把自己当成了阿夫里尔，去模仿她的品味、喜好，甚至选择了同样名称的学校……"

这种假设显然无法说服我。

"难道还要在十年之后选择一模一样的死法？找人来强奸自己？指定凶器是一条博柏利围巾？"

莫娜粉红色的小鼻子猛然翕动了几下。

"我同意，这也太天方夜谭了。"

我靠近了莫娜。在继续说下去之前，我不知道该不该靠近她湿漉漉的连身裤，抱住她。

"莫娜，这还不是全部。玛嘉莉·维农不仅模仿了莫甘娜·阿夫里尔的死亡方式，"我的声音瞬间降低了两个音调，"她出生在 1993 年 5 月 10 日，正好是在莫甘娜生日的十年后出生，同月同日。"

"莫甘娜的生日是 1983 年 5 月 10 日？"

"是的，在讷沙泰勒的费迪南·朗格卢瓦医院。"

莫娜突然结巴起来。

"那……那玛嘉莉·维农是在哪里出生的？"

"离魁北克有 6000 多千米，在加拿大魁北克城的郊区……"

我给莫娜留下了喘息的时间，让她从刚刚的震惊中恢复过来，然后又告诉了她一个更加令人震惊的消息。

"我让你猜猜这个郊区的名字……"

她艰难地想了想，就像喉咙被人掐住了。

"讷沙泰勒？"

"是的！不管有多么令人难以置信，她都的确出生在讷沙泰勒，是查尔斯堡和洛雷特维尔之间的一个小城镇。"

莫娜那张像啮齿动物的脸蛋上的肌肉突然全部放松了下来。好像她已经放弃去思考为什么了。她向我走了一步，把头靠在了我的风衣上。这种接触有些奇怪，黏黏糊糊的。仿佛我们是火星上仅有的两个宇航员。

"玛嘉莉·维农不仅模仿了莫甘娜·阿夫里尔的死亡，"我重复道，"她还模仿了她的出生！我查过了：世界上只有五个村镇叫讷沙泰勒，其中四个在法国，一个在加拿大。玛嘉莉·维农是 7 岁的时候才到法国的，定居在克雷泰伊。"

"天哪，贾迈勒，这到底是个什么样的故事啊？"

"我也不知道，莫娜。我什么都不知道。我们肯定忽略了什么事情。肯定有某种合理的解释的。"

她没有抬起头，我就在她的耳边说道。

"全盘复制另一个人的人生。每一个阶段，从出生到死亡。相似的喜好、相似的经历，就像是远距离地照镜子。像全息影像！见鬼，这根本不可能！"

莫娜试着争辩，虽然她也深知自己的解释都是苍白无力的。

"连环杀手总是喜欢寻找类似的受害人吧？你明白我想说什么吗？也许是一个能让他想起自己的母亲、前任、甚至是某个虚影的女孩。"

"但这是完全相反的，莫娜！应该是这个女孩，玛嘉莉·维农，试着去替换之前的受害者，把自己融入她的人生里。好像是在吸引凶手，等待他找上自己……"

"嗯，她甚至还自己完成了最后的步骤。"莫娜说，"最后还把凶器围在了脖子上。这是她生命中最后一个动作。"

我没有回答。几秒的时间里，我专注地听着海浪的声音，然后我温柔地吻上了莫娜的嘴唇，用手勾画着她曼妙的曲线。我的手指一直移动到了她的臀部。莫娜的呼吸急促起来。我感觉到她的口袋里似乎有轻微的鼓起，于是从中拉出了一条黄色的丝巾。

"绑头发用的，"莫娜轻声说道，"诺曼底地区的必备品。"

我手里拿着丝巾。我甚至都没有思考，就抬起手把它放在了莫娜的脖子上。

我的动作很缓慢。

"你要系上这个东西，需要多长时间？"

我做出了一个缠绕的动作。莫娜的眼神变了。

我从其中读到了恐惧。一种突然而至的、强烈的恐惧。

我真是个傻子！

我立即放下了手。但事情已经无可挽回了。

莫娜流出了眼泪。

"求你了，贾迈勒。不要这样……"

我嗫嚅着说："对不起，我不想这样的……"

她从我的手中夺走了丝巾。

"好了，就这样吧，是我太傻了，不该这样解读你的动作。"

她看着手里的丝巾。

"贾迈勒，你想知道我是怎么想的吗？"

"怎么想的？"

"我觉得这不可能。"

她看着对面的悬崖、瞭望塔、羊群，玛嘉莉就是从这里跳下来的。

一个从高空坠落的女孩不可能完成这个动作。我是说把围巾绕在脖子上。

她出人意料地把两只手伸到脖子后面，然后很快地把丝巾围到了脖子上。

她用了多久？不到一秒？

"贾迈勒，这不是时间的问题，"她向我解释道，"技术上这就是不可能的。你能想象吗？在空气中坠落的时候还要保持平衡，当时她可是像石头一样掉下来的。这不可能，贾迈勒，我就是这么想的。但是我还是愿意相信你，玛嘉莉在悬崖上的时候还没有围上围巾……"

"一定有合理的解释的！"

"贾迈勒，你真的相信吗？"

我没有再说话。她说得对，整个故事都站不住脚。

但是……

莫娜把丝巾放回口袋里。她重新跨上了自己的摩托，神情就像是一位面对拒绝合作的病人的护士。

"贾迈勒，我可以给你做个摘要：2004 年，一个连环杀手夺走了两个女孩的生命。莫甘娜·阿夫里尔与米尔蒂·加缪。十年之后，又有一个女孩陷入了相似的死亡境地。有两种可能的假设：第一种，这个女孩完美复制了莫甘娜的人生，她的音乐品味、她的学校、她的爱好……甚至还选择了同一种死法！"

"而且选择了同样的生日和出生地点，"我补充道，"真是见鬼！"

"是的，见鬼了！这点我们已经取得了共识。第二种假设，也是逻辑上更能说得通的假设：连环杀手又开始杀人了。但是这一次的受害人不是随机选择的，玛嘉莉的情况就能证明这一点。他挑选出了受害人，强奸并勒死了她。警察们就是这么想的，对不对？"

"这也是不可能的！玛嘉莉不是被掐死的，她是自杀的。"

莫娜缓缓地摇了摇头，思考了一会儿。

"但是，"我继续说道，"再过两小时我还要和皮鲁上尉见面，而且我必须告诉你，警察好像在怀疑我。我……我实在太像个典型的杀人犯了。"

"他们不能把你怎么样。那不是你的精液，贾迈勒！你有犯罪记录吗？"

"没有！"

"你从来没有杀过人、从来没有偷过东西？"

她坐在摩托车上。解开的头发散落在她的肩膀上，让她看起来像是一个骑着哈雷摩托的地狱使者。

我苦笑了一下。

"我偷过东西。为了支付学费。但是我从来没被抓到过。我有一个完美的方法。"

莫娜的眼睛里闪出了光亮。她应该很开心可以换一个话题。

"你还有另一个完美的方法？"

"我只在夏天的河边偷东西，就在塔恩或者阿尔代什的峡谷那里。你知道，那边很多人都在玩皮划艇。我就随便取用这些人的包，里面有他们的证件、手表和手机，尤其是有的时候他们会随便把船丢在岸边，然后去山里探险。要是露营或者是在沙滩上，你也没法去翻别人的包，因为每个人都在别人的监视之下。但是你要是穿上一件黄色的救生衣就不一样了，没人会觉得奇怪。"

莫娜几乎要从摩托车上掉下来。

"我去！你这个主意也太天才了吧！你真的这么做过？"

她仔细观察着我的每一丝表情。

"也许吧……我喜欢编故事。"

回答却有点出乎我的意料。

"那关于博柏利围巾的事呢？你也是编的吗？"

莫娜可能是无意的，她没有经过大脑就说出了这句话。至少，在当下的那一刻，我觉得她不是故意的。

"见鬼，莫娜！至少不要是你！"

"什么至少不要是我？"

"莫娜，你听我说，我不会拿玛嘉莉的死来开玩笑的，更不会拿一起强奸案逗趣。你知道的，即使是一个4岁的孩子，也懂得什么是玩笑，什么是认真的。莫娜，我还以为你知道的……"

我直视着她的眼睛。

"要是连你我都不能相信，还能相信谁呢？"

她好像有点不高兴。她站起身来，努力平复着语调。

"好了，贾迈勒，你冷静一下。我相信你。"我的心脏快要跳出胸膛了。我没有开玩笑，我当时真的是慌了。我无法面对这个疯狂的故事。

要是莫娜也放弃了我……

要是莫娜也放弃了我，还有谁会相信我？

警察吗？

安德烈？克里斯蒂安·勒梅代夫？丹尼丝和阿诺德？

还是您？

16

又是一个巧合？

　　我和莫娜之间出现了长久的沉默。在她骑摩托离开之前，安静的空气里突然响起了 ZZ TOP 乐队的《谷仓》那首歌的副歌。

　　这是我手机的铃声！我收到了一条短信。我几乎是神经质般地从口袋里拿出了手机。

　　"是你的仰慕者？"莫娜好奇地问道。

　　她好像很高兴有某个外来的因素破坏了被我们当作战场的蜘蛛网。我看了下信息，情绪稳定下来。

　　"你说得太对了……"

　　"年轻又漂亮？"

　　"很漂亮，就是太年轻了。"

　　"多年轻？"

　　"15 岁……"

　　莫娜踮起脚尖，用眼神审问我。

　　"她叫奥菲莉。是圣安托万治疗中心的一个小女孩。她被自己的父亲强奸了。这是她在 8 岁生日上收到的礼物。也因此留下了一些情感创伤。比如暴力性倾向、性别认知混乱，都是这种情况下的典型反应。没有任何一个男人，不管是教导员、心理专家还是教师可以靠近她。但是我和她相处得还不错。"

"她假期的时候还给你打电话？"

"是的，也就是因为这个，中心的那些领导几乎要烦死我了。他们说我离她太近了，我破坏了整个治疗进程……"

"他们说得对，"莫娜说，"每个人都有自己的职责。这个女孩为什么联系你？"我拿起手机给莫娜看，奥菲莉给我发了一张照片。她靠在一个高大的黑人身上，后者鼻子上还穿着一个硕大的鼻钉。照片后面附了一条简短的消息，只有两个字。

几分？

"'几分'是什么意思？"

我又拿过手机。

"这是我们之间的一个游戏。周末或者假期的时候，每次奥菲莉遇到了一个男人，她就会给我发条短信，让我给他打个分……如果你愿意，也可以理解成要我给她改卷子。我要给一个分数，再加上点评语。比如说'还可以更好''进步了'或者'跑题了'。当然，有的时候我也会给她发我女朋友的照片。"

莫娜这下似乎放下心来，大声地笑了起来。

"你们中心的老师们肯定被你们气坏了！"

我快速地编辑了一条回复。

满分20分，得分5分。没有想象力。避免与之前的答案重复。

在我点击发送键之前，莫娜突然解开了连身裤的扣子，挑衅着堤坝和海滩上的度假小屋的风。透过连身裤的衣料，能看出她胸部的轮廓。

"那我呢？能打多少分？"

这个女孩真是疯了！

"你想知道奥菲莉的意见，是吗？"

我拿苹果手机的镜头给莫娜的脸拍了一张特写。

"好了。不过千万不要抱有太大希望，奥菲莉向来就是瞎说。直到现在，她还没给我的任何一个女朋友打过平均分呢。"

我朝莫娜走去。

"赶紧扣上吧，免得把死神引来。我先走了，还得去警察那里。"

我帮莫娜扣上扣子，拉上拉链，让她的连身裤看起来像一件保守的制服。

我回旅店换了一身衣服，然后买了一个三明治，才跳上了驶往费康的长途车。

当我走进美人鱼大堂的时候，安德烈正忙着往前台上放"修士餐厅"的折页广告。这家伙总是突然出现在前台后面又突然消失，让人觉得他可能是有条密道，或者吧台下面有个不为人知的洞穴，又或者是别的什么东西。

看来他没有再收到什么给我的信……我站到了他的面前。

"安德烈，你接待过的客人里，有没有一个医药代表，叫玛嘉莉·维农？她是负责勒阿弗尔地区的药品营销的，有的时候需要在宾馆过夜，比如说前天晚上……"

"是那个自杀的女孩吗？"

他没有受到任何干扰，还是继续放置广告，有关于埃特雷塔的自行车租赁的，有关于"新大陆"博物馆的。我的第一反应是他怎么能想到这是那个自杀女孩的名字。

"是……"

"我不知道。你想想，这附近至少有十家宾馆，这还不算埃特雷塔的那些，还有当地农民搞的民宿。你有照片吗？"

"没有……"

我试着尽自己所能来描绘玛嘉莉·维农。我也没有隐瞒她令人心悸的美丽，还有她绝望的眼神传达出的吸引力。

安德烈的回答斩钉截铁。

"要真有这么漂亮的女孩，我一定会注意到的。"

当然。

我走上了木头楼梯，手机就在这时振了一下。

新信息！

是奥菲莉关于莫娜照片的评论。

我想都没想，就认为奥菲莉一定会把我的小松鼠批评到体无完肤。但当我看到短信时，整个人都惊呆了：

满分 20 分，得分 21 分。别让她走掉了，这是你今生的女人。

我打开了房门，迎接我的是冰冷的海风。窗户是开着的。

应该是打扫房间的工作人员，为了通风。

床已经铺好了，一个褶子都没有，毛巾是新换的。我又想起了和莫娜一夜欢愉之后房间里凌乱的状态。

突然我的血液都冻住了。

我的桌子上摆着一个棕色的信封，就在电脑旁边。一封尚未打开的信，这次连个邮票都没有，也没有地址，只有我的名字。

贾迈勒·萨拉维。

同样的女性字体。

在拿起信封之前，我俯身看向了窗外。冰冷的海风让我的整个身体都颤抖了起来。从外面进到房间里也没有这么难，美人鱼客栈的屋顶是平的，还有餐厅的露台，就像是天然的楼梯。但是谁会冒这么大的风险从外面爬进来？背对着大海，暴露在所有人的目光下，就为了在我的桌子上放个信封？

我迟疑了一瞬间，想着要不要下楼问安德烈除了打扫的人之外还有没有人进过我的房间，但最终放弃了……

以后再说吧……

我关上窗户。现在要冷静。我的身上都是汗，"风墙"也没能吸收掉这些汗，它们变成了温热的水流，在我的皮肤上流淌。我脱掉衣服躺在床上，卸掉了碳纤维的假肢。手心湿透了，在牛皮纸的信封上留下了棕色的痕迹。信不厚，里面其实只有三份材料。

我立刻认出了警察系统的蓝白红三色标志。

卡昂警察局　米尔蒂·加缪案
2004 年 8 月 8 日笔录
第 027 号文件　阿林娜·马松证词

我近乎全裸地躺在床上，只穿着内裤。唯一健全的腿一直耷拉到地上，我一直试着在抵御神经的跳动。

◆◆◆

米尔蒂·加缪案——2004 年 8 月 28 日　周六

"我是米尔蒂最好的朋友。"

"我们知道。"巴斯蒂纳回答道。

巴斯蒂纳上校和埃朗·尼尔森坐在四个证人面前：有夏尔和路易丝夫妇，也就是米尔蒂的父母；她的未婚夫弗雷德里克·圣米歇尔，还有她最好的朋友阿林娜·马松。

阿林娜的证词几乎是有决定性作用的。

巴斯蒂纳上校根本不用去看卷宗，他把一切细节都记在了心里。米尔蒂的尸体发现之后，他再也没有一天能睡超过五小时，甚至连这五小时都是用以半小时为单位的睡眠断断续续地拼出来的，他就像是一名正在参加分段帆船赛的运动员。

是一场比赛。

对手是手表。

孤独的比赛……

一定要抓住这个三个月之内就杀了两个人的混蛋。6月的受害者是莫甘娜·阿夫里尔，现在又是米尔蒂·加缪。

说实话，他并不太信任埃朗·尼尔森，是内务部强迫他带着这个女心理医生的。倒不是他不相信心理科学，事实上他也经常要请教犯罪心理学家，才能明白那些变态的罪犯为什么要这样做。他只是有点看不懂这个极瘦的女人：她唯一的武器是支都彭钢笔，唯一的盔甲是一个万宝龙笔记本，唯一的餐食是一盒达能酸奶。这样的人真的能帮到他吗？

"马松小姐，米尔蒂·加缪丧生时所处的那个夏令营是由您召集的？"

阿林娜点头表示了肯定。

真是个孩子！巴斯蒂纳想道。

阿林娜·马松也只有21岁，不比米尔蒂大多少。在这个由"金被子"组织的夏令营里，这两个女孩之间根本没有上下级关系，只有浓浓的默契。

巴斯蒂纳决定单刀直入。

"米尔蒂是不是感觉到自己被威胁了？屡次被同一个男人威胁？马松小姐，是不是这样？"

"上校先生，不完全是。"

巴斯蒂纳一时不知道该说什么才好。埃朗·尼尔森一边看着自己精致的指甲，一边重新提出了这个问题。

"马松小姐，您不必着急。只要告诉我们事实，只要事实就好。那个男人是谁？"

"我第一次见到他的时候，"阿林娜解释道，"是在伊斯尼的活动中心那边。他离我们有 100 米。他……他盯着米尔蒂看。"

"您当时是如何反应的？"巴斯蒂纳问道。

"我没有反应，那个时候我其实并没有注意到。怎么说呢，这种情况是很常见的。"

"很常见？"上校追问道。

阿林娜尴尬地看了弗雷德里克一眼。这位未婚夫做了一个手势，示意阿林娜可以继续。埃朗在笔记本上记下了一些什么，而巴斯蒂纳还在继续逼问证人。

"每天早上米尔蒂都习惯给夏令营的孩子上一节水上体操课。他们把音乐声开得特别大，米尔蒂会跳舞，然后所有的孩子都模仿她的动作。几天之后，米尔蒂的体操课就变成了整个宿营地的固定节目。家庭、游客、年轻人……他们都会来看。"

"她成了所有目光的焦点。"埃朗提示道。

"是的……"

阿林娜犹豫了一下，用眼神询问着路易丝·加缪，然后又用颤抖的声音补充道：

"米尔蒂是个非常非常漂亮的女生。在她跳舞的时候，表现出的优雅和活力能吸引所有人的注意。"

路易丝的眼角已经涌出了泪珠。她握紧了丈夫满是皱纹的手。

"你能跟我描述一下那个盯着米尔蒂看的男人吗？或者说是那个比

别人更常盯着她看的男人。"

"我也只是远远地看过，上校先生。身材适中，应该挺年轻的，和我们差不多年纪。他戴着一顶鸭舌帽，蓝白相间的，应该是阿迪达斯牌。还有太阳镜，他应该晒过日光浴。"

巴斯蒂纳在心里咒骂了一声。这个描述倒是和证人口中阿夫里尔案的嫌疑人颇为相似。但也可能和成千上万的男人差不多……

"您什么时候又见到了那个男人？"

"他天天在营地里晃悠，有好几次我都看见了他的鸭舌帽。可能他就住在附近吧，或者他是其他夏令营的管理员。当时在伊斯尼至少也有十几个夏令营……"

"小姐，准确来说应该是七个。"巴斯蒂纳纠正道，"有113个青少年参加，还有13个成年人负责管理夏令营。"

埃朗·尼尔森抬头看天，似乎巴斯蒂纳对细节的执着让她厌烦。

"准确来说，"阿林娜又继续说道，"我第二次见到他的时候是在圣马尔库夫海峡。"

巴斯蒂纳快速地翻动着自己的笔记本。圣马尔库夫岛离诺曼底的海岸线有7千米，是从加来直到科唐坦半岛的海岸线上仅有的两座小岛。岛是礁石岛，拿破仑在上面建造了军事设施用来抵御英国人。作为国家的财产，游人不能在岛上睡觉，但可以去洗海水澡。所以要是在这附近旅游的话，圣马尔库夫的确是不容错过的景点。就在米尔蒂遇害的五天之前，他们夏令营的成员还划船去过岛上。

"米尔蒂带着五个孩子过去的，他们在岛上过了一整天，"阿林娜继续说道，"我跟着另一组人，中午左右才出发上岛。我……我又认出了那个男人。同样的鸭舌帽，同样的太阳镜。他开着一艘泽迪亚克公司的船，船不大，应该是租来的……他就在岛的周围转来转去。"

"他转了多久？"埃朗问道。

"我不知道……等我到的时候他就已经在那里了。然后他又转了几圈。可以肯定的是，他一直盯着米尔蒂，之后他就开船走了。一共持续了没有五分钟，但是……"

"但是这一次，"巴斯蒂纳打断了她，"您有点担忧。"

埃朗在旁边刻意地叹了一口气。

"不完全是这样的，上校先生，"阿林娜解释道，"我的心理活动更像是：这个人真是烦人，都开始在我们的身边转来转去了。"

"我明白，这是出自一个负责人的警惕心理。那您最后一次见到这个男人是什么时候？"

"两天之后。轮到米尔蒂休息，她就跑到了附近的海滩上，跟我约好要坐游艇出海。到了约定的时间，我就在海滩上找她。她正穿着泳衣睡觉，是仰卧在沙滩上的，眼睛上盖着一条围巾。我叫醒了她。然后我就注意到了那个男人，他在 30 米以外，身上裹着浴巾。米尔蒂说她刚才完全睡了过去，在海滩上睡了得有两个多小时，"她颤抖着双手去口袋里找手帕，但最终放弃了，"那就是说这个家伙可能已经观察她很久了，或许脑子里已经预演过不知道什么猥琐的念头了……"

阿林娜突然停止了陈述，大声哭了出来。弗雷德里克·圣米歇尔的手指紧紧地抓着椅子的扶手，并没有安慰阿林娜。他似乎完全沉浸在了对杀害了自己未婚妻的杀手的憎恶中，好像他那种环球旅行的豪情都已经转化成了杀人的冲动。

埃朗递给阿林娜一张纸巾，巴斯蒂纳坚持问道：

"您能跟我描述一下这个人吗？"

阿林娜是个坚强的女生。她止住抽泣，咳嗽着清了清嗓子，继续说了下去：

"我其实也没有看得特别清楚。他是俯卧在沙滩上的，还戴着鸭舌帽和太阳镜。他算是比较瘦，不过有肌肉，是那种很匀称的肌肉，就像个运动员似的。但是我应该没法认出他的脸。"

警察向她出示了伊波尔案件嫌疑人的模拟画像，利用 PS 把红围巾换成了阿迪达斯鸭舌帽，又加上了太阳镜。

可能就是这个人。

也可能不是。

巴斯蒂纳上校挤出了一个理解的微笑。

"好了，马松小姐。最后一个问题，当然不是专门问您一个人的。米尔蒂有记日记的习惯吗？"

"不完全是这样，上校先生。不算是日记。"

父母、未婚夫和阿林娜都加入了陈述，说米尔蒂有一个魔力斯奇那的蓝色本子，有时候会在上面写点什么。她从少女时代就有这个习惯了，一般总是放在手包里。

但手包和笔记本都不见了，可能是在强奸犯手里。

米尔蒂会把最私密的想法倾诉在纸上。有时是简短的句子，有时是些俏皮话，也可能是忧郁的思绪，米尔蒂很喜欢写字。

巴斯蒂纳正要向证人道谢，埃朗却在这时抬起了手。这位心理专家一直不知道是否应当在米尔蒂的未婚夫面前提出这个问题。在弗雷德里克面前，她觉得有点尴尬。他与未来的妻子之间有很大的年龄差距，但虽然已经 37 岁了，他还是很有魅力，温柔的眼神像是一个佛教徒，还有和柔道运动员一样的宽阔肩膀。

埃朗用上了她最温柔的语调，直接向阿林娜发问："马松小姐，在您看来，谋杀案发生的那天，米尔蒂为什么要穿得这么优雅？"

阿林娜愣住了，显然这个问题让她惊讶。

"您到底想说什么？"

埃朗竖起了一个手指，祖母绿色的指甲和戒指交相辉映。她示意巴斯蒂纳不要插手。

"米尔蒂是一名夏令营的管理员，在您手下工作。我猜想，如果工作中常要跟男孩子打交道的话，她应该会倾向于穿一些方便的衣服，比如短裤、短袖、网球鞋之类……而不是淡紫色的内衣配上一条这么短的裙子……"

"那是……那是她轮休的日子。"阿林娜说道，她似乎惊讶于埃朗忘记了这一细节。

巴斯蒂纳用眼神对同事给予了无声的警告。弗雷德里克的手又握住了扶手，压抑着自己的愤怒。路易丝和夏尔却很冷静，在一片死寂中站起了身。

在弗雷德里克离开屋子的过程中，上校一直在观察他。高大、挺拔，还有些骄傲。长发上绑着一条黑色的发带。

但是巴斯蒂纳上校坚信，几个月之内，这场灾难就会摧毁弗雷德里克。无论警察能不能找到杀死他未婚妻的凶手，弗雷德里克都会比其他人更快地崩溃，他会变得惨白、软弱，就像熟透的果子。

卷宗中有人说所有人都叫他"吉钦"。

一般来说，爱情故事都没有个好结果。巴斯蒂纳上校想道。

在接下来的几天里，埃朗·尼尔森的问题一直在阿林娜的脑海中徘徊不去，就像是她的记忆中出现了一条长长的裂痕。

她几百次地想起那条很短的裙子，还有淡紫色的内衣。

她不知道自己是不是应该再跟埃朗·尼尔森聊一聊。好几次，她都已经抓起了手机，但是从来没有拨通名片上的号码。她无法全盘信任这个面部过于光滑的心理学专家。

虽然也许这个女人已经意识到了什么。

只有她一个人看到了这一点。

阿林娜还是决定保持沉默。她每天都会感到更沉重的悔恨，但要是表达出自己的疑问，就是将米尔蒂的秘密暴露在所有人的面前。她是自己最好的、唯一的朋友。

在接下来的几天里，查尔斯和路易丝同卡门·阿夫里尔走得越来越近了。

虽然完全不属于一类人，他们还是并肩站到了一起。

查尔斯与路易丝想找回内心的宁静，而卡门想挑起新一轮的战争。

加缪夫妇的精神动力是对正义的追寻，卡门的动力却是刻骨的仇恨。

但归根结底，他们的目标是一致的。

发现真相。

找出杀害莫甘娜·阿夫里尔与米尔蒂·加缪的凶手。

在接下来的几天里，巴斯蒂纳要求手下所有的警力都去寻找所谓的头号嫌疑人。

戴着阿迪达斯鸭舌帽的男人。

进一步的调查证实了阿林娜的说法，很多人都在伊斯尼的营地见过这个男孩，他还在海滩和帆船俱乐部出现过。

碰到过他……但是没有人知道他是谁。他不在附近工作，警察已经问遍了周围的雇主。

一个夏令营里孤独的度假者？

这个人也没有主动来警察这里报到，这更坚定了巴斯蒂纳上校的判断：他觉得这个人就是嫌疑人，他和伊波尔的红围巾杀手是同一个人。

但随着时间的推移，上校对找出这个人已经失去了信心。这个家伙就像是从警方密不透风的大网中漏出去了，警察不知道他是谁。他真的是凭着好运才避开了警方的搜查吗？出于经验，巴斯蒂纳上校并不相信这一点。

　　他应该是在什么地方出错了。

　　两个月之后，幸运女神开始转向了警察这边，准确的日期是 2004 年 11 月 3 日。那天，警察查清了鸭舌帽男孩的身份。

　　但一切已经太迟了。

　　阿夫里尔－加缪案又添上了两起死亡事件。

17

幸运女神转向了?

　　我差点就没赶上开往费康的长途车。直到科林路和卡拉莫桑路的路口，我才追上它。司机毫不迟疑地违反了行车纪律，打开车门让我上了车，这就是用一条腿追公共汽车的好处。

　　我利用车上半小时的时间思考了一下整起事件。我几乎是不由自主地被跨度十年的两起案件间的相似之处吸引了。警察是不会相信这些巧合的，但是我相信。要想搞清楚这件事，就必须从另一个方向着手，也就是米尔蒂·加缪案。既然有一个不知姓名的家伙愿意每天给我寄信，那就说明问题的答案就在这些信件里。我得记住每一个细节，它们一定能拼凑成一个完整的真相——一个说得通的答案，能解释谜题的所有部分的答案。

　　长途车把我带到了费康，时间是 13 点 45 分。我用剩下的时间到车站对面的面包店里买了一个火腿三明治，面向着大海把它吃了下去。在警署的前台处，为了掩饰自己的紧张，我还跟那个笑得像空姐的女警察开了个玩笑。

　　"我来见皮鲁上尉。"我的表情就像是一个要考试的中学生。

女警察做出了同情的表情，好像她也很清楚自己的上司脾气有多糟糕。当我走进走廊的时候，她还说了句"加油"。

下午 2 点了。

我站在皮鲁的办公室门前。

门是开着的，我在门外等了一秒。

"萨拉维先生，请进。"

皮鲁示意我关上身后的门。他灰色的头发全部被梳向后面，落在肩膀上，就像是柳树的枝条。

"请坐。"

他看起来倒不像一个以向学生传道为乐的老师，更类似一个打算向病人宣布坏消息的医生。"圣诞之星"的后面放着一堆材料。

"我收到了检验结果，萨拉维先生。"

不是随便哪种医生，更像是专治癌症的。

"结果不太好，萨拉维先生。"

"也就是说？"

"指纹……"他用手理了理头发，"指纹是您的。"

"博柏利围巾上？"

皮鲁点了点头。

"上尉，我可以跟您解释。"

我跟他讲述了整个故事，我是如何发现了挂在栏杆上的围巾，我愚蠢的反应，我又为什么把围巾扔给了玛嘉莉，她是怎么扯住围巾掉下悬崖的。他没有打断我。这些说辞是我在来的路上就准备好的，但说到接下来的事情的时候，我还是停顿了一下。

海滩。

自杀的女孩脖子上的围巾。

我又给出了莫娜的推断，可能女孩没有看到强奸犯的脸，她把我当成了坏人，惊吓中跳了崖，抓住围巾是为了指控我。其实我也不相信这种说法，但是我最好要显得诚恳一些，我已经想到了，皮鲁是个很难说服的人。

我还是没有充分的估计。

"萨拉维先生，您提供的版本很有趣。但刚刚您打断了我，围巾上的指纹当然是您的……"

他打开了桌上的绿色文件夹。出于经验，我知道这不是个好兆头。

"但是，萨拉维先生，您还得跟我解释一下为什么我们还在玛嘉莉·维农的脖子、腿和胸脯上找到了您的指纹……"

我呆住了。

完全失去了行动能力。

我的整个身体都像一个冻住的铁块，像我的左腿一样僵硬。但我的声音还在试图辩解：

"上尉，这……这不可能，我没碰过那个女孩。"

皮鲁抬起眼睛，向椅背上仰去，仿佛要转移一下头发的重量。

"您告诉我在她跳下来之前您都没有碰过她。但是她死后呢？在沙滩上？"

我讨厌这种皮鲁给我下套的感觉。

"上尉，我没有碰过她！不管是在她死前还是死后。克里斯蒂安·勒梅代夫和老丹尼丝应该都跟您描述过当时的场景……"

"萨拉维先生，我是在帮您。"

扯淡！

我又在脑海里重演了一遍当时的场景，思考着每一个细节。毫无疑问。我从来没有直接接触过玛嘉莉·维农。

他到底说了些什么？

我冲皮鲁挑衅式地笑了一下。

"上尉，我一点都不相信您的鬼话。下一步是什么？告诉我在玛嘉莉·维农的阴道里发现了我的精液？"

皮鲁却很镇定地用大拇指和食指捻着一缕头发。

"萨拉维先生，我倒觉得这样很符合逻辑。掐死玛嘉莉·维农的人应该就是那个强奸犯。"

我终于爆炸了。在我愤怒的眼神中，"圣诞之星"都摇晃了起来。

"拜托，我是想救那个女孩！我不想让她掉下去，您却指责我……"

我没有说完。皮鲁脸上的微笑让我心头泛起阵阵寒意。一种更大的恐惧席卷了我。

他没有把一切都告诉我。

我又问了一个问题：

"您已经有 DNA 检验结果了，是这样吗？"

"没有，太早了，今晚可能就有结果了。"

"但您已经有结论了？"

"是的，或者说是推断。不是什么好的推断，至少对您来说！"

婊子养的！

我仿佛坐在一把电椅上，经历着 2000 伏特的电击。玛嘉莉阴道里的精液是我的，这个混蛋就是这么想的！

警察的冷静与我头脑中的风暴形成了鲜明的对比。

"萨拉维先生，您应该已经猜想到接下来的事情了。负责此案的法官已经签署了针对您的调查令，现在还有些手续要办，比如说您得尽快找个律师。"

他让我从水中出来呼吸了一口气，然后又把我的头按了下去。

"但是实话跟您说，萨拉维先生，在此之前我还想跟您讨论讨论，"他的手第一次显露出了某种迟疑，"讨论维农案之外的其他事情。嗯，是莫甘娜·阿夫里尔与米尔蒂·加缪案，十年之前的。萨拉维先生，您还记得吧？"

我还记得吗？

我突然觉得皮鲁是要将我引入一个危险的陷阱，或许就是主审此案的法官授意的。我在椅子上坐直了身体。

"上尉，所以是这样的对吧？三个受害者。你们要指控我谋杀了其中的一个，然后再把另外两起案子也栽到我的身上，反正你们警察已经调查十年了，也没有什么进展。"

皮鲁又皱起眉头，但并没有什么过激的举动。

"萨拉维先生，看来您已经做过初步的调查了。您应该已经发现了莫甘娜·阿夫里尔与玛嘉莉·维农的生平之间有很多相似之处，让人害怕，不是吗？甚至这个词都不足以形容这种感受，您也同意的吧。您说得对，我们没有什么进展……但至少有一点是可以肯定的，这三起案件一定有联系！"

我没有表示赞同。我就像是一只被套上了颈圈的狗，仅仅满足于吠叫几声，然后再狠狠地咬上我能够到的人。

"解释这些巧合应该是您的工作，而不是我的。"

"的确是这样。"

皮鲁又开始看材料，这次是个米色的文件夹。

"我得问您一个重要的问题，萨拉维先生。一个很简单的问题，但对您来说意义非凡。十年之前您的双腿还是健全的吗？您的材料里对这一点说得并不清楚。"

我立即明白了皮鲁为什么要这样问我。十年前那起案件的头号嫌疑人，无论是戴着围巾还是阿迪达斯鸭舌帽，形貌特征都和我很相像。

棕色头发，不高不矮，经常运动，肤色偏黑。

但是他并不跛脚……

我似乎被迫要把真相告诉皮鲁了。

至少是关于这一点的真相。

"不，上尉。我出生时就是这样……几乎是出生的时候。我的运气不太好，站在我摇篮边上的那个仙女有点口齿不清。"

皮鲁怀疑地看着我。他可以利用现有的证据给我栽上莫须有的罪名，当然我也有反击的必杀技。

"那个该死的仙女在我的额头上挥舞着魔法棒，说出了那句神奇的祝福语：'在世界上所有的男孩里，这个男孩将会是发育最不全的。'①"

皮鲁的脸上出现了错愕。

"就是个发音上的错误。上尉，您不觉得这很可笑吗？"

我的脑海里浮现出一些气泡，随后就变成了天上的焰火。我觉得自己是用一柄长矛挡住整个战车的英雄。

皮鲁的脸涨红了。

"萨拉维，这不是一个游戏。见鬼……我是在试着帮您。"

我接着说了下去。

"或者说是试着给我挖坑。一个残疾人，阿拉伯裔、单身，在精神病院工作。多么完美的罪犯啊，警察找这么一个人已经找了十年了……"

皮鲁把两条胳膊都撑在了办公桌上。我继续说了下去。

"上尉，我没有碰过那个女生。她的脖子上不是我的指纹，身体里也不是我的精液。去找另一个倒霉蛋吧。"

皮鲁的愤怒简直要从"圣诞之星"的桅杆中间涌过来，但他还是克制住了。

"萨拉维，这不是个好手段。就算少一条腿，也不能在陪审团面前

---

① 法语里表示"可爱"和"肢体不全"的两个词读音相近。——译者注

救你一命……"

混蛋！他说的是什么手段？

我徒劳地做了几个猜测，寻找着所有可能的答案，但一无所获。

可能只是警察的惯常做法。

他们能按照自己的需求制造一个犯罪嫌疑人。一个碰巧同一时间在悬崖上的倒霉蛋。

我。

但下一秒，大脑里就有另一个声音提醒我，自己现在是在费康的警署，而不是在朝鲜或者是南非……法国警察应该不至于编造证据来陷害无辜的人。这里应该不会……在法国应该不会……

"我有权请律师。"

"当然了，萨拉维。在没有律师在场的情况下，我们无权审讯嫌疑人。"

我突然想起了拉库尔讷沃的沙发，在那张沙发上，我和我妈妈一起看了很多关于这种题材的电视剧。我总是拖拖拉拉，坚持要看完才回到房间里学习。

阿夫里尔 - 加缪案已经发生十年了。谋杀案应该马上就要过追诉期了吧。我突然有了个疯狂的想法。

如果我是他们的最后一个机会呢？

还有几个月，阿夫里尔 - 加缪案就要永远封存了。

如果在大幕落下之前，警察决意抓住第一个落入陷阱的倒霉蛋呢？

"萨拉维，您认识律师吗？"

我没有回答，现在的我怀疑一切。还有一个我现在才注意到的细节，还是跟我当时和妈妈看过的警匪片有关，的确不太对劲。

"要是审问的话，不是至少得有两名警察吗？"

"不用，萨拉维先生……仅仅是一个例行的问话。"

皮鲁生气地站起身来。

"我可以告诉您,现在我手下还有三名警员都在调查玛嘉莉·维农案件。他们已经尝试了所有的调查方向,排查了她最近几天见过的所有的人。我们还发现了她同莫甘娜·阿夫里尔之间在学业和爱好上的相同之处,我们根本无法理解这些巧合。说实在的,您落到我手里还是幸运的。虽然所有、所有所有的证据都在指控您,我还是在继续调查别的方向。您必须相信,我并不认为您在这起事件中是有罪的,不要辜负我的信任。"

又是个陷阱?另一个陷阱?皮鲁真是个狡猾的人。

他俯身看向我,长长的头发搭在脖颈上,然后又垂在下巴周围,就像是一把刮了一半的大胡子。

"最后一次,萨拉维,这很重要。十年之前您是不是还是用两条腿走路的?"

皮鲁应该是把我长时间的沉默当作了思考的空当,但我早已下定了决心。

我不相信他。

我是有罪的。

在他眼中、在其他警察的眼中。所有的线索都摆在那里,所有的证据、事实、证人。

怎么会有人愿意相信一个人的一面之词,而并非一堵墙那么高的证据?

没有人会这么想。

我不知道他们是谁,但他们已经把我拉入了陷阱。

我没有选择,我必须挣脱他们设下的大网。

就现在,无论有什么后果。

整个动作持续了不到一秒。我向前弯腰,一把抓住了"圣诞之星"

的底座，然后一气呵成，把模型砸在了上尉的头上。

皮鲁甚至都没有时间反应，就倒了下去。他的手在空中徒劳地抓了几下，但他的腿已经站不住了。只有他的眼神中还有些东西。恐惧。

刚刚那种高高在上的镇定已经变成了绝望的恐慌。

他的嘴里流血了。

"不要，萨拉维……"

不要干什么？

他到底害怕失去什么？

模型？猎物？还是生命？

他试着站起身，用手撑住自己的身体。他的额头上已然见汗，汗水顺着头发流了下来。

我最后看了一眼"圣诞之星"，模型设计得很精巧，就像钟表一样精准，夹板和船屋涂画得很细致，水手们被错落放置在甲板上，然后我又向皮鲁挥动了模型。

他彻底躺在了地上。绝杀。

我停滞了几秒，以为刚刚打斗的声音会引来其他的警察。

一片安静。门还关着。

看来他们已经很习惯这种动静了。

我快速评估了一下局势。怎么脱身呢？从窗户离开，还是拉着皮鲁的领子，用裁纸刀对着他的太阳穴从走廊走到前台，让他护送我离开？

太可笑了。

我唯一的机会是怎么进来怎么出去。放松。做出一脸迷茫的神色。淡定地跟接待处的女警察开玩笑。

我从百叶窗上取下了绑窗帘的绳子。费康日照很少，但办公室还是装了百叶窗。我用绳子捆住了皮鲁。

皮鲁还能呼吸，但是已经没法移动了。他的眼睛闭着，头上有血，连头发都板结在了一起。我又花了几秒时间，拿起了那份绿色的文件夹。

玛嘉莉·维农。

我在想要不要再带上别的材料。皮鲁的桌子上堆了厚厚一摞卷宗，但是我已经没有时间去挑选了。而且我也带不走太多的东西。

最后，我拿了一张单页的纸，就是那个昨天让我很惊讶的东西。

纸上画了一个表。

表里有八个数字。

2/2	3/0
0/3	1/1

另一个秘密？

一个等待被发现的秘密……

我走出了警署。

第一名警察与我擦肩而过；第二名警察从我的右边出现然后走了过去，两名警察走向我，腰带里还别着枪，看了我一眼，然后减速让开了一条通道。

我慢慢地通过，甚至没有回头看。

我已经到门口了。

"您活下来了？"门口的女警察在跟我开玩笑。

我甚至对她有些内疚，她的同事事后肯定会责难她的。她和一个强奸犯开了玩笑，还什么怀疑都没有，也没有任何警惕性。她敢不敢告诉别人她觉得这个强奸犯还挺好相处的？她敢不敢说她觉得这个人不像强奸犯，也许是别人搞错了？

在那个瞬间，我突然觉得很奇怪：司法界的黑幕如此之大，但是我从警署逃脱的过程又是这么无惊无险。

我不想抱怨什么。

一踏出警署的门，海边特有的含碘的风就吹在了我的脸上。

我自由了。

还能自由多长时间？

我快速离开了警署，跑向港口。

还有多久皮鲁就要拉响警报了？

我想到了五角星为我昭示的五个人生目标。成为环勃朗峰越野赛的独腿英雄，和一个梦中的女人做爱，有一个孩子，死时能被人缅怀，付清我所有的债务……

开端就不怎么样……

我根本无法逃脱警察的追捕，可能是几小时，最多也就是几天。没法回美人鱼睡觉了，也不能再靠近伊波尔。

我在期待什么？

单枪匹马地证实自己的无辜？希望所有的一切像噩梦一样散去？期待警察找到另外一个凶手，真正的杀人犯？

大海被我甩在身后。它是孤寂的。天气很冷，海堤上只有少数几个散步的人。我踩在鹅卵石上，没有人注意到我。

没有人听到我的声音。

我是无辜的！我在脑海里大叫。

我是清白的！

潮汐无声无息地涨了上来，但是我走得很快，在海水漫上来之前就离开了那片区域。在费康和伊波尔之间约有 10 千米的海岸线，但真正能出海的港口只有一个——格兰瓦尔。很多块告示牌上都写着一样的提醒：禁止在悬崖下行走。

　　这里的警察应该很久都没有来这里抓过走私犯了。不会有人来这里找我的。

　　鹅卵石在我的脚下滚动，费康已经在远处变成了一片灰色的建筑群。我手里拿着绿色的文件夹，又想起了皮鲁以及他对我的指控。

　　我反复思考着一个问题。

　　我打了他，又逃跑了，是否意味着我已经逃脱了警察编织的大网？

　　还是我又向陷阱靠近了一步？

N oublier jamais

II

逮捕

罗斯尼苏布瓦，2014 年 7 月 22 日
寄信人：热拉尔·卡尔梅特先生
国家警察总署犯罪学研究中心（IRCGN）
灾难受害者身份认定部门主任

收信人：贝特朗·多纳迪厄中尉
滨海塞纳省埃特雷塔市及周边地区警署行动队

多纳迪厄中尉：

　　您于 2014 年 7 月 13 日的来信已收悉。信中您提到在 2014 年 7 月 12 日伊波尔附近的海滩上，你们发现了三具尸体，我们部门立即展开行动，查验这起棘手的案子。

　　虽然时至今日，我们仍未能查清上述骸骨的身份，但经初步勘验，已经发现了若干有价值的事实。

　　首先，我们可以肯定，上述骸骨分属于三个成年男性，其死亡时的

年龄均在 20~30 岁之间。

其次，检验发现，上述骸骨无论是头部，还是肢体的其他部分都没有伤痕，可见其死因并不是外力打击，比如不可能死于悬崖落石。我们会进一步深入检验，看这些受害者是否死于其他伤害，或者至少是非自然原因。有鉴于发现尸体时的特殊情况，我们还会进行化学物检验，看他们是否可能死于毒杀。

上述三具骸骨的死亡日期是本次检验中遭遇的最奇怪的问题。按照通常的惯例，我们给他们起了三个临时代号，用于调查中的指代。依死亡时间的先后，我们给他们分配了三个按照字幕顺序排列的名字。

的确，一谈到死亡时间，我们就必须承认这件事情很难解释，三具骸骨的死亡时间各不相同，所以说不可能是"集体"死亡或"同时"死亡，可以排除团队遇险、单起三人谋杀案或集体自杀。

具体来说，这三具尸体中的第一具（我们称呼他为"阿尔贝尔"），死亡时间不晚于 2004 年夏天。

第二具，我们称之为"贝尔纳"，死亡时间大致介于 2004 年秋至 2005 年冬。

第三具，代称为"克洛维"，死于 2014 年，大约在 2 月或 3 月，也就是五个月之前。有鉴于当地特殊的石灰岩酸性地质条件，这具尸体的腐烂程度也是不难解释的。

最后，中尉先生，正如您在此前的信件中所说的那样，对这三具尸体的身份认定应当从十年前的"红围巾杀手事件"着手，毕竟该案件的第一个受害人，莫甘娜·阿夫里尔，就是于 2004 年 6 月死在尸体发现地附近。

但是，在做进一步的检验之前，尤其是在未进行 DNA 查验的情况下，我们也无法告诉您这两起事件之间到底有何关系：这三具男性尸体的身份尚未查实，无法知道他们同被杀害的女孩间的关系。

　　中尉先生，请您放心，我们一定会竭尽全部门之力推动对该事件的调查。当然，有鉴于本部门人手严重不足，而需要协助的案件又纷至沓来，我们也会有别的案件需要优先处理。尤其是"阿尔伯特"和"贝尔纳"的死亡时间已在十年以上，即超过了追诉期，所以并不是我们工作的优先对象。

　　中尉先生，请您接受我最真诚的敬意。

热拉尔·卡尔梅特

18

还有多少时间？

沃科特悬谷上游的悬崖有许多洞穴。我花费了下午的大部分时间藏身其中，就像牡蛎隐藏在礁石中一样，等待着夜幕的降临。

整个人都湿透了。

大体来说，距离悬崖 1 米处的鹅卵石还是干燥的，但总有胆子更大的海浪会玩兴大发地撞上悬崖，把水做的触角伸进岩壁里，打湿藏在里面的傻子。然而，作为我所经受的苦难的回报，在我攀上悬谷向沃科特方向出发之前，好心的上帝为我展示了人生中最美的一场日落。

走出莱索盖的树林之前，我又多等了一会儿。十分钟，这点时间可以让黑暗变得更加浓烈，也让我湿透的衣服冻成了冰壳。

我还是自由的，只是几乎冻僵了。

灰色的夜晚。微光下，沃科特悬谷简直就像闹鬼的地方。松树、榛树与橡树组成的树林里，掩映着约莫三十座房子，看起来都像是被诅咒的不祥之地。这些别墅都是巴洛克风格的。瓦做的屋顶是瑞士风格的，奥地利蒂罗尔地区典型的钟楼，英国风的凸窗，摩尔式的阳台。我顺着海滩边上的路一直向上，留意到没有汽车经过。莫娜博士生导师的房子应该就在这条路的转弯处。

马丁·德南

日出小道 123 号

"钥匙就在井边某块砖头的下面，"莫娜在电话里告诉我，"离小木棚不远，负责整理花园的园丁每次离开之前都会把钥匙放回去。请随意，就像在你自己家一样。等我有空了就过去找你。"

她在听筒里给了我一个飞吻，就挂断了电话，没有问我别的问题，对我所说的一切都照单全收。

警察在追我。

我必须躲起来。

你得帮我。

莫娜是个好女孩。

我从砖块底下拿出了钥匙，打开门，躲在墙壁的后面。

像在你自己家一样……

我先洗了一个热水澡，然后思考了一下现在的局势。等莫娜到了之后再把一切告诉她。

我在错综复杂的走廊里绕了很久，这栋别墅的房间很小，但数量极多，楼梯也绕来绕去，很久我才找到浴室。马丁·德南，也就是莫娜的博士生导师，应该很少来这个地方。并不是因为房屋保存的情况不好，事实上各方面的状况都很不错。有园丁定期修剪草坪，还把玫瑰花束剪成了赏心悦目的形状；还有家政人员，他们应该是收了很高的薪水，才会这么仔细地清扫蜘蛛网，还把顶楼的玻璃花窗擦拭得一尘不染。

一座极干净……也极空旷的别墅。

我坐在金边的穿衣镜前，把腿从牛仔裤里拔了出来，突然就被这种反差吸引了注意力。我的假肢踩在蓝色的瓷砖地上，发出了踢踢踏踏的声音。我突然有种幻觉，这些回声会穿进别墅里的一千零一个房间，吵醒里面的幽灵与鬼魂。

水流的声音响彻了整座房子。我一条腿站在淋浴喷头下面。

像火烈鸟一样洗澡。我确定莫娜会喜欢这个说法。

我闭上眼睛，在脑海中回忆着别墅的装潢。马丁·德南把整座房子都捆到了稻草里，对，就是这样。这样即使他很长时间不回来，别墅也能被很好地保存。

某种伪装出的生命里！

烟囱和窗台上的花，都是假的。

厨房餐桌上有一篮水果，很像是真的。

走廊里那些架子上放着不少袖珍版的书、杂志还有些流行的桌游，不知道已经遗忘在这里几个世纪了。

热水打在我的皮肤上，我突然觉得这座房子像闹鬼了一样，一点点生气都是装出来的，丝毫不真实，让人觉得像是从小说里直接搬出来的。

其实就像莫娜的性格……

一个不知从哪里跑出来的法国国家科学院的研究人员。

有生命力，美丽，且特别放荡。

就像是从某个作家的笔下活过来一样……或者是从我的笔下。一个寻求爱情的单身女郎。

我抬起头，让水直击在脸上。

不，如果细思一下，刚才的假设也站不住脚。莫娜很有魅力，但如果有人让我描绘一个完美的女性，我脑海里浮现出的也并不是莫娜的脸。

就像中了邪一样，在热水汇成的瀑布中，玛嘉莉·维农的脸在我的眼前跃动不已。

像在你自己家一样……

我装上义肢，套上了架子上挂的奶白色的浴袍。CK 牌的。我犹豫着要不要给莫娜打电话。我必须谨慎一点，警察很快就会发现我和她之间的关系。我知道莫娜肯定不会出卖我，但如果警察不相信，偷偷跟踪她的话……

我将这些念头逐出脑海。我刻意地在各个空空荡荡的房间之间走来走去，回避着自己的处境：除了继续逃跑之外，我也不知道自己还能做什么。我对于如何证明自己的清白毫无头绪，只知道应该多争取一点时间。

半小时之后，我大概理清了这个巴洛克迷宫的路径。除了大约同别墅一样大的地窖之外，我几乎走遍了所有房间。在客厅里，有一个熟铁制成的架子，上面有不少镀铜的瓶子。

像在你自己家一样……

我取了一瓶白兰地，是布拉德苹果白兰地。上面的标签写着"年份悠久"。

就像这座房子一样。

还没咽下第一口，我就觉得喉咙里有一把火在烧。我对着墙壁不停地咳嗽，墙壁反射了这种声响，把它传到了房子里的每一个角落，打扰了四周的安宁。我突然有种莫名的熟悉感，就搜寻了所有的记忆，想起了在拉库尔讷沃的童年，还有随着家庭成员的增多住过的越来越大的公租房，但是实在想不起自己曾经身处于这样的地方。

这种感觉有点让人害怕。

我最终决定在整座房子最高处的一个房间等莫娜，我给那个地方起了个名字，叫"鹰巢"。这个房间像个炮塔一样，高于整个建筑物，比房顶与烟囱还要高上几米。从别墅的外面看，我几乎把这个小钟楼一样的东西当成了建筑师奇思妙想的产物，当成了某种意外。我完全弄错了！这个房间是圆形的，周围是哥特奇幻风的窗户，从每个窗户看出去都能看到整个山谷的全景，沙滩和海洋奇妙到让人不可思议。

简直就是整座房子的灯塔。

马丁·德南选择了这里做他的书房。四周是环绕式的矮书柜，中间是两把伏尔泰式的椅子，还有一张橡木的桌子，桌下铺着紫色的厚地毯。

在天空和海洋之间，我等待了很久，超过了一小时。我的眼皮都开始打架了，直到莫娜把手放在我的肩膀上。

我没听到她进来，甚至没听到楼梯的声音。

一个仙女。

她还是把星星别在心脏的位置。

"谢谢。"我说出这句话，然后才吻上了她。

很久很久。

我们拥抱了很久，想要多享受一会儿月光，还有拉芒什海峡中月亮的倒影。

"告诉我吧。"莫娜开口。

我什么都没有隐瞒。皮鲁的指控、我的审逃、我心中的想法。我是警察徇私枉法的受害者。莫娜未置一词，耐心地听完了陈述。之后，她只说了四个字，四个我最想听到的字：

"我相信你。"

我又吻了她一次。我解开了她的头发，在手中把玩。

"为什么？你为什么要为我做这些事？"

她的手滑进了我的浴袍中。

"你想知道吗？是对不认识的人的信任，还是对出乎意料的事情的好奇？我完全相信你，你根本连一只苍蝇都不会伤害。"

"当然不会伤害一只苍蝇了。不过要是名警察呢？"

她大笑起来。

"如果我让你给一个律师打电话，然后明天再去警署，你会听我的吗？"

我抱住莫娜。

"不！我不会掉入他们的陷阱的，我想自己弄明白。"

"明白什么？"

"所有的事情！肯定有解决办法的。肯定有把钥匙，能解开全部的谜语。"

莫娜去了厨房，在导师的"珍藏"里找来找去——鹅肝、油封鸭、红酒——我则打开了从皮鲁那里拿来的"玛嘉莉·维农"的卷宗。

我暗自咒骂了一句，卷宗里并没有什么我不知道的东西。她的详细经历，和网上找到的东西都是一样的。她出生在加拿大，又来到了马恩河河谷，她去过的学校，她现在在为拜耳公司工作。卷宗的另外一部分是关于此次案件的，主要是强奸和死亡原因。一系列的医学报告，说明了她的每一处伤痕，还有清晰的照片，她的血型和DNA信息，她是如何因扼颈而窒息的……"此为致死原因"，报告中是这么说的。

婊子养的，他们赢了！或许还差一步，但他们的确赢了。

我后悔自己没有花更长的时间在皮鲁的办公桌上好好翻找一下，里面肯定还有关于阿夫里尔与加缪的信息，至少会比那个每次只给我透露一点的寄信人拿来的东西更全面。

而且能解释一下这个数字谜题，看看皮鲁到底是对什么玩意感兴趣：

2/2	3/0
0/3	1/1

"吃饭了！"莫娜大声喊道，让我暂时忘记了自己的一脑门子官司。

莫娜导师留下的储备堪比美人鱼的厨房。莫娜从罐头里取出了一块鹅肝，然后又加热了油封鸭。

"祝马丁长命百岁！"她端起手中的酒杯，"潘西每年给他的钱足够他环球旅行三次了。我们还是帮他多吃两口吧。"

我和她碰了杯。笑容很苦涩，也有些心不在焉。

"你要做什么？"莫娜突然问我。

"我不知道……"

"太可惜了。"

她把鹅肝抹在干面包上，那是在柜子最深处的玻璃纸上找到的。

"太可惜了。他们迟早能抓住你，你最终会失去一切的。那些能引诱我的一切。"她的手指摩挲着心口处的星星，"你人生中的五个梦想。你要怎么办？怎么处理这五个梦想？"

"莫娜，我没有选择。"

她静静地看着我，看了很久很久，却没有再说别的什么来劝我自首，就像放弃了一个过于倔强的人。就在她起身去端炉灶上的锅的时候，我的手机突然响了起来。

未知号码。

我接了起来。

"萨拉维？"

是皮鲁的声音！

"萨拉维，不要挂电话！不要再做傻事了，来见我吧！您有找律师的权利，您还可以查阅所有的卷宗，您可以自我辩护。"

我听了一会儿，却没有回答，通话时长还不到十五秒。这个混蛋肯定在试着定位我。

"萨拉维，您袭击了我，但这是后账。我已经联系过圣安托万治疗中心了，您所有的同事，包括训导员、心理咨询师。您不是独自一人！我们可以帮您，不要浪费……"

二十五秒了。

我挂了电话，关上手机，手臂还在颤抖。莫娜慢慢地把手盖在了我的手上。她的声音更加温柔，就像她在努力地驯服我。

"这个警察，就跟你一样，换着法子劝我。"

去自首。

好像很简单。

"莫娜，他们要把所有的脏水都泼到我的身上。你也知道的，还有那些所谓的犯罪心理学家，他们要证明我是个疯子……"

她更紧地抓住了我的手。我继续说道：

"怎么可能在死者的身上发现我的指纹？！我没有碰过她！警察在扯谎，他们密谋着什么东西？！为什么没有人知道玛嘉莉·维农的死讯？！"

"贾迈勒，至少我就知道。安德烈也知道，他应该都把这个消息告诉所有来过美人鱼的伊波尔人了。"

"没有报纸报道。"

"明天就会有了……贾迈勒，为什么警察要甘冒伪造证据的风险？"

"我不知道，莫娜。但要是你喜欢猜谜语的话，我这里有一堆！为什么有人非要每天给我寄封信，告诉我阿夫里尔-加缪案的所有细节？

为什么玛嘉莉要模仿莫甘娜的人生，然后又自杀？为什么一条如此昂贵的羊绒围巾会出现在我的必经之路上，还这么显眼？"

莫娜又拿过了鹅肝罐头。

"好了，你赢了。我的确无言以对。"

莫娜用了一把不锈钢的叉子，取出了两个加热好的油封鸭鸭腿。胭脂红色的，让我想起了那些放在保温箱里的早产儿。我还没有表现出什么，莫娜就已经留意到我没胃口了。她把手放在我的肩上。

"我知道你不是凶手，我的脑子里从来没有出现过这样的念头。但有人是这么想的……"

鸭肉甚至让我想要呕吐。

"为什么是我？"

莫娜想了想。有一阵子，我几乎被她专注可爱的小脸迷住了，她的鼻孔翕动着，眉毛也有抽动，牙齿咬着嘴唇。

"为什么是你……这倒是个好问题，贾迈勒。你之前来过伊波尔吗？在这周之前？"

"没有……"

她的牙齿放开了嘴唇，好像随时准备来咬我。

"贾迈勒，我需要真相！我不是警察，要是你想我帮你的话，就不要再跟我兜圈子了。"

"我跟你说过了，的确没有。但是……我差点就来了。"

"拜托，贾迈勒，你得说得清楚点。"

"大概十年之前吧。我在网上和一个女生聊得不错，就约她到海边来共度周末，她好像更想去埃特雷塔，不过那里太贵了，我就在附近的伊波尔订了房间。"

"然后呢？"

"然后，因为她发现白马王子只有一条腿，那个婊子就取消了这个甜蜜的周末。"

"你之前没跟她说过吗？"

"没有，我忘了在办公室的电脑上装摄像头……"

"好吧，所以你的脚从来没踏上过伊波尔的土地？"

"是，一只都没有！"

莫娜笑了起来。她又给我倒了一杯红酒。

"抱歉，我们就把这件事加入人生巧合的清单里吧。那你本周来伊波尔是干什么的？这个世界上除了伊波尔之外，就没有什么地方能帮你准备雪山越野跑了吗？"

"几个月之前我做了一个电话调查，是关于诺曼底的旅游情况的。然后就是一个抽奖，我中了伊波尔地区宾馆的一周免费住宿。还包括一部分的餐食费，我可是整个巴黎地区的幸运儿……你就明白我为什么会跑到这里来了。"

"我明白了。"

莫娜一口干掉了杯中的酒，走到窗边，看着最高处的房间，屋顶上都有这个房间投下的阴影。

"贾迈勒，我们要冷静一点。我不能在这里过夜，警察很快就会发现我们之间的关系。明天就会有一个调查组到美人鱼客栈来。"

我靠近她，把手放在她的腰上。

"但我们还有一整晚的时间，对吗？"

她的目光停在了我胸口的毛发上，汗毛透过浴袍的前襟渗了出来。

"不要在这儿，"她看着"鹰巢"呻吟道，"去那里……"

19

对不认识的人的信任？

莫娜坚持要先洗个澡，然后才来到了这个别墅最高处的圆形房间。我听到了她在楼梯上的脚步声。她也套了一件 CK 浴袍。红宝石色的。

她吻在我的嘴唇上，欣赏着整个山谷的全景。悬谷已经睡着了，海浪漫无目的地敲打在悬崖上，然后她又从书架上抽出了一本书。她优雅地跳上了皮子包裹的紫色书桌。

"莫里斯·勒布朗！"她挥舞着手里那本泛黄的书，"他可是亚森·罗平之父。他最初的几本书就是在这儿写的，就在沃科特。他甚至还把这个山谷写进了某篇小说里……"

我根本不关心她说了些什么。

我想忘记维农－阿夫里尔－加缪事件。

我想忘记紧追不舍的警察。

我想忘记一切，除了红宝石浴袍里包裹的莫娜洁白的身体。

她抬起一条腿，浴袍本来就是用一条棉质的带子绑住的，这样一来就开了几厘米的口子。

"贾迈勒，你听我说，你一定会对莫里斯·勒布朗的这篇小说感兴趣的。有个可怜的家伙正巧经过沃科特某座房子的门前，他叫利南，名字很好听，你不觉得吗？他走进房子，想偷些东西换钱，好治孩子的病。但是他不太走运，就在几分钟之前，房子的主人碰巧在自己的脑袋上开了一枪。一起自杀案！"

我离她更近了。我扯开了她浴袍的前襟，让她的乳房可以自由地呼吸。

"然后呢？"我轻声问道。

指尖上轻轻一弹。浴袍就顺着她的皮肤滑下，一直滑到腰上。莫娜就像颗诱人的红果，外衣已被剥开，接下来就是品尝果实了。她任由我的手在她的胸脯上四处游走。她的声音有些颤抖，可还是继续讲述这个故事。

"利南发出了太多声音，他太惊慌了，碰倒了什么东西，一个仆人碰巧发现他站在主人的尸体旁边……你就能猜到接下来的事情了。逮捕、审讯。所有人都认为是可怜的利南杀了主人，没有人相信他关于自杀的说辞。"

我的手滑得更低了，开始在她的腹部乱动，然后碰到了腰带。我往她的耳朵里吹着气。

"最后结局怎么样？"

她颤抖了一下，把书举到了胸前。

"嗯。你想我给你念念最后几句吗？听听吧，还蛮有意思的，你一定会喜欢。"

正义的钟声敲响了。

"准备迎接死亡吧，利南。"

人们给他大致梳妆了一下，又把他绑了起来。他任人施为，就像一头温驯的小兽。人们一直把他带到了断头台上。

他的牙齿在颤抖。他还在说：

"我没有杀人……我没有杀人。"

在我手指的作用下，腰带也散开了。红色的浴袍就像一朵开放的玫瑰一样。

"'断头台',"莫娜呻吟着说，"是 1893 年 2 月 6 日发表的中篇小说。最早的反对死刑的檄文！"

她放下书，在办公桌上坐直了。这样的姿势让我想起了孔切蒂，她是我中学的英语老师。当然是穿得更少的孔切蒂。

我的手扶上了她赤裸的胯部。

一场自杀？一个无辜的人。一桩被诬陷上身的命案。

谢谢你，莫娜。你要传达的信息我已经接收到了。

"你想让我跟警察自首？"

我俯身向办公桌，用嘴唇去吻莫娜的脖子，就像奇迹一样，她用脚趾解开了我浴袍的带子。她还不满足，大脚趾还试着去探索浴袍里面的区域。

然后她向后仰去，用手撑住桌子，整个身体变成了一块平板，乳房像山峰一样朝向屋顶。像是两座在同一次火山爆发中产生的山峰。我用两只手抓住了它们，舌头顺着她的腹部一路向下，那种滑润的感觉让我迷醉，仿佛踏入了一片潮湿而又修剪整齐的草地。

莫娜睡在办公桌上，像婴儿一样蜷缩着。入睡之前，她让我保证一定要在日出之前叫醒她，她好及时溜回美人鱼的房间。

一个美丽的吸血鬼……让人充满感官欲望。

我不由得去想，到底是什么让莫娜如此兴奋。到底是和一个谋杀案的嫌疑人做爱，还是赤裸地躺在导师的办公桌上，想象着导师在这里伏案耕耘的样子？

也可能二者皆有。

我没有一丝睡意。我在房间里走来走去，就是字面上的意思。已经好几小时了，我的目光一直都在海岸上的星星、莫娜赤裸的身体和周围的几百本书籍之间来回穿梭。

除了书之外，旁边还有不少影集、学术著作，还有些散落的文件盒。我看着标签上的内容。

1978—1983—1990—1998—2004．

2004？

莫甘娜·阿夫里尔和米尔蒂·加缪死亡的年份。

我走了过去，打开了盒子。想着里面应该有些上课的讲义、学生的作业，还有些研究性文章的复印件。

我完全想错了。

我拼命咬住嘴唇，不让自己喊出来。

马丁·德南教授，分子化学的专家，竟然有闲情逸致把所有《诺曼底信报》上关于莫甘娜案件的报道都剪下来了。

我完全乱了方寸，把材料放在最近的一把椅子上，随便拿起了几份。发黄的纸页讲述的是同一个故事，跟之前的信里一样。

没什么新鲜的，我已经看过其中的大部分剪报了。

没什么新鲜的……除了其中一份。

为什么这个从没去过伊波尔的教授要搜集这些剪报？

我不知道该不该叫醒莫娜问一问。

还是等一等。

我又在盒子里翻找起来，夜晚还很长，我可以慢慢地读读这些文章，看看有没有忽略什么细节，说不定就有什么灵感的火花，让我想明白所有的事情。

我实在是太天真了……

我翻了十几份剪报，直到看到一份双开的彩页。

阿夫里尔事件

《诺曼底信报》特别报道

2004 年 6 月 17 日 周四

"关于你，莫甘娜"，这是报道的题目。

我没有怀疑。

我没能立刻认出那个女孩，她微笑着，穿着东方风格的裙子，可能是跳肚皮舞用的。

但我忽然之间就明白了，手臂打战，嘴巴大张。这是我第一次见到莫甘娜·阿夫里尔的脸。之前我看过的剪报里也没有她的照片，或许是什么人特意剪掉了。现在我明白是为什么了！

我像疯子一样叫了起来。

整个房间都震动起来，就像一枚待发射的导弹。

"不！这不可能是她！"

我不可置信的眼神又落在照片上。

这不是莫甘娜·阿夫里尔的照片，这也不是 2004 年的报纸！

这是玛嘉莉·维农！那个要年轻 10 岁，从我眼皮子底下跳下去的女孩！就是昨天。

莫娜猛地惊醒了。她套上浴袍，甚至连腰带都没系，而是焦虑地走向我。

"是噩梦吗？"

我把那份剪报递给她。

"莫娜，你看看这张照片。"

她看了一下标题，《关于你，莫甘娜》，然后看向了照片。

"她真是美到令人难以置信。"她说道。

"见鬼……莫娜，你肯定不会相信我的。"

"你觉得我不会？"

我用手拂过她的嘴唇，抹去了她那份嘲讽的笑意。

"这张照片上的女孩。报纸上说她是莫甘娜·阿夫里尔。但昨天自杀的就是她啊。她叫……玛嘉莉·维农。"

莫娜久久地盯住我，就像她的脑子正在破解一道复杂的方程，试图分析所有的已知条件，以便提出假设。她机械地系上浴袍，但浴袍紧接着又滑了下来。

"她们长得很像，贾迈勒。"

"不，不是像的问题！是……莫娜，这就是她！"

"你只见了玛嘉莉·维农几秒的时间。"

"也许吧，但是她的脸已经刻进我的记忆里了。你能明白的，对吗？她脸上的每个部分……"

"你说话的口气就像已经爱上她了。"

莫娜的声音很冷静，有点玩世不恭。我觉得最好还是不要回答，就背对着她继续在文件盒里找了起来。还有别的剪报，上面也有照片。有正面的，有侧面的，有大头照，也有全身照。

就是她！不管有多么可笑，这就是玛嘉莉，我完全可以确定，我一定不会搞错的。

莫娜似乎是被我的喋喋不休气到了。她把浴巾一直拉到领口，手扶着桌子的边缘，看我的目光就像在打量一个不懂事的孩子。

"贾迈勒，看在上帝的分儿上，思考两秒。这件事情有很多不明白的地方，我们都同意这一点，但至少有两点是肯定的。第一，莫甘娜·阿夫里尔死于 2004 年 6 月 6 日，所有的全国性媒体都报道过，全国的警察都为了这件事忙活了几个月；第二，玛嘉莉·维农死于 2014 年 2 月 19 日，也就是昨天，你是直接的目击证人。关于其他的事情，我可以附和你，都是些无解的谜题，但这两起死亡事件的确是板上钉钉……"

"什么？"

"板上钉钉！是确凿无疑的事情，我们可以以此为基础展开推论。"

"继续说！你的推论是什么？"

莫甘娜拿起了一份剪报。

"嗯，我们都知道玛嘉莉·维农一直在模仿莫甘娜·阿夫里尔。十年的时间差。同样的学校、同样的品味、同样的爱好、同样的职业……同样的死法。一场彻头彻尾的模仿。所以说，如果她们在外貌上也相似的话，倒也没什么值得惊讶的。"

"莫娜，这不是像不像的问题。这就是她！"

"比像更像，是吧？你是想说这个？"

莫娜开始了。我开始明白她为什么是个科研工作者了，她能给任何悖论寻找到一个合理的解释方法。

"虽然二人互不相识，但是玛嘉莉与莫甘娜之间可能存在亲缘关系。你是不是跟我说过莫甘娜是出生在比利时的试管婴儿？玛嘉莉可能与她拥有同一个生物学上的父亲，虽然小了 10 岁。她发现了莫甘娜的照片，比如说可能是出事之后在电视上看到的。她就在想她们相似的原因，她开始调查，发现她们有共同的父亲，这让她受了很大的心理创伤……"

"创伤到同样被强奸、扼颈，然后从悬崖上跳了下去……"

"为什么不呢？贾迈勒，我在寻找，跟你一样，我在寻找一个合理的解释。"

"这个故事本身就不合理……"

整个房间都陷入了沉默。我们就像两个灯塔的守塔人，风暴将我们同外面的世界隔绝开来。

我重复了一遍。

"都不合理。比如说，为什么你从来不到这里来的导师会花费如此多的时间搜集剪报？"

"2004 年的时候，他要撰写准备竞聘博士生导师的论文，论文至少要有几百页，通过这一关才能晋升大学教授。国家科学中心就给他放了一年的假。他到这里待了几个月，只跟鹅卵石、显微镜和论文说话。可能他当时太无聊了，就对这件几千米之外的凶杀案萌生了兴趣。就像这里的所有人一样。"

就像这里的所有人一样。

又一次，莫娜完美回答了我的问题。

我觉得她好像是在背课文。

"很奇怪吧，是不是？每次有科研人员来伊波尔捡石头，就有女孩自杀！"

话还没有说完，我就已经后悔了。莫娜甚至没有站起身来。她绑起头发，把莫里斯·布朗的书放回书架上，然后又整理了一下浴袍。

安静。自然。

"贾迈勒，我得穿衣服了。现在是凌晨 3 点，我得回美人鱼。警察肯定会问我那天晚上的事情，问我们吃晚饭的时候说了什么。我会告诉他们我们只是一夜情，我觉得你老是胡言乱语，脑袋不太正常。不，我也不知道你会藏在哪里。"

"我相信你，莫娜。你很会讲故事。"

我也不知道该说些什么才好。我的想象力已经爆炸了，之前就是我的想象力吸引了莫娜，现在这份想象力也让她崩溃。我看着她走下了楼梯。

她中间回了一次头。

"贾迈勒，还有一个技术性问题。我们的团队每年都要来伊波尔捡石头，从实验室成立以来就是这样，也就是说已经二十三年了。"

她消失了，留我一个人在灯塔里。

她把我当成疯子。还能怎么样呢?

我从窗户看出去，莫娜的菲亚特 500 开上了石头路，消失在转弯处。

听她的? 放弃追查? 给警察打电话? 等他们来抓我?

不行!

在投降之前，我还没有底牌尽出。我并不是唯一的证人。克里斯蒂安·勒梅代夫和老丹尼丝也见过玛嘉莉·维农的脸，他们可以把她与莫甘娜·阿夫里尔比对一下。

我撕掉了《诺曼底信报》上莫甘娜的照片。

没有任何逻辑可以动摇我的定论。

这不是相像的问题。

20

一场噩梦？

已经过了凌晨 4 点，我提着灯上了路。我走了 2 千米，沿着悬崖下的海边小道一直到了伊波尔。

我没有睡觉。明天我就有时间了，有一整天的时间，我可以躲在某个地窖里头。除非警察可以聪明到发现我的藏身之处，除非莫娜揭发我。

在风灯的微光之下，我看到了那个有瞭望塔的悬崖，无可逾越，也没有尽头。

伊波尔沉浸在睡梦中。赌场蓝色的霓虹灯在夜色中若隐若现，我在停车场的数十辆车里寻找着莫娜的菲亚特。没有找到，莫娜可能是把它停在附近的哪条街里了。

伊波尔所有房子的护窗板都关着。

包括我住的那间。

还有莫娜的那间。她一个人在里面睡着。

一只看不见的手抓住了我的心脏。我强迫自己在昏暗的堤坝上走着，不让自己再去想别的什么东西。我不能再浪费时间了。接下来的200米无疑是风险最大的200米，我无法预料到城镇的街道里存在着怎样的危险。警察可能已经通缉我了，并且可能还悬了赏，号召全城的人帮他们抓住那个瘸了一条腿的强奸犯。我从来没有过这么大的危机感，这里也没有什么楼梯间或地下停车场，不能让我在楼宇之间自在地穿行。

只剩200米，就能到克里斯蒂安·勒梅代夫住的房子了。

我安静地前行，没有吵到伊波尔人安宁的睡眠，就像《金银岛》里的约翰·西尔弗一样。随着时间的推移，我慢慢学会了让假肢不要接触沥青的路面。

一个声音让我跳了起来。

在我身后。

我加快了步伐，然后又突然停了下来。

声音还在继续，很有节奏。但越来越大，越来越近。

我藏到了伊波尔房地产中介的门洞里，心率至少已经飙到了每分钟100下。

冰冷的街道上有一个呼吸声。人行道上的脚步声又加快了。过了漫长的几秒，那个影子和我的身影融合在了一起。

突然碰到一个深夜行人，那只老狗看起来比我还要惊讶。

我把手指放在嘴唇上，让它不要再发出任何声音。它服从地坐下，但是随着我继续向前，它又站了起来，在我身后几米处不紧不慢地跟着。

它黄色的眼睛就像两盏不再发亮的车灯。这条可怜的狗好像只有三条腿了，它也没有木头腿、铝腿或者碳纤维腿能帮它支撑一下，只有一条秃了毛的尾巴。它跟着我，是因为嫉妒吗？

我停在了勒梅代夫住所的门前。很快，我看到了二楼上护窗板里透出的光亮。

我的证人还没有睡觉！他肯定有睡眠障碍，我可以打赌。

那只狗坐在对面的人行道上，似乎在等我。

我推开门口的栅栏，轻轻敲响了房门。

没有人回答。

我转开了把手，猜想着门一定锁上了，这也是个办法，能提醒他我来了，否则惊愕之下他的叫声说不定会吵醒整个街区。

没用！

门悄无声息地打开了，就像勒梅代夫一直在等着我来。我一只脚踏进门内，轻声地喊道：

"克里斯蒂安，克里斯蒂安·勒梅代夫？"

我可不希望这个神经病给我来一枪。

"勒梅代夫？是萨拉维……"

还是没有回答。二楼的灯光照亮了整个楼梯，可能他吃了什么宁神催眠的药。

阿塔拉克斯……

我一边上楼，一边故意踩响每一级台阶。我的手心已经汗湿了，风灯在我的手里摇来摇去，我几乎以为自己要失手把它摔碎了。克里斯蒂安·勒梅代夫不是领着一份薪水，负责照管这座房子吗？

我的脚已经踏上了楼梯间处的地砖。

"克里斯蒂安？"

还是没有反应。

我出于谨慎，推开了卧室的房门，准备好看到勒梅代夫躺在床上。

被打死了，或者是被酒精放倒了？

卧室里空无一人。床单和被子都铺得整整齐齐。床头橱上还有一本书，床头灯还开着。衣架上搭着几件衣服、一套睡衣、一件短袖还有一件米色的毛衣。

一个老男人的卧室！

我停了下来，给了自己一点思考的时间。楼下传来了很难听到的毕毕剥剥声，扰乱了我的心神。我四级并作一步地走下了楼梯。

一个老男人的卧室，我在脑海中重复道，不过是一个起得很早的老男人。很明显，勒梅代夫已经起床了。刚刚我听到的声音好像是半导体收音机的声音。勒梅代夫可能在吃早饭。我慢慢地靠近铺着黑白地砖的厨房。除走廊以外，这一层面积不大，一个厨房正对着一个小房间。

厨房中间有一张桌子，一把椅子。

我站在门口，没有任何举动。

见鬼，这家伙到底去哪里了？

桌上有一个盘子，满满的意大利面上面放着一条煎过的肉。还有半杯红酒，旁边的酒瓶几乎已经空了。有刀有叉，还有格子花样的餐巾。半根法棍。

没有勒梅代夫的踪迹。

"克里斯蒂安？"我又叫了一声。

"深夜，法兰西蓝调。"半导体无知无觉地回答道，接着又开始播放丹尼尔·吉夏尔的《老朋友》。我的声音更大了，怕他是在洗澡。

没有希望了。

勒梅代夫今晚没有在家里过夜。

他甚至都没能吃完昨天的晚餐。

我的大脑都停滞了。

见鬼，他到底遇到了什么？

在接下来的几分钟里，我找遍了这座房子的每一个角落。房子只有60平方米左右，找起来也不难，但能确定勒梅代夫没有藏在哪里，连他的尸体也没有……

什么都没有。只有这个失业男人的几件衣服、几本书、一台我也没有开机密码的笔记本电脑、一个塞了满满食物的冰箱、几份当地报纸、一些药品，还有抗抑郁药，不过不是阿塔拉克斯，而是氯米帕明。

就好像勒梅代夫是突然离开的。

什么时候的事？

我已经完全不去考虑指纹的事情了。我用手碰了桌上的面包，还是软的。

我又拨了拨壁炉里的灰烬，是温热的。

勒梅代夫应该是十小时以内失踪的，可能就是吃晚饭的时候，可能和莫娜来沃科特找我是差不多的时间。我又扫视了一遍房间。它让我想起优素福叔叔的房子。当时我才7岁，是和妈妈一起进去的。他在三小时之前因心脏骤停去世了，我妈妈要去替他开具死亡证明。当时他面前的碗里还有没喝完的汤，啃了一半的面包，他的两只拖鞋还在椅子下面。

克里斯蒂安·勒梅代夫是死了吗？

是有人杀了他，还是掳走了他？还是他是被迫逃跑的？

为什么？

他昨天说的那些话还在我的脑袋里回响。

我得再查查，看看还能找到什么关于这个玛嘉莉·维农的消息。

这不正常。

他是不是找到了什么东西？

他是相信警察有阴谋的。

报纸的沉默。

警察的沉默。

是不是警察带走了勒梅代夫，还不让他开口说话？

"太可笑了！"我心中有个理性的声音提醒道。在法国，警察应该不会连夜讯问公民，连吃完饭的时间都不给他留。

我看了看手表，4点35分。我打算再给自己留十分钟时间，在房子里转一转，再出发返回沃科特。我打开了所有的抽屉，伸手去掏家具的下面，拿下了书架上的书，还取出了衣柜中的衣服。什么都没有。

除了一个细节。

电话本上有一页白纸，上面有某个人，当然也有可能是勒梅代夫，在上面画了一个表格。

2/2	3/0
0/3	1/1

我合上黄页电话本，手指都在颤抖。勒梅代夫是有了和皮鲁一样的发现吗？是因为这一点他们才干掉了他？

有些汗滴从我的手臂一直流到了手上，打湿了我碰过的所有东西。

把手、门把手、开关……

等邻居报警之后，很快勒梅代夫失踪案也能算到我的头上了。

我从百叶窗看了出去。街道上还是空无一人，除了那只三条腿的老狗还蹲在路灯下。我把那张写了数字的纸放进口袋，走了出去。

21

他是不是找到了什么东西？

我一直睡到上午 10 点。是莫娜的短信吵醒了我。

警察来过美人鱼了。

找你，不过什么也没说。

应该是想活捉你。

照顾好自己。

博尼

我呆坐了几秒，体味着难得的宁静。阳光垂挂在沃科特悬谷上面，让亚麻床具染上了一层金边。我把大大的羽绒枕头放在背后，给莫娜编辑了一条回复信息：

捉不住我的！

第 123 个谜题：克里斯蒂安·勒梅代夫，也就是"阿塔拉克斯"，玛嘉莉·维农自杀案的 2 号证人，昨晚失踪了。

陷阱！

小心一点

克莱德

我等了几分钟，但莫娜没有回复。

起床，洗澡，穿衣服，吃午饭，让自己喘息一下。

莫娜应该是在有意减少我们之间的联系。她做得对。警察已经见过她了，可能对她起了怀疑，在监视她。

时钟已经逼近 11 点了，我用咖啡泡了一包麦片，当成午饭吃掉了，然后下到了地窖里，这是别墅里我唯一还没参观过的地方。

对于接下来的战略计划，我还没有明确的想法。首先，应该在房子里躲上一天，接下来，利用信息手段试着找到可能的线索。因特网、电话，就像希区柯克的电影里一样，可以足不出户地进行调查，甚至还有一条残腿。

地窖里有厚厚一层积灰，看来很久都没人来过这里了。我的脚印留在灰尘上，一深一浅，甚至比雪地上还要清楚。头顶上的电灯终于亮了起来，整个房间里都是烧烤昆虫的味道。

旁边还有一堆东西，显然是风和日丽的周末才会用到的，包括自行车、太阳伞、长椅、烧烤的工具、羽毛球网、球、球拍等等。

墙边还摆着一些未开封的盒子。

我还有一整天的时间，所以就没有特意抵制好奇心的诱惑，打开了最上面的一个盒子。里面有十来本相册。

我反正也不赶时间，就慢慢地翻着相册，就好像是在看一部有好几季的电视剧。

《德南一家人》，第一季。

莫娜的导师站在埃特雷塔的山下，应该是 80 年代，因为他身后停着的，还是一辆橙色的雷诺 5。他和自己的太太手拉手站着，后者是个很美的金发女性，头发向后梳着，脸上带着微笑。他的人生就这样被胶卷记录下，在相册里徐徐展开：马丁在海滩上，马丁在修理东西，马丁在捕鱼。

另外一本相册。更年长一些的德南站在埃特雷塔的山下，应该是 21 世纪了，身后停着的是一辆奥迪 A4。他还是和太太牵着手，太太发福了一点，头发剪短了，表情很严肃。马丁在冲浪，马丁在打高尔夫，马丁陪儿子打网球。他的儿子有一头棕色的头发，看起来和我差不多年纪，随着相册慢慢长大。

我继续看着照片，漫无目的地翻着，终于看到了我想看的：莫娜的照片。几百张里，只有两张是有她的。

第一张照片上，马丁·德南在同莫娜一起捡石头。第二张，德南和莫娜一起站在埃特雷塔的山前。他们的手并没有交握在一起，但莫娜看起来比任何时候都要漂亮。

德南教授还真是个走运的人。

就像心有灵犀一样，我的手机正在此时响了起来。是博尼的回复！

> 勒梅代夫的事情实在太可惜了，老伙计。
> 那就把赌注押在 3 号证人身上吧，老丹尼丝。
> 不然，就认命吧！

我微笑了起来，然后又拿出了口袋里已经被撕碎的那份《诺曼底信报》。莫娜说得对，勒梅代夫已经出局了，只有丹尼丝能够证明玛嘉莉·维农的长相同莫甘娜·阿夫里尔一模一样。只有丹尼丝能够证明我没有发疯……但是我只知道她的名字和年纪。

丹尼丝。70 岁。

真是个少见的样本，就像 50 岁的娜塔莉或者 30 岁的斯特法妮一样。

我总不能给电话本上所有叫丹尼丝的人都打一个电话，也不能去问皮鲁她的地址……

我紧张地编辑了一条简短的回答。只有两个词，就像 SOS 求救信号。

丹尼丝·什么？

就好像莫娜能知道似的。勒梅代夫提过他之后就没在伊波尔见过丹尼丝。她很可能是住在附近的某个村镇。

我继续在地窖里翻找。

在一个最高处的架子上，我发现了一个红色的盒子。上面的字迹已经不太清楚了，我努力辨认了一下：

温彻斯特弹药厂

这是一盒子弹！

既然有子弹，那就肯定有武器……很明显，德南教授应该在什么地方藏了一把手枪，嗯，肯定是不能让孩子发现的地方。

我找了约莫一刻钟，最后发现了一个五斗橱，打开了最上面的一个抽屉。这个橱子很难打开，外面已经被木凳和乒乓球桌堵住了。抽屉最外面是一些衣物。都是些牌子衣服，就像抹布一样扔在这里。已经过时了？太小了？还是忘记了？有戴坏了的路易·威登的手套、有伊甸公园的粉色 polo 衫，还有阿玛尼的儿童 T 恤。另外，还有一条棉质的领带，上面挂着博柏利的牌子。

我手里抓着这条领带，心里想着或许有钱人家的衣橱里都会有这么些大牌的小物件。但是我可不会异想天开地认为我碰巧来到了"红围巾杀手"的地窖里，而杀手就是马丁·德南，分子化学教授。

手枪就藏在这堆衣物的下面。

是把柯尔特"蟒蛇"转轮手枪，手枪的名字就刻在枪筒上。崭新的，至少我觉得是这样，这也是我第一次拿到一件武器。

当我试着扣动扳机的时候，手机又响了。

问狗啊！

我过了几秒才明白莫娜的意思。

狗？哪只狗？

我刚开始以为她是在玩文字游戏，紧接着又想起了阿诺德，丹尼丝的西施犬。

第四个证人？

莫娜在开我的玩笑！

我又想莫娜是不是想说句俏皮话，类似于"既然你现在在海滩上，那就不妨去问海鸥"，但是我的大拇指突然停在了屏幕上方。

我明白该怎么做了。

莫娜不是在开玩笑。

她的建议再明白不过了。问狗！只要有点技巧，胆子够大，就能成功。

我四级一步地走出地窖，甚至都没把里面的东西放回原处。房子里肯定有本地区的电话簿，我走回德南的书房，打开了家具的每一个抽屉。

花园里出现了汽车轮胎的声音，就像是有一只铁制的手死死地抓住了我的脑子。

警察！

出于条件反射，我立即藏身到了窗户下面。

我听到大门的声音，有人开了门。他在花园的路上走着……我不可能就这样束手就擒。我缓慢地起身，向门外看了一眼。

汽车停在了门外。那个家伙往前走着，完全没有慌乱。

简直是不可能的：连警察都没有找到我。

他却做到了。

他还好整以暇地点了一根烟，然后一秒都没有停留。

邮递员走到信箱旁边，往里面扔了一个棕色的信封，然后就开着黄色的邮车走了。

22

文字游戏？

贾迈勒·萨拉维

住在马丁·德南家

日出小道 123 号

沃科特

76111 滨海瓦特托

我颤抖着双手又看了一遍地址。

贾迈勒·萨拉维

住在马丁·德南家

这些手写的字迹在我眼中就像是针扎的一样。

谁会知道我躲在这里？

没有人！除了把这座房子借给我的人。

除了那个帮我躲避警察追捕的人。

除了世界上那个唯一相信我的人。

莫娜。

是不是所有的事情都是她一手导演的，包括我们在警署的相遇？

我又透过窗户看了一眼悬谷，眼神一直延伸到了下方的海滩。我的这位捡鹅卵石的小女友和玛嘉莉·维农的死亡之间，到底有什么关系？和阿夫里尔－加缪案呢？这也太荒谬了。只有莫娜才知道这个地址，但要是把信寄来这个地址，她就像是在自我揭发。

再一次，我放弃了思考。好奇心压倒了一切，我打赌这封信里装着更多有关阿夫里尔－加缪案的细节，更多网上与纸媒没有谈到的细节。

我坐在客厅里最舒服的沙发椅上，就是壁炉前面的那一把。像之前一样，我的手在打开信封的时候还在颤抖。

里面只有两页纸。

弗雷德里克·圣米歇尔笔录。

米尔蒂·加缪证物第 47 号、第 48 号、第 49 号、第 50 号。

◆◆◆

米尔蒂·加缪案——2004 年 8 月 30 日 周一

埃朗·尼尔森向巴斯蒂纳上校要求由她来做米尔蒂的未婚夫弗雷德里克·圣米歇尔的笔录。上校很配合地同意了她的要求。毕竟目前局势已经一片混乱了：各种卷宗，负责此案的法官让－保尔·拉加德对结果的催逼，还有卡门·阿夫里尔的不断抗议。她让律师出面，怎么都不相信警察已经在尽最大的努力抓捕杀害她女儿的凶手。除去这些压力之外，巴斯蒂纳还另有一重焦虑，他极度害怕再发现一具曾被强奸的少女尸体。

他和埃朗早上在咖啡机前碰了个头，大致交流了一下彼此的看法，这时巴斯蒂纳才发现，自己满脸的皱纹和大大的眼袋与埃朗光洁的额头、饱满的苹果肌之间形成了鲜明的对比。"5000 欧元！"巴斯蒂纳的助手贝朗热在旁边嘟囔道。这是进行一次面部提拉的标准价格。

巴斯蒂纳突然觉得不可理解！

一个如此注重自己外表的女性，怎么会从事一个专门挖掘人隐私的职业？

"圣米歇尔先生？"心理学家问道，"这是米尔蒂写的信？"

"是的，这是她写给我的最后一封信。是在夏令营期间写给我的，死前几天。"

弗雷德里克·圣米歇尔就坐在阿林娜·马松旁边，后者点头确认了他的话。米尔蒂·加缪的挚友眼中闪动着战斗的热情，而弗雷德里克的脸上更多的是犹豫。

"你们之间不会发短信吗？"埃朗坚持道。

"也会，但是……"

弗雷德里克在谈起未来妻子的时候，似乎总是有些障碍。他的手在口袋里翻来翻去，想找出一根香烟，看向墙上那个禁止吸烟的牌子的眼神几乎是充满怨念的。

阿林娜·马松接过了话头。

"米尔蒂是个很浪漫的女孩。她喜欢写信，我说的是纸质的信件，她喜欢书写。夏令营的时候，有的时候我们忙完一天的日程就已经是半夜了，但她还是会趴在帐篷里写信。"

每次阿林娜说了些关于米尔蒂的事情，就像是在弗雷德里克的心上又射了一箭。他用嘴唇叼着一根未点燃的香烟，痛苦地将头埋到双手之间。埃朗观察着他，仿佛是一位昆虫学家在观察被关在玻璃瓶子里的苍蝇。巴斯蒂纳上校忍不住开口了：

"您给我们读一读这封信吧！"

埃朗皱了皱光洁的额头，然后又压抑住了情绪，用舒缓的语调重复了上校的话：

"圣米歇尔先生，我知道这是封私人信件，您也已经告诉过我们了。这可能是米尔蒂去世之前写下的最后的文字了。但是我们还是希望能从中发现线索……"

弗雷德里克把香烟揉碎在手心里，然后才回答道：

"我们本该结婚的。"

驴唇不对马嘴。

埃朗垂下眉毛。她的眉毛太长了，一定是假的。

"我明白的，弗雷德里克。我们想听听她给你写了些什么。"

圣米歇尔从口袋里拿出一封信，把它举到眼前，仿佛它比一堆书还要重。他的嘴唇翕动着，但没有发出任何声音。

办公桌下面，埃朗·尼尔森把涂了胭脂红色指甲的手放在了上校的膝盖上，这个指甲的颜色是为了和紫色的裙子相配。巴斯蒂纳刚开始有点惊异，随后就明白埃朗是想让他耐心一点。

她向证人伸出了戴着手镯的手。

"没关系的，弗雷德里克。把这封信读给我们听。"

信被放到了桌子上。埃朗用清亮的声音念道：

米尔蒂，2004 年 8 月 4 日，写于滨海伊西尼，凌晨 2 点 25 分。

我的爱人，

我随着时间飞翔，顺着它的时针，
以防它飞走

我随着白昼飞翔，拄着它的拐杖，
以防它站起身来

我随着蚕茧飞翔，跟着里面的毛毛虫，
以防它逃跑

我把栅栏放在宇宙上
以防它让我们分开

我给幸运女神穿上褴褛的衣衫，
以防她收买我们

我把其他所有的女孩都杀死，
以防她们爱上你

我向生活索要一个家庭，
以防我们会感到无聊

我要在我们的周围建起一座城堡
我要亲自守护它

M2O

阿林娜·马松拿出一张面纸，擦拭着湿润的眼角。弗雷德里克·圣米歇尔又叼了一根烟，紧紧地咬住它，在过滤嘴上咬了一个深深的痕迹，眼神都是空洞的。

"这首诗写得很好。"埃朗说道。

这并不是一个敷衍的称赞，她真的是这么想的。米尔蒂是有天分的。但是这种天分已经被人像废纸一样撕毁了，然后又团成球扔到了垃圾桶里。

现在她能够更好地明白米尔蒂亲友的反应了，米尔蒂是个有魅力的人，失去她，肯定会导致愤怒与绝望。她也邀请过夏尔和路易丝来再做一次笔录，但是这对夫妇拒绝了，他们可能并不愿意同警察或法官分享有关自己女儿的回忆。米尔蒂葬在伊波夫附近的圣艾迪安公墓里，他们宁愿每天早晨去墓地上看一看。独自过去。他们宁愿像撒骨灰一样，把关于米尔蒂的回忆撒出去，也不想一遍遍地对警察重复这些回忆。

巴斯蒂纳什么都没有说。并不是说他对这些诗词中的韵律不敏感，而是他不明白这些东西对查案有什么帮助。他指着这首诗：

"这个签名是什么意思？ M2O？"

"M 指 Mariage，O 指 Octobre（10 月），M2O 就是指 10 月 2 日的婚礼。先在奥利瓦尔的教堂，然后再去伊波夫的市政厅。婚礼用酒是白兰地，晚餐和派对上还有马戏表演。"

弗雷德里克咬断了那根香烟，然后把烟头吐在了手心里。阿林娜把湿透的纸巾放在了桌子上。

"这首诗真的能帮到您吗？"

巴斯蒂纳微不可察地摇了一下头，显示出他对此毫无信心，唯一有价值的线索，应该是米尔蒂那本蓝色的笔记本，她会定期在上面写些什么，说不定就有遭遇强奸前的细节。那本被杀人犯拿走的笔记本。

巴斯蒂纳站了起来。他看着弗雷德里克，觉得他整个人的状态都不太对，不再像之前那个充满魅力的吉他手了，无法再吸引到那么多小姑娘。其中就包括米尔蒂。

10 月 2 日，婚礼。

他的脑子里突然有个荒唐的声音。

弗雷德，我愿意！

这都是什么乱七八糟的！

巴斯蒂纳推开房门，解释说自己还有别的事情要忙，让埃朗一个人完成笔录，她尽可以按自己的想法做。

她能有什么想法，巴斯蒂纳暗自想道，肯定就是要继续聊诗，要聊那天米尔蒂·加缪为什么要这么穿，他们为什么把婚期定到那一天，还有是否要取消婚礼上的表演。他知道同情并不能帮助查案。与其对受害人的私生活感兴趣，为什么不能保持冷静呢？所有的调查都应该围绕着嫌疑人进行。就在刚刚问讯的过程中，他就接到了三个电话，都是说有人声称认出了那个戴着鸭舌帽的家伙。自从这周以来，这已经不知道是第几十个电话了。必须核对每份证词，这是办案的原则，虽然他也知道强奸犯不可能就这么被抓住了。

三小时之后，附近瓦洛涅警署的局长给他打了个电话。巴斯蒂纳当时正在附近的旅游问讯处，到处散发那两张模拟画像：仅从画像上来看，这个戴着鸭舌帽的男人和戴着红围巾的那个简直就是双胞胎。据说这个头号嫌疑人的父母在这边有一座别墅，所以应该聚焦于旅游区，但是各个市政府不太配合。

"上校，您想贴到哪里都可以，但就是不能贴在游客的面前。"

已经 9 月了，还有多少游客？

"莱昂？"

"是我。"

"是我，瓦洛涅的拉罗谢勒。"

"哦。"

拉罗谢勒久久没有说话。这个蠢货肯定是在吊我的胃口，巴斯蒂纳想着。

拉罗谢勒没能抵御住昭显功劳的诱惑。他下一秒就破了功。

"我们抓住他了！"

"谁？"

"那个戴着阿迪达斯鸭舌帽的家伙。就是那个围着加缪转圈的男人。我们抓住他了。相信我，是真的！我还搞清楚了他的姓名和住址！"

23

他的姓名和住址？

我一遍又一遍地读着那首诗。

感动。困惑。

又一次，我开始在思考加缪案……和我之间到底有什么关系！

为什么要告诉我这些细节？针对第二起案件的调查能解开第一起案件的谜团吗？它又和玛嘉莉·维农的事情有什么关系？能帮助我走出死胡同吗？

但是，就目前的情况来看，了解案件的后续，知道头号犯罪嫌疑人叫什么名字都已经没有那么重要了，寄信人有意不让我知道这一点。这应该是他计划的一部分。

我站起身，在客厅里走来走去，仔细看着脚下的每一步。木地板随着我的步伐有轻微的凹陷，就像在打什么通关游戏。读着这份笔录，我突然有了一种直觉。

假如这些信件并不是什么陷阱呢？如果说恰恰与之相反，有人给我寄信是为了让我找出解决办法呢？是不是为了让我在十年之后依据这些线索找出事情的真相，找出连环杀手的身份？

我一直走到窗边。外面的海滩上，有一个打着领带的男人，电话就贴在他的耳边，他边走边转头看。

我的脑袋里涌出了不计其数的问题，各个线索绕成了一团。有十几个：

为什么把这些信寄给我？两天之前我对这一系列的案件还毫不知情，寄信人为什么会认为我有解决这个事情的能力？

除了莫娜之外，还有什么人知道我藏身在马丁·德南的别墅里？

克里斯蒂安·勒梅代夫去哪里了？是被人掳走了吗，还是干脆被杀了？

那个写着八个数字、两行两列的表格是什么意思？为什么勒梅代夫和皮鲁都对它感兴趣？

旁边的小路上，有一个金发的女人正在往山下走，她旁边有两个孩子，一个骑着四轮自行车，一个踩着轮滑板。

虽然我不知该如何回答，但之前那一系列的问题似乎能帮助我理清事情的脉络。我还有以下的几个问题，但这些问题似乎就有些疯狂了。

我从来没有碰过玛嘉莉·维农，她的尸体上为什么会有我的指纹？

她是如何在跳崖的过程中戴上围巾的？

为什么没有任何报纸报道她的死讯？

如何解释玛嘉莉与莫甘娜之间的相似之处？出生、品味、求学过程……还有一样的脸！

有没有可能是莫甘娜十年前根本就没有死，媒体报道的死亡信息是虚假的？

还有一个问题。

到底有没有解法，能让我搞明白这个十元一次方程？

我怀疑的目光又投向了窗外。这应该是此次家庭出行的最后一队人马了，一个穿着滑板鞋的少年人，戴着巨大的耳机，应该听不到外界的任何声音。

我只能确定一件事情，那就是我无法独自解答这个谜题，我的脑容量可没有这么大，不可能像老电影里的神探一样，坐在椅子上就把案子破了。

我需要付诸行动，第一项行动就是要确认第三个证人的身份。

丹尼丝。

莫娜说得对。只需要去问她的狗就可以了……

接下来的几分钟，我把马丁·德南的客厅翻了个遍，最后在一摞老报纸的下面找到了电话簿。我专门去找了电话黄页。附近 20 千米的范围内，只有三个兽医诊所。我从最近的一家问起，也就是费康的一家。一个像猫一样声音细细的女生接起了电话。

"抱歉打扰，"我也让自己的声音听起来更尖一点，"我是替我的奶奶给您打电话的，她叫丹尼丝，她的狗叫阿诺德。"

"阿诺德，"那个女孩重复了一遍，"请稍等。"

又是一个天天敲打键盘的人，那边传来的键盘声简直比风还要快。

"阿诺德，一只 11 岁的西施犬。是它吗？"

我简直要高兴得叫出声来！

"是的！怎么跟您说呢？我的奶奶现在头脑不太清楚，根本不记得该什么时候来诊所给狗打疫苗了。所以我就替她打个电话，当然现在她所有的事情都是我在处理。"

"我明白，您稍等，我再核查一下。"

我又听到了键盘急促的声音，接着是女孩糖果一般的嗓子。

"六个月之前我们还给您的祖母去过一封提醒信。她得在 6 月之前把阿诺德带来，打梨浆虫病的疫苗。"

"我就知道！奶奶又忘了。您能再给我寄一次信吗？"

"寄到您的地址还是她的地址？"

"她的地址就可以了，我每周都会去看她。"

显然这个细节让女孩觉得我是个很可爱的人。她的声音更甜了。

"先生，我今天就会给您去信的。"

我故意等了一会儿，等到她要挂电话的时候，我才突然开口：

"麻烦等一下！奶奶留给您的是哪个地址？我突然想到之前那封信可能是寄丢了，因为我们刚刚帮她搬家到了一座没有楼梯的房子里。"

电话那边安静了，没有键盘声，我敢打赌她一定是在转动鼠标滚轮。

"丹尼丝·儒班。图尔维尔莱伊夫的老火车站，伊夫路，还是这个地址吗？"

"没问题，小姐。"

小姐。

这个称呼显然让她很开心，我趁着这个空当挂断了电话。

下一秒，一张地图就铺在了客厅的桌子上，比例尺是 1∶25000。图尔维尔莱伊夫距离这里有 6 千米，地处乡下。我仔细地看着那些有树林的地区，还有少有人烟的小道，希望能找出一条不会碰到证人的路。6 千米，对一个瘸了腿又要翻山越岭的人来说可并不容易。

去找这个老人可能是很有风险的事情，我很清楚这一点。但是在这座闹鬼的房子里待上一整天，恐怕也不是绝对安全的。

我还有最后一张王牌。

丹尼丝和阿诺德。

我现在就要出牌了。

24

她头脑不太清楚？

我沿着已经废弃的铁轨前行了几千米。这段铁路都在费康境内，原来是连接鲁昂和勒阿弗尔的必经之地，但现在诺曼底地区旅游业日渐兴旺，中心不在这里，铁路也就废弃了。它就像草地里一条丑陋的疤痕，留下了一条10米的壕沟，当然这种高度差也是因为旁边长满了各种树木，有橡树、榛树和花白蜡树。

天上下着小雨，水汽凝结在石子上，脚下有些湿滑，我不由得放慢了脚步。一直到图尔维尔，我也没看到什么人，除了少数几只在天上看着我的海鸥，它们可能正在等待下一辆途经此地的货车。

我终于到了目的地，面前是一座房子，根据兽医诊所的说法，丹尼丝应该就住在这里。

旧火车站！车站很漂亮，湖蓝色的墙壁，里面涂着一层灰浆，伸出两座橙色的烟囱，还有个很高的钟楼。钟楼上的时间永远停在了7点34分。直到现在，"铁路公司"那几个大字还留在火车站的上面，那扇橡木门像是随时会打开，里面会走出穿着优雅的女士，带着八字胡的银行家或者是打扮成水手的巴黎人。

火车还在等着他们。

在废弃的铁轨上，还有十几节车厢，加上三个火车头。一节东方快车的车厢，普尔曼的卧车车厢，还有太平洋公司的火车头，看起来是崭新的，仿佛昨天还在使用。

这些场景让我觉得有些超现实，虽然我之前在看地图的时候，也的确注意到附近住着不少铁路公司的老职员，新闻上说他们一直都在维护这些老车厢，希望它们能唤醒自己已逝的青春。

雨越来越大了。这可能就是今天没人在铁路上做修理的原因。我走到火车站门前，犹豫着要不要敲门，不知道事情会不会再次让我失望。

要是老丹尼丝不在家。

要是也有人不让她开口。

要是……

窗户的后面响起了阿诺德的叫声，然后出现了它黑色的毛发，身上还穿着一件蕾丝外套。它一直在叫，根本不愿停止，过了足足两分钟丹尼丝才过来给我打开了门。

她睁开眼睛，把我从头打量到脚，就好像是我那件"风墙"外衣的里面装的是一个来自未来的时光旅人。

"您是？"

她没有认出我。但我还特意穿了同样的衣服，和两天前我们见面的时候一样。

"贾迈勒，贾迈勒·萨拉维。您想起来了吗？伊波尔的沙滩上，玛嘉莉·维农，那个自杀的女孩。"

丹尼丝好像是到记忆深处搜寻了一下，然后没有再问什么就让我进了门。阿诺德怀疑地看着我，然后就趴到了一个绿色的软垫上。

这间屋子很大，应该是兼做衣帽间、餐厅和客厅，房梁是露在外面的，还有很多诺曼底风格的衣柜和五斗橱，到处都装饰着花边与干花。但最吸引人目光的还是一面照片墙，里面有各种型号的火车，背景是世界各地最美的风景。有覆盖着皑皑白雪的山峰、有坡度很大的悬崖，还有连绵不尽的海边堤岸。

"我先生原来是铁路公司的职员，"丹尼丝解释道，"现在雅克也去世九年了。"

她转向墙上那张"东方快车"的海报。

"我们当时过了一段好日子……"

我从口袋里拿出了那张《诺曼底邮报》的剪报，那份 2004 年 6 月 17 日的。

"丹尼丝，我想给您看一张照片。"

我把那张照片放在丹尼丝的眼前——《关于你，莫甘娜》，特意挡去了文章的标题与日期。就算老太太有点健忘，也不可能忘记玛嘉莉·维农那张凝固在沙滩上的面容，这才是两天之前的事情。和照片上一模一样。

"您认识她吗？"

丹尼丝说她要失陪一下，让我独自坐上一会儿，她自己则返回卧室取了副眼镜，就在右边的第一间。我看着她离开，觉得她似乎没有前几天在海滩上那么有警觉性，就是玛嘉莉自杀的那天。就好像她在两天之内就老了 10 岁。最后，她终于开始看照片了。

"认识……就是那个先被强奸又死了的女孩。"

我简直想要紧紧地抱住丹尼丝，再给她一个吻。就跟我想的一样，她也搞混了莫甘娜和玛嘉莉的脸。我没有疯。这个疯狂的故事不是我想象出来的！这位老人是否可以做我的盟友？

我合上了那份剪报。

"丹尼丝，你看看日期，再看看报道的题目。"

她推了一下眼镜，就好像 1 毫米的偏差也能对她的视线造成影响。

"2004 年 6 月 17 日？上帝……我怎么觉得这件事是最近发生的……"

对面的墙上挂着一幅新干线火车的照片，背景应当是一座日本的城市，或许是大阪。我接上了话头。

"两天前？"我提出了一个选项。

丹尼丝却笑了起来。她慢慢地在一把木头椅子上落座，里面应该是裹了稻草。阿诺德三步就跳上了她的膝头。她的声音里有点讽刺的意味。

"我知道自己近来已经没有什么时间观念了。但是两天前，这也太夸张了吧？要是仔细想想的话，应该还是报纸说得对，出这件事的时候雅克还活着呢，他是 2005 年才离开我的……"

她抬起皱纹遍布的手，示意我坐下。她既没有问我是谁，也不关心我为什么要问这个问题。我拉过一把椅子，也是填充了稻草的木头椅子，坐在她的对面。阿诺德仔细嗅了嗅我的味道，似乎它是在认真思考要不要换个膝头。

我兴奋起来，几乎无法控制住外露的动作。

丹尼丝还记得莫甘娜·阿夫里尔案！

这倒也说得过去，因为她一直都住在此处。不过她好像并没有将这两起事件联系起来。

"您说得对！"我点头表示同意，"这就是莫甘娜·阿夫里尔的照片，她是 2004 年被强奸杀害的。但是我来是想跟您聊聊另一个女孩，玛嘉莉，就是前天从悬崖上跳下来的那个。"

她颤巍巍的双手抚过阿诺德的长毛。她看着我，好似没有听懂我在说些什么，却迟疑着没有让我重复，最后缓缓吐出几个词：

"尸体发现的时候我就在现场。"

当然了，丹尼丝，我也在。我们两个人都在。加上勒梅代夫就是三个人。

丹尼丝闭上眼睛。我几乎觉得她是睡着了。她的语速很慢，就好像是在描述一个梦。

"我在海滩上走着。当时天还早，我记得，但是真的很冷，"她的手抚摸着阿诺德肚子，狗开心地打着呼噜，似乎很有用，"阿诺德那时还是只小狗……"

我的脑海里立即响起了警报。

阿诺德？小狗？

"那天对伊波尔来说可是疯狂的一天，"丹尼丝继续说，"好多年轻人在赌场前边跳舞。整个晚上都是音乐声，特别吵的摇滚乐。我也喜欢摇滚乐，要是我和他们一个年纪，估计也上去跳了。您不觉得这很奇怪吗？他们听着不一样的音乐，可还是打着摇滚乐的名头。所有人都很开心，当然，是在悲剧发生之前，后来他们就在沙滩上发现了女孩的尸体。"

我立时就有了一种冲动：想要从她的腿上抢走那只被爱抚的毛球，把它扔到天花板上，让这个老女人的整座房子都短路。这样她就能专注于回忆两天前的事情了吧，而不是一直在跟我回忆十年前的案件。她得证实我的说法，比如说我从来没有碰过玛嘉莉·维农的尸体。

我提高了声音。阿诺德竖起耳朵。

"儒班太太，我不是来跟您聊莫甘娜·阿夫里尔的案子的，而是想聊聊我们周三碰面时发生的事情，就是两天以前。您还记得吗？您带着阿诺德去伊波尔的海滩上散步。"

丹尼丝的脸上浮现了一丝微笑。我甚至觉得听到"散步"这个词，阿诺德的尾巴都竖了起来。

"上帝啊，是的，我散步……还带着阿诺德。但已经是很久很久以前的事情了，现在我几乎不出门。已经好些年了，现在我的腿都走不动了，阿诺德的爪子也不行了……"

我觉得脑子里有无数个念头。

这个老疯子在说些什么？

很久很久以前……她的腿走不动了……

她前天还牵着西施犬去了伊波尔的海滩！

丹尼丝继续说着，好像无法抵御怀旧的思绪。

"我就像外头那些废弃的火车，还有那条毫无生气的铁路。我一直等在这里，回忆着过去。有的时候，会有出租车来接我，带我和阿诺德去兽医那儿。就连买东西都是家政服务给我送上门来的。"

我整个人都眩晕了，死死地盯着墙上的照片。那些火车都开始转动，就好像是一个疯子脑袋里疯狂转动的画面。丹尼丝注意到了我的视线所在。

"我以前经常旅行。和雅克一起，我们还环球旅行过几次。他是个天才机械师……我还记得 1962 年 3 月，那年下大雪，有一辆车被困在大雪里了……"

我粗暴地打断了她。阿诺德竖起耳朵，用像西瓜子一样大的牙齿威胁着我。

"前天我还在警署见过您……您从皮鲁上尉的办公室里出来。"

"您……您是警察？"丹尼丝问。

"不，不……恰好相反。"

我很快就后悔了，不该用"恰好相反"这个词。冒着被阿诺德咬的风险，我把手放在了丹尼丝的膝盖上。

"您是害怕什么吗？是不是有人要求您忘记前天的事情？不要跟任何人提起？尤其不要告诉记者？"

丹尼丝猛地一下站了起来。阿诺德猝不及防，从她腿上滑了下去。

"您是记者？是这样？您是想从十年前的事情里挖出点什么？"

我也站了起来。她皱纹纵横的脸正好到我的脖子。我几乎喊了起来。

"警察来之前我们还一起在海滩上等了十几分钟。您还用我的风衣盖住了女孩的头脸。她脖子上缠着一条红围巾……"

丹尼丝后退了几步。门口的衣架上，有一件灰色的雨衣、一顶草帽，还有米色的丝巾。我们的视线都落到了丝巾上，然后又对看了一眼。

我看到了丹尼丝眼中的恐惧。

我的手放在了她的肩上，试着放缓语气。

"我不想伤害您，我也不想冒犯您，我只是想……"

开始的时候我没有明白她要做什么。她只是把右手放在了左手手腕上，很自然的动作。

屋子里，突然想起了尖厉的报警声，丹尼丝的手表也开始闪光……

我以为是手表……

丹尼丝，同很多独居的老人一样，戴着一个报警手环，紧急情况下，这个手环可能会直接拨通医生或急救机构的电话。

见鬼……

急救人员可能几分钟之后就会出动，除非她能解除警报。

下一秒电话就响了起来。她想去接电话，但是我拉住了她的袖子。电话录音机开始工作，留言是一个很焦虑的声音：

"儒班太太？我是沙利耶医生。有什么问题吗？回答我，儒班太太，是不是有什么问题？"

这个医生会上报的。

我得走了……

我最后努力了一次。

"丹尼丝，我求您了，您看着我。您肯定能认出我的！"

她的眼神穿透了我的身体，仿佛我是个透明的鬼魂，唯一让她感兴趣的就是我身后的这扇门。接着，她应该是确信救护车马上就会到，改换了另一种更沉静的语气：

"是的，我认识您。在海滩上，您就站在我旁边……"

我还没来得及燃起最后一丝希望，她就抓住了我的手。

"那个时候您也要更年轻一些。和别的男孩不一样，您没有跳舞。您本来也可以跳的，那个时候您还有两条腿……您……"

我再也不想听到任何一个字了。我快步走了出去，任由身后的门开着。脑海里的最后一个场景是阿诺德向外追了几米，冲我一直吠叫，警告我不得再擅入此地。

我从两辆火车之间跑了过去，然后沿着似乎永无尽头的铁轨向前跑，就像是一条永远没有末端的拉链，把所有的秘密都尘封在了底下。

"喂，莫娜？"

这是第一次我决定要向莫娜撒谎。至少要隐瞒一点什么。不要告诉她丹尼丝想不起来两天前的事情了……但是她能记起十年前的莫甘娜·阿夫里尔事件。

她把所有的事情都搞混了，也忘记了是什么时候见到我的。

她把我当成了别人。

简单来说，她疯了。

电话一直在响，但莫娜没有接起。我脚下的台阶就像是通往地狱的捷径。再有 100 多米，我就得离开这条铁路沟了，也就失去了地形的保护，只能在诺曼底广袤的草地中穿行了。雨水已经变成了冰冷的雾气，我的皮肤都要冻僵了，但是远远看来，只能看见一个模糊的人影，别人会以为我只不过是个勇于直面寒冷的远足者。

我是一个人。

克里斯蒂安·勒梅代夫失踪了。丹尼丝·儒班不再承认。

我是玛嘉莉·维农一案唯一的证人。

我紧张地抓住了口袋里的手机。

除了警察之外，我就是唯一的证人。除了皮鲁、他的助手，还有那些可能参与过调查的人。

拨号失败，请重试。

我又点了一下苹果手机上的绿色键。

"喂，莫娜？"

她接起了电话。

"你怎么样？找到那个老太太了？"

"没有。……有，其实是找到了，但故事有点复杂……"

"讲给我听！"

"莫娜，稍后再讲吧。"

我在一棵榛树下停了下来。枝叶上滴下了几滴冷雨，摔碎在我的风衣上。

"我能借你的车用一用吗？"

几秒之间，我只听到了电话那头海水冲击石头的声音，然后就是莫娜满含笑意的声音：

"你要去警察那里自首？"

"不是的，莫娜。我要去讷沙泰勒昂布赖。"

"什么？"

"去讷沙泰勒昂布赖。卡门·阿夫里尔，莫甘娜的母亲还在那里经营客栈，就是驴背客栈。开车只要不到一小时就到了。我必须确认一些细节。莫娜……我需要证据，我需要你……"

"好了，老伙计。不要费劲了。要是你愿意，就把我的车开走吧。它就停在赌场前面的堤坝上……"

我简直不知道如何用词语表达自己对莫娜的感激之情。

"赌场前面！糟了，我白天不能接近伊波尔的海滩。就算是现在这种天气，我也会被发现的……"

莫娜叹了一口气，就像一位母亲，被迫屈服于任性的孩子。

"贾迈勒，你真是太烦人了。我会把菲亚特停在出伊波尔的路边，就在公共露营地后面，网球场旁边。车钥匙就放在车顶。车门和后备厢好久都关不上了。"

"谢谢你，莫娜。我不会辜负你的信任的……"

"闭嘴！在我改主意之前赶紧挂电话……"

我把手机放回口袋里，又想起了邮递员、棕色的牛皮纸信封、信封上我的名字，和德南的地址写在一起。只有莫娜才知道这个地址，而我没有告诉莫娜应该没有人能证实我的说法了……

我们两个人到底是谁背叛了谁？

我又在结了霜的小道上跑了起来。雾气越来越重了。我几乎都分辨不出远方的黑影到底是杨树还是核电站的高压电线塔。

我一个人的证词和所有人的版本都不一样。

现在，还有谁能相信我？

还有人能相信我是无辜的？

没有人……

　　除了您？

看到我之前的谵妄之语，您还会相信我的清白吗？

我没有乱说。一切都会好的。

您还愿意把宝押在我身上吗？

我的精神是正常的。我没有强奸别人，也没有杀人。

我会证明给您看的。

25

有什么问题吗？

菲亚特 500 已经在 A13 号公路上跑出了每小时 130 千米的速度。这 20 千米的范围内，我一直都全力踩着油门踏板，因为去讷沙泰勒一路上都是上坡。不需要调节速度，发动机已经用尽全力了。

每过一段时间，我都会确认一下有没有人跟踪我。这只是为了放心：毕竟高速公路上几乎没有人，只有少数几辆小卡车会和我在路上相遇，然后又消失在我的后视镜里。还有若干英国牌照的两座车，顶篷上载着滑雪板和行李箱，严格遵循着限速规定。我不太确定他们能不能在雪融化之前赶到阿尔卑斯山。外面下着雨，但是雨刮器并没有起到什么作用，只是把大的雨点涂抹得更均匀了。

突然，高原地段就结束了，接着我就看到了高原中的一片山谷，旁边还出现了鳞次栉比的房屋。经过长时间的上坡之后，高速公路也是瞬间就到了尽头，变成了城镇里的小路。这还是我第一次来到昂布赖附近的地区，第一次见识到高原里的针叶林山谷。很快我就向右边驶去，走上了去讷沙泰勒的路。

立交桥旁边有许多崭新的房屋，就像雨后长出的蘑菇。这条高速是免费的。鲁昂距此只有 50 千米。很明显，这里应该也是鲁昂广袤郊区的一部分。

车上的温度计显示外界温度是 3 摄氏度。现在还是下午，我已经做好了准备，打算看到一个寂寥的村庄，里面只有几个享受户外寒冷的老年人，两家商店之间只有湿漉漉的、窄窄的人行道。

我刚刚经过村庄入口处的大桥，就看到了两排整齐排列的汽车，我几乎吓得要猫下腰去。

他们来这里做什么？

下一秒，我就看到了一群戴各色帽子的小孩走到了汽车附近。

现在是 16 点 30 分。一定是放学！

我匆匆从第一个路口右转，以便避开车流。我在小道中漫无目的地开了一会儿，很多时候都开到了断头路上，最后决定把车停在一条无人经过的街道上。我戴上了耐克的鸭舌帽，扯下长裤，以便挡住自己的假肢，然后才走下了菲亚特。人行道上竟然还有未尽融化的雪，脏脏的，我在上面留下了一连串不规则的脚印。

然后我冲进了路上遇到的第一家商店，商店玻璃上起了雾，无法从外面看到里面。

我在赌，赌皮鲁没有通知这个地区所有的警署，赌仅仅过去一天，警察还没有时间把我的画像散播得到处都是。

这是一家卖反季水果蔬菜的店。店主正忙着往架子上放苹果，想让它们能自己保持平衡。

收银台的上边放着一块牌子，上面写着"有机水果蔬菜"。

"您想买点什么？"

"我在找一家客栈。叫'驴背'。请问客栈的老板还是卡门·阿夫里尔吗？"

店主突然就挺直了背。他的头顶几乎全秃，两侧仅余的头发都被梳到了中间，就像一个香蕉的柄。

"您找她做什么？"

我强迫自己露出一个微笑，想打消他的敌意。

"我不想跟您撒谎。我是记者，现在我们想写一篇关于她女儿的凶杀案的文章。"

"香蕉柄"先生从头到脚地打量着我，就像在挑选水果的客人一样。只不过他没有敲我的腿。

"我想她应该不想再被这种事打扰了。事情已经过去很久了。"

"十年，"我补充说道，"马上就要过追诉期了，警方想重启调查。"

他甚至都懒得回答我，还是回身摆弄那些树莓、草莓什么的。现在是大冬天，这个傻帽还在卖有机草莓、有机树莓、有机樱桃……

身后突然出现了一个脚步声，吓得我几乎跳了起来。一个红头发的女孩抱着一箱紫甘蓝走了进来，她一边气喘吁吁地说着话，一边撞开我走了过去：

"卡门会同意的。这么长时间都过去了，她不还是和媒体保持联系吗？她应该想抓住那个杀死她女儿的混蛋。"

"香蕉柄"耸了耸肩，自言自语道：

"记者又会把我们这里写成一个满是人渣的村镇了。"

女孩以极其精准的手法一次性摆上了三个柳条筐。

"您朝着讷沙泰勒的高处再走上1千米，就在去富卡蒙的大路上。您肯定能看到写着'法国客栈'的大牌子。"

正在我要走出商店的时候，她又补上了一句类似威胁的话：

"但是，千万不要用花言巧语欺骗她。"

我原路返回去找汽车。路上看到了三个男孩，他们并肩前行，一路上小心地避开着路上的泥坑。我没看到任何一位家长，可能大家只有在天气好的时候才会去接孩子吧。

我倒是无所谓。这样一来目击者就更少了。

我在冻僵的手指上哈了一口气，然后打开了菲亚特的车门。

我的手却久久没有从金属制的门把手上离开，就像被冰黏住了。

副驾驶的位置上放着一封信。

棕色的牛皮纸信封。

给贾迈勒·萨拉维。

这个笔迹对我而言已经很熟悉了。

我立即想到了莫娜。她是唯一知道我来讷沙泰勒的人……但是她是怎么过来的？她是怎么搞到另一辆车的？我一路踩着油门过来，她怎么能赶在我的前面？我来的一路上都在看后视镜，怎么没有发现她跟着我？

她为什么要跟我玩这个猫捉老鼠的游戏？

我坐到了菲亚特的里面，打着火，开开空调想暖和一下。

还有谁会知道我把车停到了这里？

没有人。

谁能把信封放到副驾驶座上？

所有人。车门根本关不上。

我等了几分钟，把空调调到了最大，让暖风直接吹到我的脸上，直到皮肤感觉到灼热发烫。我打开了信封。

◆◆◆

巴斯蒂纳上校又读了一遍拉罗谢勒发来的传真，这已经是第三遍了。

那个戴阿迪达斯帽子的家伙，也是米尔蒂·加缪案的头号嫌疑人，名叫奥利维耶·罗伊。

他今年 21 岁，住在摩尔萨林，他的父母就是瓦洛涅出版社的老板。他在卡昂攻读一个非全日制的关于文化事务管理的学位。

事实上，能找出这个戴鸭舌帽的男孩，拉罗谢勒可谓是得来全不费工夫：这个男孩的父母，吉尔达和莫妮克·罗伊，于 2004 年 10 月 7 日前来警察局报案，声称他们的儿子失踪了。没有任何疑问，奥利维耶就是警察一直要找的人。他曾在滨海伊西尼露营，也去过圣马尔库夫岛，还同米尔蒂·加缪在同一片海滩上晒过太阳。

他的父母解释说，米尔蒂的被害似乎让儿子受到了很大冲击，但他们也说不清是为什么。自米尔蒂的死讯发布之后，他就把自己长时间地锁在房间里，偶尔出门也只是独自去散步。2004 年 10 月 6 日，他离家向北边走去。之后就再没有回来。

在接下来的三十七小时里，巴斯蒂纳上校都确信自己已经锁定了罪犯。奥利维耶·罗伊的沉默可以被视为一种逃脱警察搜查的愿望，他的绝望应该是因为愧疚，他逃跑恐怕就是认罪的表现。

但就在第二天，下午 6 点左右的时候，所有的指控就像多米诺骨牌一样全部坍塌了。

奥利维耶·罗伊的 DNA 与凶手并不相符！

一小时之后，另外一条消息传来：奥利维耶·罗伊不可能是杀害莫甘娜·阿夫里尔的凶手，也不可能是那个戴红围巾的男孩。2004 年 6 月 5 日的周末，他正和班级里的其他同学在外地参加艺术节，离伊波尔至少有 900 千米远。

奥利维耶·罗伊先是浮出水面，然后又沉了下去，这令巴斯蒂纳上校的调查工作进一步复杂化了。随后的几周里，警方还在继续发布协查令，还把模拟画像换成了奥利维耶·罗伊的照片。但没有什么效果。

再说，为什么一定要找到这个最多只是证人的男人呢？

拉加德法官公开对巴斯蒂纳上校的侦破手段提出了质疑，然后又向上级法庭请求卸下这起案件的主理权，以防自己的职业生涯会因这起案件而蒙羞。本地报纸对这件事的关注程度也渐渐淡了下去。司法界的注意力也悄然发生了转移，大家都去关心另一起案子：一个蒙德维尔的工人，带着妻子和四个孩子，在家里的车库烧炭自杀了，六人全部死于一氧化碳中毒。

埃朗·尼尔森也越来越少坐上从巴黎到卡昂的火车了，之后就再也没有来过。那些总是用她的医美科技打赌的警察，也不再去猜测下次她又让什么部位重返20岁了，反正大家有输有赢，谁也没吃亏。

总之，所有曾为米尔蒂·加缪谋杀案夜以继日工作的人，都暂时回到了正常的生活，他们此前只有一个担忧：害怕再发现一个受害者。所以他们才加班加点，和时间赛跑。但是现在，他们隐秘地希望能再出现一起案件，只有这样才能重启调查。但现实终究让他们失望了。

红围巾杀手退休了……

2004年10月12日，卡门·阿夫里尔在卡昂警局见到了巴斯蒂纳上校，就在奥利维耶·罗伊这条线索被废弃的几天之后。她在上校的桌子上放了一沓厚厚的材料，题目叫"双重陌生人"，结论处是这么几句话：

想要找到杀害莫甘娜与米尔蒂的凶手，只有一个办法可以尝试——寻找一个曾于2004年6月5日出现在伊波尔且2004年8月26日出现在伊斯尼的人。如果存在这么一个人，他无辜的可能性就无限趋近于零，而且他此前一直没有来警署报到，这就更加重了他的嫌疑。

巴斯蒂纳同意了她的看法，用疲惫的姿态翻开了卷宗。里面有长长的表格，列举着一串地址、电话号码、屏幕截图。上校想道，要是在整个诺曼底的海边找到这么一个人，确定他一个春天的周六和一个夏末的周四去了哪里，得确认所有租过车位、订过宾馆、客栈的人的信息；得查都有哪些人住到了朋友或者亲戚家里，哪些人来过诺曼底，没有住宿，但用银行卡支付过高速公路过路费；哪些人在餐馆吃过饭，在商店里买过纪念品；哪些人给当地人发过名片、留下了支票，或者单纯出现在了某张照片里。

上校默默地合上了材料，看着卡门：

"太太，我还是直接一点吧。近一个月以来，分配给阿夫里尔－加缪案的警察只有之前的十分之一了。原来是五十个人，现在就只有 5 个了。要是再过几周，没有什么新的事件的话，就不会再有任何一名警察专门调查这起案件了。"

卡门·阿夫里尔连眉毛都没有动。巴斯蒂纳索性把话说得再戳心一点：

"严格来说，从下周开始，这件事最多也就是我工作内容的十分之一了。"

他把材料递还给了卡门，甚至都没有对这种查案方式给出具体评价。

"阿夫里尔太太，我们不会忘记的。只是调查会被暂时搁置。我们现在已经有凶手的 DNA 和指纹了，他还做了第二起案子。只要再等等……"

巴斯蒂纳很确信卡门一定会反驳，就算打他一个耳光也没有什么好抱怨的。

等什么？等他再强奸第三个女孩吗？

但卡门让他失望了。

卡门颤抖着站起身，甚至都没有看他一眼，她把材料夹到了手臂下面，一脚踹开门，大喊道：

"没有你们我们也能搞定！"

从 2004 年 6 月起，也就是莫甘娜被害的几天后，卡门就成立了一个组织。所有认识莫甘娜的人都加入进来，大约有五百人，但很快，其中的活跃成员就只剩下了不到十个亲属，也只有他们才愿意帮忙支付律师费用。

米尔蒂·加缪尸体被发现的当晚，卡门就代表组织向路易丝和夏尔发出了加入的邀请。他们第二天就成立了一个叫"红线"的协会，在向市政府报备的材料上，第一句话就说明了该组织的原则：

永远不要忘记。

夏尔·加缪成了协会的会长，他更冷静，也更长袖善舞，比卡门更适合同警察和法院打交道，卡门是副会长。卡门有点遗憾，她总是很难同男性打交道，更不会同代表权威的男性打交道。奥西安娜，也就是莫甘娜的姐姐，负责协会的秘书工作，而阿林娜，米尔蒂最好的朋友，主管财务。关于卡门提出的"双重陌生人"假设，刚开始的时候整个协会都忙着查找这样一个同时出现在两地的人，但之后由于警察已经明确表示了不会配合，组织内部就出现了分裂。

"没有你们我们也能搞定！"这是莫甘娜的母亲当着皮鲁的面吼出来的话。

卡门·阿夫里尔梦想着一场复仇，能严惩凶手。

夏尔·加缪却希望能够发现真相，匡扶正义，甚至是宽恕。

最终在 2005 年，协会成员间那点有限的共识彻底断裂了。卡门答应了法国电视 2 台的记者，答应他要做一档电视栏目，报道这个连杀两人的凶手。夏尔明确表示了反对，但是卡门坚持要这样做，因为电视节目可能会帮助他们找到更多的目击证人，还会带来额外收入，以便支付律师和侦探费用。整个阿夫里尔家族都站到了她这一边，路易丝·阿夫里尔没有发表看法，阿林娜和弗雷德里克开始时不知道是否要跟夏尔唱反调，但最终还是选择了追随卡门。

节目于 2005 年 3 月 24 日播出，时间是晚上 10 点 30 分。

就像协会的其他成员一样，卡门提前看到了这档九十分钟的纪录片。纪录片主要讲述了案件的始末，调查时取得的突破和遭遇的困境，夹杂着脱离现实的猜测，对死者毫无敬意的遗容曝光，还有周围邻居们那些刻薄的评语，却没有为案件带来一丝灵感。

就在电视台放映室的第一排，所有人的面容都凝固了。

这是赤裸裸的耍流氓！莫甘娜和米尔蒂的双重命案被搬上荧幕，并不是为了与其他电视台的侦探节目争收视率的。卡门想要阻止节目播出，但电视 2 台并没有理会她。收视率达到了 18.6%，比平均数要高一些，但电视台并没有给协会支援一分钱，甚至没有给两位身故的女主演支付片酬。

几天之后，夏尔和路易丝宣布他们想要离开协会。夏尔推说是身体原因，大家都明白这只不过是外交辞令。

他最后一次同卡门说话，还是悲剧发生的前一天。

2007 年 12 月 27 日。

26

等什么？等他再强奸第三个女孩吗？

我把材料放回信封里，然后把所有的东西都塞到了菲亚特的储物盒里。

也就是说，阿夫里尔－米尔蒂案在案发不到一年之后，就不再是警方追查的对象了。

案件已经被搁置了！

我又发动了菲亚特，露出了一个微笑。这些信息于我而言显然是有用的。

立刻就能用得上。

卡门·阿夫里尔会全心全意地欢迎我，我会通知她，她女儿的凶杀案在十年之后又看到了重启的曙光。

七分钟后，我把车停在了离"法国客栈"那块大牌子大约100米远的位置。有一个女人朝我这边走了过来，背上背着三个很沉的书包，有三个孩子在她身边跑来跑去，好像在跳着圆圈舞，他们应该是走向那片新住宅区的，就建在讷沙泰勒的高处。

"我找卡门·阿夫里尔。"

那位不堪重负的母亲喘了口气。

"您沿着小道下去就可以了。不会错过的，您看，客栈的露台上，那就是她。"

她透过树木的枝叶，给我指了一个穿着蓝色衣服的身影，然后扯住了一个孩子的胳膊，就像是只要拉动了火车头，其余的车厢也会跟上。

我顺着小路走了下去。

"驴背"客栈大概方圆有 50 米。周围院墙的石头上都已经结霜了，但可以肯定的是，到了春季，这些墙壁周围会长满草木，还有美丽的花朵。

在露台上，有一个体格健壮的女性，手里拿着一把锤子，想要把一个什么东西底部的螺丝敲正，可能是个榨苹果用的机器。这倒是同整个花园很相配，花园仿佛一座博物馆，展示着诺曼底的历史和植物特色。

她敲钉子的动作精准且有力。

如果只从背部来看，我几乎会认为这是一个男人。

突然锤子在空中停住了。出于某种直觉，卡门停了下来，就好像是嗅到了我的存在。

"您来做什么？"

"阿夫里尔太太？"

"是我。"

我的心跳都加快了，嘴上把在伊波尔就已经准备好的说辞说了出来。

"我是洛佩上尉，费康警署的，我想跟您聊一聊。"

她从头到脚地打量着我。她应该很想问一个问题：现在警察也招残疾人吗？但是她忍住了。

"您想做什么？"

"阿夫里尔太太，我还是直接一点吧，和您女儿莫甘娜的谋杀案有关。有……有新动向了。"

卡门几乎举不动锤子，任由它掉在了露台的地砖上。她的脸红红的，就像是一个在筐子底部开始腐烂的苹果，我却感到一阵轻松。

皮鲁没有联系过她！

这很奇怪，有鉴于玛嘉莉与莫甘娜之间有那么多的相似之处，不过我还是赌了一把，冒着风险来和卡门见面。

"有新动向？"

"是的，阿夫里尔太太，我不会让您燃起虚假的希望的。就是最近几天在伊波尔发生的，发生了一系列令人震惊的事情。我能进去吗？"

房间的里面与花园一样让人惊叹——一家可爱的小客栈。暴露在外面的房梁，红砖垒砌的烟囱，壁炉很大，几乎能烧烤一头小牛。很多物品都是来自农场不用的器具，比如马车的轮子被做成了餐桌，木桩被改造成了凳子。浓浓的乡野风情，还有些应景的画作，只有少数玻璃或铁制的器具会让人感觉到还是身处现代。这简直就是巴黎人梦想中的田园生活。卡门的客栈一定生意兴隆！

卡门建议我坐在一张散发着小牛皮气味的沙发上。在一瞬间，我不禁去想，一个女人是怎么完成这些工作的，她是如何进行的客栈的翻新和改建。

然后我就开始讲述了。

玛嘉莉·维农的自杀事件，此前发生的强奸案，还有她脖子周围的博柏利羊绒围巾。我只漏掉了一点，那就是玛嘉莉曾经在悬崖上遇到过一个晨练的人。我……

卡门耐心地听我讲了十五分钟，明显很惊讶。

"这个混蛋又回来了。"她喃喃自语。

我没有给她留出喘息的时间，而是立即拿出了从皮鲁那偷来的"玛嘉莉·维农"案卷。上面的蓝白红三色警徽还有官方印章应该能让我的话显得更可信一点。

"卡门太太，希望您不要打断我。然后我想听听您的看法，如果您可以解释这件事情的话……"

她点点头。杀害女儿的杀手又浮出了水面，她什么都愿意听。我长出了一口气，把了解到的关于玛嘉莉·维农的一切都告诉了她。

1993年5月10日出生在讷沙泰勒，不过是加拿大的。曾经在巴黎地区就读于克洛德·莫奈小学，阿尔贝特·施韦泽初级中学和乔治·布拉桑高级中学，还都选择了医学专业。她学过肚皮舞，喜欢70年代的前卫摇滚音乐。

卡门的惊奇慢慢变成了恐惧。

这些共同点到底意味着什么？同样的出生时间、地点，同样的学校，同样的品味。

简直是胡言乱语。

卡门未置一词，只是站起身来，她蹒跚的脚步还是出卖了内心的恐慌。她向厨房走去，端来了一盘东西，应该是平时招待客人用的。当地的饼干、水杯、水瓶、橙汁，还有鲜牛奶。托盘随着她的手一起颤抖。她把托盘放到了我面前的矮桌上，然后才用迟疑不定的语气说道：

"上尉，该怎么跟您说呢？刚刚您告诉我的这些事情，在我看来都是不可置信的。完全没法相信。这个女孩是谁？这个……玛嘉莉·维农。"

我决定再逼近一步。

"阿夫里尔太太，我还没有告诉您全部的真相。玛嘉莉·维农长得很像您的女儿，相像到令人害怕的程度……"

我不知道是不是该提起莫甘娜是试管婴儿的事情，也不知道要不要抛出她们可能有同一个生物学上的父亲的假设。卡门好像看穿了我的心思，抢先开了口：

"洛佩上尉，您说很相像？这也太可笑了。莫甘娜没有妹妹！更没有比她小上 10 岁的表妹。她的亲人只有两个，我和她的姐姐奥西安娜。"

我摇了摇头，好像在思索着其他的可能性。实际上我是在拖延时间。要是想把卡门钓出来，我必须轻轻地把鱼钩放过去。我又翻开了卷宗，找到了记录她指纹和 DNA 的那一页。

"阿夫里尔太太，我们还有一个证实的办法。我知道您还保存着红线协会的所有材料，可以一起拿来对一对。"

卡门一定会咬钩的。如果之前那些寄来的材料都是真的，她一定会尝试一切的可能性，只要能抓住杀死她女儿的凶手。虽然这个可能性有点疯狂。

我假装随意地拿起一块饼干，把卷宗递给她。

"我想比较一下莫甘娜和玛嘉莉的指纹与 DNA。"

鱼线绷直了。卡门的声音变得强硬起来。已经十年了，她学会了怀疑警察的口径。

"警方的材料里难道没有我女儿的档案吗？"

我立刻开口解释：

"当然有。但是要想重启档案，需要非常复杂的手续，还要上面批复，不知道得多久才能完成。我想可能来您这儿要快一些。"

她怀疑地看着我。我不知道她是否相信了我的说法，但也许这会加重她关于"警方无能"的印象。

"您是皮鲁上尉的同事吗？"她猝不及防地问道。

我继续嚼着嘴里的饼干。杏仁蜂蜜味的，有点黏牙。从伊波尔过来的路上，我一直在设想各种各样的问题，但是这一个，我是真的没有预料到。

我咽下了嘴里的东西，用这段时间掩饰了自己的惊讶。

"当然。就是他派我来的。"

在她疲惫的脸上，刚才还是粉红的双颊变成了胭脂红。这是卡门·阿夫里尔第一次显得有些放松。

"好的，跟我到办公室来吧。皮鲁是整个诺曼底唯一正直的警察。"

我努力抑制住自己反驳的冲动，我们经过了一个衣帽间。

"您在这里等我吧。"卡门说。

她把我留在办公室里，然后去了旁边的房间，可能她把所有的材料都存在那里。她不在的这段时间里，我打量了一下办公室。原来这里大概是一间儿童房，卡门应该是改装了。墙上的壁纸还画着飞机和热气球，上面挂着很多孩子的照片。应该是童年时的莫甘娜。莫甘娜扮演医生，莫甘娜打扮成牛仔，莫甘娜玩消防员游戏。

很奇怪，我没有看到她姐姐奥西安娜的照片。

卡门回来了，拿着一大盒材料，把它放到了两个架子上面。

"上尉，您自己慢慢看吧。我一分钟就回来。"

她又去了隔壁房间，我则快速打开了盒子。最上面是几份散落的材料，接下来就是费康警察局的检测报告复印件。

莫甘娜·阿夫里尔基因检测报告，采集于 2004 年 6 月 7 日。司法鉴定中心。鲁昂。

我把这份材料放到了另一份的旁边。十年过去了，司法鉴定中心使用的字体和排版都有所变化，但警徽、抬头和公章还是一模一样。

玛嘉莉·维农基因检测报告，采集于 2014 年 2 月 20 日。司法鉴定中心，鲁昂。

第一栏的信息是指血型，莫甘娜和玛嘉莉都是 B 型阳性血，这可不是常见的血型，之前我们在治疗中心的培训课程上听讲过，只有不到百分之十的法国人是这种血型。

又是一个巧合。

我的脖颈处有冷汗划过。接下来是一些图标，是两个女孩的基因编码。

我看到了两组代码，都是数字和字母。

TH01chr 11 6/9. D2 25/29. D18 16/18.
TH01chr 11 6/9. D2 25/29. D18 16/18.

这些细节对我来说没有太大的意义。可能是指什么纯合子、杂合子基因型，我完全看不懂，但是我知道依照科学，两个人的基因标记和频率是绝对不可能一样的。又是一组数字：

VWA chr 12 14/17 TPOX chr 15 9/12 FGA 21/23
VWA chr 12 14/17 TPOX chr 15 9/12 FGA 21/23

这些东西其实接近于脑造影照片，能够精确到十分之一毫米。我徒劳地想找出两组基因编码之间的差异，但只是验证了一个我早已预料到的事实……

玛嘉莉和莫甘娜的基因信息是完全一样的！

我继续用食指指着那些数字，就像是个已经发疯的科学家在试图挑战宇宙的真理。

D7 9/10. D16, 11/13. CSF1PO chr, 14/17.
D7 9/10. D16, 11/13. CSF1PO chr, 14/17.

我看到的这一切一定不是真的。

两个人，死亡时间相隔十年，怎么可能有一样的基因编码！

玛嘉莉。

莫甘娜。

难道说她们其实是一个人？

不管这听起来有多么可笑，但从一开始我就是这么认为的。十年前莫甘娜·阿夫里尔根本没有死，周三早晨在悬崖上同我交谈的就是她，然后她又跳下了悬崖。而且，如果我仔细想一下的话，就会发现玛嘉莉好像要比莫甘娜2004年的照片年长一点。同样一张脸，没有任何不同，不过似乎老了几岁，或许就是10岁。

所以结论是：莫甘娜·阿夫里尔两天以前还活着！

等位基因频率 D3, 0.0789。基因型频率 D3, 0.013。
等位基因频率 D3, 0.0789。基因型频率 D3, 0.013。

我的脑海里突然浮现出了整个司法机器运作的方式，当时为了解决阿夫里尔事件，出动了那么多警力。警察、法官、证人、记者，还有报纸上的数百篇文章。莫甘娜是怎么骗到所有人的？怎么活下来的？事情再一次说不通了……

我踌躇着想到隔壁房间去通知卡门。

她的女儿莫甘娜还活着。

就在两天以前。

可紧接着又死了一次……

卡门没有听到我进门的声音。她背对着门口，正在打电话，用左手捂住了嘴和话筒。

"我告诉您，我这儿有一个您的同事。"她轻声说道，"看在上帝的分儿上，皮鲁，那个和我女儿很像、从伊波尔的悬崖上跳下来的女孩是怎么回事？"

我的肌肉都绷紧了。

卡门·阿夫里尔在给警察打电话！

这个婊子怀疑我，想验证我的说法。她信任皮鲁，这一点她已经跟我说过了……

见鬼！

都是我不够警惕！我走近电话，点到了免提键。

皮鲁狂躁的声音立即充斥了整个房间。

"一定要留住他，阿夫里尔太太！留住他，看在上帝的分儿上，我们马上就到！"

咔嗒。

我挂断了电话。我想都没想，就从口袋里掏出了那把柯尔特手枪。枪是从莫娜导师的地窖里借来的，现在指向卡门。

"您到底是谁！"她大喊。

怎么回答呢？

把DNA检测结果贴在她的鼻子上，直到她相信我？

把她留在原地，然后跑到外面。继续逃跑。

跑到哪里去呢？

到底有没有一个地方能让我摆脱这个巨大的蜘蛛网？是不是应该缴

械投降，在客厅的沙发上等待皮鲁的到来？

卡门微微弯下腰，身上遍布着肌肉，就好像一头要出洞的母熊。墙壁仿佛都在我眼前颤抖，我几乎端不稳手中的枪。我们现在所处的房间原来应该也是个儿童房，现在改成了储物间，墙壁上也挂着许多莫甘娜的照片。

3岁的莫甘娜戴着圣诞花环，坐在母亲肩头。

6岁的莫甘娜站在拖拉机上。

7岁的莫甘娜爬上了花园里的苹果树。

卡门悄悄往前移动了一步。柯尔特手枪的枪口向下垂了几毫米，然后我的视线落在了照片上苹果树的另一根树枝上。

之前的一切想法都崩塌了，就像是一个巨大马力的加速器在推动我的思绪前行，碾过我之前的所有思绪。所有的一切都爆炸了，炸成无数小块！

我明白了。全都明白了。

我知道玛嘉莉·维农是谁了……

手里拿着枪，我不由得放声大笑……

27

您到底是谁?

两个 7 岁的女孩一左一右地坐在苹果树的枝丫上。

莫甘娜和她的姐姐，奥西安娜。

同样的红色绒线帽，同样的绿色夹绒大衣，脖子上戴着同样的围巾。

同样的年纪。同样的脸蛋。

双胞胎!

我笑出了眼泪，用手擦拭着眼角的泪花。我抬手用枪指着卡门，示意她不要有任何举动。

莫甘娜有一个双胞胎姐姐!

在那些棕色的信封里，完全没有提到这一点。调查材料里有莫甘娜的姐姐奥西安娜的证词，但没有说过她当时的年纪。我也就没有注意。

一切都清楚了。

提供信息的人特意隐瞒了这一点，就是为了请我入瓮。

我用枪示意卡门走出房间。

现在在我的脑海里，有很多块拼图都完美地拼合到了一起。莫甘娜的确已经死了，她在遭强奸后被人杀害，就在十年前的 6 月 5 日。十年之后，是奥西安娜，也就是她的双胞胎姐姐从悬崖上跳了下去。我在瞭望塔附近看到的就是她绝望的眼神。或许是奥西安娜一直无法接受妹妹的死亡。她就自编自导了玛嘉莉·维农事件，并且亲自扮演了女主角。同样的出生日期，同样的品味，同样的学习经历……同样的 DNA ！

我把卡门推到办公桌旁边，用左手拿起了两份 DNA 检测报告。

奥西安娜是如何骗过警方的？她是怎么让警察相信自己就是玛嘉莉·维农，十年之后出生在加拿大，直到 7 岁时才迁居法国？

我的眼神落在司法鉴定中心出具的结果上，上面还盖着警察局的公章。

除非皮鲁是故意用这些信息来误导我的。

我用枪点了点墙上的照片，上面一个 6 岁的女孩正在扮演牛仔。

"是她吗？"我问卡门，"这是不是奥西安娜，您的另一个女儿？"

"是的。她们永远都不会分开。奥西安娜是个假小子，但莫甘娜是个小公主，没有任何人能插入她们中间，连我也不能。当时莫甘娜出事的时候，我差点以为奥西安娜也活不下去了。"

"已经十年了，"我说道，"是奥西安娜，对不对？是她从悬崖上跳了下去，就在两天之前？"

说出这些话之后，我就意识到有什么东西不太对。卡门·阿夫里尔一直在观察我，满脸的不信任，但是看不出任何的悲伤或郁愤。如果她的另一个女儿也在十年后遭遇了相同的命运，她必然不是这样的反应。

她转过头看着门上的挂钟。

"您觉得我像一位刚刚失去女儿的母亲？"

我又想起了皮鲁在电话里说的话。

留住他，看在上帝的分儿上，我们马上就到！

我得尽快逃走。但表面上，我还是冷静地回答着她的问题，清晰地咬着每个字。

"阿夫里尔太太，那是您的女儿。是奥西安娜。我看见她跳下去了，我……我见到了她的尸体。"

卡门对我微笑了起来，完全没有反应。

"什么时候？"

"周三。两天以前。早上很早的时候。"

"洛……洛佩先生，我真的无法相信您的故事。"

她向前走了一步，枪口垂到了她的肚脐上。

我又抬起枪。

卡门在吓唬我！这个女人简直就像混凝土一样硬。她在欺骗我，好给皮鲁争取时间。所有人都想把这三起案子栽到我的身上。

"好的，我相信您。"我最终开口说道，"您的女儿奥西安娜还活着，她没有从悬崖上跳下去。但是……但是我想跟她聊一聊。"

"绝不可能！"

"她住得离这儿很远吗？"

卡门轻蔑地看了我一眼。

"您只不过是个危险的精神病人。"

我没有时间了。皮鲁或讷沙泰勒的当地警方应该马上就会到。

"比您想象的还要危险，阿夫里尔太太。跟我来，我们去别的地方聊一聊。"

她应该是评估了一下我的决心，最终还是服从了。她走到花园里，脚步不轻不重地敲打着地砖。高大的苹果树把影子投在了院里结霜的草地上。我好几次都觉得自己听到了警笛，甚至觉得随时会有警察从花园里冲出来。

没有人。通往富卡蒙的大路上还一个人也没有。我让卡门·阿夫里尔坐进副驾驶，一直用枪指着她。

我觉得她似乎有点太配合了。

"别试着逃跑。"我一边发动车子，还是决定再威胁她一次。

"别担心。我不知道您是谁，但您一定和莫甘娜的死有关系，也和那个女孩的死有关系，就是前天才被强奸然后掐死的那个。"

"强奸是真的，但没有被掐死。"

她看着我，就好像我是一个说谎被抓了现行的孩子。

"掐死了！皮鲁已经跟我解释过她的死因了。您说玛嘉莉·维农是自己跳下去的。其实根本就不是这样！她是被谋杀的。我不会让您跑掉的，洛佩，我等这一刻已经等了十年了……"

哪一刻？

我还没来得及让她解释，卡门就又轻蔑地看了我一眼：

"杀我女儿和米尔蒂的凶手再次犯案。"

我继续端着枪，指着她的脑袋。

"皮鲁在骗人。我不知道他跟您说了什么，但他是想找个替罪羊。实在是对不起，恐怕您的警察朋友才是掐死她的凶手。"

卡门耸了耸肩，仿佛我的话没有任何分量。无所谓，现在我明白她之所以这么配合，是因为她根本不清楚我在这起事件里扮演的角色。对她来说，发现真相可能远比保存生命更重要。

"我能问一下您要带我去哪里吗？"

我没有回答就发动了汽车。我们开了 2 千米，离开了讷沙泰勒的范围，然后转上了一条土路。路牌上写着：绿茵道，请走第 11 号出口。经过一个路口后，我把车停在一棵椴树下面。我熄了火，抬起手枪。

"把您的手机给我，快点！"

"干什么？"

我继续坚持。卡门没有动，既没有帮我也没有阻止我，而是任由我从她的包里拿出了一台三星手机。

我点上了触摸屏。

联系人。

奥西安娜。

我双击这个名字，拨出了电话。

手机屏幕上出现了奥西安娜的照片，全屏的。她在放电！

就是她。我完全可以肯定。

玛嘉莉·维农和奥西安娜·阿夫里尔就是一个人。

屏幕上的照片里，她在一片蓝天下微笑着，姿势和跳崖之前一模一样，头发散落在海风里，眼睛半眯着，像是受不了刺眼的阳光。

但她已经摔死在鹅卵石上了！这个号码的主人已经死了，就在前天！

电话接通的第一声那边就有人接起了。声音很小，几乎听不见。

"妈妈？我在问诊呢，十分钟后给你打回来。"

我等了一会儿，才反应过来她已经挂断了。

坐在副驾驶位置的卡门仿佛赢得了一场伟大的胜利。

"洛佩，这下您高兴了吧？您已经听到奥西安娜的声音了，不是什么幽灵在那边用答录机糊弄您吧？您是不是打通了天堂的区号？"

我的手里满是汗，险些拿不住手机。我已经无法思考了，我的大脑在爆炸的边缘。没有什么能证明对面那个女孩就是奥西安娜·阿夫里尔。我疯狂地翻找着通讯录，最终看到了一个条目。

奥西安娜——工作

双击。

电话接通后响了三声，那边有人接起了电话：一个很欢快的女声，声音很大。

"公爵广场诊所，请讲。"

我调整了呼吸，然后随便找了个借口。

"您好！我在附近找了很久，都没能找到诊所。我跟医生定了约，就在一刻钟之后。您能告诉我怎么过去吗？"

"没问题的先生，您在讷沙泰勒吗？"

"马上就到……"

随着秘书跟我解释路径，卡门恐慌的眼睛开始不停地转动。

朝市中心开，中途转上主干道，到教堂之前一直往右走。放学后的热闹劲儿已经散去了，讷沙泰勒又变成了一座潮湿冰冷的小镇。

没有警察的踪迹。

公爵广场上空无一人。我把车停在了诊所门前。

虽然有枪支的威胁，可卡门还是迟疑着要不要下车。这是我第一次在她的眼神中看到恐惧。我拿着枪，嘴里小声说着些什么，听起来就好像是在道歉。

"卡门，我没有杀过任何人。同您一样，我只想知道真相。"

卡门把回答吐在了我的脸上。

"她不是您要找的人，洛佩。奥西安娜就在这扇门的背后上班。您要找的人不是她，她不是那个您没能救下的玛嘉莉·维农。"

卡门解开了安全带，似乎已经认命了，补充道：

"既不是她，也不是我的另外一个女儿。我可以向您保证，我生的不是三胞胎……"

我其实之前也这么想过。

三胞胎、四胞胎、五胞胎。

这些女孩不停地从悬崖上跳下去，每十年一次。这也太可笑了！够写一本糟糕的侦探小说了。

我确认了停车场上没有人才从菲亚特上下来。我仔细地遮掩了自己的残疾，又拿一块车里的抹布盖住了手里的枪。要是匆匆看一眼的话，可能会以为这是对伤口的应急处理。

上了一级台阶。我推开了磨砂的玻璃门，让卡门先走了进去。我的眼睛在门口的名牌上寻找着，上面有所有在此执业的医生姓名。它们停留在了第三个名字上。

奥西安娜·阿夫里尔
妇产科医生

我的跛脚在地板上滑了一下。我用手扶住墙壁以保持平衡，小心地没有让手枪露出来。

不！我脑子里有一个声音喊道。刚刚电话里的那个女孩不可能是莫甘娜的姐姐。她的姐姐从120米高的悬崖上跳了下来，就在我的眼皮子底下。我坚信着莫娜那天说的两个定论，就像是坚守两个真理。

莫甘娜·阿夫里尔死于十年前。

玛嘉莉·维农死于两天前。

她们众多的相似之处，包括一样的DNA，只能用她们是双胞胎姐妹来解释！

我走进诊所，用一种亲密的姿势把绑着抹布的手放在了阿夫里尔的腰上。前台穿着白大褂的女孩冲我微笑了一下，然后直接跟卡门说：

"阿夫里尔太太，您好。您是来看奥西安娜的？她正在问诊，一会儿应该就出来了。"

她看向右边的一扇门。

阿夫里尔医生

我根本没有思考，就推开了卡门，直接打开了那扇门。

四双眼睛看向我。

一个女人坐在那里，用颤抖的手摸着自己浑圆的肚子。

一个站在她旁边的男人，一只手搭在她的肩上，一只手随时准备攻击靠近自己太太的人。

房间角落里还有一个2岁的孩子，趴在地上玩着乐高。

奥西安娜·阿夫里尔坐在她的办公桌后面。

"您是？"

她开口问道，不知道我为何突然闯入。

我整个人都被不知名的情绪席卷了。

是她……是玛嘉莉·维农。

同样忧郁的眼睛。

同样优雅的举止。

同样完美的五官，能触动我心底最深的渴望……这就是我梦中的女孩，我怎么可能搞错呢？

就是那个我曾在瞭望塔附近向她伸出手的女孩……

我还在海滩上守护过她的尸体，直到警察到来。

现在她就站在我的面前，活生生的，跟一对夫妇解释怀孕注意事项……

我的手无知觉地垂了下来。抹布掉在地上，露出了手里的柯尔特。

孕妇尖叫起来，吓哭了自己的儿子。乐高玩具倒下了。孩子跑过整个房间，挂到爸爸的脖子上。父亲抿起了嘴，握住拳头。

"从这里出去！"奥西安娜命令道。

为了堵住我的退路，卡门·阿夫里尔站到了门和走廊之间。四面的墙上挂着各种各样的裸体婴儿，什么肤色都有，全部死死地盯着我，表情愤怒，好像要组成一个跨越种族的联盟，将我囚禁起来。

我得逃跑，其余的事情可以以后再想。

我突然转身，用尽全身的力气推倒了卡门。她重重地仰面倒下，碰倒了两把走廊里的椅子。我漫无目的地挥动着手枪，又引发了其他尖叫，包括前台的女孩。

门开了。

一级台阶。

下一秒，我已经坐在了菲亚特 500 的方向盘后面。又过了一秒，汽车倒出了空无一人的停车场，经过排水沟也没有减速。

我调匀了呼吸，我必须慢慢开，至少离开讷沙泰勒之前必须如此。在后视镜里，也就是高处通往富卡蒙的路上，我看到了一个蓝色的闪光灯，就在"法国客栈"的牌子上面。

我再次放慢了速度……

警察在卡门家里！

他们可能还需要一点时间才能发布我的通缉令，公布我的车辆型号，还有车牌号，假如卡门观察得足够细致的话。

菲亚特开出了城镇入口处的大桥，速度表显示当前速度是 49 千米每小时。

我必须小心。卡门应该已经通知警察了，如果不能在讷沙泰勒抓到我，警察肯定会在高速路上等我。

我转向右边，那是梅尼耶尔昂布赖的方向。没有别的办法，只能在乡间小路上逃避追捕了。

我运气不错。

警察并没有为我启动高级别的追逃行动。我不清楚启动的手续，但应该很少用到，这也不是什么高级别的大案。要是我一直在小道上行驶，要是我能坚持到晚上，说不定我可以回到沃科特。

然后……

我打开了车灯。面前的道路越来越窄，在昏暗的灯光下，路面中间的白线成了唯一的路标。它就像一条阿丽亚娜之线，把我面前的路整齐分为两半。我的眼睛始终停留在这条线上，就好像我的思维也分成了两部分。

其中一部分放弃了，所有的一切都是我编出来的，两天之前没有任何女孩自杀。如果这个女孩真的存在，也是我亲手掐死的。她的脸并不是奥西安娜·阿夫里尔的脸，是我弄混了她和十年前那起案子的受害者。或许莫甘娜也是我掐死的。我是个疯子，我杀了人，然后忘记了这件事，我还弄混了自己的受害者。我甚至都不记得米尔蒂·加缪，我用杀害莫甘娜·阿夫里尔的同样的手法强奸并杀害了第三个女孩。

车前的大灯越来越昏暗了，同样昏暗的还有我的意识。

现在我可以理解有些无辜的人为什么要向警察认罪了。经过成天成夜的监禁，经过漫长的洗脑，面对着数不清的证据和指控，他们最终也会相信别人的话，放弃自己的坚持，在法庭上俯首认下不属于他们的罪孽。

我突然又打了一个激灵。

另一个声音出现了。

不！它在我的脑海中大喊道。

不！

我意识的另一个部分还在抵抗。一定有解决方法的，一定有说得过去的解释的。

很近了，我很快就能查到。

只需要静下心来想一想。重拾起所有的细节，再重新组合。

需要一定的高度，需要同事件本身拉开一定的距离。透过现象看本质。

和某个相信我的人聊一聊。

莫娜？

28

和某个相信我的人聊一聊？

"警察是不是已经开始追查我的车牌了？"

莫娜在电话里大声叫道。

前面的路牌上写着"卡尔维尔波德菲尔"，牌子前有个男孩正拿着球，准备过马路，显然是被车灯晃了一下眼睛。

我踩了刹车。旁边还有一个很可笑的牌子："慢一点开车，想想我们的孩子。"男孩看着我减速通过，仍是一脸无所谓的表情。

卡尔维尔波德菲尔已经睡下了。

一小时以来，我都顺着泥泞的小道从一个村庄到另一个村庄，这些小道星罗棋布，就像是高原上的棋盘格。

我把手机举到唇边。

"不太确定，莫娜。卡门·阿夫里尔可能根本就没有注意到车牌号。"

"你觉得呢？已经十年了，她每天都在等待杀死她女儿的凶手。天啊，贾迈勒，只要她跟警察说到菲亚特500，警察就会立即把我们联系起来。"

带着皮球的男孩已经消失在车子的后视镜里。卡尔维尔波德菲尔只不过是一个规模极小的小村子。我该告诉莫娜不要担心的，她可以告诉警察是我偷了她的车，车子的车门一直都关不上……

"来沃科特找我。"我在电话里说道。

"我要怎么过去？你还记得吗，现在你开着我的车呢！"

我犹豫着要不要找一个更靠近伊波尔的地方碰面，但风险太大了。我决定再一次试探莫娜的底线。

"走路过来。到沃科特也就不到 2 千米。"

我几乎以为莫娜要立即挂断电话。经过杜尔登山谷的时候，高处有一座灯火通明的巨大房子。

"2 千米呢！还要爬悬崖，下悬崖！伙计，我可没有什么生物工程腿！"

9 点左右开始下雨了，雨点很冷很密。我猜想更靠近海的地方可能下的根本就是雪。但在沃科特的山谷里，还是雨，雨汇成水流，流进了鹅卵石的缝隙里。这是一条小河流啊，我的妈妈肯定会说。不知道诺曼底语里有没有类似的词汇？

我透过窗户看向外面，等待莫娜的到来。好几次我都想要不要去开花园里的车，好去迎接莫娜。但她应该会从海边过来……为什么要冒额外的风险，是想让自己的良心好受一点吗？

二十分钟后，雨中出现了一个昏暗的灯柱，颤颤巍巍的。后面是一个灰色的人影，正在顶风冒雨前行。我又犹豫了，不知道是不是要冲过去开门，然后敞开怀抱在夜里大喊："感谢上帝，你来了！"

进入花园里的人真的只有莫娜吗？

但是在莫娜一脚踹开门的时候，我就认出了她。她什么都没有说，只是从身上脱下了那件黄色的雨衣——她穿着雨衣的时候很像个调皮的孩子，然后把湿漉漉的雨披扔在了我身上。

我把雨衣从身前拿开，雨水滴在木头地板上。我注意到，这是莫娜第一次没有在胸口戴上我的五角星。无论怎样，她想做的第一件事一定是骂我一顿，之后她可能会听我说些什么。

莫娜一直看着我。我觉得她很美，棕红色的头发湿漉漉地打在脸蛋上，就像是丛林里遇雨的小兽躲进猎人的房子——很紧张，很害怕，得抱一抱才能让它暖和起来。但莫娜突然笑了：

"应该没有人跟踪我！"

然后她关上了身后的门。

"贾迈勒，我得去洗个澡。洗一个该死的热水澡。"

半小时之后莫娜下了楼。她脱掉了湿透的衣服，穿上了一件长至大腿的米色毛衣，毛衣领口很大，让她的右肩都露在了外面。棕红色的头发绑在颈后，让她的额头看起来更加饱满。她坐到沙发上，把大腿折至胸口处，整个人都钻进了毛衣里，然后用眼神询问我：

"好了，说吧。"

我把一切都告诉了她。

我去讷沙泰勒找到了阿夫里尔，我使用计策骗来了莫甘娜的基因检测报告，完全一样的基因编码，双胞胎姐妹的照片，我开车到了诊所，我和奥西安娜·阿夫里尔的碰面，活着的奥西安娜……

"她和你的记忆中一样美吗？"

这个问题让我很惊讶。我没有回答，至少没有正面回答。

"是她，莫娜。虽然我知道这很荒谬，但的确是她。她冒充玛嘉莉·维农，在悬崖上我就是把围巾递给的她。"

莫娜没有追问。她只是让我给她泡杯茶。我在德南厨房的架子上找到了几包"川宁"。等我回到房间的时候，莫娜正用双手抱着腿，下巴放在膝盖上。她让我想起那些把自己团成一团的小松鼠。

"你还是不打算去警察局自首？"

"莫娜，他们要陷害我。"

"好吧，好吧，就当我没说过。"

"谢谢你能来。"

"不客气。感谢我的肾上腺素。"

水壶煮沸的声音从厨房里传了过来。我没有动。

"你接下来打算做什么？"莫娜问。

"我在路上的时候就想过了。我要安静一个晚上，一个晚上就够了。我要把事情从头想一遍，我要找到一个解决方法，一个能把所有碎片拼凑起来的方法。要是明早我还没有想起来，我就给皮鲁打电话，把自己送进去。"

莫娜看着时钟里的铅制钟摆。

22 点 40 分。

"一个晚上？那太好了。里面要扣除三小时的睡觉时间，还有至少一小时用于做爱，剩下的就不多了。"

她站了起来。那件 XXL 号的大毛衣从她的肩膀上整个滑了下来，一直到了她胸部的上缘。她赤裸的双脚踩在棕色的木地板上。

"从哪件事开始？"

我毫不迟疑地回答道。

"玛嘉莉·维农！警察调查阿夫里尔 - 加缪事件已经十年了，但似乎也没有发现什么。玛嘉莉·维农才是所有事情的钥匙。"

我在桌上摆下两份材料，从卡门那里拿来的有关莫甘娜·阿夫里尔的信息还有从皮鲁处偷来的玛嘉莉·维农案卷宗。

"好的，"莫娜说，"我负责在网上查找材料。你昨天说不定漏掉了什么。"

她走了过来，整个人黏在我的身上。她闻起来有苹果沐浴露的味道。我的手在她光滑的大腿上游走，又滑到她热辣的臀部、曼妙的腰线，这所有的一切都包裹在柔软的羊毛里。她踮着脚站起来的时候，我正好将自己勃起的部分抵在她小腹上。毛衣只不过是一个蚕茧，让莫娜看起来更便于采撷。现在我已经完全进入状态，所需的只不过是脱掉自己的衣服，然后和莫娜抱在一起。莫娜给了我一个长长的吻，却轻轻推开了我：

"伙计，还是赶紧干活吧。"

她坐在马丁·德南的电脑前。我在桌子上摆了十几份材料，都是这两天夹在信里的。

要集中精力。

我们就像是两个大考前临时抱佛脚的学生。钟摆就像是倒计时，不断地向上摆动，好像想冲破这个橡木做的棺材。

莫娜的叫声在一片宁静中响了起来。

"你是在跟我开玩笑吗？"

我凑过去，整个人都呆住了。我站在她的身后，视线在戴尔电脑的屏幕和她赤裸的胸部间来回转移。

"昨天，"莫娜低着头说，"就在伊波尔的儿童游乐园，你跟我重述了玛嘉莉·维农的人生，说所有的信息都是从网上找到的。来源是脸书、旧友、推特、领英等等。你还记得吗？两条时间线，一条是莫甘娜的，一条是玛嘉莉的。还有她喜欢的摇滚乐队，她对肚皮舞的热情，她在加拿大和巴黎郊区上过的学校，还具体到了她的出生信息，时间地点都与莫甘娜相同，只是中间隔了十年……总之，就是那一串完全无法解释的相似之处。"

"是啊，怎么了？你找到什么了？"

莫娜用抱歉的眼神看向我。就像是要告诉一个6岁的孩子他父母的死亡消息。

"什么都没有找到，贾迈勒。网上什么都没有，我试过了所有的搜索引擎，没有任何关于玛嘉莉·维农的信息。好像她从来没有存在过。"

29

好像她从来没有存在过?

我的手指疯狂地在键盘上跳动,就像一个弹奏激烈音乐的钢琴家。我还能记起当时是怎么找到这些信息的。只要点三下,就能进入那些交友网站,几百万年轻人都在上面晒自己的生活。

什么都没有。

网上没有留下这个女孩的任何痕迹。

我转向莫娜。

"有人删除了所有的信息。"

我的声音在发抖,莫娜什么都没有说,我觉得应该再补充一点。

"很多人都能做到这一点。删掉某些网页,这又是一个新的证据,"我又找回了自己的呼吸,"一个新的能证明有人在害我的证据。"

莫娜站起身。她把毛衣往下拉了拉,一直拉到大腿处,羊毛却不太服从她的管教,倔强地上卷,露出她腿部的鸡皮疙瘩。

"如果这个女孩是你想象出来的呢?"

我看着莫娜,没有回答。她光着脚在房间里走来走去,似乎是不能忍受一动不动地待在原地。

"上帝啊，贾迈勒，我们到底是从哪里得来的关于玛嘉莉的信息？都是你告诉我的。你说你在网上找到了她的人生轨迹，但现在没有任何一条链接能证明你的说法。你还跟我描述了她的脸，但那是属于另外一个女孩的，要么是那个十年前死去的女孩，要么就是她还活着的双胞胎姐姐。你说玛嘉莉被强奸、扼颈，然后从悬崖上跳了下来，但没有任何媒体报道过这些事。在场的其他证人也不能证实你的说法。你说勒梅代夫失踪了，丹尼丝·儒班号称已经几个月没有出过门了……贾迈勒，你意识到了吗？有一个办法可以解释这一切，只需要一个简单便利的解释。"

我甚至没有转头看她。我继续在电脑上随机敲打着一些关键词，希望能找到残存的证据，哪怕是一个也好。玛嘉莉·维农就在那里，躲在不知道什么地方……

莫娜突然停了下来。她把右面肩膀上的毛衣整理好了。

"贾迈勒，玛嘉莉·维农是不存在的！一切都是你臆想出来的。三天以前也根本没有什么自杀案，整个场景都是你编出来的。你幻想出了那个女孩的脸，幻想出了她的人生，你还幻想出了那些证人的存在。"

我一下子站了起来。我对着莫娜挥舞着那份从皮鲁桌上偷来的卷宗。

绿色的文件夹。

玛嘉莉·维农，黑色中性笔写的，应该是皮鲁的字迹。

"那警察为什么要追捕我？他们的指控也是我幻想出来的？今天早上他们来美人鱼找过你，不是吗？"

莫娜的耐心堪比小学教师。

"你说得对。警察在找你，他们就来这里坐了两分钟，问我是不是认识你、我知不知道你在哪里，但他们从来没有提到过玛嘉莉·维农，也没提过前天的强奸事件。"

我把卷宗放在了莫娜的眼睛下面。

"见鬼，莫娜！那这些检测报告呢？还有玛嘉莉·维农的尸体照片，那些盖着警察局公章的文件？我有能力仿制所有东西吗？"

她终于露出了迟疑的表情。

"我也不知道。我只知道，如果这些都是你编出来的，那所有的事情就说得通了。几乎都说得通……而且这也是个好消息，不是吗？"

好消息？

我震惊地看着她。

"贾迈勒，你想想。没有玛嘉莉·维农的尸体，也就是说没有强奸案。没有关于谋杀的指控。警察不能把你怎么样！你不过是有点神经过敏，讲了些故事把我骗到了手……"

我没能抓住她的幽默。

"天啊，莫娜，这么说，那天我们在警署的咖啡机旁相遇，当时我去那里做什么？"

"我也不知道。也许你是其他案件的证人……"

她没有说话。房间里只有钟摆的声音。

我突然就明白了。

我懂得了莫娜话里的隐藏含义。

我不是碰巧臆想出玛嘉莉·维农的。她的长相，她被强奸，她脖子上的厚围巾，伊波尔的悬崖。

我是重历了此前在人生中经历的事件！

莫娜应该是这么想的。费康警方叫我过去，是为了一起十年前的案子：莫甘娜·阿夫里尔被杀案。我搞混了，把过去和现在混杂了起来……

我疯了……

但在接受这个假设之前，我还是垂死挣扎了一下。

"那些信封呢？"我用手指着桌子上的文件，"难道是我自己寄的吗？"

莫娜向前走了一步，把手放在我的肩头。

"当然不是，贾迈勒。当然不是，也许是有人想让你记起阿夫里尔－加缪案？这就能解释……"

我推开了她的手，整个人都爆炸了。

"希望我记起什么？这周以前我甚至从来都没有听说过这起案子！"

莫娜把手缩进了毛衣里。我对自己刚刚的过激反应已经有些后悔了，我也不知道自己到底做了什么。我到底是无辜的还是有罪的？眼睛里突然有流泪的冲动，我想像个孩子一样号啕大哭。

"我……我和这件事情一点关系都没有，莫娜。有人想让我顶罪，陷害我。如果你也把我丢下的话，他们就要成功了……"

莫娜移开视线，看了眼钟。

22 点 10 分

"一整个晚上，贾迈勒。你有一个晚上可以说服我。等太阳从悬崖那边升起来的时候，你就要去找警察。"

"那一直到早晨之前，我是不是还有选择战术的权利？"

"当然。"

"除皮鲁和警察之外，只有两个人能证明玛嘉莉自杀案不是我编造出来的，克里斯蒂安·勒梅代夫和丹尼丝·儒班。"

"你已经问过他们了。"

"是的，勒梅代夫承认了一切，然后失踪了，或者说是有人让他失踪的。丹尼丝·儒班却死不认账。我们现在就到他们家里去，这样你就会相信我了。"

"深夜吗？"

"是的。"

"那警察怎么办？你有可能在伊波尔碰到警察！"

"有警察在追捕我吗？你是不是有点神经过敏？"

莫娜笑了起来。她的嘴唇碰上了我的。

"你不是要给我泡杯茶吗？"

我看着她走向厨房，在她身后喊道：

"我想为自己辩护，你能允许我给一个朋友打个电话吗？"

"什么？"

"还有另外一条我没来得及调查的线索，就是在皮鲁和勒梅代夫那里找到的数字表格。我在网上没能找到跟这有关系的东西。在我工作的中心有一个朋友，他堪称百科全书。伊布，或许……"

"你说得对，应该给一位博学的朋友打个电话。搞实验化学的博士都是些蠢货！"

伊布立即接起了电话。他准备要和我讨论最近的训练情况、当地的天气还有治疗中心的八卦，我快速打断了他。

"伊布，你有一分钟的时间吗？你不会有什么奖品，但有可能让我不要输得太惨……"

我描述了一下那个表格，报出了里面的数字，认为那里面应该是无法破解的数字密码。

2/2	3/0
0/3	1/1

手机里传出了伊布的大笑。

"很简单啊，我的小兔子。所有人都知道，这是囚徒困境的数字模型。"

"什么？"

"囚徒困境！博弈理论中的一种定理。"

我打开了免提，好让莫娜也听一听。

"理论原则很简单。你就想象有两个罪犯，比如说他们一起犯了抢劫罪，然后被警察抓住了，分开审讯。如果不想承认的话，那么每个犯人就会有两个选择：一是保持沉默，二是揭发自己的同伴。如果他揭发同伴的话，就可以获得减刑，但他的同伴就会更倒霉。不过问题是，两个囚犯都不知道自己的同伙会怎么做……"

"伊布，我完全听不懂。你说的故事里到底哪里有什么理论了？"

"马上就说到了。你想想，如果用数字来表示这个故事，比如说这些故事是表示可能面临的刑期的，就是这个表格了。如果两个犯人都不说话，警察可能很难抓到确实的证据，他们每人就只会面临一年的监禁。但是如果他们互相揭发的话，两个人的罪行就都坐实了，每人都得坐上两年牢。"

"那为什么还要跟警察揭发呢？"

"因为这个定理成立的前提就是个人利益一定会压倒合作可以取得的利益。如果一个人揭发了同伴，但同伴保持了沉默的话，他就会被释放，所有的惩罚就会施加到另一个人身上，也就是说同伙服三年刑，他却不用进监狱。他自由了！"

"好吧，伊布。那些科研人员领工资就是为了搞这种东西？"

"嗯，最有名的是一个美国人，叫罗伯特·阿克塞尔罗德。他甚至组织了一场比赛，想要找到某种在囚徒困境中将利益最大化的办法。"

"是找人来参赛吗？"

"是的，分成两人组、十人组，甚至是一百人一组。规则非常简单：是背叛还是合作，你自己私下里做出一个选择，然后评估别人可能的决定，最后你就可以计算你赢来的点数。"

"然后呢？最优的方案是什么？"

"根据阿克塞尔罗德的说法，方法是三个词：合作—相互—宽恕。详细来说，就是你跟另一个玩家建议合作。但是如果对方之后背叛了你，你就要以牙还牙。最后，你可以再次提出合作。根据阿克塞尔罗德的说法，这是人与人交往中的普遍规律。"

"就是这样吗？"

我实在看不出这个胡扯的理论和几起案件之间有什么关系。皮鲁及勒梅代夫为什么要把这个模型写在纸上呢？

我想了几秒。

"伊布，我有一个想法，不知道是不是想错了，但是阿克塞尔罗德的这个解决方法并不是能一次性完成的，必须玩上好几次才能实现。要是概括一下的话，原则就是不要被背叛两次。但如果只能玩一次的话，就要找到一个人，赢得他的信任，然后背叛他，对不对？"

"老伙计，看来你全明白了！"

我挂断电话，但这个解释并没有让我的头脑更清楚。很明显，莫娜也没有搞明白囚徒困境与这件事之间的关系。说不定这些数字也是我幻想出来的……

莫娜拿出些饼干装到塑料袋里，又拿出一个保温杯，打开了咖啡机。

"你昨天应该连两小时都没有睡到吧。看着点咖啡机，我去换身衣服。"

我觉得有点奇怪，不知道她要去哪里找干净的女性衣服，但已经没有足够的时间去考虑这件事了。她焦虑地扯着毛衣。

"贾迈勒，我还需要知道一件事。这非常重要……"她一直扯着毛衣，连毛线都变形了，"十年之前……你是不是还有……"毛衣变成了一张根本遮不住她身体的渔网，"你是不是还有两条腿？"

皮鲁在警署也问过我同样的问题。

我审视了她一眼。用冰冷的眼神，有点玩世不恭。

"两条腿？莫娜，你就是想问这个问题吗？继续说，把你心里的想法全部说出来。我十年之前是不是还能跳舞？是不是还能爬上悬崖？是不是还能追着女孩跑？是不是还能勾引她、强奸她、掐死她，这才是你想问的问题吧，对不对莫娜？"

"贾迈勒，我不是这么想的。"

"要是附近一直有个跛脚的人在转悠，一定会有人注意到的。"

"我需要你告诉我。"莫娜坚持道。

我慢慢地卷起裤脚，露出里面的假肢。

"我去巴黎十五区的柏格尔商场玩，和一群朋友一起在玻璃幕墙上飞檐走壁。结果被玻璃割断了腿，所有的神经都被割断了。"

莫娜的嘴大张着，就像是一条浮出水面的鱼。她松开了毛衣，后者终于恢复了原来的样子。

"你是在逗我？"

"或许吧，我喜欢编故事。"

莫娜更愿意开车。她穿了一条卡普若牛仔裤，当然是很好的牌子，但对她来说是有些大了，可能是从德南儿子的衣橱里拿出来的，她还在浸湿的上衣里面穿了一件毛衣。

她的心口那里还是没有别我的五角星。

雨已经停了，但温度还是零下。莫娜发动汽车之前，我握住了她的手。

"如果情况变得更糟了……"

我打开了储物格，摸到了那把冰冷的手枪。我以为莫娜会尖叫。

恰恰相反。

莫娜看着我，就好像我是这个世界上最蠢的人。

"这是马丁·德南的枪吗？贾迈勒，这把枪是用来自卫的！只能打橡皮子弹。马丁绝对不会把能杀人的武器放在家里。"

听着莫娜的话，我甚至不知道是该放下心来还是更害怕了。

我没有细想，把手枪放了回去。不过我的手指碰到了什么东西，那是信封的触感。

一封棕色的信。

上面还写着我的名字。

两小时之前这里还没有信封，两小时前我才把车停到花园里。我是很仔细地把手枪藏起来的。真的会有一个陌生人利用夜晚的雨声，毫无声息地潜入花园里，放下这个信封吗？

一个陌生人……还是莫娜？

我决定跟她要一个解释，把视线转向她……这时我发现她也有相同的想法。

对她来说，我是唯一能把信封放到车里的人。

唯一知道我自己会打开储物格取手枪的人……

莫娜一直看着我。我想到了伊布的话。囚徒困境……

这个该死的游戏……

两个共谋。一个选择，秘密的选择。

背叛还是相信。

然后我撕开了信封。

30

合作—相互—宽恕？

阿林娜·马松的日记 2004 年 12 月

在我有限的记忆里，米尔蒂一直在我身边。我住在普鲁路，我们家的公寓在七层，能看到塞纳河、河上的吉内马尔桥，还有河边原来拉纤的小道，但是我们从来不去那里玩。

米尔蒂家住在塔布埃尔路，一座小小的房子，带着一个小花园。门口就是路。

我一直叫她咪咪。

对她来说，我是丽娜。

咪咪－丽娜

我们是不可分离的整体。

我们算过，我们的第一次见面应该是 1983 年，在福格莱医院里。12 月 17 日我妈妈从产科病房出院，而咪咪是 15 日在那里出生的。她的妈妈——路易丝，却跟我们说我们是十三个月大的时候才变成朋友的，就在普鲁路的儿童游乐园那里，当时我们一起玩滑梯。咪咪过世之后，我还经常去看当时的老照片，我们穿着差不多的外衣、戴着一样的围巾和绒线帽。

我们幼儿园的时候就是一个班的。再自然不过了！我经常去找咪咪玩，还有她的小狗布福。我后来才知道夏尔之所以给狗狗起这个名字，是为了致敬一个著名的小丑。我们经常逗弄狗狗，用婴儿车推着它散步，给它戴上围嘴，还给它东西吃。

但咪咪从来不来我家。我有点羞愧，而且我也没有狗狗。

我们就像双胞胎一样，我们一起进了阿尔丰斯·都德小学，那里的人也是这么说我们的。虽然我们长得并不像。

路易丝和夏尔的工作都很忙。尤其是周三、周六和假期的时候。路易丝有自己的舞蹈学校，而夏尔要在博物馆接待来参观的人。有的时候我们就在路上闲逛，但更多的时候我们会去咪咪的奶奶家，也就是杰尼娜家。

她住在奥尼瓦尔的罗谢街，房子就在塞纳河的旁边，那边有河边的山崖，连她的花园里都有石头。不过她从来都不让我们去花园，因为有塌方的风险。杰尼娜是个很好玩的人，我们并不怕她。我们给她起了个外号叫"忍者奶奶"。杰尼娜的名字倒过来读，听起来很像"Ninja"（忍者），这还是咪咪发现的。咪咪很喜欢玩文字游戏。

有的时候我们也带着布福一起去。我们会用链子拴着它，带着它走过河滩边长长的路。现在那条路应该也还在。但是如今河边已经没有什么河滩了。

8岁的时候，我们就一起去布瓦普朗昂雷参加人生中的第一个夏令营了，就在松树林里头。弗雷德里克当时就是夏令营的召集人，咪咪觉得他长头发的样子很帅。当时他弹着吉他，手臂上都是肌肉，头发在风中飞舞。举办夏令营的协会是路易丝和夏尔创建的。夏令营里的其他孩子都来自伊波夫的贫民窟，他们老是欺负咪咪。因为她是所有人宠爱的小公主，是负责人的孩子，还是所有孩子里唯一父母双方都有工作的。

但我和咪咪永远站在一起。

咪咪－丽娜，直到永远。

在布瓦的夏令营里，在别人的欺负下，咪咪老是哭，但她并不会向父母告状。我们所有人都住在一个大宿舍里。她夜里老是尿床。她开玩笑说就是因为这样这个组织才叫"金被子"，因为被子都被尿黄了。我总是帮她。我总是能找到机会，在宿舍里只有我们两个人的时候，把床垫换过来。我会把自己的床垫借给她，如果我们的床垫尿味都太重，我们就去换夏令营保安的垫子。

从来没有人发现过。

这是我们的秘密。

要是我敢说出来她一定会杀了我，所以我什么都没有说过。不过她死了。

初中的时候，一下课我们就会去她妈妈的舞蹈学校，当然也是为了再见到弗雷德里克。咪咪练习舞蹈和戏剧，我则练马戏。我的平衡感很好，比如说什么圆环、绳子、球类，我都掌握得很好。咪咪的天赋和我不太一样，她更擅长优雅的动作。有的时候，路易丝会专门为我们两个人开放马戏剧场，就是为了让我们俩走到台上进行一些不切实际的幻想。有一次我们在一个老衣柜里看到了张旧海报，上面是一个正在钻火圈的人。这个人叫鲁斯塔姆·特里丰，来自摩尔达维亚马戏团。他美得就像一位神祇，金色的头发，灰色的眼睛。我们把海报像宝贝一样收了起来，轮流保管，每个人保管两周。这让我们产生了不切实际的幻想，要以鲁斯塔姆·特里丰为偶像。这个偶像很酷，跟2Be3乐队的菲利普·尼克利可不是一回事。我们一边大声地唱着 4 Non Blondes 乐队的《怎么了？》这首歌，一边幻想着能穿过整个欧洲大陆……鲁斯塔姆就住在路的尽头。

　　2001 年的时候，我们已经是夏令营的管理人员了，那是我们带的第一个夏令营，还是在布瓦普朗昂雷举办的。弗雷德里克已经是"金被子"的负责人了，他剪短了头发，弹起了尤克里里，不过在咪咪的眼中他还是一样帅。参加夏令营的仍然是伊波夫贫民窟里的那些孩子，或者是他们的表兄妹，他们的弟弟，甚至是他们的孩子。我和咪咪每天晚上都会把他们叫醒一次，好让他们出去撒尿，免得他们又尿湿床垫。

　　拿着挣来的第一笔工资，我们第二年去听了布鲁斯兄弟的演唱会，还几乎够到了真人。我们跟那些来自布列塔尼的志愿者调情，他们可真可爱。咪咪有一天晚上还跟其中一个在她看来"最善良"的男孩出去了，因为只有他愿意清理汽车上的垃圾。

　　咪咪就是这样。

　　我们在那边玩了十五天，回来的时候小布福已经去世了。有一天天很热，它就在花园的玫瑰花树下打了个盹。夏尔把它埋在了那里，他挖了个洞，甚至都没有移动小布福的身体。从那之后，每次去咪咪家里，只要我看到那些玫瑰花树，就会想到小布福。

　　我想它应该很开心可以变成玫瑰花仙吧。

　　2003 年的时候，我们被迫更换了露营地点，只能留在诺曼底本地，因为政府的补贴越来越少了，而且夏令营的孩子也越来越多了。一个 9 月的夜晚，咪咪找到了一只回家的小狗，就在伊波夫的麦当劳旁边。她给它取名叫罗纳德，真是个傻名字，不过这是当时她想到的第一个小丑的名字。她把它带回家，带给路易丝和夏尔看。或许这也是一种暗示的方式，告诉父母自己以后可能不会那么经常待在家里了。夏令营的时候她和弗雷德里克出去约会了，这可能也是无法避免的事情吧，虽然弗雷德里克比她足足大 19 岁。

我们所有人都预料到了这个结果，我们还觉得他们浪费了不少时间。下一个春天的时候，咪咪问我愿不愿意做她的证婚人，她想快点结婚。婚礼定在 10 月 2 日，就在奥利瓦尔一座悬崖边上的石头教堂里举行，用咪咪的话来说，这座教堂"像她的爱情一样牢固"。咪咪要比我更浪漫一些，也更虔诚，她更喜欢白色的婚纱，喜欢诗歌，喜欢白马王子。

我说好的。我想在她结婚之前一定要好好捉弄她一次，我有很多疯狂的主意，都想用在她的单身派对上。说实话，我还想着要在这次夏令营之后跟她去东欧旅游，就当个沿路拦车的背包客，也许会一直去到摩尔达维亚……

咪咪在 2004 年 8 月 26 日永远地离开了我。

甚至都没跟我说一句再见。

那天她轮休，她离营地的距离甚至连 800 米都没有。

两名警察陪着我，我几乎是第一个看到她尸体的人，看到她青紫的脖子，撕烂的裙子下赤裸的身体，还有她向着天空睁大的眼睛。

是我通知了夏尔和路易丝。他们又通知了弗雷德里克。

在给他们打电话之前，我一直都在回想此前的每一秒，想到了布鲁的小公园、小布福、马戏团、鲁斯塔姆·特里丰，还有"忍者奶奶"……

我不知道该怎么忍受没有咪咪的一生。

我、夏尔、路易丝和弗雷德里克，我们想知道真相。

但是，虽然卡门·阿夫里尔还专门成立了一个避免遗忘的协会，我们还是始终无法接近真相。不过这倒是给我创造了一个机会，我经常和莫甘娜的姐姐奥西安娜聊天。我们年纪差不多，但都失去了这个世界上最宝贵的人。

被同一个人杀死了。

我们是苦难的双胞胎。

可是我们无法互相理解，至少无法真正地理解。奥西安娜跟她的妈妈一样，心里满是仇恨。她梦想着可以抓住杀死妹妹的凶手，然后亲手了结他。但是我觉得我更想每天去监狱里看他，跟他讲述咪咪生命中的每一个细节，让他后悔自己的所作所为，让他爱上咪咪，让他恳求咪咪在天之灵的原谅。

在所谓的头号犯罪嫌疑人——奥利维耶·罗伊——被抓住的时候，夏尔和路易丝就明白，他们永远也找不到真相了。

然后奥利维耶又被证明无罪。

巴斯蒂纳上校毫不掩饰这一点。案子已经被搁置了，除非又发生了什么不可预料的事情。咪咪的父母2005年的时候就脱离了红线协会，这是他们自己的选择。但他们希望我和弗雷德里克能够继续支持协会的工作。

永远不要忘记。

当时我们没能明白他们的用意。

路易丝一直坚持到了2007年12月，当时伊波夫的马戏剧院刚刚结束了十年的修缮，正式开幕了。为了这次盛会，夏尔和路易丝还请来了很多蜚声国际的艺术家。

包括鲁斯塔姆·特里丰。他已经53岁了，直到现在，他的海报还贴在咪咪的床头。他允诺要去咪咪家里看一看，他走进了咪咪的卧室，上楼梯的动作像天使一样优雅。然后我请求他在花园里采一朵玫瑰，他把玫瑰放在了咪咪的墓上。他好像很感动。

那是个很美好也很悲怆的时刻。

那天晚上，我、夏尔和路易丝都坐在剧场里。我看着紫色的帷幔旁边整齐的射灯，说了一句：

"咪咪会喜欢的。"

夏尔和路易丝没有回答。他们应该是想咪咪正在天上看着我们，她也在听，她也感受着一样的情绪。也可能他们不是这么想的，自从咪咪死后，他们也不再去教堂见上帝了。

我们后来就告别了。

我后悔当时没有告诉他们我的疑虑。

第二天，夏尔和路易丝又去了布瓦普朗昂雷。这片营地早就已经被卖给别人了，成了一片公共露营地。很奢华的营地，还有游泳池、网球场，伊波夫的贫家子弟这辈子应该都没有机会进来了。下午6点50分的时候，他们爬到了灯塔上。57米，257个台阶。冰冷的风从大西洋上刮过来，塔上只有他们两个人。

他们手牵着手跨过了栏杆，跳了下去。

从那之后，我就经常去看忍者奶奶。她是家里最后一个幸存者了，我们老是在一块儿说话。最后，我终于对她说出了心里话。她安慰了我，说我幸好没有告诉夏尔和路易丝。他们能这样离开是最好的，至少到最后他们还认为咪咪被杀是一起意外事件。这样他们不会怨恨任何人，只会怨恨不公的命运。但是她说老是保留着这个秘密，会把我自己憋疯的。我要学着释放出来。

"怎么释放啊，杰尼娜？怎么办？"

"孩子，把一切都告诉警察吧。虽然这可能会揭开已经结痂的创口。"

我又想起了咪咪写的那首诗。

最后几句。

我要在我们的周围建起一座城堡

我要亲自守护它

M2O

这不像是咪咪会写的东西。

我真想咪咪啊。

31

揭开已经结痂的创口？

莫娜关掉了车顶灯，转头看着我。

"怎么样？"

棕色的信封落在我的脚上。我不知道这篇日记与阿夫里尔之死和维农的自杀有什么关系，但一定有某种关联。

只需要揭开这个症结……我的脑海里突然浮现了一个画面：一条红色的围巾紧紧地缠在她的脖子上。

莫娜注意到我的眼角有一滴泪。

"很感人吗？"

"非常感人。"

"关于莫甘娜的还是米尔蒂的？"

"米尔蒂。或者说是咪咪……非常美的爱的告白。"

莫娜的眼神奇怪地闪烁了一下。她犹豫了一会儿，然后用手指拭去了我眼角的泪。

"谢谢你。"她说道。

"谢我什么？"

她没有回答，而是发动车子驶出了花园。

23 点 10 分。

莫娜把车子停在了让－保尔·劳伦斯广场上，就在克里斯蒂安·勒梅代夫房子的对面。目力所及的范围内并没有警察。不过穿过停车场之前，我还是戴上了风衣的帽子。我在门口停了下来。

"昨天就没有锁。"

我转动把手。门开了。

"你的证人不太有安全意识啊。"莫娜开了个玩笑。

莫娜也走了进来，然后我开始喊：

"克里斯蒂安？克里斯蒂安·勒梅代夫？"

没有人回答，就跟我预料的一样。这位前核电站工程师没有回家。

逃跑了？

被劫持了？

还是被杀害了？

莫娜跟着我走进了昏暗的走廊，似乎觉得这很有趣。

我突然停了下来。屋里很冷，温度仿佛突然下降了。

对面的楼梯上漆黑一团。

"没有光。"我小声说道。

"很正常啊，不是吗？"

"不，昨天勒梅代夫房间里有一盏小灯是亮着的。"

"你走之前把它关掉了。"

我摇了摇头，我很确信自己什么都没有碰。我打开了 iPhone 上的手电筒，照相机的闪光灯照亮了前方的路。

什么都没有。没有声音，没有活物。就像我昨天来的时候一样。

除了那盏灯。

我爬了大约十级楼梯，然后又停下来叫了一声。

"勒梅代夫？"

没有人。

看来我又搞错了，昨天我可能按过开关，但我已经完全忘记了。

"你来看看我是不是疯了。"我突然对莫娜说道，"跟我到楼下来。"

她侧身让我过去，我们的身体还在走廊上摩擦了一下。我的手电筒照在墙上，照亮了因潮湿而有所剥落的墙纸，上面有灰色的电源插头，还有潮湿的木构件。昨天我的注意力全部被勒梅代夫的失踪吸引了，完全没有注意到这座勒梅代夫本来应该养护的房子到底有多么破败。

我拿着手机，照着脚下的黑白色地砖。房子里只有我们的脚步声。

绝对的安静……

我突然想到了什么，整个人又颤抖了一下。看来我又发疯了。

我听不到半导体的声音了。有人把收音机也关了。

我在半明半暗的灯光里说道：

"昨天收音机还是开着的……"

莫娜没有回答我。我能听到她在我背后的呼吸声。一阵凉意爬上我的脊背。我会在楼下的这间屋子里看到什么？我走到门前停下了脚步。

"克里斯蒂安？"

太可笑了！我在想些什么，难道我还幻想着掳走他的人会再把他带回来，让他把意大利面吃完吗？

自然是没有任何回应，连广播台的声音都不见了。

我走了之后还有谁来过这里？为什么要来？是要送还勒梅代夫的尸体吗？

我拿手机扫射着房间，想看到房间中央的桌子，然后是椅子、微波炉、电视机、收音机……好几遍。我反复地检查，最后已经近乎疯狂了。

一个接近发疯的照明者。

突然，我似乎忘记了不要留下痕迹的原则，碰到了房间的开关。白炽灯明亮的光线充斥着整个房间，有一瞬间我们什么都看不见了。我把手放在眼睛上面遮住光亮，不敢相信眼前的景象。

房间里什么都没有。

完全是空的。

没有椅子、没有桌子、没有瓶子，也没有盘子或被子，没有电视机，连收音机都没有。什么家具都没有。

房间和厨房都被搬空了。

我觉得自己已经拿不住手机了，这个小东西至少有一吨重。我的头要裂了。莫娜走到房子中间，她的脚步有轻微的回声。

"勒梅代夫之前住在这里？"

"是的。"

我克制住了自己的眩晕，向她一一指明了家具原来的位置。我用手指摸着墙壁、地板，有灰尘的痕迹，证明不久之前那些东西还放在这里。是有人在耍我。

"他们把所有的东西都搬空了。"

"他们是谁？"

"莫娜，我也不知道。但事情也没有那么难，只不过是一张桌子、一把椅子，还有一点电器，只要一辆小卡车就够了……"

莫娜没有回答。我继续解释道：

"他们先是除掉了碍手碍脚的证人，然后就是其他的证据……"

"一个巨大的阴谋……贾迈勒，他们还真是组织有序啊。"

莫娜的声音里有掩饰不住的嘲讽。

我转过身，抓住她的肩膀。

"看，莫娜！你觉得一切都是我编出来的？每一个细节？那杯酒，那盘意大利面，那个半导体收音机？你觉得我已经疯到这种地步了？"

我说话的声音太响了，在墙壁上引起了回声。莫娜站在屋子中间，就在昨天放椅子的位置。

"贾迈勒，我们还是不要再考虑这些问题了。你还记得你的承诺吗？今天晚上我们最后一次去拜访你说的两个证人——克里斯蒂安·勒梅代夫和丹尼丝·儒班，然后你就去警局自首。"

我没有反驳。我实在没有力气了。

我们又在房子里待了几分钟，然后莫娜牵着我的手带我离开了那里。走到街上之后，对面的房子打开了门，传出了微弱的灯光。我几乎是条件反射地躲到了黑暗的地方。那个从里面走出来的家伙只能看到莫娜的脸。

"今天可不暖和，是吧？"

他的两腿之间又钻出了一个黑影。是我昨晚遇见的那只三条腿的老狗。它的主人用了足足一个世纪才给烟点上了火，还利用点火的微光仔细端详了莫娜的脸。

"可不是每天晚上都能看到您这么漂亮的姑娘在路上溜达的。"

老狗向我冲了过来。莫娜的第一反应就是打了一个响舌，弯下腰来抚摸它的头。那个家伙似乎很欣赏这一举动。

"您一直住在这里吗？"莫娜问道。

"哇哦，到现在也得十年了吧。"

他长出了一口气。

"您在那座房子里干吗呢？"

这个蠢货看到了房子里的灯光。

"我们看了看。"莫娜自然地回答道。

我整个人都隐藏到了阴影里，注意让我的左脚不要太接近人行道边缘。

"这个时间？"

他似乎很惊讶。我有了一个让自己都很惊讶的反应，一把抓住了口袋里的手枪。那个家伙又吐了一个烟圈，耸了耸肩。

"他们真是不择手段地要卖掉这座房子啊。"

"卖掉？"莫娜追问。

"是的。已经六个月了，一直在找买主。不过伊波尔又不是多维尔，这里至少有几十座房子要出售……"

我的腿在颤抖。我用手扶住墙壁，才能勉强维持身体平衡。莫娜又开始套话了。

"房子已经空了六个月了？"

"是啊。除了那些看房子的客人，没人来过。不过看房子的人也不多，尤其是在这个时候……"

他吐出烟蒂，对莫娜笑了一下，似乎是在幻想这个美女会不会变成他的邻居，然后又叫回了自己的狗。门在他身后关上了。

我一直在等待，然后在黑暗中走向了菲亚特。莫娜的声音在背后响了起来。

"满意了吗？"

我还在垂死挣扎，想找到一些可以反驳的证据。

"一座空房子？真是个不错的陷阱。连家具都搬走了。"

莫娜打开了菲亚特的车灯。

"这么说勒梅代夫也是同谋了？我还以为他是你的盟友。是他给你指的这座房子吧，对不对？"

"也许他并不信任我，他当时一直在说这里面有阴谋。或许他是害怕了！或许……"

莫娜把钥匙递给我。

"好了，走吧，贾迈勒。最后一步了，还是你来开车吧，我不知道丹尼丝家在哪里。"

没有多余的话。

她本可以列举出一千条证据，证明勒梅代夫的失踪是我幻想出来的，还有家具的消失。要是真有人搬家，邻居一定会注意到的。所以说，现在对我来说剩下的唯一证人，就是那只三条腿的狗了。

我发动了汽车。

仪表盘显示出了现在的时间。23 点 32 分。

"这个时间突然拜访，丹尼丝可能会犯心脏病的。"

"也可能是我会犯心脏病。"莫娜回答道，"下一步是什么？丹尼丝被外星人掐死了，她的鬼魂出来给我们倒茶？"

丹尼丝的鬼魂……

车内一片寂静，我想起了丹尼丝的话。她自称已经有几年没有出门了。她之所以能认出我，之前也见过我，是因为十年前在莫甘娜·阿夫里尔的死亡现场和我有一面之缘。我最后的希望，就寄托在这个意识不清的老人身上，她可能会让我更坚信自己已经疯了。

莫娜坐在副驾驶座上，打开了车顶灯，开始翻阅阿夫里尔和维农的卷宗。她非常专注，我感觉到好像有什么东西让她感到很困惑。她的眼睛一直在两份材料之间来回游移。

在转入老火车站前面的那条街之前，我减慢了车速。

"你发现什么没有？"

她用奇怪的眼神看着我。

这就是证据。

她一定发现了什么，这个发现让她很震惊。

"不……或许是吧。"

"什么？"

"一会儿再说吧，见过丹尼丝之后。"

"为什么？"

莫娜突然提高了声调。

"见过丹尼丝再说！"

32

你发现什么没有？

菲亚特的车灯首先照亮了东方快车的车厢，然后又打在旧火车站的大钟上，上面的时间永远停在了 7 点 34 分。

熄火之后，火车站、货车以及整个停车场都消失在了漆黑的夜里。我们借着手机的微光前行，直到光线映射在火车站——现在是丹尼丝的房子——蓝色的墙壁上。

"我们要叫醒丹尼丝吗？"莫娜问道。

在给出回答之前，我已经抓住了门把手。这次是关上的，图尔维尔莱伊夫整个村镇其实也就剩下这几座房子了，都分布在周围 50 米的范围内。

"要是敲门的话，会吵醒附近所有人的。"

我甚至都没有思考，就跑到了窗户前。护窗板没有关。我从地上捡起一块鸡蛋大小的石头，直接在窗户上来了一下。玻璃上出现了一个大洞，直径在 10 厘米左右。窗户的碎裂声在宁静的夜里显得尤为突兀。然而我根本没有在意，直接把手伸进洞打开了窗户。

玻璃划破了我的手掌。只不过是些小伤口。莫娜看着我，什么都没有说。

"丹尼丝一定会很惊喜的。"我开了个玩笑。

但我的声音不太像开玩笑。

为什么要撬门进去？为什么要和那些摆在明面上的证据抗争？是不是会在丹尼丝·儒班的家里看到一群阴谋家，他们正忙着改变房子的内饰，让我再一次坚信自己发了疯？

我们爬窗进入了房子。

阿诺德，我立即就想到了。

阿诺德会发现我们的。

很奇怪，那条西施犬并没有出现。我试着回想这座房子的布局，丹尼丝的卧室应该是对角线那边的房间。

我的手电筒照亮了墙壁。

我突然松了一口气。心口泛上一股令人放心的热气。那些世界各地的火车图片还好好地挂在墙上！有东方快车，还有日本的新干线。我继续用手机照着整座房子，我看到了裸露在外的房梁，诺曼底风格的衣橱，花瓶里的干花，还有用稻草填充的椅子。

每个细节都与我记忆中一模一样。所以说我大脑的神经元还是好好地连着的！这也是很久以来的第一次，第一次我觉得自己的记忆还是可信的。和丹尼丝的谈话并不是我幻想出来的。

我犹豫着要不要像叫克里斯蒂安·勒梅代夫一样叫丹尼丝，还是要在床上抓住她，然后把她抱到淋浴下面，用各种方式折磨她，直到她更改之前的话，想起本周三在伊波尔海滩上发生的一切，想起皮鲁和玛嘉莉·维农的尸体。

我们走到了卧室门前。推门的时候，我穿着篮球鞋的碳纤维左脚碰到了地板上的一个东西。

一个尖厉的声音打破了宁静。是那种塑胶玩具被挤压的声音。一只长颈鹿，或者是别的什么，总归是小孩子的玩具。

下一秒，丹尼丝·儒班卧室的灯就亮了起来。我的眼睛一下子无法适应光明，就抓住了口袋里的手枪。不能让这个老太太叫起来。这次不能给她留下通知别人的时间。不能……

丹尼丝卧室的墙纸竟然是凯蒂猫图样的……

我头顶的天花板上还挂着几个小仙女。窗帘的旁边还放着几个别的娃娃，屋子里还堆着好些大的毛绒玩具，有狗、兔子和大象。蓝色的床的上面，还有其他的小仙女。床上有一对迷茫的眼睛，是一个 6 岁的小孩。

另有一声尖叫让我转过身去，在我的右首边，还有一张更小的粉色的床。

床上伸出了一个小脑袋——一个 3 岁的小女孩。她被吓坏了，她一直在叫，甚至没有停歇，她连呼吸都不会了，脸颊、额头、脖子都被憋红了。

"天啊，贾迈勒……"

莫娜似乎已经不知道还能说些什么了。虽然这一路以来她一直都容忍着我近乎疯狂的举动，但显然这一次我是越过红线了。

我转过身去，想安抚小女孩。

没有用。

男孩也爆发了，他的哭声甚至比妹妹的还要大，整个人都害怕地蜷缩到了那件海盗睡衣里。

"你们在这儿干什么？"背后有个声音问道。

两个成年人站在我们身后。一个穿着睡袍的女人，头发散乱，脸色苍白，显然是被吓到说不出话来了。还有一个裸着上身的男人，看起来在 40 岁上下，毛发是灰色的，右手挥舞着一把厨刀。

他在发抖。

我拿出柯尔特手枪对准这对父母，莫娜却把温热的掌心放到了我的肩膀上。

仅仅是我的条件反射。

儿童哭泣二重奏再一次响彻了整个房间。那位母亲就像一头母狼，观察着我们的每一个举动，随时准备扑倒我们这两个入侵者，把孩子解救出来。

莫娜的声音里带上了哀求。

"不要，贾迈勒。"

我扣住了手枪的扳机。

"你们在这里做什么？"是我在发问。

"什么？"

那个父亲虽然很惊讶，却勇于迎视我的目光。他不愿流露出一丝怯懦。

我又重复了一遍。

"你们在这里做什么？"

他似乎没有理解我的问题，但还是回答了。

"我们本周把这座房子租下来了。"

莫娜叹了口气，拉了拉我的袖子。

"好了，贾迈勒。这下我们真的是搞砸了。"

我没有动。这把手枪只是自卫用的，但拿着刀的男人并不知道。

"昨天呢？"我继续问道，"下午刚刚开始的时候，你们在吗？"

"不在，"还是那个男人回答，"我们昨天一直都在参观诺曼底登陆的海滩。"

随着我的问题，他的声音越来越平稳。可能他以为只是有某个滥用执法权的警察在审问他吧。

莫娜又拉了拉我的袖子。

"走吧，你让我害怕。"

我跟着她走了出去，一路上都用手枪对着那对父母。母亲飞奔到了小女儿那里，后者奇迹般地安静了下来。父亲则一直看着我们，手里的刀也朝着这个方向。

莫娜抓住了我的手，想让我走得快一点。我的身体没有失去平衡。但是关于旧火车站的点点滴滴在我的脑海中跃动不止。墙上的火车、填充了稻草的椅子，还有天花板上的小仙女。

见鬼，总不会这些细节都是我幻想出来的。我还记得墙上的照片，所有的家具，还有每一个物品摆放的位置。

一出门，莫娜就强迫我跑了起来。我还记得几小时以前，阿诺德还追着我进了停车场，就好像是它一直都住在这里，出于本能的反应才保卫自己的领地。两辆儿童自行车靠在墙上，一辆有后面的两个辅助小轮，另外一辆就是正常自行车的缩小版，几米以外，停着一辆巴黎牌照的奥迪车。

这次是莫娜开车，她什么都没有说。我则一直喋喋不休，好像是要说服自己。我一直列举着所有的论据，话语已经近乎神经质了，仿佛不到最后一刻决不罢休。

"好，这个旧火车站现在是个民宿。然后这一家人租了一周，嗯。但是昨天她就把所有的东西都搬走了。这样时间就足够了，可以把孩子的玩具都放进去。丹尼丝也能暂时占住这座房子，给我演上这么一场戏。给我说什么她的丈夫也是铁路公司的职员，说什么她已经不记得玛嘉莉·维农的自杀案了。"

莫娜没有回答。又向前开了 300 米，她突然转向右边，把车停在了一个空旷的停车场上，停在了一栋楼前。

本尼迪克特仓库。楼上面有红色的字说明了它的用途。看来这里已经废弃了。

莫娜熄了火。

"贾迈勒，就到这里吧。我已经尽我所能了。"

"莫娜，你听我说。"

我的精神还全部集中在墙上的货车照片上。有被困在雪里的车，还有穿过海岸大堤的高速列车。我昨天就已经看过这些照片了！就在丹尼丝的房子里。

"不，贾迈勒，已经结束了。丹尼丝·儒班从来没有在那座房子里住过。勒梅代夫也从来没有去过伊波尔的那座房子。你没有和他们说过话。不光是他们，你也没有和别人说过话，包括记者、警察。因为贾迈勒，那个玛嘉莉·维农根本就是不存在的。是你编造的。我不知道为什么，但是你编造了除了这个女孩生活的每一个侧面。可能和莫甘娜·阿夫里尔的死有关系，因为女孩的脸是她的。或者也和米尔蒂·加缪的被害有关系。也许就是因为这个，警察才一直在找你，但有一件事是肯定的，贾迈勒，这是个好消息，"她叹了口气，"警察没法指控你强奸并杀害玛嘉莉·维农了——这个女孩根本不存在！"

我抓起那份从皮鲁那里偷来的卷宗。

封皮上用大写字母写着玛嘉莉·维农。

我总不能编……

莫娜用一个不耐烦的手势示意我闭嘴：

"我们刚刚已经说过了。贾迈勒，我已经完成了我的承诺。现在轮到你了，太阳一出来你就去找警察。"

我坚持不肯投降。

"天啊，莫娜！他们就是在等这个。好吧，现在我们的确是撞到墙了，可是还有其他的事情等待我们发掘，你不觉得吗？你看，比如说还有那个囚徒困境。还有这些信件！我总不至于已经神经到戴着手套自己给自己把信投入邮筒，然后一小时之后就忘了吧。"

莫娜给了我一个温柔的眼神，让我想起圣安托万治疗中心的那些心理咨询师，他们在给孩子治疗的时候就有类似的表情。

拜托，我不会放弃的！

"所有事情的解释或许就在这些信里，莫娜。肯定有些东西根本没人发现。只有我才能搞清楚……"

她用手轻抚着我的头发，其中的母性光辉要远远多于爱意。

"贾迈勒，都忘了吧。忘了当下，忘了三天以来的事情，都是你的想象，"她的手指触到了我的额头，"你会幻想出这些可能是你曾经经历过类似的场景，它们可能已经深埋到你的潜意识里了。你得想想十年之前发生过什么，而不是这周发生了什么。"

我没有思考，就抓住了她的手腕，用了很大的力气，然后像丢一根树枝一样把她的手臂扔到了她的膝盖上。

我的声音变得冰冷。

"也有你的份。"

"什么叫也有我的份？"

"你也参与了这场游戏。你让我在其中晕头转向，然后莫名其妙地就戴上了这顶帽子！你要把十年前的那两桩谋杀案栽赃到我的身上。这就是你的目的，对不对？让我崩溃，让我承认？"

我想到了菲亚特储物盒里的信，想到了来沃科特给我送信的邮递员，想到了那些早就为我准备好的陷阱，就好像对方可以预料我的每一个举动。她才是整个阴谋的中心。

"你走吧，莫娜。我会继续的，独自一人。"

她试图抓住我的手，我推开了她。

"莫娜，我已经不再相信你了。我已经不再相信任何人了。"

我觉得自己是这个世界上最糟糕的混蛋。

或许是……

莫娜为我冒了很多险。

或者没有……

怀疑其实也是一种冒险，但这个险我现在不得不冒。我要站起身，离开菲亚特，走进无边的黑夜。莫娜打开了车门。

"还是你留着车吧，贾迈勒。你比我更需要它……"

她的眼神最后一次在两份卷宗上停留了一下。我想到她在去丹尼丝家之前似乎发现了什么，正是这个发现让她确信我是在发疯。

一会儿再说吧，见过丹尼丝之后。她当时是这么说的。

现在再问她好像已经晚了。

她走出车子，俯身看向我。远方几米处有一盏昏黄的路灯，黯淡的光线让她的脸被拉长了。她已经不再像一个开心的小松鼠了，而像是一只被陷阱困住的小兽，一只不知该如何过冬的小动物。有泪水从她的脸颊上滑下。

"贾迈勒，还有一件事。我想这可能就是所有事情的谜底。在你说过的所有事情之中，还有一个重要的信息，但你一直没有注意到。"

她的泪水让事情更复杂了。

一个被我忽略的重要信息？

我还没有想明白，莫娜就已经开口了。

正中红心。

"贾迈勒，你爱上这个女孩了。那个莫甘娜·阿夫里尔。你爱上了那张你为我描述过无数遍的脸。那么美丽，那么纯粹，那么凄美。你可能是三天前又在悬崖边上看到了这张脸。凝重而又绝望，你记得吗？然后她就从你的指缝之间滑走了，消失在空气中。贾迈勒，你可能是对一具尸体产生了幻觉，一具死于十年前且早已被埋葬的尸体。对不起，我不应该说这些的。我不能嫉妒一个幽灵。"

"莫娜，这个女孩是存在的。"

莫娜给了我一个微笑，然后就走到了菲亚特的前面。她看了一会儿面前空无一人的道路，从口袋里拿出一个东西。

夜空中闪耀着金色的微光。

她把我的五角星放到了车前盖上。

我一个字都说不出来。

"祝你好运。"半掩的门外传来她的声音。

我的五角星。我人生的五个目标……

我人生的所有希冀，就像所有的东西一样，都被这几天的离奇经历摧毁了。奇怪的是，看着莫娜的身影，它们不断地在我脑海中盘旋。*变成、做、有、是、支付。*

我完全陷入了自己的思绪中，没看到莫娜又回来了。然后她走近菲亚特，我以为她是来找我的，要亲吻我、拥抱我，再请求我原谅她。

她只是抬起了雨刮器。

她在搞什么？

她用一个手指在前风挡的灰尘上写了起来。12 个字母。

MAGALI VERRON（玛嘉莉·维农）

然后她又擦去了一个字母，只擦去了一个。接着在这行字母下方的几厘米又写了起来。

先是 M。

然后是 O。

然后是 R。

然后是 G。

然后是剩下的其他字母。

每次她都擦去一个字母，然后再在下面写一个，但顺序稍微有点不同，前风挡上出现了另外一个名字。

MORGANE AVRIL（莫甘娜·阿夫里尔）

莫娜看向我。

"贾迈勒，这是同一个女生。一个死人和她的幽灵。"

在路的尽头，闪起了一对车前灯。车顶上还有蓝色的闪光，让整个夜晚都变成了蓝色。

33

一个死人和她的幽灵？

警车突然转了方向，在菲亚特前面几米停住了。

车灯很亮。就像两个照射万物的太阳，还有蓝色的天空在它们周围跳着华尔兹。

有一个瞬间，我还在想警察是怎么找到我们的。不过只是一瞬间。

我真是个蠢货！

就在我们离开的时候，那对住在旧火车站那边的夫妇应该就已经报警了，告诉警察有一个闯入他们住处的凶徒，还带着枪，站在他们孩子的房间里。

一个跛脚的、神情激动的阿拉伯人。

警察当然会立即出动。

两个身影从警车上走了下来，其中圆滚滚的那个是皮鲁，另一个高挑消瘦的，自然是他的助手。

皮鲁的声音响了起来。

"萨拉维，不要再玩了！走出车子，把手举过头。"

皮鲁和他的助手各端着一把枪。他们向前走了 1 米。背后的车灯让他们的影子无限伸长。莫娜一直后退，靠到了菲亚特的车前盖上，似乎被他们手里的武器吓到了。

皮鲁还在说话。

"萨利纳斯小姐，不要动。"

我坐在车里，无法做出任何决定。我感受到了口袋里柯尔特手枪的重量。不过是一把只能打橡皮子弹的枪。

"萨拉维，立即下车！"

我打开车门，异乎寻常地冷静。

我现在可以体会人临死时的心情了，完完全全地听天由命，但也是有种兴奋的，内心深处还是有种未放弃的图谋……我想知道到底是什么隐藏在背后。想知道这个秘密到底是怎么回事。

我是谁？

是终于被抓住的连环杀手？

"萨拉维，向前走！"

我看向本尼迪克特仓库的停车场。我前方的 10 米处，夜幕就已然吞噬了一切。

"不要再幻想了，"皮鲁还在叫喊，"我不想开枪。"

我只要向前跑几步，就能冲进黑暗里。警察真的敢开枪吗？

"按他说的做。"莫娜说道。

我一边站起身，一边关着车门。我能感受到莫娜身体的热量，她距离我只有不到 1 米的距离。我在一秒之内做出了决定。

放马过来吧。

我要碰碰运气，直到最后一秒。

这是麻雀都有的本能反应，也是每个住在郊区的男孩看到穿着制服的人时的反应。飞走！

我的动作非常缓慢，抬起了自己的左手，然后右手藏在车门那边，在风衣的口袋里寻找着。

一切都发生得很快。

我一下子举起了左手，同时举起的右手里有一把手枪，这样皮鲁就会被矛盾的信息所干扰。

同时进行的动作。

我有武器。我投降了。

我准备利用他迟疑的时间跑进黑暗里，然后一直向东跑，先跑 30 米出了停车场，然后再跑过 1 千米的田野，我之前几百小时的长跑训练可以救我的命。

但事实和我想的不一样。

皮鲁对我开枪了，正面袭来的一枪。

没有痛苦。

随后皮鲁和他的助手放下枪，脸上都是恐慌。

慢慢地，就像电影里的慢镜头，莫娜扑到了我的身上。

莫娜的身体在我的肩膀上抽搐着，柯尔特在我的手中不停颤抖。胸口处不断涌出的血液浸透了她的毛衣。她的嘴角也流出了红色的血液。

我的心脏疯狂跳动。

愤怒、恐惧、仇恨。

莫娜已经喘不上气了。她在说话，可是没有声音，就像天使在你耳旁说着听不懂的话。她的眼睛蒙上了一层雾气，它们之前应该看过很多风景，现在一切都结束了。

永远结束了。

莫娜的身体从我身上滑了下来，最后倒在地上，背朝着天空，几乎没有声音，仿佛歌剧院的老鼠，就算死也要在舞台上凄美地死去。

我颤抖的手扣上了手枪的扳机。现在光线很暗，警察根本没有办法辨认枪的型号，我决定碰碰运气。

枪口笔直地指向皮鲁！

我慢慢地坐到菲亚特的驾驶位上。那两个已经垂下手臂的警察没有任何反应，似乎已经被刚才的事情惊呆了。

我确信了一件事情。

警察不想给我留任何活路！他们开枪就是为了杀死我。莫娜就是个替死鬼，她不相信警察会杀我，甚至可以说她是死于对我的不信任。

我从一开始的估计就是对的。

警察想要陷害我，无论付出何种代价。

我又看了一眼倒在地上的小松鼠，然后狠狠地踩下了油门踏板。

夜晚里又闪起了金色的光亮。一个东西从车前盖上飞了下去。

我的腹部几乎都抽痛了，但我的脚没有停下。

我的五角星掉在了停车场上。在电影里，女主角总是会把它戴在胸口，关键时刻子弹会打在上面。这样她就不会死了……

电影里总是这样。

菲亚特出发了。我听到了右前轮下方碾碎的声音，那是我妈妈用5法郎给我买来的星星。好像已经是上辈子的事情了。妈妈希望我能戴着它，希望我能抓住坏人。

　　车快速地在停车场上奔驰。突然我撞翻了两个栏杆，冲上了省道。昏暗且空无一人。

　　我在通往地狱的路上，在那里我应该不会碰到莫娜。

　　但或许会有莫甘娜·阿夫里尔的鬼魂……

34

上辈子的事情?

我又在林间道路上开了一会儿，然后停下了菲亚特。我转动钥匙给车熄了火，有种与周围的一切彻底隔绝、自此同文明世界诀别的感觉。当然还有车灯和仪表盘的光亮，但天上也有星星月亮，躲在树后应该是看不见的。夜很黑。

我在无边的黑暗中等待了很久。

过了一会儿，我打开车门，向前俯下身，吐在草地和莫娜的车轮上。然后我又靠在了驾驶座上。很长的时间里，我都没有动。泪水从脸颊上滑下，但我根本不想去擦。它们一直滚到我的嘴唇上，和刚刚我呕吐出的酸水混合在一起。有那么一会儿，我想既然一切都是我的大脑营造出的幻象，那它应该也能让它们通通消失，随着我吐了这么一阵子，又流了一会儿泪，那些幻象应该都被洗刷掉了吧。还有我的血，只要我割条静脉就可以了。

周围的气味和身体里的感受已经让我无法忍受了。我伸出手打开了顶灯。

眼前出现了12个字母，就像刻在挡风玻璃上的。

MORGANE AVRIL（莫甘娜·阿夫里尔）

我又看到了莫娜的身影，她用手指在写字，她疲惫的微笑，她最后把星星放在车前盖上，对我说了那句话：

祝你好运。

可是莫娜，幸运女神究竟都对我们做了什么？

树林中起了一层薄雾，似乎这些烟雾都是从地下钻出来的。菲亚特的仪表盘上显示外面的温度是 2 摄氏度。

很快那 12 个字母就被雾气盖住了。

都是幻觉。

我应该去自首。玛嘉莉·维农从来都没有存在过，没有什么能佐证她的自杀事件。

没有证人、没有围巾、没有强奸，更没有扼颈致死。

一个幻想，一个幽灵，都是幻听幻视。

我从一个念头跳转到另一个念头，就像在瀑布中从一块石头跳到另一块石头上。

如果这些都不是真的，为什么这三天以来皮鲁要对我穷追不舍？甚至不惜要射杀我？

另外一块石头，但已经松动了，不太容易保持平衡。

如果根本就没有玛嘉莉·维农自杀事件，那我第一次见皮鲁是在什么时候？看来并非那天早晨在伊波尔的海滩上见到他和他的助手时。我第一次见他是在费康警署吗？就在我遇见莫娜的那一天？警察叫我过去应该是有别的原因。另外一件事。所有事情都是我编造出来的。

我又跳了一步，落在另一块石头上，但还是看不到另一侧的堤岸。

好像有什么东西站不住脚！警察是不会开枪击毙犯罪嫌疑人的，他们甚至没有提出警告就开枪了。他们不能这样，不能存有杀害嫌疑人的心思。当时我只是把枪举向天空，我没有威胁皮鲁。但他仅仅是为了防止我逃跑就开枪了。他宁愿杀死我也不想让我跑掉。为什么？

是不是因为他已经确定我就是阿夫里尔－加缪案的强奸杀人犯，是警察已经追逐了十年的罪人？因为虽然我已经全部忘记了，但他们还是掌握了足够的证据，可以定我的罪？

我的手摸向前风挡。那12个字母已经刻进了我的脑子里，根本无法擦除。

在圣安托万中心我也听心理专家们讲过类似的事情。有一些孩子会否认他们之前的痛苦经历。不，他们的家长不是强奸犯。不，他们没有遭受虐待。嗯，他们想要回到家里去住。这些孩子给自己编造了完全不同的人生，一个更容易忍受的人生。至少在他们的脑子里是这样的。

雾气已经完全包裹了菲亚特，我感觉自己仿佛飘浮在云里。

我也是这样吗？慢慢地营造一个假象欺骗自己。当然我并不是那个被强奸的孩子，也不是一个留下心理阴影的受害人。

我是个恐怖的加害者。

十年前我杀死了这两个女孩。

现在我又要为莫娜的死亡承担责任。

我走到森林里，极度的寒冷让我的心脏好像被钳子夹住了。无所谓。脚下传来涉水的声音，我蹒跚着向前走了几米。有一个水坑已经结了薄冰，让我失去了平衡。我的手撞到了附近一棵树的树干上，那是一棵榆树，树皮剐破了我的手。

紧接着，在完全未经思考的情况下，我在宁静中喊叫起来。

不！

前方 10 米处有树叶碎裂的声音。一只兔子、一只鸟还有一只不知什么动物都被惊醒了，匆忙逃离了这里。树林里的动物也会做噩梦吗？还是它们只是害怕黑暗？

我突然想让这座森林所有的生物都逃离。我又喊了一声。

不！

我屏住呼吸，尽量延长自己的叫喊声，肺都要憋炸了。我的脑子里有最后一道防线，让我不要投降。

不！我又重复了一遍。

但这次几乎是喃喃自语了。

不。

我根本想不起来自己是怎么杀害莫甘娜·阿夫里尔和米尔蒂·加缪的。我想不起来的原因只有一个。

我是无辜的！

三天以前，玛嘉莉·维农在我眼前跳下了悬崖。我与克里斯蒂安·勒梅代夫、丹尼丝·儒班一起看护着她的尸体。解答问题的钥匙近在咫尺，只要伸手就能够到。我只需要解读一个细节，比如说关于囚徒困境的表格，或者是米尔蒂寄给她未婚夫最后一封信中的签名，M2O。

我把手上的血擦在牛仔裤上。我的嘴里既有刚刚呕吐的酸水，也有泪水，这种混合的味道让我有再次呕吐的欲望。我不能这样，不能死在寒冷中，等待警察给这个内疚的犯人收尸。我不是任人宰割的牲畜。我又想起了在马丁·德南家莫娜为我做的最后一点小事。她带上了饼干和咖啡。

我走到菲亚特的后备厢旁边，脑子里继续梳理着三天以来发生的事情。

这些事情都不是偶然发生的，彼此之间一定有什么关联，它们遵循着同样的逻辑……

刚刚车表面的水雾已经变成了一层冰壳。

但如果一直按现在的快节奏发展下去，我根本没有办法抓住这条逻辑线，我要将这些步骤串联起来，就像一个串联侦探小说章节的读者。我必须站到高处，一个人思考一下。停下来，睡个觉。

或者喝上一升咖啡。

我打开了后备厢。

寒冷侵袭了我的整个身体，我站在车旁，让冰凌包围着我。就像一座冰雕。

在保温杯和饼干的旁边，有一个棕色的信封。

写着我的名字。

除了幽灵，还有谁能把它放在这里？

除了我还有谁做得到？

我先吃了点饼干，是"莲花"牌的黄油饼干，然后又喝了两杯没加糖的热咖啡。

然后我打开了信封。

35

好像有什么东西站不住脚?

阿夫里尔－加缪案——2007 年春

2007 年 6 月 9 日，阿夫里尔－加缪案的查案权正式被卡昂警察局转交了出去。已经一年多了，巴斯蒂纳上校没有查到任何新的线索，也没有人会再来翻看这份三千多页的卷宗了。征得上校的同意后，拉加德法官建议将该案件的调查权交还给费康警署，直到追诉期结束。

本来就是费康的警察先调查这起案子的，他们做了很多排查工作。但自第二起案件爆发之后，格里马上尉就失去了调查权，他说不定会把这当作一个复仇的好机会，毕竟警察总局搞出这么大的阵仗，也没能查出什么。

格里马上尉同意了。2007 年 6 月 15 日，所有的相关案卷都被转移给了费康警署。第二天，卡门·阿夫里尔就上门拜访了。她几天后又来过一次，夏天更是周周必到。格里马上尉终于明白了，拉加德法官转交给他的并不是一起接近停滞的案子，而是要摆脱一个锲而不舍地骚扰司法警察部门的讨厌鬼。

永远不要忘记。

没有什么能动摇红线协会会长的决心：自从米尔蒂的父母自杀之后，她就是协会唯一的管理者了。

三年之后，格里马争取到了一个调令，换任至圣弗洛朗警署，那是科西嘉的一座港口城市，就在科西嘉海角和阿戈利亚泰沙漠之间，可能实在是看够了海浪冲击水泥堤坝的景色，也可能是受够了卡门·阿夫里尔。他们两个人永远无法做到相互理解，也不能在格里马提出的"红围巾男孩"这个线索上取得共识，虽然至今这条线索也没有得到确认。在彻底离开瞭望塔下的悬崖，投入热那亚塔楼的怀抱之前，格里马把这起案件的所有主要线索都交付给了整个警署资历最深的一名警察。他是个特别有职业荣誉感的警察，案件发生后还问讯过所有见过红围巾男孩的证人，包括管理衣帽间的索尼娅、接班的米基，还有化学专业的学生樊尚·卡雷。

皮鲁上尉。

他是个办案经验丰富的老警察，卡门·阿夫里尔很欣赏他。因为皮鲁立刻就认同了她曾向巴斯蒂纳上校提出的"双重陌生人"假设。虽然这至少要比对几千人的信息，毕竟一边是伊波尔人，一边是伊斯尼人，但是他完全没有被吓倒，恰恰相反……皮鲁意志坚韧，让他整个人都近乎偏执。他唯一的目标就是从这两串人名中找到唯一重合的那个人。他是个老单身汉，没有孩子，连侄子都没有。他对足球既没有兴趣又没有天赋，也不喜欢侦探小说或者多米诺骨牌，晚上的消遣是用火柴制作贝内迪克梯纳宫的模型。

当然搭建这个模型也没有什么目的……

不过和格里马上尉、巴斯蒂纳上校及尼尔森相比，皮鲁的调查也没能更接近凶手的身份。

自路易丝和夏尔过世后，卡门·阿夫里尔就以一己之力撑起了红线协会，虽然后者存在的唯一意义似乎就是每年召开一次集会，纪念一下两位死难者。这也是个机会，能让协会形同虚设的办公室恢复一点人气。

卡门·阿夫里尔　莫甘娜·阿夫里尔的母亲　协会主席
弗雷德里克·圣米歇尔　米尔蒂·加缪的未婚夫　副主席
奥西安娜·阿夫里尔　莫甘娜·阿夫里尔的姐姐　秘书
杰尼娜·迪布瓦　米尔蒂·加缪的奶奶　助理秘书
阿林娜·马松　米尔蒂·加缪的挚友　会计

协会成员的少数几次碰面都给阿林娜和奥西安娜创造了见面的机会。她们俩都失去了自己的双胞胎姐妹，血缘上的或者是心理上的。她们可以互相理解，虽然说奥西安娜更多地承继了母亲的怨恨，她怨恨所有的男人，阿林娜几次和她在夜里长谈，都能感觉到她的这种情绪。但她还是决定释放出来，把折磨了她几年的疑虑告诉奥西安娜。奥西安娜静静地听她诉说，没有再跟任何人提起过，甚至连她的妈妈也不知道，但她建议阿林娜把这件事告诉警察。不过不应该告诉巴斯蒂纳，而是讲给埃朗·尼尔森听。她和巴斯蒂纳一样了解整起案件，但更能明白这件事情的意义。应该是这样。

埃朗·尼尔森没有同意阿林娜的要求。这起案件已经被搁置四年了，她声称自己还有更紧急的事情要做。

阿林娜给她打了十个电话，始终一无所获。

还是得走皮鲁的门路，他对拉加德法官施加了压力，埃朗最终同意在她巴黎的工作室里接待皮鲁和阿林娜。她的办公室在欧比涅街，位于巴黎第四区。一路上皮鲁都在抱怨又脏又臭的地铁，在协和广场站他还差点被挤下地铁，到了楼下，他的大肚子还挤不上那个小小的电梯。埃朗·尼尔森的工作室在五楼，朝南，窗户里可以看见塞纳河。

阿林娜一直保持着沉默。

当埃朗在他们面前打开那扇沉重的橡木门的时候，她几乎想要掉头就走。埃朗穿着一条拉尔夫·劳伦的裙子，胸部显然是新做的。

埃朗真的能明白吗？

但皮鲁庞大的身躯就挡在她后面，显然是为之前的平板胸变成了傲人的曲线而吃惊，他就戳在那里，封住了阿林娜的退路。

他们坐了下来。真皮的椅子，玻璃的矮桌，能看到圣路易岛的全景，还有塞纳河上来来去去的苍蝇船。阿林娜感到一阵茫然。到底要怎么一边保护米尔蒂的形象，一边把真相说出来？

埃朗跷起完美的双腿，皱着刚拉过皮的额头。

"马松小姐，是您想要见我？"

阿林娜只能一头栽进去了。

"您还记得吗？"她最终开了口，"我们第一次在卡昂警察局见面的时候，也就是米尔蒂遇害的第二天，您问了我一个问题。一个令人惊讶的问题。"

"哪一个？"埃朗问道，她显然没有事先翻阅卷宗，"已经是六年前的事情了。"

"您问我……问我米尔蒂那天为什么要穿得这么性感。她穿着短裙，蓝色的，上面还有木芙蓉花。还有配套的淡紫色内衣。不是一个夏令营管理人员应该有的打扮。"

"可能吧。当时我们提出了那么多假设……"

"当时您在想什么？"阿林娜坚持问道。

埃朗努力地向记忆深处挖掘了一下，最后却很无所谓地回答道：

"没想什么特别的。如果我记得没错，巴斯蒂纳认为应该把精力都放在可能的罪犯身上，而不是过多地关注受害人。他说得对，毕竟米尔蒂·加缪和莫甘娜·阿夫里尔都是被随机选择的。"

皮鲁打了个哈欠。

"因为，"阿林娜说道，"这些年我一直都在思考您的这个问题。说实话，我每天都在想，一直在想。您说得很有道理，米尔蒂一般是不会这么穿的。"

"但是米尔蒂死的那天正好是轮休。在我的记忆里您当时是管理着伊斯尼的一个夏令营，当时您就是这么回答我的。"

"就算是轮休米尔蒂也不会这么穿的。"

埃朗的眉头皱得更深了。

"马松小姐，您到底想要说什么？米尔蒂不是被随机杀死的，她可能认识凶手？她……她要和他约会，是吗？"

阿林娜迟疑了一下。墙上的相框里，有一幅巨型的照片，上面是一个赤裸的女人，跪在那里，金色的头发遮住了她的面容。

是埃朗吗？

所有的细节都对得上。

"是的，"最终阿林娜说道，"米尔蒂是去约会的，和一个男人，或许就是杀死她的凶手。"

"她不是和那个吉他手订婚了吗？"

阿林娜的脸红了。她这几年一直保持沉默，就是因为这一点。保护米尔蒂，不能玷污她在亲人心中的形象。她是忠诚的，对爱情专一的。

"是的……"

"她的未婚夫叫吉钦，好像是这个名字吧？"

"吉钦只是他的外号。他叫弗雷德里克·圣米歇尔。"

埃朗第一次弯腰去看矮桌上的卷宗。她翻了几页，然后抬起头。

"米尔蒂可能是被男伴杀死的，您是这么想的吗？一个可能吸引了她的男人？马松小姐，您知道吗，您的这个说法倒是和格里马上尉的一样，他认为莫甘娜不是被随机杀死的，而是被一个在沙滩上勾引了她的人。"

阿林娜点了点头，没有再说别的什么。她自然是知道的。

"但这一点也没法从根本上改变什么，"埃朗继续说道，"从随机选择猎物的变态到引诱她的人，这能帮助我们锁定凶手吗？除非能知道米尔蒂到底是和谁约会。马松小姐，您知道吗？"

"不知道……"

"有没有可能她约会的对象就是奥利维耶·罗伊，那个戴着阿迪达斯鸭舌帽，在伊斯尼的营地旁边转来转去的男孩？就是谋杀案之后的几个月就失踪了的那个。"

皮鲁终于开口了，这是他第一次加入谈话。埃朗很惊讶，转头看向他。

"不可能！莫甘娜被害的时候，奥利维耶·罗伊有绝对无可置疑的不在场证明。他的 DNA 和凶手的也不一样。"

"这倒也是，"埃朗让步了，"也正是这一点让巴斯蒂纳的调查停滞了下来。那她到底是跟谁约会？"

"我不知道。"阿林娜说道。

她的眼角已经泛起了泪花，连忙从口袋里摸出了纸巾。埃朗看了很久的卷宗。皮鲁利用这个空当转了转脖子，想比较一下墙上裸女的胸部和埃朗裙子下面的曲线。等到埃朗直起身的时候，他就立即把视线转向了河里的苍蝇船——一个被抓了现行的小男孩。埃朗却看向了墙上的照片，就像是在看镜子，随后用手掸了掸衣服的前襟，就像是衣服落了灰尘。

"必须承认，"她继续说道，"已经过了这么多年，但还是有不少细节都令人困扰。比如说那条米尔蒂平时根本不会穿的性感裙子，还有那个一直都没找到的蓝色笔记本。所有人都说米尔蒂会把最私密的想法写在上面，说不定还写过和她约会的人的名字。还有奥利维耶·罗伊，事发后整个诺曼底都在寻找他，但是他竟然好几个月都没有暴露，在警察找到他之前还消失了。另外米尔蒂的内裤也是个疑点。"

阿林娜突然跳了起来。

"内裤？"

埃朗的视线在皮鲁和阿林娜之间来回逡巡。

"只是一个细节，您应该也知道的。精液并不是在米尔蒂的阴道里被发现的，而是在离她尸体有 100 多米远的内裤上。"

不，阿林娜并不知道。可能皮鲁知道，但他又开始盯着墙上的裸女看了。

"专家们是怎么解释的？"阿林娜问道。

"很简单。凶手应该在射精之前就拔出了生殖器，但还是没能抑制住，将精液射在了米尔蒂的内裤上。这个问题其实也不复杂，要不是他担心精液会有鉴别作用，为什么要拔出呢？"

"是因为，"阿林娜试着猜测道，"他有案底，所以在国家鉴证中心有他的 DNA 样本？"

"应该是吧……"

皮鲁垂下眼睛，加入了谈话。

"强奸犯可能是希望警方不要将米尔蒂·加缪的案件和莫甘娜·阿夫里尔案串联起来。"

"不太说得过去。"埃朗反驳道，"很难不把这两起案件合并在一起，即使 DNA 并不是来源于同一个人。两个被强奸、扼颈的女孩，在同一个地区，还有一模一样的围巾……"

皮鲁嘟囔了一句：

"说不定凶手就是个精神病人……"

"或者，"阿林娜冷静地继续说道，"还有第三种可能性……如果说精液有鉴别作用，可以抓住他的话，也可能他就是米尔蒂身边的人。"

埃朗等了一秒才给出了回答。

"我们立即就想到了这种可能性。我们采集了 1500 多人的基因样本，包括米尔蒂·加缪的家人，她的朋友，伊斯尼、伊波夫甚至附近城镇的居民，绝对没有漏过一个。总之是所有可能接近她的人。但是什么都没有发现！"

阿林娜不再说话了。

要是凶手不认识米尔蒂，他为什么要隐藏自己的 DNA 呢？阿林娜想道。难道他也认识莫甘娜·阿夫里尔吗？所有的一切都纠缠在了一起，被撕碎的蓝色裙子，围着她的好朋友转悠的奥利维耶·罗伊，蓝色的记事本，写给米歇尔的诗，里面提到了蚕茧、时针、城堡、签名是 M2O。10 月 2 日的婚礼……

"你们之前提出的那个'双重陌生人'假设呢？"埃朗问道，"有进展吗？"

阿林娜已经陷入了沉思，没有回答。

"正在缓慢推进，"皮鲁承认道，"我们不着急，毕竟还有一辈子的时间。"

"应该没有这么久，"埃朗纠正了他的说法，"您也知道，要是十年之后，一直没有什么司法行动的话，也就是没有什么新发现的话，就过追诉期了。强奸犯就赢了……"

"怎么样？"阿林娜在电梯里问道。

她靠在电梯的栏杆上，避免和皮鲁有身体接触。

"怎么样？"她重复道，"您对此有什么想法？"

"不是她！"皮鲁说道。

"什么不是她？"

"照片上的人不是她！那个赤裸的金发女人，不是那个心理医生。她在耍我们！"

过了一会儿，当地铁开到巴士底和圣保罗教堂站之间的时候，车厢里涌进一群戴着帽子的 7 岁男孩，皮鲁被挤到了阿林娜身边。这回阿林娜没能让开。皮鲁在她耳边说道：

"刚刚我看到了您嘴边的微笑。但不要相信卡门的推断，'双重陌生人'假设听上去很美好，建立在唯一的事实上：嫌疑人 2004 年 6 月 5 日的时候在伊波尔，三个月后又去了伊斯尼……"

孩子们在喊叫。阿林娜只好提高了声音：

"可能有几千个人都是这样的。杀人犯也不知道是怎么来的，有可能开车，有可能走路，可能没有任何人看到他到来或者离开。他的名字可能没有记在任何地方。"

皮鲁耸了耸肩。

卢浮宫站。

皮鲁看着站台上的迪奥广告。广告上的查理兹·塞隆让他想起了埃朗那里的裸女。

"我知道的，"皮鲁说道，"但照着这个线索查下去，至少能避免卡门和奥西安娜发疯。等待、希望，这是她们能做的唯一的事情了。"

协和广场站。

两个老师在前面带队，那些小朋友就像一群小鸽子一样消失了。阿林娜向后退了一步，和皮鲁保持着 1 米的距离。

"等待什么？"她问道，"等凶手再犯案？"

米尔蒂去世已经六年了。

"太晚了，"皮鲁回答道，"他应该不会再回来了……"

香榭丽舍－克雷孟梭站。

站台上又闪过了很多赤裸的查理兹·塞隆。广告足有 4 米高，3 米宽。迪奥真是轰炸式宣传，不过皮鲁倒是乐在其中。阿林娜咬住了嘴唇。冲动就是这样产生的吧？

"他不会再犯案了。"皮鲁又重复了一遍，醉心于广告画上被放大的皮肤质地。

但阿林娜的直觉告诉她凶手还会再回来。

36

冲动就是这样产生的吧？

我开车从布鲁东纳大桥经过了塞纳河。我一直在国道和省道之间换来换去，菲亚特的前灯照亮了前方的路牌，上面是各个诺曼底地区的城市的名字。蓬托德梅尔、伯兹维尔、蓬莱韦克。

我的脑子里快速闪动着刚刚读过的东西。我更加确信了，红围巾杀手的身份就隐藏在米尔蒂·加缪案的相关细节之内。那个人把这些东西寄给我，肯定是有目的的。其中必然有能证明我清白的证据，触手可及。

是幻觉吗？另一个幻觉？

我的终极逃亡，这种试图前往滨海伊西尼的举动，到底有什么意义？

在进入特罗阿恩的地界之前，手机突然在口袋里响了起来。已经是将近凌晨 2 点了。

肯定是皮鲁……

我没有接。皮鲁是阿夫里尔－加缪案的接手人，信封里也特意提到了这一点。这么多年过去了，这个偏执狂警察终于找到了他的犯人。

我！

几秒之后，手机提示我收到了一条新留言。我没有停下车，直接抓起了手机。

我几乎吃惊得要松掉方向盘。

我完全搞错了！

电话里不是追着我跑路的该死的警察，而是奥菲莉。我的心里突然涌上了一股柔软的暖意。奥菲莉又给我发来了一张男人的照片，看起来应该是从杂志上剪下来的。这个男人眼睛湛蓝，没有头发，白色的衬衫敞着前襟，满脸是肉食者的笑容。

直击恺撒电影节，照片下面有一行小字。

满分20分，是不是得打20分？

奥菲莉的信息让我不禁微笑起来，我甚至都没有减速，只是快速编辑着回信。

太帅了，你要小心被外表欺骗。

不到一分钟，奥菲莉就回了信。

笨蛋！

你呢，和那位红发小美女怎么样了？

我的心脏抽动了一下。

我的红发小美女。

莫娜。

毫无预兆地，我仿佛又感觉到她将灼热的身体靠在我的身上。

现在她的身体应该是被裹在塑料袋里，放在警车的后备厢中，等着被送往太平间。我抑制住自己的冲动，努力告诉自己不要把手机从车窗里扔出去，不要在寂静的夜里大喊，不要踩一脚油门狠狠地撞上最近的梧桐树。我把手机放在大腿下方，集中注意力开车向前：我已经接近卡昂了，必须绕开快速环路。

接近凌晨 3 点钟的时候，汽车进入了格朗康迈西小镇。

"奥马哈海滩——自由路"，这几千米以来，路边一直有路牌，邀请着人们去参观瞭望塔、炮弹坑、公墓还有登陆纪念馆。

"自由路。"我在脑子里重复念着这个名字。对一个没有希望的逃犯来说，这倒是个好名字。

我把车停在教堂前的停车场上，打开了诺曼底地区的公路地图。滨海伊西尼离格朗康迈西的海滩大概有 3 千米，但是我要找一个更精确的地方，一个叫作格朗卡里埃的村庄，根据警察的报告，米尔蒂的尸体就是在那里被发现的。

我的手指试着在地图上找出这个村庄。我又喝了一杯温热的咖啡，看向面前的教堂，这是整个村庄唯一有灯光的建筑。

风格很奇怪。很现代。很明显，它应该是 1944 年 6 月被战争摧毁了，然后快速重建了：有一根混凝土筑成的管子，充当教堂的钟楼，应该也是个烟囱吧，上面有这么多的窟窿。就算在拉库尔讷沃，教堂也要更气派一点吧！

就算在拉库尔讷沃……

我突然得出了一个结论，好像是某个人在我的脑海中植入了一个程序。

我见过这座教堂！

这一路上，看着村庄的名称、路边悬崖的景观、卡昂地区特有的石头房子、板岩的屋顶，还有随处可见的、每个路口都有的纪念 1944 年 6 月登陆的牌子，我觉得自己找回了一些记忆的碎片。虽然还隔着一块模糊的玻璃，但记忆的画面似乎又浮现了。

就像突然戳破了一个水泡。

我见过这个教堂。很久以前见过一次。

每一个细节都想起来了。

那是个夏天。和往常一样，我在科雷西带着一个夏令营，就在悬崖附近，离格朗康迈西大约有 100 千米。夏令营的活动有攀岩、划独木舟，还有远足……参加此次夏令营的还是同一批孩子，都来自拉库尔讷沃、欧贝维利埃等巴黎附近的郊区，共有接近五百个人，儿童活动中心把他们分成了十个夏令营，前往法国不同的地方，有两个去了诺曼底、一个来了科雷西、一个就在格朗康迈西。我其实不太喜欢海，但这一次，在格朗康迈西带队的人请了一白天的假。他需要去参加奶奶的葬礼，或者是类似的活动。他们想找临时替换的人。因为我恰好有一点相关经验，所以他们就临时把我叫了过来。我只需要值一白天的班，晚上就得赶回科雷西。格朗康迈西并没有发生什么特别的事情，大家就是去冰冷的海水里跑了个澡，孩子们在海滩上相互打闹，小团队之间在进行势力重组。已经好几年了，我几乎忘记了这次换班，都是看见这座教堂才想起来的。

我闭上眼睛，根本无法确定上次到这里来的准确日期。那天应该是阳光不错，否则大家不会去泡海水浴。已经到夏天的末尾了，至少得是十年以前的事情。

我的手指在道路图上停住了。

2004 年 8 月底？

详细来说，是不是 8 月 26 日周四？

是米尔蒂·加缪遇害的那一天？

不可能！

发现尸体之后，警察已经把附近的区域封锁了，记者也快速赶至现场。如果我当时真的在格朗康迈西，附近出了这么大一件事，有一个女孩被强奸且杀害，夏令营的孩子们应该会一直讨论，我肯定会记得的。

我又睁开了眼睛，看着地图上的格朗卡里埃。上面只有四个小小的黑色方块。

也许加缪的凶杀案是第二天才被警方公开的。在公开案件之前，警察可以向媒体封锁信息二十四小时。我没有在这里过夜，下午就赶回了科雷西。应该是我离开格朗康迈西之后的几小时这件事才在媒体上发酵的，所以我不知道，所以我没有听说过，我当时在科雷西，科雷西是个与世隔绝的地方，没有报纸也没有电视……

黑夜里，那座被灯光照亮的教堂让我陷入了眩晕中，在我的脑海中徘徊不去，它看起来就像集中营的高墙一样可怕。

可能吗？

我的手开始颤抖，根本无法折上地图。

是不是我曾经在那一天碰见过米尔蒂·加缪？就在临近格朗卡里埃、通往伊斯尼的路上？那个时候我应该是在露营的车上，开着一辆雷诺 Trafic。

我紧张地揉皱了地图，把它扔到副驾驶座上。

有没有可能是我停下了车，强奸了她，又把她掐死，然后在记忆中抹去了一切痕迹？

我又喝了一些咖啡，这次是直接拿保温杯喝的，随后启动了汽车。

经过奥斯曼维尔之后，我又继续开往格朗卡里埃。我的右侧有一座巨大的诺曼底式房子，整体是钢铁大梁的，外面用胶泥固定，蓝色的护窗板已经关上了，然后我转向了旁边的土路。

又有了一个定论。

我从来没有来过这里。

菲亚特的大灯照亮了附近的路，我利用这个机会寻找着一切能让我想起过往的痕迹，能证明我发疯的痕迹。

我是疯了：我十年前就来过这里，我在这里丢下了一个 20 岁女孩的尸体，是我杀了她。

杀人现场到底在哪里？

是在那片废弃的采石场，还是在那边的榛树林？还是得再往西一点，就在那个小小的礼拜堂旁边？再往前面，还有几排篱笆围出了一片空地。或者是在尽头处，伊斯尼海边的水渠那里？

在大灯晕黄的光线下，已陷入沉睡的乡下就像是一幅米勒的画，但画中没有教堂的钟声，没有祈祷，没有趁着晨光熹微起身劳作的农夫。没有证人，只有十余头奶牛，它们可能十几年前就睡在同一片草地上了。沉默而又冷漠的证人。

距离格朗卡里埃的农场还有 50 米，我就停下了汽车，停在了唯一的一盏路灯下。我走下了菲亚特。我完全做好了准备，等待着某一头牛转过头来，认出我，对我进行指控。

我疯了。

我什么都不记得了。

我向前走去。温度很低，几乎没有风。我不明白自己为什么要转向右边，走到树林里去。有一个瞬间，我以为是记忆中某个幽灵在指引我，我的手脚要在大脑拒绝承认的情况下重复当年的动作。

然后我就看见了灯光。准确来说，是两道灯光。

一棵榛树的底下，有两簇火焰。

然后我就看到灯下已经撒落了一地的花瓣。

然后我就看到榛树上钉着两块木板。

这个距离我根本无法看清木板上的字，所以又向前走了几步。

两个瓷制的烛盏，里面应该有油，点着蜡烛。树下的花瓣是苹果花的，在地上勾勒出了两个人形。

我抬眼看向树干，这次我知道板子上写的是什么了。

莫甘娜·阿夫里尔　1983—2004
米尔蒂·加缪　1983—2004

我站在原地，懒得去思考这个祭奠的场景是谁搞出来的，这两支蜡烛烧了有多久，还有冬天怎么会有苹果花。

更懒得想这个场景的意义。

我只是一动不动地站在原地。

我觉得很累，仿佛我的手臂、大腿和脚都已经失去了所有的力气。我只想躺在花上，好好地睡上一觉，就这样结束一切。

一切都清楚了。

莫甘娜·阿夫里尔　1983—2004
米尔蒂·加缪　1983—2004

是我杀了这两个女孩。随着警察搜捕的深入，我失去了神志。我一直在妄想，这应该是一种下意识的自保手段。我把莫娜也拉到了我的疯狂之中，几小时之前，她甚至为此付出了生命的代价。如果我继续否认这一事实，可能会有更多无辜的人为之丧命。

那两个名字在火焰中跳舞。

莫甘娜·阿夫里尔　1983—2004
米尔蒂·加缪　1983—2004

我迷乱的双眼已经无法从上面移开视线。我的腿在颤抖，我跪坐在两盏蜡烛面前。我等着警察来抓我，我的脑子都混乱了。我已经有三天没有睡觉了，但疲惫并不是我陷入这种混沌境地的唯一原因。有一个堤坝被冲毁了。鲜血淹没了我的整个意识，我已经准备好了。

我从口袋里取出手枪，对准自己的太阳穴僵持了几秒。

我的手指扣住了冰冷的扳机，但无法再进一步。

我把手枪扔到了花瓣上。

我等待迟来的审判。

别人会告诉我我曾经是一个怎样的怪物。

我听到了背后有人靠近的声音，他们停在我之后大约 10 米的位置。其中有一个人开始说话，声音很低沉，就像是教堂里的忏悔。我应该是听过这个声音，也就在几小时之前，但我迟钝的意识根本无法认出是谁在说话。

"她们才 20 岁。她们这么美丽。"

一个女人的声音。我转过头去，卡门·阿夫里尔站在我的身后，她穿着黑上衣、黑裤子，唯一的色彩就是前襟上的一条红线。她用手拈起一朵苹果花，慢慢地把花扔到地面上的一个人形上，右边的那个。

"莫娜本应拥有一个完整的人生，要不是那天晚上遇到了您……如果没有……"

她没有说下去，好像无法再多说一个字。我左边的草地上也传来了脚步的声音，只不过要更轻盈一点。那人也穿着黑色衣服，但是个短打扮。黑色的夹克外套，里面是件黑灰色的天鹅绒裙子，心口处绣着一条红线。

奥西安娜。

她的脸颊上有泪水。

"您那天晚上该把我一起杀了的，"女孩说道，"莫甘娜和我就是一个人。一对姐妹，但只有一颗心脏。"

她把手里的苹果花放到了蜡烛旁边。

"是的，贾迈勒·萨拉维，你该把我一道杀死的。就算是最糟糕的猎人也知道要了结他的猎物。一只被伤害的野兽是永远不会忘记仇恨的。"

我没有思考，就像行尸走肉一样，向树林深处走去，想要消失在夜色的深处。两条腿都几乎已经支撑不住我了，我只好扶着树干，就像醉鬼一样缓缓前行。在我的身后，卡门·阿夫里尔和奥西安娜都没有动。前方，我看到了一点亮光，是朝向海洋的路。

我越过了最后一排树木。

前方几十米处的草坪上，站着一个女性的身影。她的手里拿着一个烛台。上面插着五支蜡烛，海峡的风竟然没有把它们吹灭，这也是一个奇迹。

这个身影很熟悉……

我全身的血液都不再流动了。

"米尔蒂是我最好的朋友。"身影轻柔地说。

这些话飞到篱笆的上方，飘向天际。几声海鸥的鸣叫打破了宁静。

"米尔蒂是一个天使。贾迈勒，为什么要夺走一个天使的生命？"

她缓缓转过身。我认识这张脸，上面湿润的眼睛让我几乎要害怕到尖叫出来。女孩的脸上都是痛苦，却没有什么复仇的冲动。只有面对绝对的恶所表现出的不解。

"为什么，贾迈勒？"她重复道。

然后莫娜给了我一个凄苦的微笑，表示她再也无法忍受我了。

我再也站不住了，膝盖和手都摔到了前面的泥泞里。我跪在泥土里，等待红色的泥土将我吞噬，或者是这几个女人来将我杀死。

奥西安娜。卡门。

或者是莫娜的鬼魂。

正在这时，教堂的钟声响起，令人悲伤的撞击声持续了几秒的时间。我本能地站了起来，弯着腰，整个人身上都是脏泥，仿佛黏土已经干了，可以支撑我的身体了。我走向板岩搭成的小礼拜堂，就在我左边的几十米处。

很奇怪，虽然发生了一系列无从解释的事情，但我很清楚自己没有做梦。自我一身冷汗从美人鱼 7 号房间的床上醒来的时候，或者是在菲亚特 500 的方向盘后晕倒的时候，我就已然放弃了全部希望。

这些事件都是我真实经历的。应该也是我人生最后的经历了。

礼拜堂的两扇门突然打开了。里面有蜡烛，有卤素灯，把整座教堂照得如同白昼，也让我觉得被彻底照亮了。神龛前面有两把祈祷椅，对面还放着枯干的鲜花。再往前走，我看到了几把浅色的橡树椅子，上面没有人，但放着些红色封面的书。应该是圣经或祈祷文。

钟声又响了一遍。我伸出了沾满红色泥土的双手。

"我们本应该在 10 月 2 日那天结婚的。"教堂里有一个声音，"一切都准备好了。夏尔要带着女儿走向新郎，路易丝本来可以把我和米尔蒂的孩子放在膝头。如果她没有遇见你的话。"

椅子中间的路上响起了脚步声。一个穿着结婚礼服的男人推开了教堂的门。我看到了他前襟处的红线，然后抬头看向他的脸。

一张我也认识的脸。

克里斯蒂安·勒梅代夫严肃地看向我，然后他口齿清晰地吐出了每一个字，应该是对我说的：

"米尔蒂·加缪－圣米歇尔。听起来就很美好，不是吗？"

我试着逃走，这时又听到了另外一句话，声音很小，这次应该是对自己说的：

"要是我能在那儿保护她该有多好。"

我向前走去，朝着农场的大门，想象着道路的尽头应该有一间屋子，就在路灯的后面。我可以敲响大门，大声喊叫，哀求里面的住户给我开门，但不要让后面的这些幽灵进来。

但整个农场没有一个活人，甚至没有可以用叫声驱散邪灵的公鸡。

不过随后响起了狗叫。听起来就像是小型犬的声音，绝不是能守护农庄的大型犬。接着不知什么地方就有灯光亮了起来，出现了一只长毛的小狗。它跑到我身前几米处。

"阿诺德？"我大声叫了起来。

这次西施犬穿着米白色带红条纹的毛衣，玛嘉莉·维农自杀的那天早晨它在丹尼丝怀里时穿的就是这件。

"阿诺德。"我又重复了一遍。

但这只狗拒绝承认它的名字。无论我有任何举动，它都警惕地看向我。

我徒劳地看向房屋紧闭的护窗板，想找人来救我，最终我决定向那边走几步，同时向那只狗伸出一只手防备它靠近。狗身上的肌肉都绷紧了，好像随时准备咬上我的手腕。

"够了！"院子的另一头传来一个声音。

狗迟疑了一秒，最终放弃了，而是跑向声音传来的地方。两秒之后，它跳进了女主人怀里。丹尼丝·儒班扔掉手里的拐杖，抱住了狗。

我和她冰冷的视线交会了一下，然后转头就走。现在只剩一条路了，就是通往海边的那一条，其余的都被幽灵占领了。

我的脑袋要爆炸了，就好像所有的神经都已经拉伸到了最大的程度，终于不堪重负地断掉了。脑袋里传来了几百万声爆炸声。有一道安全网破了，我掉进了一个深不见底的深井，试着抓住每一个着手点。我的手臂、我的腿、我的手指、我的脖子似乎都放弃了。我都能感觉到自己的血液流动变慢了，仿佛一台濒临崩溃的发动机，刚开始的时候只是咳嗽几声，后来就彻底失去了动力。

我还得再坚持几秒。

走远一点，再远一点。离开这些幽灵。

我摸索着跨过了最后一道篱笆，突然两个穿着蓝色制服的人出现在我的身后。

"不要动，萨拉维。"

皮鲁……

当然了……在这场活死人的盛宴中，也就只缺他一个人了。

我转过身，几乎维持不住身体的平衡。

警车的两个前灯让我睁不开眼睛，我就是一只被猎人围捕的兔子。皮鲁站在光明和阴暗的交接处，用手枪指着我。他的助手有些迟疑，但还是模仿了他的动作。我往后退了三步，海离这里只有几米了。

"停下！停下，萨拉维。这里就是你逃亡的终点了。"

我机械地举起双手，又往后退了1米。

"萨拉维，上次我们还没有聊完。你还记得吗？两天之前我问过你一个问题。就在你砸坏我的'圣诞之星'之前。"

我看向右边，远处是伊斯尼的灯光。昏暗的运河流出了港口，直接汇入海里，就像一个露天的污水管。

"最后一次机会了，萨拉维。十年之前是不是你强奸杀害了莫甘娜·阿夫里尔和米尔蒂·加缪？"

我闭上眼，脑子里的堤坝已经彻底崩溃。很多场景在脑海中播放，我在裙子下面控制住了一个女性的隐私部位，她颤抖的躯体试图反抗，我撕碎了她的裙子，用身体的重量把她压在地上。然后我挤压着她的乳房，扯掉她的内裤，掏出自己的性器官，最后用沾满鲜血的手拿起红色的羊绒围巾绕在她雪白的脖子上，很用力，很长时间，直至这具躯体已经无力反抗。一次、两次。莫娜在旁边含泪看着我。

我再次向后退了一步。我叫了出来，惊飞了田野里的三只乌鸦，它们很快混合进了海鸥的队伍里。

"是的，皮鲁。你赢了，是我奸杀了她们。全部三个人……"

我的意识已经没有任何自控力了，我直接摔进了运河里。

N'oublier jamais

III
审判

罗斯尼苏布瓦，2014 年 8 月 3 日

寄信人：热拉尔·卡尔梅特先生

国家警察总署犯罪学研究中心（IRCGN）

灾难受害者身份认定部门主任

收信人：贝特朗·多纳迪厄中尉

滨海塞纳省埃特雷塔市及周边地区警署行动队

中尉先生：

　　此次的信是上一封信的后续。之前我们讨论过 2014 年 7 月 12 日的那起事件，贵部在伊波尔的海滩上发现了三具人类的骸骨。

　　之前我曾向您允诺，要对这三具骸骨进行深度检验，尤其是要提取他们的 DNA。

　　很快我们就破解了第一个谜题，知晓了他们的死因。这三具尸体的死因完全相同。为了方便之后的介绍，我想向您重申一下，之前为了便

于命名，他们三个人分别被我们叫作阿尔伯特、贝尔纳和克洛维。

阿尔伯特、贝尔纳和克洛维都是被毒死的。他们的尸骨里有毒蕈碱，是一种从鹅膏菌里提取的毒药，鉴于其中的毒药含量，可以肯定这就是致死原因。需要向您说明的是，毒蕈碱如果放在食物中，是很难鉴别的，会导致中枢神经系统的即刻瘫痪，随后就是心率的骤然减缓。

此外，我还想告诉您一件事情，那就是我们已然正式确定阿尔伯特、贝尔纳和克洛维的死亡时间有几年的间隔。准确来说，阿尔伯特应该死于 2004 年夏天，贝尔纳死于 2004 年夏天至 2005 年秋天之间；克洛维则死于 2014 年，就在二三月间。最可信的假设应该是他们是被同一个人杀死的，致死手段完全一致，只是隔上了几年。当然我们也可以假设是克洛维先毒死了阿尔伯特和贝尔纳，然后再自杀，或者是阿尔伯特杀死了贝尔纳，之后又被克洛维杀死。

有关侦测假设这个方面，我们的确很难提出更多的看法了。

但是，这也是我给您写这封信的主要目的，我们把这三个人的DNA 同国家 DNA 库的数据做了比对，不仅确认了死者的身份，而且还解决了一个多年的积案，也就是十年前的阿夫里尔－加缪案（所谓的"红围巾杀手"事件）。当然，这三具尸体发现的地点也让人很难不把这一系列事件联系起来。

准确来说，贝尔纳和克洛维的基因比对同此案似乎没什么关联。这两具尸骨的 DNA 并不在警方的数据库里。

阿尔伯特的 DNA 其实也不在数据库里，警方的档案里却有他的DNA 数据。我们甚至可以说，他的 DNA 是警察近十年以来最想找到的。实际上，毫无疑问的，阿尔伯特的 DNA 与红围巾杀手的 DNA 完全一致，和阿夫里尔及加缪案中取得的精液样本完全一致。目前的推测是阿尔伯特的死亡时间处于 2004 年 6 月至 9 月间，但有鉴于米尔蒂是在 2004 年 8 月 26 日被害，所以他应该是在第二次犯案之后的几天或几周内就死亡了。这也解释了为什么在该起案件之后警察进行了地毯式的DNA 排查，都没能确定凶手的身份。

我把这些信息也发送给了拉加德法官，他会进一步判断这些信息的真假，看看是否会推翻之前针对"红围巾杀手案"的审判结果，毕竟在2014 年 2 月 22 日该案件就已经审理完毕了。

中尉先生，我不知道这些信息是否有助于增加您对该起案件的了解。我们部门将会进一步调查这起事件。显然目前阿尔伯特、贝尔纳和克洛维还没有把他们所知道的全部告诉我们，所以尚需进一步的检验。如您有任何需要，可知会我们，我们一定会进行必要的调查。

希望本案件的调查能取得圆满的结果。中尉先生，请您接受我最诚挚的谢意。

热拉尔·卡尔梅特

37

我还有希望醒过来吗？

我的眼前有光线跳动，明显是人造的光线，就像一条发光的鱼在深邃的海底游来游去。眼前出现了一个小的光斑，随后又慢慢扩大，直到占据我的整个视野。

我只能看到一块白板。

就是学校的那种，用墨水笔写上，然后还能擦掉，也可以粘上带磁铁的字母。

白板的上面贴着一张红纸，我认识上面的每一个字。

卡门·阿夫里尔　莫甘娜·阿夫里尔的母亲　协会主席

弗雷德里克·圣米歇尔　米尔蒂·加缪的未婚夫　副主席

奥西安娜·阿夫里尔　莫甘娜·阿夫里尔的姐姐　秘书

杰尼娜·迪布瓦　米尔蒂·加缪的奶奶　助理秘书

阿林娜·马松　米尔蒂·加缪的挚友　会计

就像一个突然出现在黑暗舞台上的演员，卡门·阿夫里尔站到了我的面前。 她张开嘴，声音回荡在我的脑海里，就像是她的思绪已经取代了我的想法。

"萨拉维先生，想要让一个人失足，把他逼疯，也不是那么难的事情。别人可以让他放弃他所有的既定想法。只需要一个小小的协会，五个人就够了，只要这五个人都有着坚定的意志。只要他们都有一样的目标，不可撼动的目标：永远不要忘记。"

她向前走了一步。至少我是这样觉得的，因为她五官的比例似乎都不太对了，就像一个靠近摄像机的演员。她的声音更大了，重重地锤击在我的脑袋上，在我的太阳穴上发出嗡嗡的声响。

"萨拉维先生，我有两个好消息要告诉您，您既没有发疯，也没有死。另外还有一个坏消息，我们，也就是红线协会的所有成员，要指控您在十年前犯了一桩双重谋杀案。"

和刚刚出现的时候一样，卡门的身影又突然消失了。取代她的位置的是老丹尼丝。我看着白板上面的字母，准确来说是 13 个字母：

DENISE JOUBAIN（丹尼丝·儒班）

丹尼丝看着我，或者说她是看向我的方向。我根本无法移动，也没法告诉她我就在这里，我甚至不知道自己还有没有躯体。

她的声音响了起来。

"孩子，你看，我并不是唯一失去记忆的人。"

DENISE JOUBAIN（丹尼丝·儒班）

她满是皱纹的手把白板上的字母换了个顺序。

变成了另外一个名字。

JENINE DUBOIS（杰尼娜·迪布瓦）

那个声音还在颤抖。

"孩子，现在你应该全明白了，我只是想在死之前了解真相。所有的真相。我的米尔蒂最后说过的话，最后的呼吸。你至少应该把这些都告诉我。"

突然她也消失了，仿佛是有导演转换了场景。下一个演员即将登场，白板还立在那里，但字母已经变了。

这次是 16 个字母。

CHRISTIAN LE MEDEF（克里斯蒂安·勒梅代夫）

忧郁的失业者突然出现在我的面前，就像是被黑夜吐了出来。

他的嘴角有一丝模糊的笑意。

他的嘴唇没有动，但是我能听到他那抽多了烟的嗓子发出的声音，就好像是他侵入了我的脑袋。

"在一个疲惫的 50 岁男人，和一个即将与 20 岁的爱人步入婚礼殿堂的 40 岁男人之间，只有一点区别，所差的仅仅是一条生命，萨拉维。是你偷走了这条生命。"

他修长的手指移动着那些字母。

CHRISTIAN LE MEDEF（克里斯蒂安·勒梅代夫）

组成了另一个名字。

FRED SAINT-MICHEL（弗雷德里克·圣米歇尔）

"勒梅代夫，"我脑子里的声音还在轰鸣，"是个不错的主意，对不对？把这个名字给一个失业的人……多么相配，却又多么容易被戳穿。不过你相信了，一直到最后一刻……虽然真相就摆在你的面前，但是你根本没有发现！"

他也消失了。

我只是一个纯粹而又冷静的灵魂，无力地看着他们你方唱罢我登场。我只能看着那块白板，连转动头部或伸出手臂的力气都没有。面对这些记忆的碎片，我还能有任何力气吗？

还是那块板子。

不过不再是那些字母。

MONA SALINAS（莫娜·萨利纳斯）

莫娜也出现了，可能是从老鼠洞里爬出来的。

她垂着眼睑。声音很小，几乎是窃窃私语，却被我的意识无限放大了。

"谢谢你，贾迈勒。你觉得我的故事很感人，你刚刚已经承认了。现在我想听听你的版本，听听真正的故事，贾迈勒。不是一个新编造出来的版本，也不是新一轮的逃避。"

MONA SALINAS（莫娜·萨利纳斯）

她取掉姓氏中的第一个和最后一个字母，然后把两个 S 加到里面……

ALINA MASSON（阿林娜·马松）

"贾迈勒，我们没有作弊。你掌握了所有的线索。所有的人名，所有的字母，所有的谜底。你只需要抬眼看一看，把它们按照正确的顺序排列好。但你什么都没有看见……"

她也消失了。
我应该见过所有的鬼魂了，我在想。

又是一次闪回。
又是白板。
六个字母。

ARNOLD（阿诺德）

西施犬睡在板子下面。
一只不知来处的手穿过了我的视野。
只是更换了字母的顺序。

RONALD（罗纳德）

狗睁开眼睛看了一眼，然后又继续睡了过去。
彻底的黑夜。

38

真正的故事?

当我醒来的时候,天还是黑的,身体在发抖。有一瞬间我感觉自己应该是被淹死了,身体漂浮在黑色的海洋里,但不知道是不是因为奇迹,才能保持意识的清醒。但接下来我就碰到了海底,温暖、柔软。

一张床垫……

我躺在床上。

我继续摸索着周围的环境。这张床应该是被固定在某个木头器具上。我试着坐起来,发现根本不可能。我的左手被铐住了,和床架子铐在一起。

我努力在黑暗中探寻。手碰到了一块木板,就在我头上不到 1 米。

我的四周都是木板。

是一口棺材吗?

木板可以晃动。

一口运尸车里的棺材。

我突然感觉到一股战栗。我是赤裸着躺在这张床上的。除去这个梦还有那一串幽灵之外,我最后的记忆就是自己掉进了伊斯尼冰冷的运河里。那些把我从水里捞出来的人，似乎觉得手铐还不够，还额外收走了我的假肢。

我换了个位置，蜷缩在床上。我的手摸到了一块厚厚的布料，手指碰到了一块冰冷的玻璃。是一扇窗户？一个窗帘？我试着拽了一下，露出的那点微光让我明白了。

是水打在玻璃上。

我被关在船舱里了。

过了一会儿，应该还是在夜里，因为水中的光线还是半明半暗的。有人敲门了。

显然来访的人没有想到我会出声请他进来。他打开了开关，关上身后的门。天花板上的灯光让我一时失去了所有的视力。在白色的光晕里，我认出了皮鲁。他拿着一瓶苹果白兰地，还有两个小的酒盅，另外还有一张用红色棉纱带子系上的纸。

"礼物。"皮鲁小声说道。

他虽然什么都没说，但我也明白他深夜来访，应该是瞒着其他人的。他毫不避讳地看着我在床上赤裸的身体，我的残肢似乎让他厌恶。

"自己跳进运河里！老天，我们被迫跳进河里才把你捞出来。河里的温度应该连 10 摄氏度都没有。我们没有经过你的许可就把你扒光了，真是不好意思。要是不这样你就得冻死了……"

我又缩了一下身体，想用残缺的腿把生殖器隐藏起来。

"必须说，"皮鲁继续说道，"阿林娜在咖啡里放了太多思诺思了！"

"阿林娜？"

"是的……你应该还记得。就是那个很爽快地和残疾人睡觉的红头发漂亮女孩。不过你可能更清楚她的另一个名字，莫娜。"

莫娜。阿林娜。在格朗卡里埃见过的那些鬼魂又浮动在我的面前，没有固定的形态，模模糊糊的，礼拜堂的钟声混杂着西施犬的吠叫，可能都是因为咖啡里的思诺思。我试着把这些场景从大脑里赶出去，聚焦于现在的事情。

"我在哪儿？"

"我想你应该已经猜到了。在船上，'帕拉梅'号，原来是艘荷兰的电动船，重装过了。现在还不到早上5点，把你从运河捞出来之后，就从伊斯尼出了海。"

他停了一下，把酒和酒杯都放在我的床边，我还没问他就开口了：

"圣马尔库夫岛方向。最近几天你应该已经知道这个岛了，从这里一直到比利时的边界线，这是唯一的岛屿了。我向你保证，路程不会太远，还不到7千米，但我们的行程不快，打算等到日出之后再去岛上。"

我一直在找被子，想盖上自己的身体，但什么都没有找到。

"去圣马尔库夫岛干什么？"我喊了起来。

皮鲁慢慢地给两个酒杯都倒了酒。

"我想这应该就像上法庭。先是审问，然后是认罪、管教、审判。但他们会加快这个流程。他们的目标是在涨潮之前把所有的事情完成。"

"他们是谁？"

皮鲁用手心压了压瓶塞，看着我。

"你还没明白吗？刚刚我们给你看了一段视频，把重点放在了那些字母上，而且还给你塞了耳机，屏幕就放在你的鼻子上，不过当时你还在昏迷。简要给你解释一下。你现在面对的是一个团队的演员，都属于红线协会，你知道这是个什么组织吧？有些人扮演的角色就是他自己，有些人扮演的是凭空创造出来的人物，但所有人的目标都是一致的。要把你拉进陷阱里！"

把我拉进陷阱里？

这三天以来的事情都在我的眼前闪现。有巧合，有说不通的地方，有互相矛盾的说辞……

"不错的演员阵容，不是吗？"皮鲁继续说道，"卡门和奥西安娜扮演她们自己。这也是很自然的，因为我们猜到你肯定会来见她们。阿林娜的角色最难演，因为她扮演的是莫娜，一个偶然来到伊波尔的人，根据剧本，她必须勾引你，必要的时候还得跟你上床……我还可以跟你承认，那个捡石头的主意是我想出来的。还有那个化学教授马丁·德南，他的别墅一年之前被盗了，当时是我接手的，我们彼此之间建立了不错的关系，他对莫甘娜－阿夫里尔案件也挺有兴趣的。他给我留了一把钥匙，让我能够时时帮他照管一下房子。这样我们就能给你提供一个可靠的避难所了，当然也不用征得这位教授的同意，反正他冬天是绝对不会来的。"

莫娜根本不是研究人员。

莫娜根本不存在。

她只不过是一个根据各种信息创造出来的人，有一个女孩出色地扮演了这个角色。

皮鲁带着虐待的快意看着我的反应，继续说了下去。

"另外三个角色就不需要这么亲密了。那个可怜的弗雷德里克·圣米歇尔，就是米尔蒂的未婚夫，扮演了忧郁的克里斯蒂安·勒梅代夫。米尔蒂的奶奶，就是'忍者奶奶'，担当了第二个证人的角色，带着她的狗罗纳德，路易丝和夏尔死后就是她负责照料这只狗。最困难的环节就是要说服吉贝尔·阿夫里尔，卡门的哥哥，因为我需要一个人跟我一起扮演警察。他在演出的过程中似乎还是有点信心不足。"

皮鲁说完之后，我立即就开口了，既没有思考，也没有回顾自己到底遗漏了哪些明显的细节。

"见鬼，为什么要搞出这么一套来？为什么要演这个戏给我看？"

皮鲁递给我一杯苹果白兰地。我怀疑地闻了闻。

"红线协会花了上千小时去探索卡门提出的假设，就是那个'双重陌生人'的假设，看有谁既出现在了伊波尔，随后又去了伊斯尼。我们花了好几年，直到 2011 年，对比了上百份证据，才发现了一个名字。孩子，就是你的名字！贾迈勒·萨拉维。6 月 5 日的晚上，你在'轻舟'客栈订了一个房间，8 月 26 日在格朗康迈西又度过了一个白天，就在夏令营里。贾迈勒，你就是凶手……"

我如释重负地吐出一口气。意识里的重担终于卸下了。

所有这些荒谬的表演竟然都只是因为一个误会！

我当下并没有跟皮鲁解释我本周之前其实从来没有来过伊斯尼，因为后来那个女孩放了我鸽子，我就取消了预订的房间；而上次来格朗康迈西的时候，我甚至都没经过伊斯尼，我根本都没有听过米尔蒂谋杀案。

"到底是怎么样的一群精神病人？"我叹了口气，"您呢，皮鲁？您也愿意陪这些精神病人一起玩？"

皮鲁一口干掉了杯中的酒，然后对我微笑了一下。

"这个把人逼疯的主意是卡门·阿夫里尔想出来的，你应该也猜得到。是她劝服了所有人。你可以试着替他们想一想。你是唯一可能的犯人，但除了知道你在场之外，没有其他的证据可以指控你。已经这么多年过去了，不可能再说动拉加德法官重启调查了，虽然我也试过，你知道的。而且还有更糟糕的，只要没有进一步的司法举动，这起案子就要到十年的追诉期了，以后再也没有重见天日的机会了……"

替他们想一想……

皮鲁和他们不是一路的。我突然有种莫名的感觉，皮鲁对他们的结论似乎有所怀疑。我坚持问道。

"皮鲁，您没有回答我的问题。什么时候国家公务人员也开始参与这种行动，就为把嫌疑人引到陷阱里了？"

他舔掉了嘴唇上的一滴酒。

"开始的时候，贾迈勒，我们也没想这么过分，只是想把你引到伊波尔来，给你创造一些条件，让你能想起当时的一些场景。场景重现最多只需要一天的时间，有两个明确目标，其中一个就是让你到警署来。第一次让你来警署是为了采集你的 DNA 样本、精子、血液、指纹和毛发。第二次是为了能够控制住你，让你承认之前的两起犯罪。然后一切就结束了。一个基因证据，一个口头认罪。但我们没有想到，你竟然会砸掉我的'圣诞之星'模型，然后跑到大自然里头去了。从那个时候起，我们就开始随机行动了，想要保留住现有的优势，让你完全发疯。"

如果他是等着我为那个该死的模型道歉的话，那他就可以死心了。我把那杯酒放在床边。

"孩子，你还是喝一口吧，"皮鲁建议道，"你之前都被冻僵了，你会死的。"

"没关系，我会活下来的！您既然已经取得了我的精液，肯定是已经费心和'红围巾'杀手的 DNA 比对过了，不是吗？"我故意让话语里带上了讽刺，"我猜想您应该是要告诉我我的 DNA 和那个杀手的完全相同。真是干得漂亮！要不是这样可就丢人了。费了这么大的劲，结果什么都没能得到。"

皮鲁饶有兴味地看着我。

"孩子，至少你有一点说对了，我已经拿到结果了。"

他在我的眼前晃着那份用绳子绑住的白纸。

"这张纸上面的就是最终的证据。概率是二分之一……要么就是能平安送你出去，要么就是送你去永恒的天国……不过还要等一等才能有个最终的结果。"

我又想起了刚才的猜测。皮鲁似乎不相信我有罪，或者他这次又是在跟我玩猫捉老鼠的游戏。

他又给自己倒了一杯白兰地。

"我先回答你的问题，就是之前的那个，为什么我这样一名警察会和他们一起玩这个疯狂的游戏，又为什么执意在别的同事都不知情的情况下把你传唤到警察局？首先，萨拉维，我三个月之后就要退休了，所以不管是上级问责还是什么行政处分，我都扛得住，甚至觉得还挺好玩。其次，我负责这个连环谋杀案已经有十多年了，也清楚要是不实施卡门这个疯狂的主意，根本不可能抓住你，不可能让你承认罪行，然后将你送进监狱。拉加德根本不可能正式重启调查，并以证人的身份传唤你。"

我的拳头都握紧了。

"天哪！只需要问问我我就会答应的。是谁告诉您我不会配合的？我没有强奸那些女孩！只要您跟我说，我就会把自己的精液和血样都给您，这样您就不用无聊地猜来猜去了。另外，我想这样得来的认罪服法在法庭上应该没有任何用处。"

皮鲁看着我，就好像我头脑的清楚程度给他留下了深刻的印象。

"没有任何司法价值，你说得对，我的孩子。你说得全对。实际上，我之所以会接受卡门·阿夫里尔这个疯狂的想法，是出于另一个目的，一个只有我才知道的目的。"他抬起酒杯，"但是关于你的 DNA 检验结果，我要等一等才能告诉你。好了，干杯！"

39

不错的演员阵容，不是吗？

皮鲁喝掉了第二杯白兰地。我也不假思索地端起自己的酒杯，做了相同的事情。烈酒烧灼着我的口腔。我擦掉了太阳穴上的冷汗，试着大声把已知的情况概括一下。

"所以说，皮鲁，我来大致概括一下，我一直都处于你们的控制之下。莫娜在监视我，寄给我那些棕色信封，顺着事件的发展，里面的内容会把阿夫里尔－加缪案的始末一点点地告诉我。弗雷德里克·圣米歇尔和'忍者奶奶'跟我玩捉迷藏，让我怀疑一切。你们创造了玛嘉莉·维农这个人物，还在网上把她的个人信息搞得和莫甘娜·阿夫里尔几乎一模一样，设置了很多令人困惑的巧合，让我觉得是自己把她们搞混了。但是……"

我突然用手紧紧握住了杯子。脑海里又闪过了女孩在悬崖上悲伤的脸，还有伊波尔海滩上的红围巾。

"但是，拜托，皮鲁，三天前跳下悬崖的人到底是谁？那天早晨究竟是谁死了？"

"萨拉维，没人去死。"

"你不要再把我当成一个白痴了。我当时就在现场！她是我亲眼看着从悬崖上跳下来的。"

皮鲁慢慢放下了手中的酒杯。

"萨拉维，你有没有看过希区柯克的《迷魂记》？"

我没有回答，只是摇了摇头。

"《迷魂记》讲的是一个私人侦探，他去跟踪一位朋友的妻子。这位女士有自杀倾向，她最终也是在他面前从一座高塔上跳下来了，至少他以为朋友的妻子已经死了。但这实际上只不过是种障眼法，为了骗过丈夫，她用了一个塑料模特来代替自己。她之所以会选择这个私家侦探也是有原因的：他有恐高症，不可能全程看到朋友妻子坠落的过程……"

"和我有什么关系？"

"白痴，当然是因为你的假肢！因为这个东西，你不可能趴到悬崖边上看着玛嘉莉·维农的身体摔在海边的石头上。尤其是在早上，草坪都被露水打湿了。其实卡门所有的主意都是依托这一点才产生的，都是围绕着伊波尔的悬崖和你的残疾……"

"我看见她掉下去了。然后就看见她的尸体倒在鹅卵石上的血泊中……"

"然后……萨拉维，你应该说得更精确一点。这个然后其实是四十七秒之后。你必须从让 – 雷利路跑向沙滩，还得从赌场的台阶上下来，然后再到堤坝上。我们测试了好几十次，你绝对不可能用更短的时间就做到这一点。只要你来到海滩上，就会有两个看起来无懈可击的证人向你证实玛嘉莉摔在海滩上了。"

我看着皮鲁，还是没有明白。他也在流汗，看起来不太舒服。我感觉到他似乎是在犹豫要不要再来一杯。

"假如我还不是太笨，应该是奥西安娜·阿夫里尔扮演了玛嘉莉·维农的角色。要是那样的话，皮鲁，就有一个细节无法解释。如果一切都是假象，那奥西安娜是怎么平安落在海滩上的？她长了翅膀吗？"

"奥西安娜是个了不起的女孩子。她漂亮到让人发疯，擅长做各种运动，而且意志极其坚定。她下定决心要给自己的双胞胎妹妹报仇。这个计划是在大约一年前启动的，从那个时候起她就开始训练了。"

听着皮鲁历数奥西安娜的优点，我的腹部突然涌起了奇异的热潮。我不由自主地想着，这是我梦中的女孩，一个会飞的天使。

但我还是被迫要攻击皮鲁。

"见鬼，到底是什么训练？"

"定点跳伞。这个协会在法国也就只有几百名成员，全世界也无非就是几千个。大概解释一下的话，定点跳伞也就是从一个固定的点上，完成一个很短的跳伞过程。比如说从一条沟壑的边缘、一个建筑的塔楼、一座教堂的钟楼、一座悬崖开始。你们郊区不玩这个吗？"

我还是没有回答，只是不可置信地等待着下文。

"萨拉维，如果你想了解更多的话，我可以告诉你定点跳伞必须在50 米以上的高度才能进行。伊波尔的悬崖距离沙滩至少有 120 米，所以你明白了，就算不是专业运动员，奥西安娜也没有太大的风险。"

"她是在我眼前跳下去的。"我还在不断重复，"手里拿着红围巾，裙子已经被撕碎了。"

"这就是定点跳伞的好处了。定点跳伞需要装置，也就是一种小小的降落伞，可以放在一个小包里，用魔术贴封闭。他们的行话管这个叫尾套，一般会紧贴在背上，还不到 10 厘米厚。要是穿着一件上衣或者大衣肯定就看不见了。"

"但如果是撕碎的裙子呢？"我语音苍白地继续问道。

"孩子，你还真是富有观察力！你觉得那是一条被强奸犯偶然撕碎的裙子，其实我们可是花了很多小时才准备完成的！这条性感的裙子必须确保能围住她的腰部，然后盖住她的大腿和双肩，这样才能藏下背后的包，让奥西安娜跳出去之后就能启动降落伞。奥西安娜是个出色的演员……她有很多可以转移你注意力的小花招，不是吗？"

我没有回答。我实在是无法相信，相信一个如此出格的现实。

在这次谈话之后，直到故事最终的结尾，我的确核实过。我在YouTube上看了几百个定点跳伞的视频，用了一整夜，充满热情地看着这些来自世界各地的疯子从各个地方跳下：有教堂、桥梁，还有电视转播塔。我还去网站上看过专业设备。皮鲁没有骗我，在网上就可以买到尾套，它的体积还不如一个手包大。

"跳伞只需要不到四秒的时间。"皮鲁继续说道，"你应该已经注意到了，悬崖经过多年的侵蚀，上面有很多洞，足以藏下一个人，即使是体形魁梧的卡门也可以。四十七秒，足够她给奥西安娜的脸化个妆，在她身上弄上血，然后再带着降落伞藏起来了。"

我又想起自己当时是如何疯狂地跑到海滩上了。我比克里斯蒂安·勒梅代夫和丹尼丝·儒班还要更早地来到尸体旁边。那具躺在海滩上的尸体。

"奥西安娜要扮演尸体？见鬼，她到底是怎么坚持这么久的？我们得等了有十几分钟，你们才从警车上下来。"

皮鲁无法抵御酒精的诱惑。他又倒了一杯。

"萨拉维，你还记得吗？那天早晨特别冷，但是你还记得杰尼娜，哦，就是所谓的丹尼丝的举动吗？"

丹尼丝的反应又浮现在我的脑海。非常清晰。我怎么连这点都没有发现？

"她跟你要去了风衣，遮住了奥西安娜的头脸！这样你在跟他们说话的时候奥西安娜就能自由呼吸了！"

皮鲁几乎把嘴唇都伸到了酒杯里，好像要慢慢享受这份喝酒的乐趣。

"只有一个让我们意想不到的细节，围巾本来是我们特意系在你来的路上的，你却把它递给了奥西安娜。我们就现场发挥了一下。奥西安娜带着它跳了下来，卡门想到可以把它缠在女儿的脖子上，让整个场景变得更富有戏剧性。这让你很不安，不是吗？"

"一群精神病！"

皮鲁大笑。

"很开心看到你照单全收！"

皮鲁小口啜饮着杯中的酒，似乎是不敢一下喝干。我把视线放到了他手中的纸卷上。

我和连环杀手的基因比对。

这是我无辜的证据，不管他们如何发疯都能证明我的清白。除非结果也是皮鲁伪造的。

"你们费了很大的力气，但什么也得不到。"我继续说道，"我很尊重这些红线协会的疯子，尤其是佩服莫娜……或者说是阿林娜的献身精神。但是你们完全押错了宝，我并不是凶手。太遗憾了……您可以把我的话转达给他们吗？"

我伸出手，告诉皮鲁我等待着他们送来打开我手铐的钥匙。

"萨拉维，我觉得你还是没有明白。你到底是不是强奸犯对他们来说并不重要。他们只是想要一个凶手！"

一股冷意从我的背后一直延伸到残疾的膝盖处。

"你到底是什么意思，他们下一步要做什么？"

"首先是强迫你认罪。然后他们会处决你。已经十年了，他们一直梦想着这一刻。十年以来，卡门一直希望能够阉了强奸她女儿的凶手。十年了，她也在打磨奥西安娜的仇恨，她们的仇恨就像一把尖刀。十年了，弗雷德里克·圣米歇尔都在抑制自己，他就像一枚定时炸弹。十年了，他打算不顾自己作为天主教徒的信条，亲手掐死杀害未婚妻的凶手。"

"见鬼，皮鲁！我是清白的！"

皮鲁端着他的酒杯靠近了我的酒杯。这个白痴竟然还想碰杯！我没有给出任何反应。他也没有生气，只是仰头干掉了杯中酒。

"我知道的。"他最终说道。

我的皮肤感觉到一阵战栗。

他知道？

他知道什么？

他知道我是清白的？

他慢慢地解开那条红绳，然后把里面的纸递给我。

"萨拉维，这是给你的礼物。假如你就是凶手我也不会失望的。一个只有一条腿的阿拉伯人，听起来还挺说得过去的。但是我得承认现实，你的 DNA 和强奸犯的不一样，孩子，你不是真凶。"

我吃惊地看着这张纸，就像之前莫甘娜和玛嘉莉卷宗里的检测报告一样，上面只是一连串的字符。这次皮鲁没有要骗我的理由。我叹了口气，视线飘到船舱的外面，看着海平面上已泛出鱼肚白的天空。

"您是什么时候知道的？"

"今天下午，接近 5 点钟的时候。"

我崩溃了。

"您既然已经有了证明我清白的证据，为什么还要给我上演这么一出？为什么还要开枪击毙我？为什么还要在格朗卡里埃上演这么一出戏？为什么现在还要去圣马尔库夫岛？"

皮鲁拿起那张检测报告，又把它卷了起来。

"萨拉维，镇定一点，慢慢享受这一刻。司法力量可是站在你这一边的，它知道你是无辜的，你没有什么可怕的。"

我又抬了抬被铐住的手腕。

"拜托先把我解开……"

"你最好安静一点。老实说，这个结果并没有让我感到震惊。我从来没有告诉过卡门·阿夫里尔，因为如果我敢当面跟她说的话她一定会把我的眼珠子抠出来，但是我从来没相信过她的假设，更不相信因为你曾同时出现在伊波尔和伊斯尼所以你就是凶手。自从我接手这起案件以来，就一直在想一种别的可能性。一种只有我个人才相信的可能性……更复杂的可能性……"

"那就说出来吧，反正长夜漫漫……"

"你等着看吧，到明天涨潮的时候就明白了。简而言之，从卡门·阿夫里尔跟我兜售这个疯狂的想法，并开始说服大家扮演角色的时候，我就已经开始了这个计划。"

"不要绕圈子了，皮鲁。"

他咳嗽了几声，看起来不是很舒服。

"你还是没懂？那我就说得再清楚一点。我拿你当诱饵用，然后我就混在他们中间，转移他们的注意力。因为……"

他又咳嗽起来。我想到那些棕色的信，里面有最新的调查进展，还有莫娜……阿林娜的怀疑。米尔蒂·加缪认识她的强奸犯，她和莫甘娜是死于她的约会对象手下的，她跟罪犯是出去约会的……

我提高了声音。

"因为您已经知道谁才是真正的罪犯了？"

皮鲁示意我把声音放低。我继续说了下去，几乎没有压低声音。

"我认识他吗？警察已经确认过所有莫甘娜和阿夫里尔的亲友的DNA，罪犯不可能在这些人中间！"

我停顿了一下，然后又提出了另一个问题。

"还有那个囚徒困境在其中究竟扮演着什么角色？"

皮鲁用一个神秘的微笑回答了我。

"过几小时你就会知道了，萨拉维。一切都已经准备好了，就等我去拉开帷幕。相信我。我只求你一件事：配合他们完成这个游戏！这几天他们一直都牵着你的鼻子走，你就陪他们再玩上几小时也不过分吧！明天早上，不要跟他们说我们交谈过。没有别人知道我过来找你。我们要把你的清白当成小秘密，再保留几小时。这是唯一能让凶手现身的方法。"

"我已经受够了您的天才谋略了！"

他又打开了酒瓶，喝下了第四杯酒。

"祝你身体健康，萨拉维！再过几小时，一切就结束了。你会像雪一样纯白无瑕。你可以带着小阿林娜走，去你们想去的地方。"

他也给我倒了一杯，把酒递给了我，但我没有任何反应。他耸了耸肩。

"孩子，她已经被你迷住了。她和你接触越多，就越不相信你会是凶手。萨拉维，你要记住这个建议。在这艘船上，除了我以外，她才是你的盟友。"

莫娜？

我唯一的盟友？

我苦笑了一下，只感到深深的怀疑。

记得奥菲莉给她打了 21 分，还配上了评语：

别让她走掉了，这是你今生的女人。

我今生的女人？

我唯一的盟友？

奥菲莉和皮鲁都错了，还错得很离谱。

皮鲁拿着那张纸，以及酒瓶、酒杯，摇摇晃晃地走出了船舱。他出门之后，我感觉全身都有热浪来袭，仿佛船舱的木头都变成了桑拿间的模板。很奇怪，我居然想起了自己人生中第一次抽大麻的场景，就在路易丝－米歇尔中学的操场顶棚上。那一天，我感到自己脱离了所有的束缚，砍断了所有把我捆在地上的绳索。

轻松了！

我觉得自己很轻盈。我是无辜的。警察手里有证据。

我接下来要做的就是告诉这群神经病他们差点把我逼疯。

或许除了奥西安娜……

40

配合他们完成这个游戏？

是鸬鹚和海鸥的声音把我吵醒的，好像有几千只水鸟在这里盛大集会，迎接"帕拉梅"号登陆圣马尔库夫岛。太阳还未完全升起，从舷窗看出去，它就好像一只通红的眼睛，旁边还有白色的泪痕。

船舱的木头墙壁开始抖动了，有人的叫喊声。我想他们应该是在把船停泊下来。下一秒船舱的门就被打开了，这魁梧的体形一定是卡门·阿夫里尔，她穿着一件宽松的紫色雨衣。

"时间到了！"她叫喊道。

她厌恶地看着我赤裸的身体，目光还在我的残肢处停留了一会儿。她是在打量一个杀死她女儿的怪物，一个残疾且残暴的人渣。我能从她的眼神中辨别出两种混杂的情感：激动与憎恨。

杀死她挚爱女儿的凶手。至少她是这么以为的……

我刻意平躺在床上，大大咧咧地向她展示自己的性器官。

我是清白的！警察都站在我这一边，而不是她那边！

"穿上这个。"卡门丢给我一团衣服。

同时，她也把藏在身后的一个东西拿了出来，指向我。好像是火钩子，但尺寸很大，直径都有 2 厘米，长度也在 1 米左右。

我本能地躲到了床脚。我虽然是清白的，但现在还被手铐铐着，赤裸着身体，也没有任何防身的武器，对面的这个人这十年以来可是以复仇为唯一目的的。卡门·阿夫里尔把钩子伸了过来，就停在我的面前。

时间停滞了，似乎永无尽头。

最后，她把那个东西丢在了地上。落地的金属杆发出了很长一段回音。

"给你当拐杖。"

她没有再说别的，只是把一把钥匙放在床头，可能是手铐的钥匙，然后就走出了船舱。

我穿着卡门给我的橡胶连身裤，走上了甲板，中途还遇到了弗雷德里克·圣米歇尔，他一言不发地走进了货舱。我还没来得及辱骂他们，告诉他们让我一个人爬上楼梯是一件多么羞辱的事情，告诉他们只有一条腿的残疾人很难在甲板上保持平衡，弗雷德里克就已经又走回了甲板，手里拿着手铐，示意我伸手。

圣米歇尔……这个该死的阿塔拉克斯！他原来是个很讨女孩子喜欢的男人，这十年以来他的确老了很多。

我又想起了皮鲁的建议。

一切都已经准备好了。

就等我去拉开帷幕。

配合他们完成这个游戏。

我松掉那个铁杆子，配合地伸出手。然后我单脚跳到船舷边上放置物品的箱子处，在上面坐了下来。

两只手已经被铐住了，还只有一条腿。他们会不会相信其实我很想游回欧洲大陆？

圣马尔库夫其实是两座岛，"帕拉梅"号停泊在其中较小的一座上。这座岛的长度应该在 150 米左右，宽 80 米，其实就是在海上修建起的一座防御工事。它让我想起了小时候看过的《城堡探险》，那是我孩提时代的噩梦与春梦，里面有小矮人、老虎、蜘蛛，还有穿着泳衣露着胸部的年轻女演员。

圣摩尔科夫工事的内部就像一座建在浅海的巨大斗兽场，周围先环绕着一圈护城河，然后是红砖垒就的巨大城墙，外面裹着各种海藻和海洋生物。看来涨潮的时候工事里应该会有很大一部分都被淹没。只有"帕拉梅"号停靠的那个堤坝还新一点。

卡门站在我的面前。

"萨拉维，不要幻想有人会来救你。出于安全考虑，近几年已经禁止登岛了。只有那家负责维护工事的公司才有权限进入，但志愿者们不会在冬天来进行维护的……更不用说玩帆船的人，他们也不会来到海峡深处。"

我没有回答。甲板上放着一张桌子，上面有杯子，有用保温瓶装的咖啡，有糕点。弗雷德里克转向我，手里拿着一杯咖啡，一个羊角面包。

"要来点咖啡吗？"他对我说，话语里听不出好恶。

他之前扮演勒梅代夫也算得上本色出演。他的面容上有一样的压抑感。

"不用，谢谢，"我的声音很大，好让莫娜听见，不知道我要多久才能习惯阿林娜这个名字，"上一次我喝的咖啡到现在还堵在嗓子眼里呢。"

莫娜没有反应。

她坐在船舷上，侧脸 75 度朝向另一座岛。她棕红的头发散落在肩上，寒风冻红了她的面颊，眼皮是肿的，不知道是不是刚刚哭过。坐在她旁边的是丹尼丝，一手扶着船舷，一手抱着西施犬。阿诺德正冲着一块巧克力面包狂吠，就像对方是一只活的猎物。

吉贝尔·阿夫里尔站在我的上面，在船长室里不知摆弄着什么器械。

整个团队里面最不坚定的人，我在想。就算是开了7千米，就算是停下了船，就算是事情没有什么转变，他可能也会在最后关头离开，把脏事留给别人去办。

卡门走到我面前，给自己倒了一杯咖啡，也可能只是为了暖一暖手指，然后走向奥西安娜，给了她一个灿烂的笑容。

一个同谋者的微笑，一个历经苦难终于成功的笑。

这是奖励，是回馈。

奥西安娜戴着紫色的露指手套，夹着一根烟。她今天的发型放大了她的面部，突出了她深色的眼睛，让她看起来就像一位优雅的美国女演员——坐着横跨大西洋的轮船从纽约出发，前来引诱整个巴黎。和别人不一样，她并不逃避我的目光，而是盯着我看，不时等待海峡的风吹散阻隔她视线的烟雾。

烟雾就像一层神秘的面纱。我的确很笨拙，也只有一条腿，但是我觉得自己不可战胜。

我是清白的！

奥西安娜在观察我，她显然是对我有兴趣。她在思考。其实这个机会也挺不错的。要不是这种仇恨，要不是一个天大的误会，一个这么漂亮的女孩根本不会正眼看我的。

一切都已经准备好了，皮鲁说。

就等我去拉开帷幕。

配合他们完成这个游戏。

那个老醉鬼是唯一没有上到甲板来的人。他应该还在一边喝白兰地，一边等着抛出他那个天才的假设。

背后响起了弗雷德里克·圣米歇尔低沉的声音。

"是不是该结束了？"

卡门放下了手中的咖啡。

"你说得对。我们不要浪费时间，两小时前就开始涨潮了。"

我没有明白她的意思。

"阿林娜，"她命令道，"再固定一下缆绳。"

莫娜机械地服从了，又拉了拉"帕拉梅"号和堤坝间的橙色缆绳。这个过程中丹尼丝把阿诺德抱开了。

"哪一个？"卡门看着砖墙问道。

"从上面数第三个。"弗雷德里克看着同样的方向回答道。

第三个什么？

我只能在围墙上面看到各种各样的海藻，有些已经被海水淹没了，有些应该会在几分钟之后被海水淹没。

"海藻最少的那个。"卡门用手指指着那个地方。

她指的是砖墙上的一个铅制的圆环，比海平面还要高 1 米，但要是从海藻的湿润程度看，应该会比海水完全涨潮之后的海平面低上几十米。我立即明白了他们为什么要给我一条橡胶连体裤。

他们是要把我绑在圆环上，等着海水涨潮。

有一根绳子伸进了连身裤和我的皮肤之间。

他们的目的是什么？是想让我承认自己没有犯过的罪吗？是想让我亲口供述，然后把我交给警察？或者是让我死在这里？

我又想起了皮鲁的建议。

一切都已经准备好了，就等我去拉开帷幕。

我开始祈祷皮鲁不要掉链子。

这个警察还是没有起床。

奥西安娜把烟头丢进海里，然后又看了我一眼，眼光深邃……

卡门走向我。

"萨拉维，这次你应该是明白了。海水每一分钟上涨 1 厘米……你要认罪的话，还有不到一小时的时间。"

我吞咽了一口吐沫。

配合他们完成这个游戏……

好的，皮鲁，我也没有别的选择，不过麻烦你快一点。

"然后呢？"我问道。

"你是不是想让我给你介绍一下陪审团的成员？休庭之后，由陪审团决定你的命运。大众选出的陪审团，自我陈述的时候你最好要有点说服力。"

配合他们完成这个游戏……

"你们都是神经病！"我最终骂了出来。

卡门无所谓地转过了身。

"去给我把皮鲁找来，"她冲弗雷德里克嚷道，"还得再找一个人把萨拉维绑起来。吉贝尔不愿意弄脏手。"

吉贝尔·阿夫里尔没有回答。或许是因为他待在驾驶室里，海鸥的声音又太大，他根本没有听到卡门的话。

弗雷德里克消失在了货舱里，莫娜继续用手拉着缆绳。海面上漂浮着泡沫，居然是蓝色的。清晨的微光已经被厚厚的云层遮盖住了。外面的温度应该不超过 5 摄氏度。我根本无法想象海水会有多冷。

奥西安娜又点燃了第二根烟，卡门也喝掉了第二杯咖啡。

"这个白痴在做什么？"圣米歇尔还没有上来，卡门忍不住问道。

最终，圣米歇尔的脚步声在楼梯上响了起来。恐惧让他的五官都移了位。

"皮鲁不在船舱里。"他说。

我的身上涌来一股冷汗。命运可真是会跟我开玩笑，我突然有种感觉，这几千只海鸥聚在这里，就是为了嘲笑我。

"你去别处找过吗？"卡门追问，"比如在厕所里，或者在淋浴间。"

弗雷德里克明显有些不耐烦。他用手摸着没刮好的胡子。

"天，卡门，这艘船一共还没有 30 米长。我已经跟你说过他不在船舱里了。"

没有别的人说话。卡门，接着是奥西安娜，最后是丹尼丝，都走了下去，找遍了"帕拉梅"号的每一个角落。

一无所获。

这个警察不在船上。

皮鲁会不会是喝了太多的酒，从甲板上掉下去了？还是他是自愿跳下了水，现在正趴在哪个充气船上，想要回大陆寻找救援？当然还有一种可能性，就是因为他知道太多的事情，所以有人让他闭嘴了。他是不是不够谨慎？

在卡门的催促下，吉贝尔正在查点船上的救生衣，我又想起了皮鲁的话。

没有别人知道我过来找你。我们要把你的清白当成小秘密，再保留几小时。

没有别人知道我过来找你。

吉贝尔把所有的救生衣都放到了柜子里。

没有多余的！

我恐惧地看着那个圆环。

海平面又上涨了 10 厘米。

41

没有别人知道我过来找你?

"海浪已经涌到了膝盖处,但那个老傻瓜还让我们往前走。"

我也不知道为什么,脑子里出现的竟然是这首孩提时在夏令营唱过的老歌。

挥之不去。

应该是一种让我的意识暂时回避现实的方式。实际上,水已经淹到了我的大腿。我不觉得冷,身上的橡胶连身裤也是一层防护。最难挨的倒是圆环摩擦手臂带来的痛苦。

几分钟以来,我已经换了好几种姿势,先用了一只手抓住圆环,然后换上另一只手,最后又用上两只手,只是希望不要把全身的重量都系在一个肩膀上。我知道水面在上涨,只要身体能浮起来,我就不会这么疼了。

当然,是在彻底失去痛觉之前。

应该是吉贝尔帮助卡门和圣米歇尔把我弄下船,然后把手铐铐到了那个圆环上。我还模糊听到了他嫌弃的声音,他跟奥西安娜借了一根烟,嘴里还念叨了几次"这到底是在发什么疯",他把我挂上了圆环,然后才回到了"帕拉梅"号上。

我没有挣扎。我甚至想过是不是要增强他们的满足感，是不是要开始哀号，像一条被斩断的虫子一样扭动着身体，然后骂出我会的所有脏话……

这样更像一个失败者吧……

他们有六个人。弗雷德里克·圣米歇尔和卡门·阿夫里尔的口袋里都放着一把手枪，他们是故意让我看见的。我是一个人，而且还被限制了行动。就算没有武器，他们也一样能把我泡到水里，无视我所有的哀求。

和预料的一样，水上涨的速度就同瑞士钟表一样准确，真的是每分钟升高1厘米。大海很平静，但还是有无数海水涌到圣马尔库夫工事的缝隙里。海水拍到我的脸上，弄脏了我的眼睛和嘴，而我甚至无法腾出手来擦拭。海浪越来越大，抬起了我的身体，然后又摔在满是海藻的围墙上。我就像是海洋中的一根浮木，慢慢失去了抗争的力气。

丹尼丝抱着阿诺德站在甲板上，还是扶着船舷。其他的四个演员出现在海堤上，就在我旁边的5米处，或站或坐。但从我的角度看来，只能看到这堵砖墙。

我最后的希望……

当我被铐在圆环上的时候，就曾想过皮鲁可能没有回大陆，而是隐匿在海峡里的某一个地方。他会在合适的时间出现，或许是带着一队藏在斗兽场里的警察。

在红线协会的四个疯子里面，莫娜站得离我最远——我已经放弃叫她阿林娜了——她停留在堤坝的末端。

她是故意的吗？

她的腿在紧张地颤抖，就像时间永远不会结束一样。她杂乱的头发散落在眼前，就像是车前的雨刮器。圣米歇尔坐在她的旁边，但每三十秒就会起身一次，显然也很紧张。卡门站在那里，庞大的身躯天然就比别人有压迫感。她从来没有坐下过。她甚至没有移动过视线，也没有看过手表。

"萨拉维，还有不到一小时。如果你希望陪审团可以有足够的讨论时间，我还是建议你现在就开口。"

泡沫裂开了。

只有奥西安娜看起来还是很冷静。她穿着一身套装，上衣搭在牛仔裤上。她一直在抽烟，看向我的眼神里既没有憎恨也没有怜悯。就像一个好奇的孩子，看着花园里一只昆虫吃掉另一只昆虫，却并没有拯救受害者的打算，她也因此明白了世界的残酷。

她美得令人难以置信。

"说什么？"我利用两个浪潮的间隙喊道。

没有人回答我。如果我一直都不回答的话，他们一定当我是默认了。

见鬼，该死的皮鲁到底去哪里了！

水面又上涨了 30 厘米，像一个钳子一样卡住我的胸脯。

一切都已经准备好了，就等我去拉开帷幕。皮鲁的话在我的脑袋里嗡嗡作响。

他还是不见踪影。

"你只有不到半小时的时间了。"卡门宣布。

时间过得太快了。一定有人在沙漏上作了弊。现在是快进版的《城堡探险》。

我吐出了一口海水和唾液的混合物。

"好的，我把一切都告诉你们！"

我的时间已经不多了。我想，就让皮鲁的建议去死吧，我不能再等下去了。那个醉醺醺的胖警察也不把话说清楚一点。

我大声喊叫，希望能盖过海浪的声音。

"你们从一开始就在设计陷害我，我不是杀害莫甘娜和米尔蒂的凶手。皮鲁也知道，昨天晚上他把一切都告诉我了。"

然后我说出了所有的细节，最后提到了那份 DNA 报告，报告说不定还在皮鲁的房间里，或者是别的什么地方，不管了，得让他们尽快去找那份报告。

"去看看吧。"卡门对奥西安娜和圣米歇尔说道。

他们顺从地站起身。

即使是在这段时间里，我还是在试图辩解，说我从来没有去过伊波尔，虽然我的确在那家该死的客栈里订过房间。至于诺曼底，我也只见过格朗康迈西的那座水泥教堂，但我从来没去过格朗卡里埃，没去过滨海伊西尼。

莫娜甚至没有转过头来。她已经听过这个版本了。有一个出奇高的浪打在我的脸上，把我没说完的话堵在了嗓子眼里，让我喝了一大口咸水。

我要死了。

我没有再补充什么。我决定最好什么都不说，不去提皮鲁的假设，继续做一个诱饵，不去破坏这个老警察的计划。

船上有没有人？

"水已经淹到腰带了。"孩提时夏令营的那首老歌唱道。

十分钟后奥西安娜和弗雷德里克·圣米歇尔从船舱走了上来，两手空空，摇了摇头。

什么都没有，他们把各个角落都找遍了。

没有 DNA 检测报告的踪迹。皮鲁失踪了，他甚至没有着意保护那份可以证明我清白的证据。这个警察只是一个毫无能力的白痴！

我的眼睛也看不清了，无数海盐让我模糊了视野。

"见鬼，等等！"我大喊，嗓子里已经灌满了盐水和海上的泡沫，

"皮鲁昨天晚上才给我看过那份报告。是鲁昂司法鉴定中心出具的。你们可以给中心打电话的，他们会跟你们确认的。"

奥西安娜又点燃了一根香烟，重新坐了下来。她一脸漠然。圣米歇尔朝我走了几步。

"萨拉维，不要再幻想拖延时间了。"说话的却是卡门，"你已经没有时间了。"

可能还有二十分钟……

最多也就是二十分钟了。水已经淹到了我的肩胛骨，我无法继续维持刚才的姿势，只能试着上抬身体，让它以一个微妙的平衡浮动在水面上。感谢我的这只残腿，现在我甚至能预料哪个浪是尤其具有攻击性的。卡门和这些疯子想出的酷刑很有效，每次我可以稍微舒服一点的时候，就是更临近死亡的时候。

远方的大海上还是什么都没有。

有几片云，圣马尔库夫岛上飘起了小雨，真是及时雨！

我大张着嘴喝着天上飘来的淡水。"帕拉梅"号上，吉贝尔和丹尼丝都躲到了船长室里，当然还带着阿诺德。

卡门只是将雨衣举到了头顶。圣米歇尔撑起一把黑色的雨伞，但看起来很难在海风中坚持太久，他走近莫娜，想和她一起避雨。莫娜没有任何反应，既没有感谢也没有不快。

只有奥西安娜任由雨继续落在身上。

雨滴滑过她的脸颊，冲花了她脸上的睫毛膏，还有棕色的眼影，化在她的嘴唇周围。但是她看起来更美了，就像一个停留在雨里的东方美人，这些化掉的脂粉能更突出她的神圣感。

我再也没有移开自己的目光。我愚蠢地爱上了她。哪怕我几分钟之后就会死亡，我也感觉到了一种想要得到她的无可抗拒的愿望，但这个女孩比所有的人都希望我去死。要是圣安托万治疗中心的那些心理学家在这里，他们一准儿能从我身上分析出一个什么症候群，我的大脑中肯定有一部分功能不正常了。

我拉住圆环，希望能抬高自己的身体，在几秒的时间里，我努力用自己的喊叫盖过海鸥和雨的声音。

"皮鲁还有另外一种假设！他想抓住真正的凶手！"

我的身体又重重地落回冰冷的海水里。

"不是我，"我还在尝试，"真的不是我！"

我又呼吸了一口空气，然后把肺部储存的气体都喊了出来。

"是你们中的某个人！"

没有人有反应。阿诺德从船长室里跑了出来，在船舷旁边吠叫着。

"萨拉维，不要再废话了。"卡门给出了一个评论，"你只有不到十五分钟了。"

"海水已经涨到了我的胸口。"还是夏令营里唱过的老歌。

"一切都已经准备好了，就等我去拉开帷幕。"皮鲁回答道。

蠢货！

皮鲁到底有什么计划？他为什么要来圣马尔库夫实行这个计划？因为米尔蒂·加缪在死之前的几天曾经到过这里吗？这个计划和此前阿林娜的怀疑有没有关系？米尔蒂在轮休的日子里穿得很性感，米尔蒂把所有的心绪都记在一个蓝色的笔记本上，但笔记本已经不知所终了。

米尔蒂和那首诗的签名一直困扰着阿林娜。M2O。

所以她其实也是清楚的，她知道我不是凶手。

阿林娜，也就是扮演莫娜的那个女孩，她是我在这艘船上唯一的盟友，这是皮鲁告诉我的。

阿林娜于我而言是一个陌生人，莫娜则是个叛徒。

我的眼睛遗憾地离开了奥西安娜，看向莫娜，我实在没法对她换个称呼，哪怕她现在就躲在圣米歇尔的伞下。

我用目光哀求她。

莫娜，把一切都告诉他们吧。告诉他们。所有的一切。

虽然我没有开口，但她已经全然明白了，不用任何语言，她就能读懂我的心思。她慢慢地站起身，用一个坚定的手势推开了那把黑伞。

"够了。"她的声音很低沉，我几乎听不到。

她在跟卡门说话。

"您也看到了，他不会开口的。不管他有罪还是无罪，都不是我们可以决定的。把他拉出来，送到警察局去。"

"警察会释放他的，"卡门果断否决了，"只要他不承认，警察就会放了他。"

莫娜没有让步。

"我们决定要成立一个陪审团，由陪审团来做出最终的审判。我们得进行群体决策。"

水已经淹过我的肩膀了。

见鬼，快一点⋯⋯

"好吧，"卡门妥协了，"同意把这个人渣拉出水的人举手。"

吉贝尔和丹尼丝在船长室里，可能没有听到她的话，或者是假装没有听到。奥西安娜又点燃了一根烟，没有其余的动作。

莫娜用审视的眼光看着红线协会的每一个人，然后抬起了手。

"看在上帝的分儿上，"她说道，"里面有解释不通的地方，我们所有人都知道事情不对劲。我们不能眼睁睁地看着这个男孩死去，就因为我们找不到其他人来报仇。"

她转向圣米歇尔，时间仿佛过了一个世纪。

再有3厘米，水就要淹没我的喉结了。

圣米歇尔没有举手。

"我们已经达成共识了,"卡门说道,"一票同意救萨拉维,剩下五票反对。5:1。对不起了,阿林娜……"

就这样结束了,我被判了死刑。

"海浪上涨到了脖子。"老歌里唱道。

现在每两个海浪里就会有一个灌到我的嘴里,我要把海水全部喝下去。我在咳嗽,我在窒息。

一切都已经准备好了,就等我去拉开帷幕。皮鲁说过。

白痴!

有一份 DNA 报告能够证明我的清白,有一名警察知道我是无辜的,但红线协会的这些人根本不在意。因为他们有亲人丧生了,所以他们也要夺走一个随便什么人的生命。

一命还一命。

死亡的循环。

我的脖子已经埋进海水的泡沫里了。

突然,我模糊听到阿诺德在甲板上狂吠。比它看见海鸥的时候要叫得更久,更响亮。

事情有转机了。我睁开眼睛。

在海浪的推动下,我看到一具尸体在"帕拉梅"号的船舷附近漂浮。

皮鲁。

他不是喝多了酒掉下船的,他也不是去寻找外援了。他仰面躺着,心口处有个奇怪的东西。

刀子的手柄。

他是被谋杀的。

一切都已经准备好了，就等我去拉开帷幕。他是这么跟我说的。

我的天啊！

昨天晚上我们一定是说话声音太大被别人听到了，皮鲁实在是太不谨慎了。真正的凶手一直都在看着我们，并终于让他闭上了嘴。

凶手是谁？

不重要了。重要的只有一件事。

没有别人知道我过来找你。

世界上唯一能证明我清白的人已经永远沉默了。我的死刑判决无法更改。

红线协会的所有人都用惊愕的眼神注视着皮鲁的尸体，泡过水之后，皮鲁好像更胖了。

除了奥西安娜·阿夫里尔。

她似乎被别的什么东西攫取了视线，一直看着几米外的砖墙，就是莫娜脚下那个高度。

我转过头，下意识地想知道她在看什么。

刚开始的时候，由于有海浪的困扰，我没能看清。然后，一个东西突然出现在了我的面前。

只要一眼就够了。

奥西安娜看起来和我一样吃惊。

在砖墙上，刻着两个字母、一个数字，情侣们都愿意在各种石头上刻下姓名的首字母，用这种方式纪念他们海枯石烂的爱情。

M2O。

42

你们中的某个人？

M2O。

我难以置信地看着砖墙。

那两个字母和一个数字就这么刻在高岭土烧制的砖块上，笔画很细，但很深很清晰，就像是前几天才刻上去的。难道是米尔蒂前几天才和她的爱人回来过？或者是这十年以来，一直都有一个虔诚的爱人维护修整这行字迹？

海水再一次拍到我的脸上。我吐出了一口泡沫和盐水的混合物。

在目前的紧急情况下，这行字为什么会突然出现已经不重要了，重要的是它的含义。含义应该很明显。过往的大幕突然撕碎，不经修饰的真相显露在所有人面前。

M2O 代表的并不是 10 月 2 日的婚礼，尽管所有人都是这么想的。

M2O 是另外一个意思，一个更说得通的意思。

情侣们都愿意在各种石头上刻下姓名的首字母。我又想到了这句话。

Myrtille（米尔蒂）aime（爱）Olivier（奥利维耶）。

如果只取首字母的话，就变成：

M M O①

M2O

米尔蒂爱的是奥利维耶。奥利维耶·罗伊，也就是那个在伊斯尼的夏令营里围着她团团转的男人，那个男人还跟着她去了圣马尔库夫岛，去了格朗康迈西的沙滩，换言之，就是那个警察一直在寻找的戴着蓝白相间的阿迪达斯鸭舌帽的男人，但他在 2004 年 10 月 6 日之后就失踪了。

阿林娜在警察面前做证的时候，完全是搞错了。奥利维耶·罗伊并非在米尔蒂的身边转来转去，他也不是什么意图奸杀漂亮女孩的人渣……根本不是这样！原因很简单：奥利维耶和米尔蒂早就上床了。在婚礼之前的几个月，他们享受了一场夏日浪漫曲，连米尔蒂最好的朋友也没有告诉……阿林娜这些年以来应该都有所怀疑，但她最终也没能把真相说出来。

海水已经淹没了我的下巴。我的身体冻得发抖，颤抖中还夹杂着兴奋。肾上腺素加快了我思考的速度。我想起了之前巴斯蒂纳和埃朗·尼尔森所做的调查。

M2O

米尔蒂爱奥利维耶。

脑海里还飘着几行诗句……

> 我把栅栏放在宇宙上
> 以防它让我们分开

---

① 法语中"aime"（爱）一词的发音与字母 M 完全相同。——译者注

370

> 我向生活索要一个家庭，
> 以防我们会感到无聊
>
> 我要在我们的周围建起一座城堡
> 我要亲自守护它
>
> M2O

从签名来看，这首诗应该是写给奥利维耶·罗伊的，而并非弗雷德里克·圣米歇尔。

我用尽全身的力气，用手把自己拖出了海面。我让自己的肺部充满气体，然后大声喊道：

"那里！"

配合这声喊叫的还有奥西安娜的手指。

红线协会的所有成员都站住不动了。皮鲁的尸体被海浪推到了堤坝之前，随着海水的运动不停地撞击着堤坝。但根本没有人理会他。

甚至没有其他过多的解释，莫娜立即爬上了砖墙，用手去触摸那块尚在水面上方 1 米处的砖块。很奇怪，砖块并不是砌在墙里的。

莫娜轻轻地把它抽了出来，发现里面是一个空洞。她俯下身，试着在里面摸索。下一秒，她就拿出了一个透明的塑料袋。

现在水已经在舔舐我口腔的内部了。再有一分钟，它就会吞没我的嘴。在下一个海浪摔到我脸上之前，我看到塑料袋里的是一个蓝色的长方形物体。我当然知道这是什么。

这是皮鲁给我们准备的惊喜吗？

一切都已经准备好了，他说。

这都是他做的吗？在石头上刻了字，然后又藏起了笔记本？

莫娜用牙撕开了塑料袋。塑料袋在拉芒什海峡的风中飞舞了一阵，莫娜却紧紧地握住了蓝色的笔记本。

一本魔力斯奇那笔记本。米尔蒂的笔记本，她会在上面写下所有隐秘的心思。

后来，每当我想起这个场景，再回想到其中的每个细节，我都会仔细地思索其中的巧合，比如红线协会每个人的态度，他们在"帕拉梅"号或堤坝上的站位，最终我发现他们每个人的反应都是合乎逻辑的。长久的等待之后，他们需要一个出口。但在那个时刻，我的脑子里只有一个念头：

莫娜，拜托你快一点！

水已经进入了我的鼻腔。海水里的酸性物质让我的肩膀有一种强烈的灼烧感。但我还是努力抓住手铐，把自己的头部拉出水面。直到手腕处的疼痛无法忍受的时候，我才会任由身体落下，等待几秒，直到肌肉可以再次发力，再重复刚才的动作。不过即使这样，我又能坚持多久呢？

莫娜在看笔记本上的内容。她只有嘴唇在动。她留给我一个侧影，背后就是蓝色的天空。

"怎么样，阿林娜？"丹尼丝在船上问道。

阿诺德又叫了一声。

弗雷德里克·圣米歇尔的手已经在衣袋里握成了拳头。

卡门和奥西安娜站到了一起。她们穿着同样颜色的雨衣，看起来就像是一个紫色的遮雨棚。这对母女好像并不明白发生了什么。

又是一次入水。我在心里数到了三十秒。

然后我又出了水。

莫娜的眼睛从笔记本上抬了起来，看向弗雷德里克·圣米歇尔。对我而言，她的声音显得很遥远，几乎有点不真实，可能是因为已被成吨的海水稀释过了。

"弗雷德里克，她想离开你。她不再爱你了……"

"胡说八道！"圣米歇尔喊道。

卡门向前走了一步，但奥西安娜拉住了她的手。莫娜又低头去看笔记本。她过了一个世纪才去翻看下一页。

莫娜，我求你了！

海浪又吞没了我。这次我只坚持了二十秒。然后，我努力地把身体抵在圆环上，死死地抓住手铐，想要再呼吸一口空气。

莫娜的声音又响了起来，听着越来越遥远了：

"她遇到了别的人，弗雷德里克。那个人让她打开了眼界，让她勇于面对身边的亲友，包括夏尔和路易丝，还有我。勇于抗拒所有人对她的期待……"

"不可能！"这是圣米歇尔的声音。

皮鲁的尸体偏移了方向，漂到了我的身边，离我只有不到 2 米。我在精疲力竭之前仔细地看了看他。海浪直击在我的脸上，当时我正张着嘴。我感觉到好像整个海洋都涌入了我的身体。我要溺死了，无法再说任何一句话，但根本没人注意到我。

所有人都在全神贯注地听莫娜说了什么。

"弗雷德里克，这是她留在世界上的最后的话了。笔记本上的最后一句话。"

我没有听清。我全身上下唯一还可以抗争的肌肉就只剩下腿部了，我用它抵住砖墙，大脚趾想找到一个可以踩住的缝隙。

找到了。又赢得了几秒的时间，但任何一个微小的海浪都能打破这种平衡。

果然，很快我的脚又在海里寻找一个新的立足点。

这下没法把头伸出海面了。

我合上眼睛，闭上嘴，认命地停止了呼吸。距离水面还有几厘米，就像处在一个水泡里，我居然听到了莫娜的声音。

"8月25日，凌晨3点。明天弗雷德里克就要来了。明天是我休假的日子，他坚持要过来，他拒绝承认一切都结束了。我跟他说要在一个僻静的地方，也就是伊斯尼附近格朗卡里埃的一个农场旁边见他。希望这一次他能明白，也希望爸爸、妈妈和阿林娜可以理解我，希望我不要让他们失望，希望一切可以快点结束。奥利维耶，我迫不及待地想要见到你。"

我睁开眼，觉得自己的胸腔快要爆炸了，只能看到水里有幽灵漂过。

莫娜朝弗雷德里克走了一步。

"当时你在伊斯尼，弗雷德里克？就在格朗卡里埃？就是米尔蒂被杀的那天？"

圣米歇尔模糊的身影伸出了手臂，指向我。

"这是个阴谋，见鬼！他才是凶手，是他！"

我终于意识到圣米歇尔拿着一把手枪，他要对我开枪，但一切都太迟了。

我试着往水里沉下去，但因为那该死的手铐，我离水面至少还有半米的距离。

真是个活靶子。

接下来一切都发生得很快。

"去死吧！"圣米歇尔叫道。

然后我听到了奥西安娜的声音："不要！"接着就是枪声，我知道有一颗子弹马上就要穿过我的身体。

但什么都没有发生。

然后又是三声枪响，弗雷德里克·圣米歇尔的身体倒在堤坝上，距离我有 5 米，奥西安娜还在大叫。

我明白了，是她先开了枪。一枪一枪地打在杀死米尔蒂的凶手身上，同样也是杀死她妹妹莫甘娜的凶手。

下一秒，水上又起了涟漪。

莫娜跳了下来。

我感觉到她的身体贴上了我的，她的嘴唇贴到了我的嘴唇上，给我渡了一口气，让我能再坚持几秒的时间。然后她又浮了上去，喘了口气，随后又沉下来贴上我的嘴唇，在做所有这些事情的过程中，她始终试着把我从圆环上解下来。

我听到了钥匙开锁的声音，手铐开了。

我自由了。还活着。是清白的。

吉贝尔面无表情地从船上给我们扔下了两件救生衣。

堤坝上面，奥西安娜正在卡门的怀里哭泣，卡门还是站得很直，就像堤坝上的一座石雕。

莫娜还穿着之前的那条牛仔裤和绿色毛衣，她扑到我身上，试着再次亲吻我。但她的嘴唇只碰到了我沾满水藻的太阳穴。

我转过了头。我只是一根刚从谎言的海洋里脱身的浮木。

莫娜背叛了我。

也不是她救了我。

我顺着绳梯爬上了船，视线又转向了奥西安娜。

她已经抬起了脸，迎着我的视线。

和几天前在悬崖上一样，和她从悬崖上跳下来之前一样。

她美得就像山谷中的鸢尾花。

堤坝上，她的脚边，有一把手枪。

她刚刚杀了人，就为了能让我活下来。

43

这是个阴谋，见鬼？

船距离格朗康迈西的海滩至少还有 1 千米，但我已经能看到那些临海的房子的阳台了，就像人在微笑时露出的牙齿。

卡门·阿夫里尔打电话报了警，警察正在港口等我们。他们还告诉我们，一定会比我们更早到达港口，虽然从圣马尔库夫回来也只不过需要几分钟的时间。看这个阵势，恐怕是附近的警察都来了。身后的圣马尔库夫岛已经消失在海雾里，只有天空中盘旋的海鸥能让人猜到附近肯定还有一块陆地。

我坐在甲板的储物箱上，没有人把假肢还给我。奥西安娜在哭，整个人都趴在我的身上。卡门在打电话，未经许可就把女儿留在了我的身边。我全身都湿透了，水之前涌进了橡胶连身裤和我的皮肤之间，现在已经完全被海风冻住了。

但无论如何，我都不会跟任何人交换位置的。

我也不会想着去任何地方避风，我甚至不想擦干躯干上、手臂上和腿上的水，我不想做出任何动作，因为任何举动都可能会破坏这个奇迹般的平衡。

奥西安娜的脸贴在我的肩膀上，她的手环着我的腰，温热的泪水流进我的脖子里，是冰冷的海水里的一股热涌。

她已经虚脱了。

奥西安娜甚至都没有看到吉贝尔和卡门到底费了多大的力气，才把皮鲁和圣米歇尔的尸体搬到船上。然后吉贝尔又一个人把他们放进了货舱里，叼着一根万宝路，一言不发。

"我就知道这会是个愚蠢的故事。"他只是这么跟卡门说道。然后他又回到船长室，发动了马达。

卡门没有回答，她一直在打电话，可能是打给警察的。就回程这么几分钟的时间，应该还不够她跟警察解释的：她的荷兰电动船上有两具尸体。

一名警察、一个杀手。

莫娜倚在船舷上。她看着白色的天空，远处是格朗康迈西教堂的钟楼，里面可能是在进行祷告。她的眼睛是红的。丹尼丝把阿诺德放到地上，用手抚摸着她棕红色的头发。莫娜需要时间。她最好的朋友被一个她从小就认识的男人杀死了。吉钦，夏尔和路易丝选择了他，认为他能带给女儿一生的幸福。

所有人都走了，带着无穷无尽的谎言。

留下的只有她。

摇晃的船就像一个摇篮，我的怀里就是奥西安娜。我从没有抱过婴儿，但现在我可以明白为什么那些做父亲的人愿意抱着孩子整夜不撒手。我明白那种责任感，责任感让我不要动，要等待，要让自己变成一座雕塑。只要坐在这里就够了。

不过我的思绪还在运行。直到船只逼近在格朗康迈西的港口，我也没有想明白。可能弗雷德里克·圣米歇尔就是那个连环杀手吧，皮鲁应该是猜到了这一点，才给他设下了一个陷阱。

海边的大堤上，站着三名警察，表情都有些兴奋。他们专注地聆听着卡门的每一句话。

他们已经等了十年了。不过之后的事情进展得很顺利。

无论我还是他们都没有想到。

下午结束之前，警察就对笔记本进行了鉴定，确信这是米尔蒂·加缪十年前写下的东西。另外一批警察追查了 2004 年 8 月 26 日那一天弗雷德里克的行踪。伊波夫市政厅的一个工作人员说，那天弗雷德里克·圣米歇尔取消了和一对家长的约谈，说自己要去检查一下为之后的夏令营选择的营地，还说新营地里会有度假小屋和帆船。当时的调查者没有人在意。大家都以为面对的是一个连环杀手。谁会想到弗雷德里克在一天之内往返了伊波夫和伊斯尼，开了 360 千米的车，就为了强奸并杀害他的未婚妻？

晚上接近 11 点的时候，伊波夫的警察拿着拉加德法官出具的搜查令，搜寻了圣米歇尔的住处。令人惊讶的是，他们从一个上了锁的抽屉里拿到了莫甘娜·阿夫里尔的手包。他们立即给法官打了电话，大声地告诉他已经找到了并案证据。

午夜的时候，桑德拉·方丹，一个曾经在弗雷德里克手下工作过的夏令营负责人，想起自己曾经跟圣米歇尔提起过悬崖金属音乐节，还告诉过他都会有哪些乐队来这里演出。桑德拉不知道圣米歇尔有没有去，但是她很清楚地记得第二天他们曾经喝着咖啡讨论过这个音乐节。实际上，第二天整个地区的人都在讨论这次音乐集会。但他们没有说到当晚的演出顺序和第二天被发现的女性尸体。

接近深夜 1 点的时候，在鲁昂警局的韦斯曼少校的带领下，警察写出了第一份报告。很可能弗雷德里克·圣米歇尔是一个人去参加了音乐节，然后被莫甘娜·阿夫里尔的魅力捕获了。说不定莫甘娜·阿夫里尔也对圣米歇尔的热情做出了反馈，他们一起走出酒吧，然后事情就开始往坏的方向发展。圣米歇尔强奸了女孩，掐死了她，然后带着警察们寻找已久的手包回到了伊波夫。

如果几个月之后，未婚妻在他面前声称要取消婚礼，圣米歇尔又会怎么做呢？肯定是怒不可遏。还是他早就有了图谋？可能吧，现在已经没有人知道了，但他做出了和上次完全一致的举动，他撕碎了裙子，用博柏利围巾勒死了米尔蒂。他用别的信息转移了警察的注意力。警察还以为最主要的犯罪嫌疑人是那个出没在米尔蒂身边的男人……

凌晨 3 点，韦斯曼少校抑制不住内心的激动，打电话通知巴斯蒂纳关于阿夫里尔－加缪一案的最新进展。巴斯蒂纳上校已经退休五年了，住在伊波夫附近的乡下。电话响了十几声，巴斯蒂纳才接了起来，韦斯曼才说了不到十个字，他就挂断了电话。接着韦斯曼又打给了埃朗·尼尔森，后者倒是很耐心地听他介绍完了全部情况。

早晨 6 点的时候，埃朗·尼尔森接受了电视采访。她没有梳头发，就像刚刚起床，脸上未施脂粉，但也绝没有一丝皱纹，饱满的胸部藏在真丝衬衣后面。就在记者欣赏她线条优美的双腿的时候，她告诉所有的观众，她一直都知道米尔蒂认识那个杀死她的人，但很遗憾，当时没有人同意她的看法。

上午 10 点，警察又拿到了五份新证词，都是曾在"金被子"或伊波夫儿童活动中心工作过的人，他们声称这个外表帅气的"吉钦"一直都对年轻女孩有特殊兴趣，身后常常跟着一大群漂亮的少女或实习生，有时候他还一直把这种关系延续到床上，其中大部分女孩都在 17 到 20 岁之间。好几个女孩都说自己曾被弗雷德里克迷倒，但一旦上床，他就会表现出完全不同的一面：夜晚的时候，他是最温柔的情人，但床上就会变成毫无怜悯心的野兽。他会虐待人，还会扇耳光。但是自从 2003 年弗雷德里克开始同米尔蒂约会之后，警察发现他就和所有的女孩断了联系。他是不是找到了此生至爱？他是不是根本无法容忍失去米尔蒂？

吉贝尔用船的右船舷靠了岸，船缓缓地驶入港口。虽然时间还早，但已经有几十个人聚集在堤岸上了，大多是海边的居民和小商贩，他们肯定是被浩浩荡荡的警车吸引来的。

他们向我们投来好奇的目光，用手指着我们，在笑，在窃窃私语。还有闪光灯的声音。

奥西安娜还是趴在我的怀里，只留给他们一个背影。港口的海水很平静，"帕拉梅"号在上面滑行。但我感到风暴就要起来了，红线协会的每一个人都会被警察带走。

我们会被带去最近的警署，被隔离问讯。警署的门口会站满记者。

我利用最后几秒的平静，盘点了一下那些没有随着弗雷德里克一起离去的疑问。

是谁把米尔蒂的日记放在圣马尔库夫岛的？是皮鲁吗？他是不是为了引出圣米歇尔？但假如他真的拿到了这么一件具有决定性意义的证据，为什么不直接指控圣米歇尔？如果他猜到了 M2O 的真正含义，为什么还要配合卡门玩这个疯狂的游戏，最后还把自己的命送在了圣马尔库夫岛？

一切都已经准备好了，他说。

在圣米歇尔捅死他之前，皮鲁到底计划了什么？他为什么要如此重视那个囚徒困境?

船最终停在了堤坝的尽头。一个戴着海军帽子的家伙,手里拿着照相机,努力地向我们挥着手。白痴!

我本能地转过身去,遮住了奥西安娜的脸。人群都涌在大堤上。我又开始恐慌了。

几分钟之前,奥西安娜才刚刚杀了一个人,虽然弗雷德里克·圣米歇尔的确是凶手……

还有一点说不通的地方。是最后的症结,也是警察从来没有怀疑过圣米歇尔的原因。

他的 DNA!

警方采集过米尔蒂所有亲友的 DNA,其中也包括圣米歇尔的。显然,圣米歇尔的 DNA 和凶手留下的精液并不一致。他是不是也是巧合的战利品,是不是有人把他变成了理想的犯罪嫌疑人?或者他采取了什么手段,骗过了所有人?

我们还不知道,但第二天下午 1 点,警察就找到了答案。

一个很简单的答案……

44

他是不是找到了此生至爱？

午夜之前，就有 63 个物证袋被送到了鲁昂司法鉴定中心，里面有杯子、瓶子、梳子、衣服、鞋子、眼镜、手套、手绢、笔、钥匙、吉他琴弦，甚至还有 MP3 的耳机……

伊波夫的警察完美执行了韦斯曼少校的命令，他们细心地收集了一切能从圣米歇尔的住处找到的东西，只要这个东西可能沾染了 DNA 样本。

就在这一片兵荒马乱之中，传来了胜利的消息：警察在沐浴液旁边的一个玻璃瓶里找到了十分陈旧的精液残留。经过几小时的分析，电脑吐出了一串 DNA 编码。

警察花了几分钟时间，对比了上面的每一个数字及字母，就像赢得乐透大奖的人根本不敢相信带来好运的奖券就握在自己手里。已经十年了，他们一直期待着可以比对成功……

然后他们就高兴得跳了起来。

杯子里的精液和阿夫里尔 – 加缪案的样本完全一致！

韦斯曼给拉加德法官呈送了结案报告：弗雷德里克·圣米歇尔利用

陌生人的精液转移警察的注意力。这个证据终结了整起案子，也让真相更加丑陋。圣米歇尔并非盛怒之下激情杀人，他在犯案之前，就已经准备好了别人的精液，他对这两起事件筹谋已久。虽然有一位法医一直坚持莫甘娜阴道里的精液是不可能用人工手段放进去的，但没有人理会，大家都不愿注意这一细节。弗雷德里克就这样带着肚子里的三颗子弹，进入了连环杀手的"先贤祠"。

"帕拉梅"号在进港的过程中还撞开了一片挂着五颜六色船帆的小舢板。警察就站在堤岸上，像是已经等了很久了。

丹尼丝把一条缆绳扔给了距离最近的警察。"帕拉梅"号终于停了下来。

"他们想跟你谈谈。"卡门在奥西安娜的耳边说，"他们想跟所有人聊一聊，但你是第一个。"

卡门的声音很焦虑，手机被她紧紧握在手里。

奥西安娜没有理会自己的母亲，只是用含着泪水的眼睛看着我。又是一场雨，不过是温热的雨。当然，她必须去跟警察说清楚。她杀了人，就在不到三十分钟前。那个人的腹部有三颗子弹。

为了复仇。

为了救我……

她的手扶住了我的胳膊。

"抱歉，贾迈勒，"她说，"原谅我们吧，只是……"

"他们在等你。"卡门重复了一遍。

奥西安娜站了起来，她的眼神中有抱歉。

"我们电话联系。"她的声音很小。

我们电话联系。

卡门和奥西安娜消失在了警车后面，其余的警察则涌上了"帕拉梅"号的甲板。足足有十几名警察。有一些戴着乳胶手套，还拿着透明的证物袋。我还是坐在储物箱上，没有人理会我。正对着我的是莫娜，她依旧倚在船舷上，对迎面走来的警察说了句什么。

距离太远了，我听不清。

那名警察点点头，走开了。下一秒莫娜就来到了我的面前。

"你好，贾迈勒。自从我死在伊夫的火车站附近之后，我们就一直没有机会聊一聊。"

她的笑容一看就很虚假，或者说是没有内容。她并不期待我的任何反应。

她咬了咬嘴唇。风把她的头发吹进了雨衣的帽子里。

"我很抱歉，贾迈勒，你是无辜被牵连的。我们搞错了，所有人都搞错了。"

寒风又吹进了连体裤。我很想结束这一切。我要跟警察做个笔录，签上字，然后从这里脱身。

"你肯定懒得知道，"莫娜继续说道，"但当时我是不同意他们的看法的。不过我什么都做不了。"

我转过头。一名女警察陪着卡门从警车上走了下来，不是奥西安娜。

"但你也看到了，卡门·阿夫里尔说得对，皮鲁也是这么认为的。要想让真相浮出水面，首先得搅动过往的那潭浑水。"

搅动过往的那潭浑水？

为了让真相浮出水面？

现在就有两具尸体躺在"帕拉梅"号的货舱里，不过他们启动计划的时候可能期待的不是这两具。

一名警察走向我们，警帽压住了他的眉毛。在他开口之前，丹尼丝就截住了他，把阿诺德塞到了他的手臂里。很明显，莫娜争取到了一个空当，就为了跟我聊一聊。

她想做什么？

一缕头发垂到了她的嘴角，她做了个鬼脸把头发吹开。但她已经不像之前那只可爱的小松鼠了。

"贾迈勒，很快我就知道你是无辜的……"

很快……

美女，说得清楚一点……

是在跟我上床的时候？在那之前？在那之后？还是就在过程中？

又有第四名警察下到了货舱里。

"我得坚持演完这个角色，"莫娜说道，"我身上背着米尔蒂、路易丝、夏尔的期望……你无法理解，真的是很沉重的负担。你还记得吗，昨天晚上，就在菲亚特里，你看的那个两个童年玩伴的故事。关于咪咪和丽娜的故事。你以为是在看一个不相干的人的故事，事实上那个女孩就在你身边……"

昨天晚上，距现在还不到十小时。但我觉得仿佛已经过了一年。

沃科特。菲亚特。棕色的信封。

"很感人吗？"她问我。"谢谢你。"她说。

我当时没有明白。

我试着说出最伤人的话。

"我记得。你是在耍我……"

"不，贾迈勒……"

"是的，刚刚你不是已经谢幕了吗？你是个出色的喜剧演员。"

她抓住一缕头发，然后长长地出了一口气。

"不，贾迈勒。我是认真的。无论我是如何表现的，但我的确是认真的。贾迈勒，我知道你不会再相信我了，我也不会存有任何幻想，但我一定要告诉你。就现在。不管是不是关系到杀人案，我从来没有……"

她低声说完了下面的话。

"我从来没有这么认真地和一个男孩子相处过。"

她窘迫的微笑就像是给我的一记耳光。

认真的？

不管是不是关系到杀人案？

那些棕色的信封又该怎么算？

还有那次夜访勒梅代夫。还有我们闯入丹尼丝的家里，给那一双孩子留下了毕生的阴影。还有她编造出了莫娜·萨利纳斯，这个虚构的女孩有捡鹅卵石的博士学位，她的导师很喜欢她，把自己的别墅都借给她使用。你为什么要夺走我的莫娜？为什么要杀死一个这么可爱、聪明还富有学识的女孩子？那一天，她坐在美人鱼的餐厅里，不费吹灰之力就赢得了我的好感。

"一切都是假的。"我喃喃道，"所有的东西。"

"既不是真的也不是假的，贾迈勒……你不是喜欢讲故事吗？我们就是在跟你讲故事……"

上方传来了一声大吼。

"不要碰我！"

就在"帕拉梅"号的船长室里，吉贝尔刚刚喝退了一名要把他带走的警察。叫声惊起了一只海鸥，它把立足点从一边的船舷换到了另一边。

我的目光落在莫娜的肩膀上。

"不是的，莫娜，我都相信了。"

沉默。

我看到奥西安娜从警车上下来，两边都有警察，他们一起上了一辆雪铁龙世嘉的后座。雪铁龙开走了。

我觉得好像有人打了我的肚子一拳。我转过头。

"莫娜，我都相信了，"我重复道，"你看，我还是叫你莫娜。很傻，对不对？莫娜·萨利纳斯根本就不存在。你……你是一个陌生人！"

她的头发还是在风中飞舞，比一群蚊子还要讨厌。

"如果你是这么认为的……"过了一会儿，她终于开口了，"阿林娜其实和莫娜很像。贾迈勒，她们是同一个人。只是字母顺序不同。我其实扮演的就是我自己。"

她走过来，亲吻了我的脸颊。她在发抖，但还是挤出了一个笑容。

"我不会怪你的。实在太过分了，不是吗？不过不要恨我……"

我没有动。我甚至没有再说一个词。莫娜故作喜悦的声音是如此做作。

"贾迈勒，你还记得我们第一次见面吗？我们在美人鱼一起吃饭。我问你你会不会给我发一张卡片，就是你会在街上随机发给漂亮女孩的那个？"

"我说过会的。"

"是的。但你还记得我接下来说了什么吗？"

不记得了。

"当时我们还不太熟，我一直还称呼你为'您'。我对你说：'我猜您会喜欢那种浪漫的女人，那种致命的美人，让人琢磨不透的那种，而不是我这种直接的类型。'"莫娜冰冷的手指抚上我的脸颊，"'在我看来，应该和您搭讪的方式有关系，您喜欢创造意象，搜集女孩就像搜集卡片一样。但是您不懂得抓住真正适合您的人。'"

一道闪光灯让我不由自主地闭上了眼睛。一名警察正在给"帕拉梅"号的舷墙拍照片，可能是想找到圣米歇尔把皮鲁扔到水里的缺口。他们看起来并不急于盘问我们。

莫娜的话涌进了我的脑子里。

您喜欢那种浪漫的女人、致命的美人，让人琢磨不透的那种。

您不懂得抓住真正适合您的人。

现在我全都想起来了。她第一天晚上就告诫过我，就像一则预言，但当时我并未在意。

"我不会恨你的。"我大声说道，"你说得对，莫娜，我应该想着那颗星星。"

我的手穿过了左膝盖下方的虚空。

"那些我应该征服的目标！那些难以征服的高峰。比如说爬上勃朗峰之类的。我为此训练了很久。"

"我知道的，贾迈勒，我一直都知道。再见了，贾迈勒。警察还在等我们。我们可以一起埋葬那个勇敢的莫娜了，那……"

那就把阿林娜这个名字深深印到我的脑子里。

她犹豫了一会儿，才从口袋里掏出了一个东西。

"说起你之后的目标，昨天我在地上捡到了这个东西。"

莫娜把五角星放到我的手里。上面裹满了泥沙，被车子轧得凹凸不平。

"是你交给我的。你另找一个人保管吧。"

我抬头看向天空。月亮已经藏身到云层里，天空中还有最后几颗星星在闪烁。

"谢谢你，莫娜。但我已经不需要了。"

我看着薄雾中若隐若现的晨星，用大拇指和食指抓住那颗五角星。

我用一个决绝的姿势，把它扔到了海里。

五角星在空中飞行了很久，划出了一道优美的弧线，没入港口黑色的水中。

"你不该这样的，"莫娜说道，"那是你的护身符……"

五角星在水中慢慢沉了下去。

"会给你带来好运的。"她又补充了一句。

莫娜走了。她还没有顺着台阶走下船，堤岸上就有警察向她伸出了手。

另外还有四名警察，抬着皮鲁和圣米歇尔的尸体，他们的尸体装在深色的塑料袋里。

一名警察转头看向我，一脸漠然。不知道他是不是希望我起来搭把手。

我闭上眼睛，任由海浪摇晃着船。

有五个字母在我的脑袋里跳舞。

五个目标。

成为……第一个完成环勃朗峰越野跑的残疾运动员。

做……爱，和一个比我更美的女人。

有……一个孩子。

是……被怀念的，在我死的时候有一个女人为我哭泣。

支付……我所有的债务，在我死去之前。

这次我不是在跟莫娜赌气。

我不再需要这颗星星来指引我人生的路途了。我已经快要够到这五个目标了。第一个目标只要好好训练就能做到。至于第二个，也不再是不可逾越的珠穆朗玛峰。

奥西安娜……

我从来没有如此渴望过，渴望一个女人可以帮我实现其中的三个愿望。至于第五个，这几天以来我一直都在跟死神擦肩而过，它应该能让我歇上一会儿……

不知在储物箱上坐了多久，才有一名警察过来找我。他很年轻，脸上挂着笑容，应该是个实习生。他递给我一块毯子，问我需不需要换身衣服。我点了点头。

"跟我来吧……"

我站起身，单腿跳着往前走。实习警察一脸尴尬地转过身，他好像是想在船上找到我丢掉的那一节腿，说不定还担心有鳄鱼会跳上船咬残我的另一条腿。

但很快他的尴尬就变成了不悦。他的眼神落在我的脸上。

怀疑的眼神。

他应该是很难相信这个独腿的阿拉伯人在整起事件中都是无辜的。无风不起浪……红线协会已经搜集了所有的证据，我就是他们要找的人，两次在合适的时间出现在了合适的地点。皮鲁死之前我也是最后一个和他交谈的人……而且，虽然圣米歇尔已经不在了，但整起事件还有很多疑点……

不管怎样，我都是最理想的犯罪嫌疑人。

说不定我一开始就在说谎。

我伸出手，让警察把我架到船下去。那些神经病到底把我的假肢藏到了什么地方？我已经猜到了，接下来的几小时里，我得一遍遍地讲述这几天发生的事情。

还得记下来，以便永远不会忘记。

不管是好的还是坏的。

最坏的事情已经过去，接下来我肯定后福无穷。

您还记得吗？就是故事刚开场时的场景。

　　我和世界上最漂亮的女孩共进晚餐。

　　她刚刚换上一件蓝郁金香色的裙子。裙领开得很低，她的胸脯就在丝绸的裙子之下跳动着，我可以把视线埋在那里，想埋多久都可以。

　　现在我可以告诉您她的名字了。

　　奥西安娜。

　　我要和她做爱了。

　　这是故事的开端，也是故事的结尾。

　　那些喜欢恐怖故事的人，抱歉让你们失望了。

　　故事有一个圆满的结局！

45

后福无穷？

2005 年的白雪香槟。

倒在杯子里。

壁炉里有木柴，前面放着一张矮桌，桌子的木材应当是进口的，我不认识，可能很贵。

我坐在一把皮制的沙发椅上。表面很光滑，皮子是浅棕色的，就跟哈雷摩托的座椅、流行的马丁靴、得克萨斯牛仔的宽边帽材质一样。可见妇产科医生是一份收入颇高的职业。

奥西安娜正在厨房里忙碌。白雪香槟放在桌子上，就在一沓纸张的旁边，上面记录的是这几天以来在我身上发生的事情。我写完了最后几行，再过几分钟，我就要给奥西安娜看一看，然后把它放起来。永远存放。

还有谁会打开呢？

有谁会去读这个东西？

抽屉的深处会不会藏着一个幽灵？它是不是知道有一本充满谜题的小说，而我就是其中的主人公？

您又是谁？您是不是这部小说的读者？您是真实存在的吗？

虽然心中尚存疑虑，但我还是写完了最后几页。

傍晚之前警察就把奥西安娜放了出来。她的律师说她不会再有什么司法风险了。正当防卫，有五个证人可以证明。圣米歇尔要对我开枪，如果不是奥西安娜抢先一步，他肯定会把我打死。警察还在调查皮鲁在本案中扮演的角色。我们还会以证人的身份被传唤，可能是被传唤好几次。韦斯曼警官和他的三个助手一起给我做了笔录，听完我的故事之后，他们一脸的怜悯，问我是不是要起诉。

起诉？起诉谁？

他们似乎无法理解我的态度，但还是让我走了。这两天警察还是在上蹿下跳，但他们只不过是做个样子，他们已经有嫌疑人了，手头的证物和证词也足够给他定罪了。

弗雷德里克·圣米歇尔。

被逮捕、被审判、被处决。

案件已经完结。

我在不到一小时前就来到了奥西安娜家。她住在吕西，离讷沙泰勒只有几千米，是一座独门独院的房子，像是一座公主的小屋，四周环绕着篱笆。墙上抹着胶泥，屋顶上开着鸢尾花，里面有水井，有池塘，还有石头小径，花花草草都被修剪得很完美。看来卡门在女儿的花园里花了不少时间。

奥西安娜打开门让我进来，指了指皮制的沙发椅，又留下了一杯香槟，然后走到楼上去换衣服。几分钟之后，等到她再下来的时候，已经脱掉了毛衣和牛仔裤，换上了蓝郁金香色的裙子。

笔从我的手中滑了出来。我感觉到整个沙发椅都在我身下融化了。

一条蓝色的带子绕过她的脖颈，在胸前化作两扇翅膀，遮住了她的乳房，然后又在腰上变成了腰带。腰带下面，蓝色的裙子倾泻而下，就像一汪火山湖。

她弯下腰，递给我一杯香槟，又转身照看了一下壁炉的火焰。长长的头发跃动在脸上，比壁炉里的火焰还要迷人。

我觉得她美到令人窒息。

我的心脏都要停跳了。为了防止它爆炸，我只好把视线落在她的裙子上。奥西安娜里面什么都没有穿，既没有降落伞，也没有文胸。

她朝着我走了过来。

"你不会以为我这么对你，只是为了让你原谅我吧。"

她的唇瓣贴上了我的嘴唇，似乎是不想让我开口。

"想想那天你闯进诊室时的表情，就像看到了鬼魂。"

"一个天使。"我轻声说道。

她用手指点上了我的嘴唇。她很贪玩。

"还是一个吓唬你的可爱女孩，想想那天我从伊波尔的悬崖上跳下来。"

"一个天使。"我又重复了一遍。

她跟我碰了一下杯。

"可以吗？"

还没有得到我的许可，她就坐到了我的膝盖上，姿势很优雅，刻意放缓自己的动作，可能是考虑到我的残疾。我屏住了呼吸。

"你真是……"

她又一次把手放到了我的嘴唇上。

"嘘……"

她用黑曜石一般的眼睛看着我，毫不退让。最终还是我投降了，我垂下眼睛，看着她裙子几乎遮不住的胸部。我努力克制住自己的欲火，我想分开它们，用手紧紧地抓住她的乳房，用手去描绘她的线条，然后一千遍地去抚摸她的乳晕。奥西安娜还坐在我的腿上，比我先一步行动。她的乳房抵在我的身体上，私处正和我牛仔裤上的凸起对峙。

我颤抖起来。

这个美人的裙子下面什么都没穿。

我还没来得及抓住她的腰，她就站起了身。她用手指解开了我的腰带，然后是我的牛仔裤、短裤，把它们褪到了膝盖处。

我祈求上天，不要让我残缺的腿熄灭了她的热情，但她好像根本没有在意。她用公主般的优雅脱掉了裙子，好像是要避免把它弄皱。

她的大腿轻轻地摩擦着。

在我进入她的时候，她的嘴唇还在颤抖。

奥西安娜光洁的皮肤就像电影院的银幕，映出了壁炉里的火焰。

"你还没有问我。"我在她的耳边说道。

香槟流进了她的喉咙里。我想把一整瓶都给她灌下去，然后再把舌头伸进她的嘴里，品尝香槟的味道。

"什么问题？"

"每个人都会问的问题。我的腿。到底是怎么弄的？ 2004 年之前还是之后？"

"我不在意，贾迈勒。"

她用温热的身体贴住了我。我从来没有用这么严肃的语气跟一个成年人聊起我的腿。但就在这一刻，我不想再欺骗，不想再逃避了。无论如何，我都要在稿子的最后加上和这位美人的对话。我未来的读者也应当了解真相。

我用手抚摸着奥西安娜赤裸的背部，然后换了一种阴谋家的语气。

"从出生到现在，我至少也编出过几十个版本，甚至跟红线协会的人也说过不同的版本。可能是见义勇为，也可能是悲惨的事故。我曾经是英勇的消防员，也曾经是不幸的抢劫犯，或者是跑酷玩家……但事实真的很简单。"

她的手温柔地抚上我的双肩，用嘴唇亲吻着我的脖子。

"有的人是双胞胎，命运让他们拥有了双倍的财富，"我看着她微笑，"对我来说，一切都只有一半。我出生的时候，只有一个肾、一个肺、一条腿、当然还有一颗心脏，但它实在太羸弱了。我妈妈纳迪娅怀我的时候已经 46 岁了，我的父亲也 50 多岁了，对她来说，我就是一个小小的奇迹。她结婚的头十五年，每三年就会有一个孩子，然后就没有了……直到怀上我。"

奥西安娜的吻已经到了我的胸口，而我的爱抚也触及了她的臀沟。

"妈妈生命的最后十五年都是在照顾我。直到我长成一个少年，我一共接受了 18 次手术，至少也得在医院的床上待过二十个月。从小到大，我一直都以为自己长不大，因为我的零件状况都不怎么好，应该在路上开不远。我不知道自己这辆车什么时候就会抛锚，所以我就给自己设想了一种人生，你明白吗？我会早早死去，但死去之前我一定会好好利用我的人生，所以我设定了目标。"

"你有很多目标吗？"奥西安娜呻吟着说。

她的声音里有无限的柔情，好像我的坦诚让她坠入了爱河。我突然很后悔之前没有跟那些女孩说实话。

"五个……那颗星星的五个角。"

她抓住了我四处游移的手。

"你能想象吗？我的妈妈是一个多么坚强的人。一个肾脏、一个肺、一颗过大的心脏，她觉得反正可以接受捐赠，可以购买。她就拉着她的购物车走遍了法国所有的医院，她是所有知名外科医生的噩梦，她用社保卡支付了几百万欧元的手术费。你想想，18 次手术。等到我 15 岁的时候，她给了我一个肺，因为我的胸腔已经和她的一样大了。那是我最后一次手术。当年的冬天妈妈就去世了。"

她的手指抓住了我的手。

"我最后一次手术。"我又重复了一遍,"我全身上下至少值几十亿欧元。拉库尔讷沃的伙伴都叫我机器人。我全身上下没有一件东西是自己的,除了这条腿、这只脚,因为现在还没有医生能给我接上一条新的。但哪怕只有一条腿,我也可以跑得比别人更快。自妈妈下葬那天我就开始跑了,再也没有停下。"

"我明白。"

"那里所有的人都认识我。你们只要去电梯里问一问就知道了。我生下来就是残疾,我不可能是杀害莫甘娜和米尔蒂的凶手。"

"对不起。"

我利用这个机会久久地吻住了她。

"你知道,我每天都是数着日子过的,死亡在我的身后穷追不舍,每年圣诞节的时候我都会哀求圣诞老人再多给我一年的寿命……要是你们真的在圣马尔库大把我淹死了,我也不会遗憾。"

"那么那颗五角星呢?"

我犹豫了一下。

我是不是变了?我是不是已经不再渴望那样绚烂的生命了?

我从她的手中抽出了我的手,把它放在她丰满的胸部上。

"就算我死了,那颗星星还是可以发光的,不是吗?"

奥西安娜颤抖了一下,她抓住了我的手,把它放在胸口,停留了很长时间,然后带着它一直向下,一直向下,直到世界的尽头。

之后奥西安娜很自然地套上了那条蓝裙子。真丝就像她的第二层皮肤。

"我饿了。你先完成你的龚古尔获奖小说吧,我要准备一顿大餐。"

奥西安娜还会做饭？

我看着她穿过房间，收起香槟杯，然后消失在了厨房里。

就在几分钟前。

我还是坐在那个皮沙发上，忠实地记录下了每一个词语，每一个动作，还有过去的一小时里我的每一点感受。

我的记录结束了。

过一会儿，我要把它读给奥西安娜听。我们可能还要再做一次爱。

是个很美的故事，不是吗？被所有人判定为有罪的残疾阿拉伯人睡在了梦中的女神怀里。你们觉得怎么样？

对侦探小说而言这个结尾可能太没劲了。但如果是通俗小说呢？简直是《美女与野兽》，不过是郊区版本。

我抬起眼睛。前方是一个雕刻着水果的诺曼底风格柜子，上面是一扇圆圆的窗户，几十颗星星正在空中闪耀。

哪一颗是属于我的？

哪一颗指引了我生命中的五个方向？

我又想到了今后，下周一我就要回圣安托万治疗中心了。伊布会把我当成一个疯子，奥菲莉肯定又搜集了新的男人照片，那个该死的杰罗姆·皮内利会嫉妒到发疯。

奥西安娜在厨房里唱歌。可能是戈德曼的《此前的遗憾》。我不太确定。

我的笔触在纸上慢了下来。我得好好想想结尾。

我赢了吗？

死神是不是已经放弃了我？

我的笔在空中停留了几分钟，直到烤箱门的声音把我惊醒。奥西安娜又出现了，手里拿着隔热垫。有一股浓重的香味，是车沙酱汁，这个东西在食堂可是吃不到的。里面有蘑菇，有小洋葱，有奶油，还有酒。

"你确定吗？"奥西安娜问道，"没人知道你来了这里。"

"确定！"

我理解她的害羞，我没跟任何人提过要到她这里来。这位美人显然不愿意在人前展示她残疾的情人。她可能是害怕卡门会不高兴，害怕吉贝尔唠叨，害怕莫娜的反应？

不是莫娜，是阿林娜！

她会嫉妒吗？

我喜欢这种神秘的味道。私下的幽会让我觉得更刺激。

我的笔最终落回纸上。我想找到一句话来做个华丽的结尾。我一直在拖延，我咬着笔头。

"好了！"奥西安娜喊道。

好吧，那我就随便写一点吧。

这是故事开头的几句话，也是结尾的几句话。

很久以来，我从来没交过好运。

幸运女神每次都只眷顾同一个阵营，但那显然不是我的阵营。

老实说，即使是这一次，我也不敢相信自己居然改换了阵营。

N'oublier jamais

IV
处决

罗斯尼苏布瓦，2014 年 8 月 10 日
寄信人：热拉尔·卡尔梅特先生
国家警察总署犯罪学研究中心（IRCGN）
灾难受害者身份认定部门主任

收信人：贝特朗·多纳迪厄中尉
滨海塞纳省埃特雷塔市及周边地区警署行动队

多纳迪厄中尉：

　　此次给您寄这封短信，还是关于 2014 年 7 月 12 日在伊波尔海滩发现三具尸体的事情。进入正题之前，我想再次提醒您，为方便检验，我们分别将这三具尸体命名为阿尔伯特、贝尔纳和克洛维。三具尸体死亡时间不同，其中阿尔伯特死于 2004 年夏，贝尔纳死于 2004 年秋至 2005 年冬，克洛维死于 2014 年二三月间。但他们的死亡原因是一致的：根据我部给出的专家意见，他们都是死于毒菫碱中毒导致的心脏骤停，服

毒半小时内就会发作。

不过，通过进一步的检验，我们发现了一个令人困惑的细节，所以上尉先生，请允许我向您提一个不太妥当的问题。

您的部门在向我们转递尸体时，有没有可能漏掉了一部分？实在抱歉，我无意冒犯，但的确是缺失了一部分，让我们无法解答这一谜题，还请您协助核查。

容我解释一下：关于阿尔伯特和贝尔纳的尸体，我们已经拼出了全部残骸。这是一份复杂繁重的工作，但我们已有多年相关经验。

问题出在第三具尸体上。虽已投入大量时间精力，但我们实在无法拼出克洛维的骨殖。克洛维就是死亡时间最接近现在的第三具尸体，应当死于 2014 年 2 月，也就是阿夫里尔 - 加缪案结案后不久。当时警方估计的嫌疑人是弗雷德里克·圣米歇尔。我之所以使用"估计"一词，是因为上一封信里，我曾跟您提过，2004 年夏被毒杀的阿尔伯特的 DNA 和所谓的"红围巾杀手"留下的精液完全匹配。不过至于这一发现是否可以推翻此前的判决，现在我还未收到拉加德法官的回复。

克洛维应当是一具 30 岁以下的男性躯体，肌肉匀称，死于六个月前，但腐败程度极为严重。我们已经收拢了您转递的全部骨殖，但实在无法找到其中的某一部分，这让我们的勘验暂时陷入了困境。

他缺少一根胫骨。

希望您能为这项奇怪的缺失提供线索。中尉先生，请您接受我崇高的敬意。

热拉尔·卡尔梅特

46

我赢了？

奥西安娜关上了奥迪 Q3 的后备厢，甚至没有向贾迈勒的尸体看上一眼。她只是确认了一下，是否有人在花园的黑暗里窥伺着她。至于外面的街道，整条街只有一盏昏暗的路灯，不可能穿过篱笆照到花园里。

天气很冷。屋顶和人行道上落了薄薄一层积雪。今晚不会有人出门的。奥西安娜一会儿会有足够的自由空间，把这具尸体送到其他的倒霉蛋身边去。

奥西安娜又回到了自己温馨的小屋。

在这三个男孩里，让她最犹豫的就是贾迈勒·萨拉维。嗯，皮鲁甚至都不配被算进来。她除掉皮鲁，是因为这个老警察了解了所有真相，而且还会去搜集证据。当时他醉醺醺的，给他的心口来上一刀，再把他从船舷上推下去，甚至连一分钟都不用。

她走向壁炉。还有最后一点火星，无力地燃烧着里面的木材。

贾迈勒·萨拉维不太一样。客观来说，他似乎用不着去死。和她一样，他也是个受害者。他是社会偏见的受害者，是他人审判的受害者，也饱受了冷眼和歧视。他是个完美的嫌疑人，一个可以背负他人所有罪孽的无辜之人。

其他所有人的罪孽。

奥西安娜拿起桌上贾迈勒写的东西，大概有一百页，把它扔到了壁炉里。刚开始当然不会有什么反应，但很快，这些纸就会剧烈地灼烧起来。

贾迈勒·萨拉维本来可以发现真相的。

该死的皮鲁已经跟他讲过囚徒困境了，贾迈勒写的东西里也提到了这一点。就算是贾迈勒本人想不明白，他的读者也肯定可以把他忽视的线索联系起来，发现警察结案报告中的漏洞。明白……

奥西安娜脱掉了那条蓝郁金香色的裙子。她赤裸着在壁炉前站了很久，让火焰的热量包裹自己的身体。她在享受这一刻，这个时候没有男人可以把目光落在她身上，没有人会用充满欲望的眼神看着她，把她当作被渴求的对象。

永远不会有男孩子挡在我们中间。

脑海里响起了一个细细的声音，是莫甘娜。当时她们才7岁，一起爬上了妈妈客栈对面的苹果树。那是个春天，花瓣落在她们的头发上、肩膀上，就像是童话故事里提过的粉红雨。

永远不会有男孩子挡在我们中间。

她们互相许下了诺言，她们不需要骑士、王子或者是国王，更不需要在他们的帮助下变成公主。她们是双胞胎姐妹，彼此完整地拥有对方，不会让任何人挡在她们中间。

就算一片花瓣也不可以。

壁炉的火马上就要熄灭了，只有些纸张的灰烬还在飘舞。奥西安娜俯下身，把灰烬收拢起来，看看还有没有什么未烧尽的。她得谨慎一点，事实上这十年以来她一直都很谨慎。当然，听话的贾迈勒没有把到她这里来的事告诉别人，但回头警察一旦注意到他已经失踪了，肯定会询问她。她不能留下任何痕迹，更不能留下这些破纸。

18 岁之前，莫甘娜经常和她一起爬上苹果树。一个又一个的春天过去了，时光也一年一年地走过，她们越来越亲密，越来越强大，也越来越美丽。但那个永恒的诺言是不变的。

永远不会有男孩子挡在我们中间。永远不会。

她们轮流扮演白雪公主和她的镜子。她们是连体的小公主。两颗心脏，同样的血液。

妈妈只有一颗心脏，但她根本不需要男人。她一个人建立了一个家庭。她用自己的双手建起了讷沙泰勒昂布赖最美的房子，一个人建的。她曾经在市政议会任职，还在地区发展委员会工作过，都是靠她一个人。妈妈和她们之间，就从来没有过男孩子。

壁炉的火彻底熄灭了。奥西安娜等了一会儿，等到寒冷爬上她的皮肤，才上楼到卧室里换了一条牛仔裤，一件深色的毛衣。时间到了，该送贾迈勒·萨拉维和另外两个人团聚了。

路上空无一人。冷雨让堤坝和树木都笼罩上了一层白色的水雾。不会有警察来拦车的，奥西安娜没有任何风险。这种风雨交加的状态下，有谁会在凌晨 3 点的时候出门执勤呢？车前灯照到了前方的路牌，距离伊波尔还有 10 千米。

莫甘娜的声音又响了起来。

永远不会有男孩子挡在我们中间。

她想起了 2004 年 6 月 5 日的"悬崖金属音乐节"。画面在她的眼前飞舞，与之相配的还有震耳欲聋的音乐。她和克拉拉、尼古拉、马蒂厄还有莫甘娜一起开车前往伊波尔。海景酒吧的夜晚。疯狂的舞池。

她心跳的节奏正好与前窗的雨刮器完全相同，也像雨刮器一样，每次略有泪意，立时就擦去了。

永远不会有男孩子挡在我们中间。永远不会。

奥西安娜跟她重复过了。在尼古拉的雷诺车上，她看见莫甘娜换到后座，穿上了那条遮不住胸部和臀部的裙子时，她就在她的耳边说过这句话。舞池上，好多男人看着她，就像一群狼，她也冲她大声地喊过。但音乐声太大了。莫甘娜已经邪灵附身了，根本听不到她在说什么。没有听她的话，甚至没有看她。

但莫甘娜答应过她的……

尼古拉和克拉拉在沙发上拥吻。蠢笨的马蒂厄还想碰碰运气，把手放在她的大腿上，还去吻她的脖子。他在想什么？觉得自己会为了他这样的臭虫违背承诺吗？喝完那杯橙色的伏特加，尼古拉就睡着了。她自己也喝了酒。很多酒。太多的酒。她这辈子都没有喝过这么多酒。

然后她跟着他们出去了。

莫甘娜选择了一头狼。不是什么头狼，不过是一头刚长了奶牙的小狼，前胸应该是脱过毛，半敞着衬衫，还戴着可笑的红围巾。

奥西安娜看到他们在停车场上接吻，在海滩的尽头双双除去了衣衫。就在悬崖的阴影里，她听到他们跑到海里，若有若无地笑着，在海水里相互抚摸，然后又颤抖着出水。她躲在海堤的后面，听到莫甘娜在陌生人的爱抚下呻吟，努力压抑住自己的喘息，最终完整地献出了自己，忘记了周围的一切。

你保证过的，她的脑海里有一个声音，不会有任何男孩，永远不会。他们穿回衣服，莫甘娜甚至都没来得及穿上内裤，奥西安娜就摇摇晃晃地跟着他们来到了悬崖上的瞭望塔旁。到底是他们谁的主意，要爬到悬崖上来，静静地欣赏海洋和悬崖？奥西安娜不知道。

在酒精的作用下，伊波尔的屋顶就像一片灰色的海浪。几分钟之后，那头小狼终于离开了，奥西安娜走了过去。莫甘娜的脖子上戴着陌生人的围巾。

"是亚历山大给我的。"

他叫亚历山大。亚历山大·达科斯塔。

"这是我们的信物，我们的红线。我们还会再见面的，他和别人不一样……"

雨势太大，雨刮器已经没什么作用了。奥西安娜放缓了车速，把车停在路边，就在指示贝努维尔方向的路牌旁。这些场景虽然已经在记忆中变得模糊，但实在太有冲击力了。它们一个接一个地展现。

她在夜里大叫。莫甘娜在微笑。

你没有这个权利。你答应过我的。你没有这个权利。

莫甘娜在笑。

没有任何男孩。没有任何男孩能挡在我们中间。永远不会。

挑衅的笑声。

奥西安娜又看到自己的手指抓住了妹妹的裙子，不让她逃走；她的手还勒住了围巾，不让她继续发笑。得让她哭，让她求饶，让她扑倒在自己怀里。

得让她记得，今后没有任何男人能挡在她们中间。

奥西安娜又看到莫甘娜温柔的眼睛凝固了，她的身体倒在湿漉漉的草地上，动作很轻缓，然后顺着斜坡的方向，掉到了悬崖下面。

奥迪车又发动了，但车速不快。之后，奥西安娜至少曾有几千次看到莫甘娜的眼神变得呆滞，在她的目光中窒息，最终她彻底飞走了。那天晚上，白雪公主和她的镜子，到底是谁死去了？

还是根本没有人去死？或是两个都死了？

警察什么都不知道。他们在海滩上看到一具被掐死的漂亮女孩的尸体，阴道里还有精斑，明显是新近发生过性关系：他们这种蠢笨的雄性头脑就只能想到强奸！对于他们的无能，奥西安娜只觉得轻蔑。

奥迪已经开出了贝努维尔。整个村庄都在睡觉。也可能是冬眠，明年开春才会醒来。有一个路牌提醒司机注意：神父山谷——禁止入内。奥西安娜没有停下，她还要再开100多米的土路。谁会到这里来找贾迈勒·萨拉维的尸体？没有人。当然也不会有人来找另外两具尸体，反正已经这么多年过去了。明天早上，雨水就会冲掉所有的车胎痕迹。

奥西安娜没费什么力气，就找到了亚历山大·达科斯塔。他正躲在自己父母位于滨海布隆维尔的度假别墅里，他的父母已经进入了半退休状态，一年有九个月都是在安的列斯群岛或圣文森特和格林纳丁斯度过的。他蠢得世间罕有，但也明白自己就是莫甘娜·阿夫里尔案的头号嫌疑人。他的DNA、精液还有围巾全留在那里，就算他不是真正的凶手，这起案子也得找他当替罪羊了。

奥西安娜简直是不费吹灰之力就把他弄到了手。她给他打了一个电话，借口是妹妹被杀之前给自己发过一条短信，里面说自己找到了一生至爱。亚历山大·达科斯塔。

这个家伙还以为是他离开之后，有人袭击了落单的莫甘娜，目的说不定是为了抢她的手包。

她跟他约在伊夫托见面，就在A29高速的匝道旁边，那边有个汽车旅馆，没有服务员，只有给出房间开门密码的机器，提供微波食品和咖啡。她还提到自己没有向警察揭发他，虽然她本可以这么做，但心里还是有很多疑虑……她想先跟他聊一聊，她希望能够跟他沟通一下，她渴望知道自己的妹妹在生命最后的关头想什么。他就像狗一样跑来赴约了。尾巴还夹在两腿之间，但很快就露出来了。

这个蠢货被她的美丽惊呆了。他觉得她甚至比她妹妹还要美，真是肤浅。后来，就在木板隔出的 301 房间里，就在床垫上，他的心脏缓慢地停止了跳动，罪魁祸首显然是加了毒蕈碱又用微波加热过的穆萨卡。奥西安娜细心地处理了满是精液的避孕套，把里面的东西倒到一个玻璃瓶里，随后，凌晨 3 点的时候，她把尸体扔到了汽车的后备厢里。

"永远不会有任何男人挡在我们之间了。"她把尸体趁夜处理掉了，对着星星重复了上面的句子。

过了好几个月，亚历山大·达科斯塔的父母才去报警，告诉警察他们 22 岁的儿子失踪了，本来嘛，儿子一年也只不过同他们联系一两次。他们甚至不知道儿子最后是住在哪里；除了诺曼底的这座别墅，他们在法国还有两座房子，一座在南法的蔚蓝海岸，一座在雷岛，还不包括在克罗地亚茨雷斯岛上的那座和巴利阿里群岛的公寓。之后，奥西安娜才了解到，在法国，每年都有六万五千人失踪，其中约有一万再也不会回来了……

不会有人想到的……

妈妈花了一辈子的时间寻找杀害自己女儿的凶手，一无所获。奥西安娜已经替妹妹报过仇了。那个试图分开她们俩，还想分开她们和妈妈的男人，已经永远沉睡在了悬崖的洞穴里。

奥西安娜把奥迪 Q3 停在一片白蜡树后面，这样即使有哪个在旷野上游荡的夜行人经过，只要不到树的后面去，也不会发现她的车。接下来就是最困难的事情了，得把尸体扛到肩膀上，朝着神父悬谷的西面再走上 150 米。注意不要留下任何痕迹，任何指纹，任何一根头发，任何一滴汗水。

十年之前，也就是 2004 年 6 月，在约见亚历山大·达科斯塔之前，奥西安娜花了好几天的时间在悬崖群中游荡。她应该是丢了魂，附近的居民和警察都这么想。说不定他们还以为奥西安娜是想跳下悬崖，好去陪自己的妹妹。他们也太乐观了。他们根本想不到，她是在找一个隐秘的地方，把这些碍事的男人藏起来。找到一个可以把一半的人类都藏进去的洞穴。

她找到了，就在贝努维尔向东一点，一个荆棘包裹的落水洞，可能只有牛来过这里，不过就算是它们应该也没有兴趣进去探险。

奥西安娜屏住呼吸，打开了后备厢。她用条床单把贾迈勒的尸体包裹了起来，等回到讷沙泰勒，她就会烧掉这条床单。

人生中第三次了，她又把汽车停到了这里。

2004 年 8 月 27 日，出现了一条爆炸性新闻。下诺曼底地区发现了一具女性尸体，受害人生前曾被强奸过，用于掐死她的凶器居然是一条博柏利红围巾。一个叫米尔蒂·加缪的女孩。恐慌四处蔓延，连环杀手又动手了。他说不定还会再犯案……

当天晚上，妈妈就成立了红线协会，就在格朗康迈西小学校的食堂里，是当地市长专门为协会的成立找的地方。妈妈希望可以联合米尔蒂的所有亲友，包括她的父母、她最好的朋友，还有她的未婚夫。时间很紧迫，一定要在凶手潜逃前或再次犯案前抓住他，尽可能地寻找线索。妈妈的发言很激进，她认为根本就不能把希望寄托在无能的警察身上，他们薪水不高，破案负担还很重，唯一的目标就是下班后早早回家，好摆脱这些烦人的案子。

算上吉贝尔，一共有八个人见证了协会的创立。三个是阿夫里尔家的人，另外五个是加缪家的。

从讷沙泰勒到格朗康迈西的路上，吉贝尔舅舅一边开车，一边咒骂着堵上整条 A13 高速公路的巴黎人，妈妈则一直不停地念叨着："他又回来了。我们一定得抓住这个人渣。他又回来了。"奥西安娜却无比确定，谋杀犯认识米尔蒂·加缪。他一定是她最亲密的人，一个能立即引发警察怀疑的人。不然他为什么要伪装，为什么要把注意力转移到一个惊动了整个诺曼底地区的杀手上？他为什么费劲让大家相信连环杀手的假设？

一个根本不存在的连环杀手！不过只有两个人知道这个秘密：杀死米尔蒂·加缪的凶手……和她。

吉贝尔舅舅把那辆老掉牙的 E 级奔驰停到了小学校的停车场上，奥西安娜几乎难以抑制心中的兴奋。对面的五个人里，到底是谁杀了米尔蒂·加缪？

奥西安娜把贾迈勒的尸体扔到地上。她的后背都要着火了。这才走了不到 30 米，她却已经筋疲力尽了。照这样的走法，她永远也不可能把尸体搬到落水洞的那边。她耐心地想了想。可能拉动尸体是个好方法。先拉，然后再清扫路上的痕迹。她长出了一口气。

她的思绪不由自主地又飞回了格朗康迈西，就在那个发现米尔蒂尸体的夜晚。和加缪一家在食堂里的聚会。那天晚上，她犯了一个错，这十年以来唯一的错误。这个错误险些让她付出巨大的代价。

一走进食堂，她就开始打量坐在八角桌周围的五个人，怀疑是弗雷德里克·圣米歇尔杀死了自己的未婚妻。其余的人，不管是米尔蒂的父母还是朋友，看起来都不像会杀人的人。她一整晚都在观察他，观察他的每个细微的动作及反应，并和警察报告上的信息相对照。

一小时后，她确定了。就是他。

但她忘记了重要的一点。

杀死米尔蒂·加缪的凶手也拥有同样的优势。他知道所谓连环杀人犯只不过是警察的臆想。他也能想到莫甘娜案的凶手也会坐在桌子旁边，就在对面观察着他。

他们的视线终于交会了，一句话都不用说，两个人就都明白了。奥西安娜观察得太过仔细，最终暴露了自己。谁会怀疑"连环杀人犯"的假设？除非这个人知道莫甘娜不是被随机选中杀死的。

谁会怀疑？恐怕只有凶手。

他们达成了无声的契约。

奥西安娜一面思索拉动贾迈勒尸体的最佳方法，一面想起了随着皮鲁一起离开的"囚徒困境"假设，两个囚徒可能互相背叛，也可能共同保守秘密。如果他们互相揭发，就会失去一切；如果他们保持沉默，相互合作，完全可以实现共赢。直到其中一方确信已经到了可以背叛同伙的时候，同伙却绝没有时间进行报复。根据理论来看，这样才能获得最大的收益。皮鲁恐怕是警察里面最聪明的，他猜到了，不过他喝了酒，嗓门有点大，而"帕拉梅"号的舱壁又太薄。

米尔蒂·加缪被杀的那天晚上，在食堂里，红线协会的第一次会议于接近午夜时结束了。每个人都红着眼睛，回到车上，准备回宾馆。出门前，奥西安娜去了食堂旁边的洗手间。弗雷德里克·圣米歇尔也走了过来，脸色苍白。

"是个意外，"他语无伦次地说道，"一场意外。我不想掐死她的。我们本该结婚的。她爱我，她不会离开我的，她只是一时冲动，那个家伙根本不算什么。米尔蒂爱的是我，我们只是在分手前最后做了一次爱……"

"希望你用了安全套。"

圣米歇尔打量着她。他和其他男人也没什么不同。就在这一刻，奥西安娜已经想要杀死他了，就像杀死别人一样。等到没有风险了，她一定会这么做。

"用了。"他承认道。

"我有个礼物要送给你。"

她从口袋里拿出了那个玻璃瓶。当然，圣米歇尔根本没明白她要做什么。

"这是强奸我妹妹的人交给我的。"她解释道，"现在该让它派上用场了。"

圣米歇尔的手握上了瓶子，嘴里还在不断地认罪，或者说是不停地忏悔。杀死未婚妻之后，他把尸体藏在了格朗卡里埃农场附近的杂草里，希望在他赶回来之前没有人会发现。他很确定警察第一个就会怀疑上自己，所以决定参照报纸上所提供的一切细节，模仿"红围巾杀手"的举动。他开车去了多维尔的春天百货，在博柏利店里买了一件 150 欧元的衬衫，又趁售货员不注意的时候往大衣里藏了一条红围巾。回去的路上，他用汽油桶装了些海水，以便洒到米尔蒂的尸体上。然后他又折返格朗卡里埃，偷走了米尔蒂的手包和内裤，就像莫甘娜·阿夫里尔案的凶手所做的一样。只少了一件东西。那本蓝色的魔力斯奇那笔记本，米尔蒂把什么都写在上面，但既不在她身上，也不在手包里。

妈妈的声音在走廊另一头响了起来。

"走吧，奥西安娜？"

"妈妈，我这就来。"

奥西安娜把瓶子留给了圣米歇尔。

合作—相互。

这份小小的礼物能让他们都摆脱嫌疑。

第二天一早，警察就在距格朗卡里埃几百米的灌木丛里找到了米尔蒂的内裤，上面有强奸犯的精液，与莫甘娜阴道里的完全相同。

最有力的证据，只有一个凶手。

连环杀手是随机选择受害者的。

奥西安娜气喘吁吁。她已经拉着贾迈勒的尸体走了大约 100 米。再有 20 米，一切就结束了。无尽的原野上只有几颗星星和一轮月亮。雨越来越大，能让一切痕迹都变得模糊。等到明天早晨，一切就都不存在了。奥西安娜戴起了风帽，搓了搓戴着手套的手，又开始了劳作。

2004 年的 10 月 4 日，奥西安娜交了好运。接近傍晚的时候，手机在她口袋里响了起来。她当时是红线协会的秘书，妈妈把她的电话留在了各种告示上，鼓励各方证人提供线索。那些不愿去见警察的证人。

奥利维耶·罗伊的声音很害羞。

"我就是警察要找的人，"他似乎是在抽泣，"那个戴着阿迪达斯鸭舌帽的男孩，那个围着米尔蒂转的人。警察……"

奥西安娜让他闭嘴，不要跟任何人谈起。她想当晚就同他在伊夫托的汽车旅馆见面，但他拒绝了。太远、太晚、也太危险。他们最终约在伊斯尼南边的一片丛林见面，那里离奥利维耶的家只有几千米，有一个废弃的军事据点。

"太太，我没有杀她。"哪怕在电话里他也在发抖，"所有人都是这么想的，但是我真的没有杀人。我爱她，她应该离开她的未婚夫。她还给我写了诗，把所有的东西都写在日记里了。"

"日记在您那里吗？"

"是的，但是……"

"把它带过来。"

像所有人一样，奥利维耶·罗伊也认为米尔蒂是被一个在附近晃悠的人随机杀死的。他似乎没有什么理由去怀疑自己的情敌。他犹豫了很久，不知道该不该去找警察。他整天待在房间里，或者是去没人的地方散步。为了思考，为了思念米尔蒂，他没有什么可自责的，而且他很容易就能证明自己的清白。不过警察……警察非常渴望抓住一个凶手，他们还把和自己不太相像的模拟画像贴得到处都是，恐怕他还来不及自我辩白，警察就要给他戴上手铐了。所以他决定先联系这个协会，红线协会。他们会听自己解释的，给出建议，告诉他该怎么面对警察。

在废旧的据点里，奥利维耶把米尔蒂留下的所有纪念品都交给了奥西安娜，他觉得如释重负，但奥西安娜没有同感。如果奥利维耶去见警察，警察就会怀疑弗雷德里克·圣米歇尔。一旦弗雷德里克·圣米歇尔落网，她也逃不过……

永远不会有男孩子挡在我们中间。

奥西安娜打开了包。当时是中午，太阳就照在丛林的最高点上。几十只野鸭和滨鹬在他们的眼前游过，在水面上划下波纹。奥利维耶·罗伊觉着很美，他看起来是个挺浪漫的人，现在又有点忧郁和晕头转向。奥西安娜从包里拿出了一瓶可乐，几片冷掉的比萨和一些亚洲糕点，他就机械地跟她一同吃了起来。他应该觉得所有的东西都很辣。没过太长时间，他的眼神就涣散了，肌肉也开始僵直，随后，就像听到了主人哨声的猎犬，他再也不动了。在接下来的几分钟里，他的心脏停止了跳动。

第二天，圣米歇尔收到了一封信，里面有死去的未婚妻写下的诗篇。奥西安娜在玩一场游戏。

合作—相互。

圣米歇尔很聪明，他在巴斯蒂纳上校面前就用上了这首诗。这是个预防针。阿林娜一直在回想米尔蒂生命中的最后几天，她迟早会发现问题的。

还有 20 米。奥西安娜小心地前行，注意避开周围的灌木，防止把什么东西钩在上面。只要在灌木上留下一点衣物纤维，警察就能锁定她或贾迈勒的身份，猜到有人来这儿处理尸体。

奥利维耶·罗伊失踪之后，整个调查就终止了，就像泄了气的皮球。尽管妈妈很生气，但警察还是封存了案件。他们把所有事情都移交给了费康警察局，特别是皮鲁上尉。

又回到了起点。

妈妈一直坚持那个"双重陌生人"的理论。找到一个先后出现在伊波尔和伊斯尼的男人……奥西安娜没有反对。不管怎样，这至少可以避免妈妈发疯。调查进行了好几年。奥西安娜成功接近了阿林娜，米尔蒂最好的朋友，并让她渐渐对圣米歇尔产生了怀疑。就像给她种下了一种病毒，在她的硬盘里植入了特洛伊木马，以便自己今后有一天可以彻底摆脱弗雷德里克。

如果米尔蒂不是被随机杀死的？

假如米尔蒂认识杀害自己的凶手？

2013 年 3 月，就在一个晴朗的日子，他终于查出了结果：贾迈勒·萨拉维。可怜的家伙，在错误的时间出现在错误的地点。但只有她和圣米歇尔知道真相。

卡门提出了一个疯狂的计划，要导演一出戏，让萨拉维丢掉伪善的面具，奥西安娜接受了。一切都准备好了。多年以来她就在等待这个机会，彻底摆脱圣米歇尔。她设想出了圣马尔库夫的终极审判，并给妈妈提出了这个建议。计划启动的前一天，她仔细回想了两三遍所有的细节。从岛上工事的砖墙上取下一块砖，把米尔蒂的笔记本藏在里面。在这块砖上刻下 M2O。和阿林娜一道，继续写那些棕色的信，好让萨拉维有所怀疑。希望他能在合适的时间明白 M2O 的真正含义……然后前往弗雷德里克·圣米歇尔的住处，之前红线协会开了那么多次会，她有无数的机会可以配一把他的钥匙，把莫甘娜的手提包放在房间的抽屉里，再把另一个沾有亚历山大·达科斯塔精液的玻璃瓶藏在洗浴间里。圣米歇尔可没有那么蠢，他不会把这种证据藏在家里的。

第二天清晨，她从悬崖上跳了下去，就在贾迈勒·萨拉维的眼皮底下，120 米的高度，凭借的只是一个口袋式降落伞。命运的齿轮已经开始转动，即使是皮鲁也不能让它停下来。贾迈勒·萨拉维一定会死，或早或晚。

那个叫阿克塞尔罗德的经济学家根本没能理解囚徒困境的精髓。

合作—相互—宽恕。

这样做的前提是两个囚犯出狱之后仍然愿意合作。最好的方式，其实是背叛，彻彻底底的一次性背叛。

以牙还牙。第一个开枪。

合作—背叛—惩罚。

已经接近落水洞了，奥西安娜还拖着贾迈勒的尸体。据她估计，这个洞应该有 30 米深，不过有鉴于石灰岩洞特殊的地质构造，实际空间可能还要更大。附近大概也有农户知道这个地方，会把不好处理的东西扔到里面，但应该不会有人下去。

最好的结果，也不过是五十年后有洞穴探险家来到这里，在一堆狗的尸骨、老电视机和生锈的洗衣机中间看到这三具尸体。或者是一百年后，说不定整个悬崖都会坍塌。不过就算是明天就有人发现，又有谁会怀疑到奥西安娜头上呢？哪怕他们可以判定这三具尸骨的身份，找出他们的死亡时间和致死原因——应该有警察能做到这一点，但什么都没有，没有任何证据会指向奥西安娜。

奥西安娜自认没有任何优点，唯一的优点就是足够谨慎。她甚至无须费力去吸引猎物，猎物就会扑到她的蜘蛛网上。

她又重复了一遍，就像在念祈祷词："不会再有任何男孩挡在我们中间了。"现在目标已经实现了，所有的男人都付出了代价。所有曾经靠近她、靠近她们的男人，都死了。

她打开绳索，解开被单。贾迈勒的尸体慢慢滚落在紫色的床单上，就像人们为他的葬礼铺就了红地毯。没有任何声响，他的尸体滚进了落水洞。

结束了。

奥西安娜很想快点回到讷沙泰勒昂布赖，但她必须小心，看看自己一路上有没有遗漏什么。她举着风灯，照着左右的路面。

赶紧回家。

赶紧去见妈妈。

奥西安娜借着微光，看向海风中摇摆的栗子树。

赶紧去看看驴背客栈院子里的苹果树。

N'oublier jamais

V
重审

费康，2014 年 8 月 13 日

寄信人：贝特朗·多纳迪厄中尉

滨海塞纳省埃特雷塔市及周边地区警署行动队

收信人：热拉尔·卡尔梅特先生

国家警察总署犯罪学研究中心（IRCGN）

灾难受害者身份认定部门主任

卡尔梅特先生：

　　您 2014 年 8 月 10 日的来信已收悉，您在信中曾提到克洛维的尸骨中缺少一根胫骨。请您不要担心，尸骨并没有丢失，这既不是贵部的疏失，也不是我方警员的失误，更并非被海滩上的巨浪卷走。

　　看过您的信件之后，我们立即将这具尸骨同阿夫里尔－加缪案中的一个重要人物——贾迈勒·萨拉维——联系起来。这个年轻人在某段时间内曾是本案的重要嫌疑人。您很快就可以明白我们的推论。贾迈勒·萨拉维是个残疾人，他没有小腿，小腿处是一条假肢。此人在十个月之前失踪，就在阿夫里尔－卡缪案结案的几天之后。原因不明，无人知晓他去了何处。

您的发现让我们重启了对本案的调查。很明显，出于某个未知的原因，贾迈勒·萨拉维被谋杀了。

我必须坦诚地告诉您，在收到您的信件之后，我们一时茫无头绪，不知该从何处着手。贾迈勒·萨拉维失踪的前三天，阿夫里尔－加缪案的凶手弗雷德里克·圣米歇尔已在圣马尔库夫岛被枪杀，不可能犯案。本案其余的相关人员似乎也不会引发警方的怀疑。不管是谁毒杀了这三个人，这都是一个冷静、娴熟、谨慎的凶手。

参照您在信件中提供的信息，我们协同费康警署和鲁昂警察总局重启了对萨拉维失踪案的调查。我们讯问了他在拉库尔讷沃的亲友、阿夫里尔－加缪案的其他涉案人，尤其是红线协会的成员，还有他在圣安托万治疗中心的同事。没人知道他去了哪里。贾迈勒·萨拉维是个很神秘的男孩，喜欢幻想，给自己营造了一个私密世界，拒绝别人进入。他的上级杰罗姆·皮内利甚至认为他有潜在的抑郁倾向。皮内利认为萨拉维可能是出现了臆想，才模仿之前的死者跳下了悬崖，但我方没有采纳这个意见。

正当我们准备离开圣安托万中心，并在之后封存这起案件的时候，最后一个证人自己跳了出来。是一个在中心接受治疗的女孩，她声称要"不惜一切代价和警察谈谈"。虽然在我们到访期间，中心的治疗人员已经把她单独关到了房间里，但她一直冲着走廊大喊大叫。

最后，在我们要上车的时候，她从4层的房间里伸出头来，叫住了我们。15岁的女孩，每周一到周五在圣安托万中心接受治疗，需要二十四小时进行镇静和抗抑郁治疗。据中心的治疗人员介绍，她的精神状况极不稳定，因童年经历而患有性别认同障碍。这是该中心患者的典型症状。她很依赖萨拉维，所以好几次中心不得不把她和萨拉维隔离开来，以便让心理专家进行进一步的治疗。无论如何，奥菲莉·帕罗迪——这就是那个女孩的名字——的证词的确没有那么可信。

一位治疗人员试着从身后把女孩拉离窗户，但她死死地抓住窗框，随后又是窗帘，最后还抓住治疗人员的毛衣对他进行踢踹。完全是狂乱状态。

为了终结这种场面，我决定去听一听女孩要说些什么。坦白讲，奥菲莉没有什么要告诉我们的……

但她有东西要给我们看。

最终她坐到我和助手的面前，已经平静下来，就像终于逃脱猎人追捕的小鹿，她把手机塞到了我手里。

手机屏幕上是一条短信。

我看到了联系人的名字。

"贾迈勒"，前后还有两个小小的笑脸。

我惊讶地看了一下发送的时间和日期。

2014 年 2 月 25 日。21 点 18 分。

是萨拉维失踪的那一天。之后再也没有人见过他，直到六个月之后人们才找到他腐烂的尸体。奥菲莉不是在幻想，她是最后和萨拉维取得联系的人。

我垂下眼睛，去看短信的内容。信息很短，也很难破译。

满分 20 分，是不是得打 20 分？

如果不是旁边还有照片，我根本无法理解萨拉维的意思。应当是偷拍的照片，上面有一个女人的小半张脸，女人穿着蓝郁金香色的裙子，手里拿着抹布，似乎是在厨房里忙碌。

一个非常漂亮的女人。

她实在太有特点了，我一下就认出了她。卡尔梅特先生，我当时完全失去了说话的能力。

奥西安娜·阿夫里尔。

第一位受害人的双胞胎姐姐。在调查萨拉维失踪案的过程中，我多次与她面对面，却从未产生过怀疑。她此前虽然经历坎坷，却保持着良好的状态，美丽又聪明。

卡尔梅特先生，现在您应该已经明白了。

我立即给讷沙泰勒昂布赖的警署打了电话。他们马上前往诊所询问了奥西安娜·阿夫里尔。她现在被关在附近的看守所里，有专家对她进行了心理评估，结果令人震惊。

之后，我们又对贾迈勒·萨拉维的手机进行了更深入的检测，发现了一篇他死前写就的叙述性文字。我已经读过了，对我们很有启发。把这篇文章和我们的勘验结果进行对照，可以还原事情的真相。卡尔梅特先生，我敢打赌，所有的出版社都会竞争这个故事的版权。

卡尔梅特先生，最终我还想同您补充一个细节，虽然这与事件并没有直接的关系。奥菲莉·帕罗迪立即就回复了贾迈勒·萨拉维的短信。根据我们的推测，萨拉维当时应当已经服下了毒草碱，所以他的死亡已成为定局。

回复很短。可以和萨拉维几天前发给奥菲莉的短信对照来看。按照我个人的观点，尽管圣安托万中心坚持认为奥菲莉有精神问题，但她显然非常聪明。她的回复只有两行：

太漂亮了。小心不要被外表欺骗。

我更喜欢那个红头发女孩。

最后，卡尔梅特先生，请您接受我诚挚的敬意。

贝特朗·多纳迪厄

十八天之后，

2014 年 8 月 31 日

南针峰，缆车索道。埃米尔机械地打开了 22 号车厢的门，上面下来了大约 60 个中国游客。在 2 千米的高空滑行了一阵子，他们的脚步都有些虚浮。

他往旁边走了走，点燃了一根万宝路。

晚上 8 点。正常来说应该是最后一班车了。可以回车站了，再去舒卡斯酒馆来上一杯啤酒。

看来今天不行了。

一个小个子红头发女孩给中国游客让开了通道，然后朝他走了过来。她的身后跟着一个男人，看起来像个登山客，但皮肤不够黑，穿的大衣上有徽章和饰带。很有格调，可能是什么罪案调查中心的人，埃米尔这样想道。

他向女孩伸出了手。她的脸藏在大衣的毛领里，看起来就像个小松鼠。

"阿林娜·马松小姐？"

女孩把冻红的手伸到他的手里。

"不。萨利纳斯，莫娜·萨利纳斯。"

埃米尔耸了耸肩。只要内务部能同意，他才没有什么好说的。那个男人给了他一些文件，上面盖着蓝白红三色的章。埃米尔吐出了烟头，给他们指了指缆车的车厢。

"好了，走吧。这是最后一趟了……我得跟你们一起走。小姐，我必须说，您想做的事情，之前从来没有人做过。"

缆车启动了。两道黑色的线缆就像是丑陋的抓痕，一直向山峰上延伸，直至海拔 3000 多米的雪山峰顶。莫娜把她的宝贝抱在怀里。埃尔韦，就是那个来自罪案调查中心的男人，一动不动地坐在旁边。

"这有点傻，"埃米尔试着说些什么来打破沉默，"一般是不允许的。"

那个高大强壮的男人开口了：

"批文是直接从内务部下来的。您应该已经听过这个故事了，不觉得很感人吗？"

埃米尔看着勃朗峰，没有说话。

感人？

是不是当时内务部的那些老爷都掏出了纸巾……

"鉴于这一特殊情况，"埃尔韦解释道，"部里认为很难拒绝马松小姐的要求。"

"我还以为她叫萨利纳斯。"埃米尔嘟囔了一句。

方向是正北，夕阳给积雪的山谷打上了红白相间的色彩。埃米尔打开了对讲机。

"请求停车！五角星站。车下方就是天堂的入口。"

过了几秒，缆车停下了。莫娜看着天空微笑起来。埃米尔俯身看向车厢地板，开始打开上面的活板门。

30cm × 30cm。

四个螺栓。

脚下离地至少有 1500 米。

莫娜不再看天空了。她低头看着夏蒙尼的山谷。

"运动员们是从哪儿跑过去的？"她问道。

"那边，"埃尔韦的声音很柔和，"从比奥纳塞峰后面跑过去，就是那边那个白色的金字塔。然后他们要经过特力多山口。我曾两次参加这个比赛，可能就是因为这一点上头才把这个任务交给我。选手们是两小时前出发的。先头部队入夜前就能到意大利。然后他们还要再跑十五小时，最快的人也得这么久。"

埃米尔叹了口气，好像是觉得环勃朗峰越野跑也没什么了不起的，他用了一个世纪，也没能打开那个活板门。

莫娜慢慢地拧着骨灰罐的盖子。

头顶上，金星在闪耀。五个梦想……她用左手拧着盖子，一个一个地背了出来，就像临终的祈祷。

五个梦想。贾迈勒本来可以全部实现的。

*是……被怀念的，在我死的时候有一个女人为我哭泣。*莫娜喃喃自语。

她的脸颊上有泪滑过。她扣下了拇指。埃尔韦递给她一张纸巾，但她拒绝了。

支付……我所有的债务，在我死去之前。

莫娜弯曲了食指，又想起了奥西安娜·阿夫里尔被捕等一系列事件，她被指控六桩谋杀案，包括悬崖下的三具尸体、圣米歇尔那个混蛋、皮鲁上尉，还有她的双胞胎妹妹莫甘娜……贾迈勒终于查清了真相，一个十年来让警察百思不得其解的真相。她闭上眼，思绪又飘回了伊波尔海滩上的儿童游乐园，那里有一架秋千。那是她第一次听说奥菲莉。从那之后，她们经常聊起贾迈勒。破天荒的，圣安托万中心允许奥菲莉来伊波夫同她度过了一个周末。

有三个螺栓都滚落在缆车的地板上，埃米尔觉得自己取得了伟大的胜利。风在铁板的后面呼啸。

"等我取下最后一个，缆车会抖动的，太太。"

莫娜不由自主地打了个寒战。

做……爱，和一个比我更美的女人。

她弯曲了中指。脑海里都是他们在美人鱼客栈度过的第一个夜晚。海浪推动鹅卵石的声音，他们的肌肤，他的无知无觉，没有安全套的性爱。

一股寒风突然涌入缆车车厢。埃米尔手中拿着那块铁板。

"阿林娜，"埃尔韦说道，"我们得赶快完成任务。"

他的声音没有那么柔和了，开始变得迫切。

莫娜弯曲了无名指。

有……一个孩子。

山风摇动着缆车车厢，她的手抚过鼓鼓的腹部，"美人鱼"的那一夜距今已有六个月了。

她轻轻地跪在活板门前。埃尔韦扶着她的肩膀，其实没有什么危险。没有什么人——即使是小孩——能从这个洞里掉出去。她把骨灰罐对准了洞口。

成为……第一个完成环勃朗峰越野跑的残疾运动员。

　　她合上小指，用右手把骨灰撒了出去。

　　山风立即带着骨灰向勃朗峰、莫迪峰和米亚热冰川飘去，飘得很高，很高。脚下参加勃朗峰越野跑的运动员都穿着五颜六色的连体衣，奋力向前跑着，但他们永远不会有这样的速度，也无法飞过这么高的山峰。

著作权合同登记号：图字 18-2018-271

图书在版编目（CIP）数据

永远不要忘记/（法）米歇尔·普西（Michel Bussi）著；章文译. — 长沙：湖南文艺出版社，2019.9
ISBN 978-7-5404-9216-8

Ⅰ.①永… Ⅱ.①米… ②章… Ⅲ.①长篇小说－法国－现代 Ⅳ.① I565.45

中国版本图书馆 CIP 数据核字（2019）第 080885 号

YONGYUAN BUYAO WANGJI
永远不要忘记

作　　者：［法］米歇尔·普西
译　　者：章　文
出 版 人：曾赛丰
责任编辑：薛　健　刘诗哲
监　　制：蔡明菲　邢越超
策划编辑：马冬冬
特约编辑：王　屿
版权支持：辛　艳
营销支持：文刀刀　傅婷婷　周　茜
版式设计：潘雪琴
封面设计：利　锐
内文排版：百朗文化
出　　版：湖南文艺出版社
　　　　　（长沙市雨花区东二环一段 508 号　邮编：410014）
网　　址：www.hnwy.net
印　　刷：北京天宇万达印刷有限公司
经　　销：新华书店
开　　本：880mm×1270mm　1/32
字　　数：398 千字
印　　张：13.5
版　　次：2019 年 9 月第 1 版
印　　次：2019 年 9 月第 1 次印刷
书　　号：ISBN 978-7-5404-9216-8
定　　价：49.80 元

若有质量问题，请致电质量监督电话：010-59096394
团购电话：010-59320018